BASTEI
LÜBBE
TASCHENBUCH

Weitere Titel des Autors:

FKK im Streichelzoo
Heilig über Nacht

Björn Berenz

ACH DU DICKES DING

Roman

BASTEI LÜBBE
TASCHENBUCH

BASTEI LÜBBE TASCHENBUCH
Band 17 486

Dieser Titel ist auch als E-Book erschienen

MIX
Papier aus verantwortungsvollen Quellen
FSC® C083411

Originalausgabe

Dieses Werk wurde vermittelt durch die Literarische Agentur
Thomas Schlück GmbH, 30827 Garbsen

Textredaktion: Lisa Bitzer, Landau
Titelillustration: © FinePic®, München
Umschlaggestaltung: ZERO Werbeagentur, München
Satz: Urban SatzKonzept, Düsseldorf
Gesetzt aus der Garamond
Druck und Verarbeitung: CPI books GmbH, Leck – Germany
Printed in Germany
ISBN 978-3-404-17486-7

5 4 3 2 1

Sie finden uns im Internet unter www.luebbe.de
Bitte beachten Sie auch www.lesejury.de

Teil 1

Daisy

1

Es war ein beschissener Tag. Nicht nur für mich.

Ich konzentrierte mich wieder auf die Zahlen. Zumindest versuchte ich es. Aber sie wollten einfach nicht stillhalten und wuselten immer wieder davon. Das ließ ich mir natürlich nicht anmerken und tat das, was ich in diesen Fällen immer machte: Mit zusammengekniffenen Augen schüttelte ich den Kopf. Ganz langsam, damit es nach echtem Bedauern aussah. Dennoch wäre es vorteilhaft gewesen, die Zahl unter dem Strich endlich erfassen zu können. Schließlich war genau das mein Job. Knallharte Fakten und messerscharfe Analysen.

Ich sah kurz auf und blickte der vor meinem Schreibtisch sitzenden Person direkt in die weit aufgerissenen Augen. Sie waren blau, groß und glänzend. Eindeutig witterte mein Gegenüber Gefahr. Und ich war der Grund dafür.

Wie gut ich diesen Blick mittlerweile kannte. Ganz besonders in solchen Momenten. Wenn der letzte Funken Hoffnung erlosch und die Erkenntnis eintrat, dass manchen Geschichten eben doch kein Happy End vorherbestimmt war.

»Das sieht nicht gut aus, Frau Hamberg«, setzte ich zum finalen Todesstoß an. Wieder versuchte ich, mich auf die Bonitätsprüfung zu konzentrieren, deren Ergebniszeile noch immer einen wilden Jive vor meinen Augen aufführte.

Frau Hamberg antwortete mit einem lauten Schlucken. Wir betrachteten uns wortlos. Obwohl ich sie nicht näher kannte, sah ich ihr an, dass sie sich für diesen Termin zurechtgemacht hatte. Sie war vielleicht Anfang dreißig, schlank, mittelgroß und brünett. Sie trug ein faltenfreies, graues Business-Kostüm. Vermutlich neu. Ihr langes, braunes Haar sah nach einer aufwendigen Föhnorgie aus. Aber ihr Gesichtsausdruck traf mich am meisten. Sie hatte ein hübsches Gesicht mit vornehmer Blässe und dezenten Sommersprossen auf der Nase. Die Sorgen jedoch hatten sich tief in die ebenmäßigen Züge hineingefressen.

Ich ertrug ihren Kummer nicht länger und blickte zur Seite. Kopfschüttelnd blätterte ich mich weiter durch den Ordner, der von seiner Besitzerin optimistisch *Businessplan* getauft worden war, und widmete jedem Ausdruck und Beleg eine kurze Sekunde des sinnfreien Anstarrens – denn noch immer kamen mir die Zeichen darauf wie Hieroglyphen vor.

»Tut mir leid, Frau Hamberg. Ich sehe da wirklich keine Sicherheiten für unsere Bank. Es fehlt ein schlüssiges Konzept mit Aussicht auf Rendite.«

Sie tat einen tiefen Atemzug, bei dem sich die Nasenlöcher zusammenzogen. »Aber ich werde all mein Herzblut reinstecken, sobald ich die Möglichkeit habe, die noch ausstehenden Gehälter und Forderungen zu begleichen.« Sie schnappte noch einmal nach Luft. »Außerdem müssen am Fuhrpark dringende Reparaturen durchgeführt werden. Nur so können doch überhaupt neue Aufträge akquiriert werden ...«

»Ich sage es Ihnen nur ungern«, unterbrach ich sie. Eigentlich war es nicht meine Art, Menschen mitten im Satz ins Wort zu fallen. Doch in meiner Position hatte ich schon so viele bittstellende, aussichtslose Kreditantragsgespräche geführt, dass ich es inzwischen vorzog, den Kunden und mir keine Zeit zu stehlen. »Ihr Vater hat Ihnen ein marodes Unternehmen hinterlassen, dessen Haltbarkeitsdatum schon seit Langem abgelaufen ist. Auch ein Liquidationszuschuss von ...«

Verdammt, wie viel war es noch gleich? Hastig durchforstete ich den gelochten Blätterdschungel auf der Suche nach der richtigen Zahl.

»Einhunderttausend.« Frau Hamberg seufzte ergeben.

»Ein-hun-dert-tau-send.« Um ihr die Absurdität der Bitte bewusst zu machen, ließ ich mir jede einzelne Silbe auf der Zunge zergehen. »Wie ich Ihren Unterlagen entnehme«, ich hob den farblich aufmunternden Ordner an und ließ ihn eine Spur zu heftig auf den Schreibtisch fallen, woraufhin Frau Hamberg so arg zusammenzuckte, als hätte ich ihr eine Ohrfeige verpasst, »ist die Spedition Ihres Vaters am Ende.«

»Es ist nun *meine* Spedition«, erinnerte sie mich gereizt. »Wie gesagt, er hat sie mir hinterlassen.«

»Natürlich«, erwiderte ich. »Und nochmals, mein herzliches Beileid.« Meine Bekundung bezog sich auf den verschiedenen Vater. Nicht auf die im Sterben liegende Spedition. Ich hoffte, sie verstand das nicht falsch.

Doch Frau Hamberg sagte nichts. Dafür standen in ihren Augen plötzlich die Tränen.

Ich schluckte die aufschwappenden Emotionen von der anderen Seite des Schreibtischs mit einem trockenen Räuspern hinunter. »Außerdem sind Sie noch nicht einmal aus der Branche. Verstehen Sie denn überhaupt etwas vom Speditionsgeschäft? Ich meine, was sind Sie noch gleich von Beruf?«

»Was spielt das denn für eine Rolle?«, erkundigte sie sich mit tränenerstickter Stimme.

»Es ist ...« Ich zögerte, dann setzte ich ein zweites Mal an. »Dass Sie nicht vom Fach sind, macht es nicht unbedingt leichter, Ihnen so viel Geld anzuvertrauen.«

Dabei hatte sie recht. Es spielte wirklich keine Rolle, ob sie Ahnung vom Geschäft hatte oder nicht. Selbst wenn sie amtierende Weltmeisterin im Speditionieren gewesen wäre: Das

Einzige, was interessierte, war diese verdammte Zahl unter dem Strich.

»Unter diesen Umständen kann Ihnen die *Magna Pecunia Bank* unmöglich eine derart hohe Summe anvertrauen.«

»Also gewähren Sie mir keinen Kredit.«

Ich schüttelte den Kopf. »Nicht in dieser Höhe.«

»In welcher Höhe denn dann?« Ein Funken Hoffnung glomm in ihren feuchten Augen auf.

»Hm, vielleicht fünf...«

»Fünfzigtausend?«, unterbrach sie mich entsetzt.

Vor Schreck ließ ich mich in den Bürostuhl zurückfallen, der laut knarzte, als wollte er sich über die Zumutung beklagen, mein Gewicht tragen zu müssen. Aber er hielt stand. Genauso wie Frau Hambergs fassungsloser Blick.

Beschwichtigend hob ich die Hände. Dabei fiel mir auf, dass mein rechter Manschettenknopf fehlte. Das versetzte mir einen schmerzvollen Stich, da die Knöpfe ein Geschenk zum Valentinstag gewesen waren. Von Sandra. Jetzt hatte ich nur noch Chewbacca, der mich durch den Bankalltag begleitete. Han Solo war verschollen.

»Ähm, nein. Ich meine fünftausend.«

Frau Hambergs Mund klappte auf, doch kein Ton drang heraus. Als sie sich wieder gefasst hatte, fragte sie: »Sie wollen mich mit *fünftausend* abspeisen? Nach all den Jahren, die mein Vater Ihrer Bank treu geblieben ist?«

»Genau genommen ist es ja nicht *meine* Bank. Ich bin zwar der Filialleiter, aber...«

»Gut.« Ihre Hände umfassten die Lehnen ihres Stuhls, als wäre sie bereit zum Absprung. »Dann werde ich es eben bei einer anderen Bank versuchen.« Dennoch blieb sie sitzen.

Mein abwertender Blick fiel auf den farbigen Aktenalbtraum vor mir, der in meinem Büro so deplatziert wirkte wie mein einsamer Manschettenknopf-Wookie. »Ich möchte Ihnen keinesfalls zu nahetreten, aber auch dort werden Sie kein Glück haben. Kein seriöses Kreditinstitut würde sich darauf einlassen.« Ich lächelte sie mitfühlend an, hörte jedoch sofort auf damit, als mir bewusst wurde, wie höhnisch das auf sie wirken musste.

»Und jetzt?«, fragte sie.

»Tut mir leid«, sagte ich noch mal. Was sollte ich auch sonst sagen?

»Was mache ich denn jetzt?«

»Denken Sie über eine Insolvenz nach.«

»Ich habe Angestellte.«

»Die sollten Sie versuchen loszuwerden. Und gleich danach würde ich sehen, was sich an Wertgegenständen zu Geld machen lässt, um die dringlichsten Gläubiger zu bedienen. Parallel dazu empfehle ich Ihnen einen Schuldenberater, der Sie durch das Privatinsolvenzverfahren begleitet.«

»Privatinsolvenz?« Sie spuckte das Wort aus, als wäre es giftig.

»Leider handelt es sich bei der Spedition Ihres Vaters ...« Ich verbesserte mich. »Ich meine, leider handelt es sich bei *Ihrer* Spedition um eine OHG, was unglücklicherweise bedeutet, dass Sie mit Ihrem Privatvermögen haftbar gemacht werden können. Ich sage es Ihnen nicht gern, Frau Hamberg. Aber mit dem Antritt des Erbes haben Sie sich keinen Gefallen getan.«

»Ich habe damit dem letzten Willen meines Vaters entsprochen«, erwiderte sie trotzig. »Wie hätte ich den denn ablehnen können?« Nun brachen sich ihre Tränen wirklich Bahn. Unter jämmerlichen Schluchzern, die mir wirklich nahegingen, fiel sie in sich zusammen. Ich hatte Frauen noch nie gut weinen sehen können.

»Mir steht nicht zu, das zu beurteilen«, murmelte ich über die röchelnden Geräusche hinweg. »Meiner Einschätzung nach schlittern Sie jedoch ungebremst in die Privatinsolvenz.«

»Dann helfen Sie mir!« Sie flehte mich förmlich an.

»So leid es mir tut, ich kann da nichts machen.«

»Natürlich können Sie! *Sie* sind doch der Filialleiter dieser beschissenen Bank! Geben Sie mir das Geld, und ich versichere Ihnen, alles wird wieder ins Lot kommen. Ich habe einen Plan. Ich bin klug und fleißig. Ich schaffe das!«

»Ich ... Es tut mir leid.« Mein Kopf bewegte sich langsam von links nach rechts. »Dieses Risiko kann ich der *Magna Pecunia* unmöglich ...«

»Arschloch!«

Zum Glück war ich daran gewöhnt, beleidigt zu werden. Ich nahm das auch nicht persönlich. Im Laufe der Zeit hatte ich sogar eine gewisse Routine dabei entwickelt – eine kleine Inszenierung, die sich quasi wie von selbst abspielte. So auch nun. Ich schob meinen Schreibtischstuhl zurück und schnappte empört nach Luft, während ich den vor mir ausgebreiteten Aktenordner zuklappte. Zumindest in dieser Sicht hatte Frau Hamberg Kreativität bewiesen. Meist waren es triste graue oder schwarze Leitz-Ordner. Ihrer war magentafarben und mit Blumenornamenten versehen.

Ich schob ihr den bunten Ordner über den Schreibtisch zu und meinte schnippisch: »Ich glaube, wir beenden das Gespräch dann hiermit.«

Ihre schlanken Hände griffen zögerlich zu.

Mit einem »Guten Tag, Frau Hamberg!« drehte ich meinen Bürostuhl um neunzig Grad und starrte gegen die Wand. Dort hing der Abreißkalender. Die Zahlen auf dem heutigen Blatt stachen mir im Gegensatz zu denen in der ausgedruckten

Tabelle von Frau Hamberg überdeutlich ins Auge. Heute war der 25. Mai.

Normalerweise verharrte ich so lange in dieser Position, bis ich das Schließgeräusch meiner Bürotür vernahm und endlich wieder allein war. Doch Frau Hamberg bewies Hartnäckigkeit und blieb einfach sitzen.

Hätte ich mir heute doch bloß freigenommen. Wie die Jahre zuvor an diesem Tag. Denn der 25. Mai war nicht irgendein Datum.

Es war Sandras Todestag.

Wie von selbst fasste meine Hand nach dem Ring an der Kette, die ich unter dem Hemd um meinen Hals trug. Es war beruhigend, ihn dort zu spüren.

Frau Hamberg ging erst, als sie begriff, dass sie verloren hatte. Aber sie verabschiedete sich nicht leise, sondern laut schluchzend, pfefferte den Stuhl gegen den Schreibtisch und knallte die Tür mit Vehemenz zu. Auch gut. Hauptsache, ich war allein, um mich endlich in Selbstmitleid zu suhlen. Hätte ich bloß nicht auf den Rat meiner Mutter gehört, die gemeint hatte, ich solle mich dem Tag wie ein Mann stellen und endlich wieder Routine in mein Leben einkehren lassen.

Ich löste die Chewbacca-Manschette vom Hemdsärmel und betrachtete sie nachdenklich. Ich hegte die leise, wenn auch unvernünftige Hoffnung, dass dieser Tag vielleicht doch noch halbwegs erträglich würde.

Und dann, tja ... Dann kam der Anruf.

»Mutti.«

»Sohn.«

Die klassische Eröffnung. Seitdem ich telefonieren konnte.

»Du denkst doch an Sonntag?«

Bevor ich sie fragen konnte, woran ich konkret denken solle, lieferte sie mir die Antwort.

»Mein Geburtstag.«

Mir wurde heiß.

»Ich möchte, dass du endlich mal wieder etwas mit mir unternimmst. Du und ich. Wie früher.«

Mir wurde noch heißer.

»Es wäre schön, wenn sich mein einziges Kind den ganzen Nachmittag für mich freihält.«

Diese Hitze!

»Sie haben tolles Wetter gemeldet. Deshalb möchte ich etwas mit dir unternehmen. Ich will in den Zoo!«

2

Es war warm und voll und laut. Aber am schlimmsten war der Geruch. Er machte mich aggressiv und löste in etwa das in mir aus, was ein rotes Tuch bei einem Stier heraufbeschwörte. Süßlich penetrant, wie er war, erinnerte er mich an diese fetten exotischen Monsterblumen, die mit ihrem Fäulnisgestank Fliegen anlockten.

Wen meine Mutter mit diesem unerträglichen Odeur zu ködern versuchte, hatte ich noch nicht herausgefunden. Wobei sie dieses aufdringliche Parfüm gar nicht nötig hatte, da sie, wie man so sagte, eine ansehnliche Erscheinung war, die selbst mit fünfundsechzig Jahren eine gute Figur machte. Diese Gene hatte ich leider nicht geerbt. Dafür den Hang zu Schlupflidern.

»Ist es nicht traumhaft hier?« Sie hatte sich bei mir eingehakt, was mir eindeutig zu viel Nähe war. Seit Sandra nicht mehr da war, war mir generell jeder Körperkontakt zu viel. Meine Mutter bildete da keine Ausnahme. Im Gegenteil.

»Ja, es ist …« *Überfüllt, überteuert, zu viel an Kindern, Lärm, Tieren, an allem!* »Es ist schön.«

Die Sonne schien. Ich schwitzte. Und ich wollte nach Hause. Zu meinen Topfpflanzen. In meine Komfortzone. Ich war schon lange nicht mehr im Tierpark gewesen. Seit über fünf Jahren nicht mehr. Anfänglich hatte ich befürchtet, dass die Erinnerungen auf mich einprügeln würden. Doch so schlimm war es zum Glück nicht geworden; die ganz harten Schläge blieben aus.

Es hatte sich viel verändert seit meinem letzten Zoobesuch. Die Welt blieb eben nicht stehen, sosehr ich mir das bisweilen auch gewünscht hatte. Denn in meinem Leben war die Zeit zu einem rücksichtslosen Rowdy verkommen, der einen mit Lichthupe von der Straße drängte, den Stinkefinger zeigte und mit schallendem Gelächter auf der Überholspur an einem vorbeizog.

Als Erstes fiel mir auf, dass man die Gehege im ganzen Zoo anders angeordnet hatte. Dem Prospekt zufolge hatte man das getan, um den Tieren die natürliche Nachbarschaft zu ermöglichen, wie sie auch in freier Natur vorkam – der artgerechten Haltung zuliebe. Eine gute Idee, wie ich fand. Schließlich wollte niemand jemanden neben sich haben, der so gar nicht zu ihm passte.

Dieser Gedanke rief mir die Anwesenheit meiner Mutter wieder ins Gedächtnis. Dieser Arm an meiner Seite. Der unwillkommen an meinem klebte, und zwar nicht etwa, damit sie mir so nahe wie möglich sein konnte, sondern um die Richtung vorzugeben. Dünn und knochig und stetig ziehend. Nach links, nach rechts. Geradeaus. Oder zurück, wenn ich nicht an den richtigen Stellen innehielt und ein andächtiges Seufzen von mir gab. Bei den plantschenden Pinguinen zum Beispiel. So wurde ich von den Marabus zu den Giraffen manövriert, und als ich zu lange am Nashorngehege verweilte, war es ein nicht mehr ganz so diskreter Ruck, der mich aus der Lethargie riss und mich weiter neben ihr her humpeln ließ.

Ich war kein Riese. Doch meine Mutter war geradezu winzig. Ihr Kopf reichte mir bis zur Brust. Mit Hut ging sie mir immerhin bis unters Kinn, und der darauf drapierte Federschmuck stieß mir bei jedem Schritt in die Nasenlöcher. Mutti hatte seit jeher ein Faible für extravagante Kopfbedeckungen. Vermutlich befanden sich mehr Damenhüte auf ihrem Dachboden als im Besitz der Königin von England. Mir graute bereits vor dem Ausmisten, wenn sie irgendwann mal nicht mehr sein sollte.

»Findest du, dass der Hut zu groß ist?«, wollte sie gerade wissen.

»Ach, woher denn? Bei dem Wetter kann man mit der Sonne gar nicht vorsichtig genug sein«, erwiderte ich ausweichend.

Sie sah zu mir auf. »Gefällt er dir denn?«

»Schon«, log ich. »Aber …«

»Was aber?«

»Ich befürchte, dass die Leute hinter uns überhaupt nichts sehen können.«

»Diesen Hut hat mir dein Vater zum fünfundfünfzigsten Geburtstag geschenkt. Da ist es nicht mehr als recht, wenn ich ihn ihm zu Ehren an meinem fünfundsechzigsten Geburtstag trage.«

»Hast ja recht, Mutti. Och, schau mal!«, rief ich und zerrte diesmal *sie* hinter *mir* her, zum Lemurenhaus. »Das ist doch wirklich unmöglich, wie die Dahlien die Köpfe hängen lassen.« Vorsichtig nahm ich eine der gelbroten Blüten in die Hand und schnupperte daran. Sie roch besser als meine Mutter.

»Ja, wie du!«, schimpfte die prompt los. »Würdest du dir selbst endlich mal wieder so viel Aufmerksamkeit widmen wie deinen Blumen, würde es dir auch besser gehen.«

»Aber mir geht es gut.«

»Du solltest dich mal anschauen.« Sie löste sich von meinem Arm und baute sich vor mir auf. Was wirklich ulkig aussah, bei einer Körpergröße von knapp eins fünfzig und diesem riesigen Hut, der ihre gesamte Erscheinung in einen gewaltigen Schatten hüllte. Eine winzige Sekunde lang musste ich an den Imperator aus *Star Wars* denken. Und dann wieder an die verlorengegangene Han-Solo-Manschette. Was mir wiederum einen Stich versetzte, da der nächste Gedanke unweigerlich zu Sandra führte.

»Wirklich, Simon. Wie lange willst du denn noch so weitermachen?«, bohrte Mutter weiter.

»Womit weitermachen?«

»Mit deiner deprimierenden Grundeinstellung zu allem. Wann fängst du wieder an zu leben?«

Nun klang sie wirklich wütend. Ich ließ mir nicht anmerken, dass sie einen Nerv getroffen hatte. Aber sie war meine Mutter. Sie wusste sehr gut, an welchen Stellen sie Nadeln setzen musste, um zielsicher die Punkte zu finden, die den meisten Schmerz auslösten. Ich fühlte mich wie eine fleischgewordene Voodoo-Puppe.

»Sandra ist seit fünf Jahren tot«, sagte sie.

Beim Wort »tot« zuckte ich innerlich zusammen. Es klang so endgültig. Was es ja nun auch war.

»Du musst wieder zurück ins Leben finden.«

»Aber ich lebe doch!«

»Arbeiten gehen und sich um Grünzeugs kümmern ist kein Leben.«

»Ich mag es so.«

»Wann hast du dich zuletzt mit einer Frau getroffen?«

»Das geht dich überhaupt nichts an!« Dennoch kam ich nicht umhin, in Gedanken nachzurechnen. Etwas über 1825 Tage dürfte es schon her gewesen sein. Aber das herauszubekommen war nicht allzu schwer. Denn nach Sandra hatte es schlichtweg keine Frau mehr für mich gegeben.

Da wir dieses Gespräch nicht zum ersten Mal führten, war ich gewappnet und leitete den Gegenangriff ein. »Und sowieso. Schau dich doch mal an! Trägst den alten Krempel, den dir Vati vor zig Jahren zum Geburtstag geschenkt hat.«

»Sprich nicht so abwertend über die Geschenke deines Vaters. Der Hut ist eben ein Erinnerungsstück.« Sie stieß einen langen Seufzer aus. »Mir wird immer wieder warm ums Herz, wenn ich mich an diesen Moment zurückerinnere, als Roland mir die Hutschachtel überreicht hat. Kurz vor unserem romantischen Abendessen im Silberbarsch, zu dessen Anlass ich das grüne Sommerkleid trug, das dein Vater so sehr geliebt hat. Und dann später, im Hotel, als ich bis auf den Hut schließlich gar nichts mehr anhatte ...«

»Mein Gott, Mutter!«

»Es sind ausnahmslos schöne Erinnerungen, die ich mit diesem Hut verbinde.«

Ich griff nach der Halskette, an der Sandras Verlobungsring befestigt war. Ich bedauerte es jeden Tag, dass sie so kleine, zarte Gliedmaßen gehabt hatte. Zu gern hätte ich ihren Ring an meiner Hand getragen. Ich betrachtete meine Wurstfinger. Keine Chance.

Stillschweigend setzten wir unseren Gang fort, passierten lärmende Kinder und genervte Eltern. Ich korrigierte mich: Die Kinder lärmten nicht, sie *lachten*. Und auch die Eltern waren alles andere als genervt. Vermutlich projizierte ich meine eigenen Gefühlsregungen auf meine Umwelt. Genau so hatte es mir zumindest die Therapeutin erklärt, die ich vielleicht doch mal wieder anrufen sollte. Um mich dafür zu entschuldigen, dass ich der letzten Sitzung einfach so ferngeblieben war. Damals, vor drei Jahren.

»Ich will zu den Nilpferden«, kam es unter der Hutkrempe hervor.

Trotz unseres kleinen Wortgefechts hatte sich meine Mutter wieder bei mir eingehakt. So blieb mir nichts anderes übrig, als mich von ihr zum Hippodrom, dem Nilpferd-Haus, führen zu lassen.

Eine sanfte Welle der Dankbarkeit umspülte mich beim Betreten des subtropischen Gebäudes, denn der animalische Gestank hier drin übertünchte zumindest Mutters Attacke auf meine Nasenschleimhäute. Rafflesien, fiel mir in diesem Moment ein. Daran erinnerte mich ihr Parfüm. Ich hatte es nachgeschlagen. Bis zu einem Meter breite, stinkende Blüten, die vor allem in Südostasien wuchsen und an einen entzündeten Pickel mit offen stehender Pore erinnerten.

Die Wärme draußen war nichts gegen die brütende Hitze im Inneren des riesigen Bauwerks, das seine Besucher in einen künstlichen Dschungel entführte. Die hohe Luftfeuchtigkeit sorgte umgehend dafür, dass ich asthmatisch zu röcheln begann, doch Mutter kannte keine Gnade und zog mich tiefer hinein in den Bauch des Hippodroms, der Nilpferden und Krokodilen gleichermaßen ein Zuhause bot. Natürlich in separaten Bereichen. Auf der linken Seite befanden sich die Krokodile, und auf der rechten tummelten sich die Nilpferde im Wasser. Dank der dicken Glasscheibe vor dem erhöhten Becken war es möglich, die Bewegungen der Tiere unter Wasser zu beobachten. Wie in einem überdimensionalen Aquarium zogen die trägen Leiber vor den Augen des Publikums vorbei, während man etwas weiter hinten von einer kleinen, höher gelegenen Plattform aus über Glasscheibe und Wasserbecken hinweg auf die Geschehnisse an Land blicken konnte.

Mit seinem imposanten Glasdach erinnerte mich der Bau an ein riesiges Gewächshaus. Über uns schwirrten lautstark krächzende Vögel. Papageien, wie ich auf den zweiten Blick erkannte. Vermutlich fühlten auch sie sich von Mutters Hut bedroht, denn sie stoben auf, als wir vorbeiliefen, und schrien wie von Sinnen.

So überfüllt es draußen gewesen war: Hier drin war die Hölle los. Der Hippodrom zählte zweifellos zu den Publikumsmagneten des Zoos. Dutzende Kinder pressten die Nasen gegen die drei Meter hohe panzerdicke Glasscheibe des Nilpferdbeckens, in der Hoffnung, einem der Tiere Auge in Auge gegenüberzustehen oder es beim Tauchgang zu beobachten. Allerdings war das Wasser im Becken derart trüb und schmutzig, dass kaum die Füße der Enten auszumachen waren, die unbeirrt von all dem Dreck und dem Lärm ihre monotonen Kreise drehten.

Meine Mutter stieg die wenigen Stufen zur Aussichtsplattform hinauf, von der man die Nilpferde von weiter oben betrachten konnte. Ehe ich mich versah, stand auch ich lächelnd daneben und schaute mir zwei unförmige braune Dinger im Wasser an.

Mir wurde schwer ums Herz. Nilpferde waren Sandras Lieblingstiere gewesen. Sämtliche Tierparks in Deutschland hatten wir damals abgegrast, um uns die Dickhäuter anzuschauen.

»Ist es nicht toll?«, murmelte ich.

Ich meinte das Nilpferd, das sich gerade in der trüben Suppe wälzte. Es kehrte uns den Rücken zu und präsentierte dem Publikum sein imposantes Hinterteil. Die Haut war von den kleinen, runden Ohren bis zum Schwanz matschbraun marmoriert und wirkte, wo sie nicht mit Wasser bedeckt war, rissig. Beinahe wie ein ausgetrocknetes Flussbett. Aus den winzigen Ohren ragten borstige Haarbüschel.

»Na ja, es ist groß und dick.« Während Mutter die Worte aussprach, sah sie mich an.

Beleidigt schob ich die Unterlippe nach vorn. »Ich weiß, dass ich ein bisschen zugenommen habe«, erwiderte ich pikiert.

Mutter lachte auf. »Fett geworden. Das bist du.«

»Mutti!«

»Aber es stimmt doch. Du lässt dich gehen. An deinen Genen kann es nicht liegen. In unserer Familie gibt es keinen Hang zur Adipositas. Denk nur an deinen Vater. Kein Gramm zu viel auf den Rippen.«

»Gestorben ist er trotzdem. An einem Herzinfarkt«, gab ich lakonisch zu bedenken.

Mochte Gott ihn selig haben, diesen armen Wicht. Schlagartig zu sterben und mit dem Aufsitzrasenmäher die preisgekrönten Petunien des verhassten Nachbarn umzumähen war das Aufregendste gewesen, was mein Vater in fast dreißig Jahren Ehe zustande gebracht hatte.

»Du musst endlich wieder anfangen zu leben«, wiederholte meine Mutter ihr Mantra.

»Aber ich lebe doch!«, sagte ich zum vermutlich einhundertfünfundsiebzigsten Mal.

Mittlerweile konnte ich nicht mehr zählen, wie oft wir diesen Dialog bereits geführt hatten, seit Sandra nicht mehr da war. Ich verstand einfach nicht, was die Menschen, allen voran meine Mutter, von mir erwarteten. Dass ich einfach vergaß, dass die Liebe meines Lebens, mein wichtigster Bezugspunkt, der Fixstern in meinem Universum, nicht mehr da war? Der von jetzt auf gleich ohne Vorwarnung aus dem Leben gerissen worden war und mich zurückgelassen hatte? Allein, mit einer Hypothek auf ein Reihenhaus, das viel zu groß für mich allein war?

»Du musst dich endlich von deiner Last befreien.«

»Ja doch, ich werde eine Diät machen, hab sogar schon im Internet nach …«

»Ich meine nicht dein Körperfett«, unterbrach sie mich barsch. »Natürlich wäre das auch gut für dich und deine

Gesundheit. Und für deine Chancen bei den Frauen. Aber ich spreche von der Last in dir drin.«

Sie legte ihre hagere Hand auf die Stelle, wo sie mein Herz vermutete. Es durchzuckte mich unangenehm.

»Du musst endlich nach vorn blicken und wieder am Leben teilnehmen. Du trägst immer noch ihren Ring, richtig?«

Wieder glitt meine Hand zur Halskette. »Er erinnert mich an sie.«

»Nein, er *fesselt* dich an sie. Du wirst von diesem Ring geknechtet. Wie in diesem Film mit den kleinen Menschen mit den Haaren an den Füßen. Ich habe dich beobachtet. All die Jahre. In allen möglichen Momenten greifst du nach dem Ring an deiner Kette. Vor allem, wenn du für einen Augenblick mal nicht an deine Sandra denkst. Als würdest du dich selbst maßregeln wollen, sobald du auch nur eine Spur von Freude in dir spürst. Hab ich recht?«

»Nein!«

Natürlich hatte sie recht. Ich kannte meine Mutter schon lange. Seit achtunddreißig Jahren. Aber sie schaffte es immer wieder, mich zu überraschen. Auch nun, als sie sich den Hut vom Kopf nahm, einen sanften Kuss auf die Krempe hauchte und das Ding anschließend im hohen Bogen ins Becken warf. Sie verfehlte das vor uns liegende Nilpferd nur knapp.

»Mutti!«, fuhr ich entgeistert auf.

Auch die um uns stehenden Kinder stießen ungläubige Ausrufe aus.

Der Hut zog die Aufmerksamkeit des Nilpferds auf sich. Es öffnete sein riesiges Maul und nahm das furchteinflößende Ding zwischen die weit auseinanderstehenden Zähne. Es merkte aber schnell, dass es sich trotz der vielen Blüten darauf um nichts Essbares handelte, und verlor das Interesse. Langsam tauchte es ab und ließ nur noch die runden Öhrchen und die Augen aus dem Wasser ragen.

Mutter seufzte ergeben. »Es tut unendlich gut, sich von Altlasten zu befreien.«

Ich war außer mir. »Aber du kannst doch nicht einfach so deinen Hut in das Becken werfen. Das ist doch kein Wunschbrunnen!«

Sie antwortete mir mit der zweiten unerwarteten Geste des Tages. Wieder legte sie mir die Hand aufs Herz. Zumindest dachte ich das eine winzige Sekunde lang. Tatsächlich aber wanderte ihre kleine Hand weiter nach oben. Ich war überrascht, wie fest der Druck ihrer knochigen Finger war, als sie sich zur Faust zusammenzogen und ruckartig an meiner Halskette zogen. Der Kettenverschluss leistete nur kurz Widerstand, dann hörte ich es knacken und sah im selben Augenblick, wie meine Mutter mit triumphaler Zufriedenheit die Kette in der Hand hielt. Ich war so perplex, dass ich überhaupt nicht reagieren konnte. Auch dann nicht, als sie ausholte und die Kette in Richtung des tümpeligen Nilpferd-Beckens warf.

»Mutti!!! Hast du sie noch alle?!«, schrie ich endlich fassungslos.

Starr vor Entsetzen verfolgte ich die Flugbahn des Schmuckstücks und verspürte eine unfassbare Bestürzung, die vermutlich nur Sauron nachempfinden konnte, während er mitverfolgen musste, wie der Ring von einem ordinären Hobbit in das Feuer des Schicksalsbergs geworfen wurde. Doch meine Mutter stellte sich nicht gerade als Meisterwerferin heraus. Der Flug der Kette endete am Blatt eines hochgewachsenen Palmengewächses direkt über uns. Bei näherer Betrachtung entpuppte es sich als eine Plastikpflanze, die ihr Blätterdach über die Aussichtsplattform spannte und deren Stamm mitten aus dem Nilpferd-Tümpel herauswuchs.

»Egal!« Die schmalen Schultern meiner Mutter hoben sich. »Die Geste zählt.«

»Geste?«, fuhr ich sie an. »Hast du vollends den Verstand verloren?«

Auch sie funkelte mich plötzlich wütend an. »Sag mal, hast du mir überhaupt zugehört? Dieser Ring ist nichts weiter als ein toter Gegenstand, an den du dich emotional klammerst. Davon musst du dich lösen. Ein für alle Mal!« Ihr zornverzerrtes Gesicht entspannte sich ein wenig. »So glaub mir doch, ich will nur dein Bestes. Ich habe dir gerade einen großen Gefallen getan.«

»Einen Scheiß hast du!« Ich war außer mir vor Wut, schob meine Mutter kurzerhand zur Seite und kletterte über die niedrige Absperrung, die die Aussichtsplattform von dem dünnen Grünstreifen trennte, auf dem der Stamm der Palme aus der Erde wuchs.

»Was hast du vor?«, fragte sie bestürzt.

»Was wohl? Ich hole mir den Ring zurück.«

»Meinen Schatzzz!«, zischte eines der Kinder, die uns umringten, in einer wirklich gelungenen Gollum-Parodie, wofür es Lacher der anderen Winzlinge erntete. Mutters Wurfaktion hatte die Aufmerksamkeit sämtlicher Besucher des Nilpferd-Geheges auf uns gelenkt.

»Aber du kannst doch nicht auf den Baum steigen!«, rief sie über das Gelächter hinweg.

Da hatte sie vermutlich recht, was aber nichts daran änderte, dass ich es wenigstens versuchen musste.

»Es ist eine Palme, Mutti. Kein Baum. Palmen verfügen über kein sekundäres Dickenwachstum. Deshalb zählt man sie nicht zu den Bäumen.«

»Papperlapapp. Das Ding ist doch eh aus Plastik. Und deswegen hält der Stamm auch nie im Leben dein Gewicht aus, Simon. Du bist zu schwer!«

Ohne zu zögern, hatten meine Hände den künstlichen dünnen Stamm umklammert. Wie man an Palmen hochkletterte, wusste ich. Zumindest theoretisch. Erst kürzlich hatte ich eine Dokumentation auf Arte gesehen, in der über die Kokosnusspflücker auf Costa Rica berichtet worden war. Sah supereinfach aus. Die hatten das sogar barfuß geschafft. Mit einer Machete zwischen den Zähnen. Genauso machte ich es auch. Nur ohne Machete, dafür mit Schuhen an.

Den ersten halben Meter schaffte ich problemlos. Ich hatte Glück, dass diese falsche Palme nicht kerzengerade zur sich weit ausbreitenden Hallendecke über uns ragte, sondern in einem Winkel von geschätzten fünfundvierzig Grad über das Nilpferd-Becken wuchs.

»Komm wieder runter!«, rief meine Mutter wütend. »Wenn du wüsstest, wie lächerlich das aussieht.«

»Nein! Ich will meinen Ring zurück.«

»Seinen Schatzzzz!«, riefen nun mehrere Kinder.

Ich blickte nach unten. Es waren etwa anderthalb Meter bis zur Erde, und trotzdem wurde mir schummrig. Ich sah sämtliche Augenpaare auf mich gerichtet. Allem Anschein nach war ich mittlerweile die größte Attraktion im Hippodrom.

Der Drang, meine Kette mit Sandras Verlobungsring daran zu erreichen und es meiner Mutter ein für alle Mal zu beweisen, setzte ungeahnte Kräfte in mir frei. Ich schob mich immer weiter den Stamm entlang, mein Ziel fest vor Augen: die Kette, die immer noch munter am Palmblatt baumelte. Dabei fühlte ich mich wie Baron Münchhausen, der auf einer Kanonenkugel ritt.

»Jetzt komm wieder runter! Ich glaub nicht, dass die das gern sehen, wenn Besucher auf Bäumen rumklettern.«

Ich hätte meiner Mutter gern geantwortet. Oder Gemeinheiten entgegengebrüllt. Vor allem Letzteres. Aber die Kletterei forderte sämtlichen Sauerstoffvorrat ein, den meine untrainierten Lungenlappen aufnehmen konnten. Ich spürte, wie mir der Schweiß aus den Poren lief und mein ohnehin schon stramm sitzendes Leinenhemd am Rücken durchnässte.

Auf der Aussichtsplattform drängte sich nun eine groß gewachsene Gestalt in khakifarbener Kleidung durch die Menge, die derselben Meinung wie meine Mutter war. »Kommen Sie da runter, junger Mann!«

Ich ignorierte den Ranger und tastete mich mit zittrigen Händen am Stamm entlang vorwärts. Allzu weit war es nicht mehr, bis ich die Palmkrone erreichte. Allerdings wurde die Sache dadurch erschwert, dass der Stamm aufgrund der hohen Luftfeuchtigkeit enorm glitschig war und sich zwei grau gefiederte Papageien durch mich gestört fühlten. Sie tanzten vor mir herum, plusterten ihr Gefieder auf und gaben alberne Schnalzgeräusche von sich. Als mir der eine zu aufdringlich wurde, scheuchte ich ihn mit der Hand weg. Lauthals meckernd flog er davon und ich beinahe mit ihm, da ich kurz das Gleichgewicht verlor. Hastig klammerte ich mich wieder an den Stamm und rang nach Atem. Hier oben schien es noch heißer zu sein als auf dem Aussichtsplateau.

»Jetzt kommen Sie sofort da runter!« Der Khaki-Mann stand direkt an der Abgrenzung zum Gehege und schaute zu mir hoch.

»Ja. Gleich. Ich muss nur schnell …«

»Machen Sie, dass Sie da runterkommen, verdammte Hacke!«

Seine drohende Stimme trieb mich an. Mit letzter Kraft setzte ich mich wieder in Bewegung. Schnell fand ich meinen Rhythmus wieder. Rechte Hand, linke Hand. Ineinander verschränken, mit den Füßen Halt suchen und den Hintern nach vorn schieben. Der Stamm der Palme ächzte bedrohlich unter meinem Gewicht. Gut, da mussten wir nun beide durch. Noch nie hatten sie sich so sehr bemerkbar gemacht wie in diesem Augenblick, die überflüssigen fünfzehn Kilo, wie ich schätzte. Vielleicht auch mehr. Ich war schon seit etwa einem Jahr nicht mehr auf der Waage gewesen. Aus Angst und Scham. In diesem Moment fasste ich einen Entschluss: Ich würde eine Diät machen. Sobald ich die Kette in den Händen hielt und wieder festen Boden unter den Füßen hatte.

Die Papageien flatterten noch immer um mich herum und stießen ihr hysterisches Kreischen aus. Die Palmkrone war noch eine Armlänge entfernt. Ich streckte den linken Arm aus und bekam eines der künstlichen Palmblätter zu fassen. Mit einem beherzten Ruck überprüfte ich die Stabilität und zog mich dann weiter nach vorn. Ich befand mich nun exakt über dem Blatt mit meiner Kette daran, die etwa anderthalb Meter unter mir baumelte. Mein Gewicht brachte den ganzen Palmenstamm zum Wackeln, sodass der Ring wie ein Pendel vor- und zurückschwang.

Es war hoffnungslos. Trotzdem konnte ich nicht aufgeben. Langsam beugte ich mich nach unten, dem hängenden Blatt entgegen. Dann löste ich eine Hand von der glitschigen Kunstrinde, um näher an die Kette zu kommen.

Meine Oberschenkel umklammerten den Stamm der Palme. Wenn ich es schaffen würde, mich so lang wie möglich zu machen, hätte ich die Kette. Blöd nur, dass die Papageien mittlerweile nicht mehr ganz so zurückhaltend waren und ihre Kreise um mich herum immer enger zogen. Was hatten die nur? Abgesehen von wirklich bedrohlich großen Schnäbeln. Ich warf einen Blick nach unten und stellte fest, dass sich außer der trüben Plörre und dem wiegenden Blatt nichts mehr unter mir befand. Vermutlich hatte der Tumult die Nilpferde verschreckt.

Die Kette war keinen halben Meter mehr von mir entfernt. Ich lehnte mich noch weiter vor und grapschte nach dem Blatt, an dem die Kette und der Ring hingen. Mein Schatz. Mit der rechten Hand versuchte ich, am schmierigen Stamm Halt zu finden. Meine Oberschenkel zitterten unter der Anstrengung, mein Gewicht zu halten.

Noch vierzig Zentimeter. Ich rutschte noch ein Stück weiter nach vorn.

Dreißig Zentimeter. Der Ring glänzte im Licht der künstlichen Sonne. Ich holte tief Luft und streckte meinen Arm weiter aus. Irgendwo in meinem Rücken knackte es unangenehm.

Zwanzig Zentimeter. Mit den Fingerspitzen meinte ich bereits, das kühle Metall zu berühren. Ich lehnte mich weiter vor, auch wenn ich nun wirklich achtgeben musste, nicht das Gleichgewicht zu verlieren und kopfüber von der Palme zu fallen.

Zehn Zentimeter. Gleich hatte ich die Kette.

Fünf Zentimeter …

Anscheinend hatte einer der hinterlistigen Papageien nur auf diesen Moment gewartet. Denn kaum berührten meine Finger die Kette mit dem Ring daran, stürzte sich der am lautesten kreischende Vogel im Sturzflug auf mich und landete mit ausgebreiteten Flügeln auf dem Ast, an dem ich mich verzweifelt festhielt. Mein »Kschh!« schien ihn nicht aus der Ruhe zu bringen. Mit seinen Krallenfüßen pirschte er sich im seitlichen Gang langsam an meine Hand heran. Diejenige, die sich so fest am Stamm festklammerte, dass die Knöchel weiß hervortraten.

»Kschh!«, machte ich wieder.

Dann erkannte ich, was der Vogel vorhatte, und in diesem Moment hätte ich Stein und Bein geschworen, dass Papageien grinsen konnten. Bösartig und gemein.

Nur eine Sekunde später pickte das Mistvieh mit seinem fies nach unten gebogenen Schnabel auf den kleinen Finger meiner rechten Hand ein. Es tat so unerträglich weh, dass ich gar nicht anders konnte, als aufzuschreien und reflexartig loszulassen.

Ich fiel. Mitten hinein ins Nilpferdbecken.

3

Ich wusste nicht, was die Härchen in meinem Gehörgang mehr kitzeln ließ: das schrille Kreischen meiner Mutter oder mein eigenes. Eigentlich war es auch völlig gleichgültig, sich darüber Gedanken zu machen, denn keinen Wimpernschlag später drang brackiges Tümpelwasser, das nicht nur überraschend kalt war, sondern auch noch sehr mineralhaltig schmeckte, in meine Ohren und meinen Mund. Als ich im brusthohen Wasser wiederaufgetaucht war und mir die Schmutzbrühe aus den Lungen gehustet hatte, war es eigenartig still um mich herum. Zwar war ich noch immer die Hauptattraktion im Hippodrom, aber niemand schrie mich mehr an.

Ich warf einen Blick nach oben und sah, dass die Kette nicht mehr am Palmblatt hing. Aber dann musste sie ja mit mir hier in den Tümpel …

Das Wasser starrte mich an. Es hatte schwarze Augen. Und zwei äußerst haarige Ohren.

Unmittelbar vor mir tauchte plötzlich eine undefinierbare braune Wand aus dem Tümpel. Unglaublich, wie voluminös diese Tiere waren. Das Nilpferd, mit dem ich mir das Badewasser teilte, wackelte mit den Ohren und kam ganz nah an mich heran. Es beschnupperte mich neugierig.

Plötzlich sauste der Papagei von der Palme herab und landete genau zwischen den Ohren des Hippos. Seelenruhig putzte er sein Gefieder, während mich der Dickhäuter weiter musterte.

»Ganz ruhig bleiben!«, rief der Mann in Khaki von der Aussichtsplattform. »Keine ruckartigen Bewegungen. Und schauen Sie Daisy bloß nicht in die Augen!«

»Wem?«, fragte ich irritiert nach.

Ein Fehler. Das Nilpferd zuckte erschrocken zusammen und schnaubte mich an, dass das Wasser nur so spritzte. Der Papagei flatterte aufgeschreckt davon. Heißer und alles andere als gut riechender Nilpferd-Atem umnebelte mich und raubte mir selbst die Luft. Die Kinder kreischten. Meine Mutter schrie. Der Tierpfleger brüllte. Nur ich blieb stumm. Stumm im Angesicht des Todes.

Aus dem Augenwinkel sah ich, dass die Eltern ihren Kindern die Augen zuhielten. Meine Mutter stand neben dem Tierpfleger. Sie hatte sich bei ihm untergehakt.

Dann tauchte das Nilpferd ohne Vorwarnung ab. Sekunden vergingen. Ich blieb noch immer regungslos im Wasser stehen und wartete auf den unvermeidlichen Biss, der mich ins Jenseits befördern würde. Zu Sandra. Meiner Sandra.

Doch der kam nicht.

Das Tier tauchte einfach wieder auf und schaute mich an. Mit diesen für den Körper viel zu kleinen, beinahe schwarzen Knopfaugen. Es war nun so nahe an meinem Gesicht, dass mich seine langen Barthaare kitzelten. Es schnüffelte wieder an mir, dann zog es sich zurück, gab ein bedrohlich klingendes Schnauben von sich und grunzte.

Keiner gab einen Ton von sich. Es war mucksmäuschenstill im Hippodrom. Selbst die Papageien waren vor Ehrfurcht verstummt.

»Was soll ich tun?«, zischte ich dem Pfleger zu.

»Machen Sie nichts. Bleiben Sie stehen! Solange es nicht das Maul aufreißt und sich brüllend auf Sie wirft, tun Sie nichts.«

»Wie beruhigend.«

In diesem Moment kam Bewegung in das Nilpferd. Es

schwamm erneut auf mich zu und riss das Maul auf. Auch mir klappte der Unterkiefer auf die Brust. Vor Staunen. Vor Schreck. Vor was auch immer.

Das Tier war nun so nahe, dass ich tief in seinen Rachen blicken konnte. Ganz hinten wackelte das Zäpfchen, so groß wie mein Unterarm. Das Schicksal hatte es so bestimmt: Die letzte Farbe meines Lebens sollte also rosa sein. Ich versuchte es noch einmal mit hysterischem Kreischen und hielt mir die Hände vors Gesicht.

»Raus aus dem Becken!«, schrie mich der Pfleger an. »Mein Gott, machen Sie schon!«

Doch ich konnte nicht. Alles in mir war gelähmt. Ich fühlte mich wie in einem dieser Albträume, in denen man glaubt, durch zähflüssigen Sirup zu waten.

Ich verachtete mich selbst. Wirklich, ich war entsetzt, was mein Körper mir antat. Anstatt die Flucht anzutreten, hatten sich meine Nerven dazu entschlossen, einfach darauf zu warten, dass sich die nikotingelben, stumpfen Zähne in mich hineinbohrten. *Ob er wohl sehr wehtut, so ein Nilpferd-Biss?*, fragte ich mich. Gleich würde ich es wissen. Es konnte nicht mehr lange dauern.

Meine Überlebenschancen tendierten gegen null. Falls ich die Attacke überleben sollte, würden mich vermutlich die Krankheitserreger des Beckens binnen Minuten dahinraffen, bevor auch nur irgendein Medikament seine Wirkung in meinem Blutkreislauf entfalten könnte.

»Was ist denn das?«, rief da eine kindliche Stimme erstaunt. »Was hat es in seinem Maul?«

Neugierig öffnete ich ein Auge und nahm eine Hand vom Gesicht. Die Schnauze des Nilpferdes stand noch immer weit offen. Und nun erkannte ich auch, was die Aufmerksamkeit des Kindes erregt hatte: Um einen der langen unteren Eckzähne baumelte ein glänzender Gegenstand mit einem Ring daran.

Meine Kette!

Das Nilpferd hob und senkte den Kopf, als wollte es mir zunicken.

»Mein Schatz«, sagte ich laut und ertappte mich dabei, wie ich trotz der Ausweglosigkeit der Situation meine Hand ausstreckte, um sie ins aufgerissene Nilpferd-Maul zu schieben.

»Nicht! Das könnte eine Falle sein«, warnte mich ein anderer Junge von der Plattform aus.

Todesmutig ignorierte ich den Einwand und griff nach der Kette. Mir war klar, dass ich nie wieder Beifall würde klatschen können, wenn das Nilpferd nun zubiss.

Doch das tat es nicht. Geduldig ließ es mich das Schmuckstück von seinem riesigen Zahn ziehen. Mit meinem Schatz in der Hand zog ich den Arm zurück, woraufhin das Nilpferd das Maul langsam zuklappte.

Doch anscheinend war es noch nicht fertig mit mir. Es kam wieder ganz nah an mich ran, und erneut piksten mich die langen, borstigen Haare an der Wange. Es schaute mich an und schnüffelte an mir. Ängstlich schloss ich die Augen und erschrak mich in der nächsten Sekunde so sehr, dass mein Herz beinahe stehen blieb.

Eine klatschnasse, warme, äußerst raue und übergroße Zunge legte sich quer über mein Gesicht. Alles ging so schnell, dass ich meinen Mund nicht rechtzeitig schließen konnte und warmen, glibberigen Hipposabber zu schmecken bekam. Ein kurzer Stupser gegen meine Brust, der mich beinahe umwarf, dann schwamm das Nilpferd an mir vorbei, hievte sich aus dem Wasser und stapfte in aller Seelenruhe an Land.

Fassungslos schaute ich dem Tier nach, das sich gemächlich in Richtung Außengehege begab. Einer der Papageien flatterte vor mir auf Augenhöhe herum und krächzte mich wütend an.

»Jetzt kommen Sie endlich raus da!«, rief der Tierpfleger mir zu. Seine Stimme klang immer noch aufgeregt. Er war mittlerweile ebenfalls ins Gehege geklettert, hielt sich am Stamm der Kunstpalme fest und reichte mir die Hand, doch er hatte Mühe, mich aus dem Wasser zu ziehen. Meine klatschnassen Klamotten machten das Unterfangen noch schwerer. Als ich mich endlich auf die Plattform wuchtete, brandete tosender Beifall in der Menge auf.

»Mann, was haben Sie sich denn dabei gedacht? Sie hätten draufgehen können.« Seine Stimme klang nicht mehr ganz so wütend. Der Beifall schien ihn etwas beschwichtigt zu haben.

»Danke«, sagte ich und meinte es aufrichtig. Ich umfasste seine große Hand und schüttelte sie wie verrückt.

»Keine Ursache, ist mein Job. Aber …«

»Simon!« Meine Mutter war außer sich. »Das war mit Abstand das Dümmste, was du je getan hast.«

Vermutlich hatte sie auch damit recht.

»Du kannst deinen Schutzengeln dankbar sein. Das Nilpferd hätte sonst was mit dir anstellen können. Dich beißen. Auffressen …«

»Schänden«, schlug jemand hinter mir lautstark vor, woraufhin nervös gekichert wurde.

»Na, fressen wohl nicht.« Der Tierpfleger strich seinen rötlichen Bart glatt. »Flusspferde sind Vegetarier. Aber mit ihnen ist dennoch nicht zu scherzen. Wenn eineinhalb Tonnen geballte Wut auf Sie zugelaufen kommen, machen Sie nichts mehr.«

»Aber es wirkte nicht wütend«, erwiderte ich schüchtern. »Im Gegenteil. Es schien richtig … lieb.«

Nun, da mein Adrenalinspiegel wieder auf ein erträgliches

Maß gesunken war, begann ich zu frieren. Ich musste unbedingt raus aus den nassen und stinkenden Klamotten.

»Das stimmt«, sagte der Khaki-Mann. »Das ist wirklich äußerst seltsam. Gerade mit Daisy haben wir die meisten Probleme, weil sie äußerst aggressiv ist.«

»Das ist aber ein merkwürdiger Name für ein derartiges ... Tier«, bemerkte meine Mutter.

Der Mann zuckte mit den breiten Schultern. »Daisy heißt im Englischen ...«

»Gänseblümchen«, kam ich ihm zuvor. »Bellis perennis, um genau zu sein.«

Der Pfleger nickte anerkennend. »Die frisst sie besonders gern. Wegen Daisy mussten wir die Elektrozäune verstärken, da sie sich nicht aufhalten lässt, wenn sie irgendwo eine dieser Blumen sieht. Sie kennen sich aus mit Botanik?«

»Er *liebt* Topfpflanzen«, antwortete meine Mutter an meiner Stelle, und es klang nicht wie ein Kompliment.

»Auf jeden Fall ist Daisy so eigenwillig, dass selbst der Bulle sich zurückgezogen hat und sie nun der Boss im Nilpferd-Becken ist. Sie hatte vor drei Tagen übrigens Geburtstag.« Der Tierpfleger ließ die Schulter kreisen. Vermutlich hatte er sich etwas ausgerenkt, als er mich aus dem Becken gezogen hatte. »Deshalb liegt da noch ihre Geburtstagstorte herum. Oder das, was davon übrig geblieben ist.« Er zeigte auf den Haufen mit Obstresten auf der anderen Seite des Beckens. Allem Anschein nach gehörten Ananas nicht zu den Leibspeisen von Nilpferden. »Glauben Sie ja nicht, dass Daisy ihre Torte mit den anderen geteilt hätte. Teenager eben.« Er lachte kurz auf. »Fünf ist sie übrigens geworden.«

Mutter zupfte an meinem nassen Hemd herum. »Hast du das gehört, Simon? Sie hat exakt an dem Tag Geburtstag, als Sandra ...«

»Bin nicht taub«, unterbrach ich sie frostig und wrang die vorderen Spitzen meines Leinenhemds aus.

Der Tierpfleger sah uns abwechselnd an. »Wer ist Sandra?«

»Die verstorbene Verlobte meines Sohnes. Ihr gehörte der Ring.« Sie zeigte auf meine Hand, in der sich die zurückeroberte Kette befand.

»Oh.« Der Mann kratzte sich am Bart und sah mich verwundert an. »Na, wenn das kein Karma ist …«

4

Karma, echote es in meinem Kopf.

Ich saß in meinem Büro und betrachtete den Kunstdruck an der Wand, der bereits dort gehangen hatte, als man mich zum Filialleiter der Bank gemacht hatte. Das Gemälde zeigte eine skizzenhafte Landschaft, merkwürdig verzerrt in surrealistischen Farben. Die Wiese war blau, der sich durch das Tal schlängelnde Fluss gelb und der bewölkte Himmel rot.

Damals, als man mich befördert hatte, war ich einunddreißig und damit der jüngste Mitarbeiter gewesen, dem die *Magna Pecunia* jemals eine eigene Filiale anvertraut hatte. Man hatte mir eine große Zukunft im Finanzwesen vorausgesagt. Dass diese Zweigstelle der Grundstein für eine Bankkarriere sein werde, wie sie nur alle Schaltjahre passiere.

Das Ganze war nun schon sieben Jahre her, und seitdem war es mit meiner Karriere nicht mehr bergauf gegangen. Aber auch nicht bergab. Und dafür konnte ich dankbar sein. Denn als mir zwei Jahre nach meiner Beförderung der schwere Schicksalsschlag den Boden unter den Füßen weggerissen hatte, ließ man mich nicht fallen. Zwar gab es Gespräche und psychologische Gutachten, ob ich trotz allem noch dazu in der Lage war, diesen verantwortungsvollen Job auszuüben. Man hatte aber schnell erkannt, dass es für mich eine Art Therapie war, arbeiten zu gehen. Um zu verdrängen, zu verarbeiten und vielleicht auch, um zu vergessen, hatte ich mich in akribischem Eifer auf die Zahlen gestürzt und jeden Zweifel an meiner Person mit Fleiß und Können im Keim erstickt. Egal, wie es in mir drinnen ausgesehen haben mochte, meine Ergebnisse machten mich unantastbar. Ich saß fest im Sattel meiner Filiale. Aber mehr auch nicht.

Bereits vor fünf Jahren hatte ich gewusst, dass man mir niemals mehr eine höhere Position anbieten würde. Vermutlich galt ich in der Zentrale als eigenbrötlerischer Freak, der zwar ein echtes Geschick mit Zahlen bewies, aber im harten Geschäftsleben absolut fehl am Platz war. Ich war zu weich. Vor allem aber war ich zu nett. Und das Perfide: All dessen war ich mir voll und ganz bewusst.

Doch es störte mich keineswegs. Die *Magna Pecunia,* mein Arbeitsplatz in diesem mausgrauen Büro mit meinem abgewetzten Stuhl, war mein sicherer Hafen. Hier drohte mir keine Gefahr vor dem Leben. Die wartete draußen auf mich, vor den gläsernen Schiebetüren. An jeder Ecke und in jedem Winkel konnten mir Erinnerungen auflauern, die mich zurückversetzten in die Zeit, als ich noch mitten im Leben gestanden hatte. Nun war ich achtunddreißig, fühlte mich aber wie Ende fünfzig. Und wenn ich ganz ehrlich zu mir selbst war, sah ich auch so aus. Ich war aus dem Leim gegangen, mein volles Haar befand sich vor allem in der Stirnpartie auf dem Rückzug, und die beginnenden, immer dunkler werdenden Tränensäcke unter meinen Augen verliehen mir den Gesichtsausdruck eines traurigen Waschbären.

So, wie ich nach außen wirkte, fühlte ich mich auch: träge, motivationslos und leer. Die letzten Minuten meiner Mittagspause nutzte ich in der Regel, um das zu tun, was ich am besten konnte: gar nichts. Meist saß ich einfach nur auf meinem Bürostuhl, wartete darauf, dass sich die Fünf-Minuten-Terrine (Geschmacksrichtung Frühlingstopf) verdaute, und streifte lustlos durchs Internet. Oft waren es die Nachrichtenportale, denen ich einen Besuch abstattete. Dabei überflog ich sämtliche Meldungen nur halbherzig, denn die Artikel interessierten mich schon lange nicht mehr. Es war mehr eine Art Automatismus, dass ich, sobald der Browser geöffnet war, auf der Homepage einer überregionalen Zeitung landete und mich müde durch die Schlagzeilen pflügte.

Doch heute, an diesem Montag, war es anders. Es gab etwas, das mein Interesse geweckt hatte und das ich unbedingt recherchieren wollte: das Sozialverhalten von Nilpferden. Die bedrohliche Begegnung des gestrigen Tags hatte mich nicht losgelassen, ja, mich kaum ein Auge zutun lassen. Immer wieder wurde ich überrumpelt von meinen starken Empfindungen, die ich im Angesicht des Nilpferdes verspürt hatte. Ich fühlte mich wie ein Überlebender einer schrecklichen Katastrophe. Alles hätte anders kommen können. Genauso gut könnte ich heute die Schlagzeilen der Nachrichten-Portale beherrschen: *Bankdirektor (38) im Zoobecken vor Kinderaugen von tobsüchtigem Nilpferd zerfleischt!*

Aber ich tat es nicht. Ich lebte. Und, verdammt noch mal, ich wollte wissen, warum. Wieso hatte dieses als äußerst aggressiv geltende Nilpferd ausgerechnet mich verschont? Mehr noch: Warum hatte es die Kette mit Sandras Verlobungsring im Maul gehabt? Und mir freiwillig wiedergegeben? Ich konnte mir nicht helfen, aber es hatte beinahe den Anschein, als ob mir das Nilpferd die Kette aushändigen *wollte* ... so lächerlich das auch klingen mochte.

Auf der Suche nach Antworten wühlte ich mich durch sämtliche Informationen, die ich online finden konnte, als ohne Vorwarnung die Bürotür aufgerissen wurde und eine wütende Dame auf mich zugestapft kam. In meiner Mittagspause. Ich sah vom Bildschirm auf und blickte auf die Uhr. Ich hatte noch ganze drei Minuten.

»Sie müssen mir diesen Kredit gewähren!«, brüllte die Frau

unvermittelt los. Kein: »Guten Tag.« Kein: »Entschuldigung, dass ich hier so reinplatze.« Nichts. Sie stand einfach vor mir und schrie mich an.

In meiner verantwortungsvollen Funktion führte ich viele Kundengespräche am Tag. An die wenigsten konnte ich mich später erinnern. Doch diese Frau erkannte ich sofort wieder, wenngleich sie diesmal jede Klasse, die sie noch bei ihrem ersten Besuch an den Tag gelegt hatte, vermissen ließ. Eva Hamberg sah mitgenommen aus. In jeder Hinsicht. Eine zerknitterte Bluse mit ausgeblichenem floralem Muster, deren Ärmel asymmetrisch gekrempelt waren. Die vor wenigen Tagen noch aufwendig zurechtgelegte Frisur war nun nicht mehr als eine Idee davon. Außerdem hatte sie auf Make-up verzichtet, was tiefe Falten um ihre Augen offenbarte.

Eigentlich war ich nicht besonders überrascht darüber, sie so kurz nach unserem letzten Zusammentreffen wiederzusehen. Vielmehr war es der normale Weg. Kam es vor, dass die *Magna Pecunia* Kredite ablehnen musste, suchten sich die enttäuschten Kunden andere Banken, meist mit demselben Ergebnis, bis sie nach einer entnervenden Kreditanstalten-Odyssee wieder an den Anfang gelangten. Zurück auf Los, allerdings ohne tausend Euro einzuziehen. In diesem Fall hatte eine höhere Macht im Universum den Beginn und das Ende von Eva Hambergs Irrfahrt ausgerechnet in mein Büro verlegt.

Vielleicht sollte ich einen Umzug erwägen, dachte ich, während ich in einer gütigen Geste die Arme hob.

»Frau Hamberg.« Darauf bedacht, möglichst viel Sanftmut in meine Stimme zu legen, versuchte ich mich an einem durchaus wohlwollenden Lächeln. »Die *Magna Pecunia Bank* kann wirklich nichts für Sie tun.«

»Aber Sie *müssen!* Es geht um meine Existenz. Und um die

meiner Mitarbeiter! Schauen Sie sich die Unterlagen noch mal an.« Erneut hielt sie mir den magentafarbenen Aktenordner hin und sah mich bittend, beinahe flehend an.

Ich zögerte, worauf sie noch ein Stück auf mich zukam. Doch ich tat ihr nicht den Gefallen und nahm den Ordner entgegen. Aus meiner gütigen Geste wurde eine ablehnende. So verweilte der Ordner noch eine Weile hilflos in der Luft, bis Frau Hamberg kraftlos den Arm sinken ließ.

»Überlegen Sie doch.« Ich versuchte, an ihren Verstand zu appellieren. »Seit dem vereinten Europa gibt es Speditionsunternehmen wie Sand am Meer.«

»Aber die Firma meines Vaters ist kein normales Speditionsunternehmen. Er hat sich seinerzeit spezialisiert, auf ...«

»Ich weiß«, unterbrach ich sie. Eine Lüge. Gar nichts wusste ich. Musste ich auch nicht. Mir reichte die rote Zahl unter dem Strich, um zu wissen, dass dieser Laden zum Tode verurteilt war.

»Wollen Sie es sich nicht wenigstens noch einmal anschauen?« Ihre Augen füllten sich wieder mit Tränen, was ihr einen unglaublich verletzlichen Ausdruck verlieh. Beinahe war ich gewillt, sie kurz in den Arm zu nehmen, sie zu trösten. Selbstverständlich tat ich das nicht. Aber ich erhob mich vom Bürostuhl und reichte ihr ein Taschentuch. »Ich bedauere es außerordentlich, Frau Hamberg, aber wir können wirklich nichts für Sie tun.«

Konsterniert stand sie da, vor meinem Schreibtisch, und ließ ihren Emotionen freien Lauf. Sie weinte leise, ließ einfach nur das Rinnsal auf ihren Wangen für sich sprechen. Der Aktenordner glitt ihr aus der Hand. Alles geschah wie in Zeitlupe. Da standen wir uns gegenüber. Zwei gescheiterte Existenzen, jeder auf seine Weise. Nur mit dem Unterschied, dass sie sämtliche Hoffnungen in meine Hände gelegt hatte. Und es war an mir, sie zu enttäuschen, sie unter meinem geschäftsmäßigen Auftreten zu zermalmen.

In dem Moment, als der Aktenordner mit einem lauten Knall auf dem Boden aufschlug, stürmte meine Sekretärin ins Büro. »Frau Hamberg!«, schimpfte sie. »Sie können doch nicht einfach …«

»Schon in Ordnung«, wiegelte ich ab und hob entschuldigend die Hände.

Das Aufkreuzen von Frau Schnutter hatte Frau Hamberg aus ihrer Lethargie gerissen. Es war der Moment, in dem sie einsah, dass sie verloren hatte. Vermutlich alles. Ohne Gegenwehr ließ sie sich von meiner Sekretärin aus dem Zimmer eskortieren.

»Ihr Aktenordner«, rief ich ihr nach, bevor sie aus meinem Sichtfeld verschwunden war, aber sie reagierte nicht mehr.

Schwer atmend ließ ich mich wieder auf meinen ächzenden Bürostuhl fallen. Ich spürte, dass ich unter den Achseln zu schwitzen begonnen hatte. Der Sommer gehörte eindeutig nicht zu meiner Lieblingsjahreszeit.

Mit der Fernbedienung für die Klimaanlage regulierte ich die Raumtemperatur auf erfrischende neunzehn Grad. Ich warf einen Blick auf die Uhr. Die Mittagspause war vorbei. Doch ich konnte mich noch nicht aufraffen, saß einfach nur in meinem gepolsterten Chefsessel und betrachtete das Foto, das mich und Sandra lächelnd Arm in Arm am Strand von Teneriffa zeigte. Welchen Sinn hatte die eigene Existenz, wenn man gar nicht mehr existieren wollte? Diese Frage spukte in meinem Kopf herum.

Mit achtunddreißig Jahren blickte ich auf einen Scherbenhaufen zurück, der sich Leben nannte. Noch immer dachte ich jeden Tag an Sandra, doch heute war es ganz besonders schlimm. Herzzerreißend schlimm. Mir fielen wieder die

Pläne ein, die wir gemeinsam geschmiedet hatten. Wir hatten noch viel reisen wollen, bevor wir uns auf das Abenteuer Kinder einließen, hatten uns die Welt ansehen wollen. Sandras größter Traum war es immer gewesen, das Masai Mara National Reserve in Kenia zu sehen, um die Wildtiere in ihrer natürlichen Umgebung zu beobachten. So viele Pläne, und doch hatten wir es in unserer gemeinsamen Zeit gerade mal bis nach Teneriffa geschafft. Teneriffa!

Es klopfte an der Tür, und das Gesicht von Frau Schnutter erschien erneut. »Tut mir leid wegen eben«, sagte sie schmallippig.

»Schon gut. Machen Sie sich keine Sorgen.«

»Ich weiß ja, dass Sie nicht gestört werden wollen. In Ihrer Mittagspause.« Sie betrachtete die Wanduhr, und ihr Blick gab mir deutlich zu verstehen, dass meine Pause vorüber war.

»Wäre noch etwas?«

»Ja. Ihre Mutter steht vor der Tür.«

Unwillkürlich klappte meine Kinnlade nach unten.

»Soll ich ihr sagen, Sie wären beschäftigt?«

Ich dachte kurz nach, schüttelte aber dann den Kopf. »Nein, schicken Sie sie rein.«

Auch heute trug Mutter wieder einen Hut. Diesmal einen dezenteren und nicht ganz so ausladend. Vermutlich, damit der Blick der Leute zuerst auf die riesige Brosche fiel, die ans Revers ihres violetten Blazers gepinnt war. In der rechten Hand hielt sie ihre Tasche, in der Linken einen Stoffbeutel.

»Mutti«, sagte ich lahm.

»Sohn.«

Sie setzte sich auf einen der beiden Schwingstühle vor dem Schreibtisch und nahm ihre Handtasche auf den Schoß.

»Also?«, fragte ich nach einem Moment des Schweigens. »Was führt dich hierher?«

»Ich wollte wissen, wie es dir geht«, erwiderte sie knapp. Ich sah ihr an der Nasenspitze an, dass das nicht alles war.

»Wir haben uns doch erst gestern gesehen. Warum sollte es mir heute anders gehen als gestern?«

»Nach einem solchen Ereignis fragt man sich als besorgte Mutter natürlich schon, wie das Kind das weggesteckt hat.«

»Das Kind ist mittlerweile fast vierzig.«

»Ich weiß genau, wie alt du bist. Dennoch. Du bist gestern dem Tod von der Schippe gesprungen. Du kannst wirklich von Glück reden. Ich weiß nicht, wie es dir ergangen ist, aber ich habe die ganze Nacht über kein Auge zugemacht. Und ich habe nachgedacht.«

»So?«

»Hm-hm.« Sie nickte eifrig. »Wie du weißt, beschäftige ich mich mit Engeln.«

Ich stöhnte auf. Engel waren seit jeher Mutters Lieblingsthema. Bevor sie weiter ausholen konnte in diesem Thema, das mich weniger als alles andere interessierte, versuchte ich ihr zuvorzukommen. »Mutter, bitte ...«

Ihre Hand schoss in einer ruckartigen Geste nach vorn. Da fiel mir auf, dass sie Handschuhe trug – obwohl es draußen sommerlich warm war.

»Lass mich ausreden. Ich weiß, dass du nicht viel davon hältst und die Existenz von Engeln anzweifelst. Aber es gibt sie, ob du es wahrhaben willst oder nicht.«

»Mutter ...«

»Du sollst mich ausreden lassen«, sagte sie scharf.

»Verzeihung.«

»Ich bin mir ziemlich sicher, dass du gestern einen Schutzengel hattest.«

Ich schaffte es nicht, ein genervtes Schnauben zu unterdrücken, doch Mutter ließ sich nicht beirren.

»Und allem Anschein nach hat dieser Schutzengel die Gestalt eines Nilpferdes angenommen.«

Aus dem Schnauben wurde ein herzliches Auflachen.

Sie schürzte die Lippen und bedachte mich mit einem ernsten Blick. »Sei nicht dumm«, stellte sie klar. »Überleg doch nur. Der Todestag von Sandra ist der Geburtstag dieses Nilpferdes. Die Sache mit dem Ring und der Umstand, dass du hier vor mir sitzt, im Vollbesitz sämtlicher Gliedmaßen … Das kannst du nicht einfach so abtun. Das hat etwas zu bedeuten. Ein Zeichen, Simon. Von einem höheren Wesen. Spürst du es denn nicht?«

Ich musste trocken schlucken. Es war nicht das erste Mal, dass mir meine Mutter Angst einjagte. Aber in diesem Moment klang sie wie eine Besessene.

»Was wäre,«, begann sie vielsagend, »wenn das Nilpferd nicht einfach nur ein Nilpferd war?«

»Sondern?«

Sie fuchtelte hilflos mit den Armen. »Ich weiß ja auch nicht«, gestand sie schließlich. »Eben ein fleischgewordener Schutzengel.«

Unsere Blicke trafen sich. Meiner voller Skepsis, ihrer voller Hoffnung.

»Ein Schutzengel in Form eines Nilpferdes«, fasste ich ihre These müde zusammen.

»Möglich wär's doch.« Plötzlich wandte sie den Blick ab und sah neben sich auf den Boden. »Ach ja, weshalb ich hier bin …« Sie beförderte die Jutetasche nach oben. »Die Kleidung, die man dir im Zoo geliehen hat. Frisch gewaschen und gebügelt. Lass dir nicht zu lange Zeit damit, sie zurückzubringen. Das gehört sich nicht.«

5

Zum zweiten Mal innerhalb von zwei Tagen stand ich auf der Aussichtsplattform neben der Kunstpalme und sah auf die Nilpferde herab. Es tummelten sich drei im Wasser. Große, breite, braunrote Erhebungen in einer brackigen, trüben Brühe. Doch Daisy erkannte ich sofort. Sie war die dickste der drei und hielt sich im Abseits. Sobald sich ein anderes Nilpferd ihr auch nur näherte oder es wagte, in ihre Richtung zu blicken, begann sie, lautstark zu grunzen, riss das Maul auf und zeigte ihre langen, bedrohlich spitzen Eckzähne, die mich in Form und Farbe an überreife Bananen mit messerscharfer Spitze erinnerten. Der Tierpfleger hatte nicht untertrieben, was ihr soziales Verhalten anging. Es war de facto nicht existent.

Ich stand nun schon eine ganze Weile da, schaute den dösenden und zankenden Tieren beim ausgiebigen Bad zu und ließ meine Gedanken schweifen. Die einzelgängerische Daisy trieb genau unter mir und streckte mir ihr Hinterteil entgegen. Sie war wirklich sehr ... massig. Wieder und wieder musste ich an den Moment denken, als wir uns in diesem Becken gegenübergestanden hatten.

Mehr aus einem Impuls heraus rief ich nach ihr: »Daisy?« Zunächst zaghaft, beinahe flüsternd. Ich konnte sehen, wie sich die runden Ohren des Nilpferds kreisend drehten. In etwa so wie Radarschüsseln. Ich rief noch mal ihren Namen. Diesmal etwas lauter: »Daiiisy!«

Das Nilpferd hob den Kopf, drehte sich träge um und

blickte mich aus zusammengekniffenen Augen an. Ich fragte mich, ob Nilpferde gut sehen konnten. Oder waren sie vielleicht von Natur aus kurzsichtig, wie Fische?

Beinahe kam es mir vor, als könnte ich ihren Blick spüren. Dann tat sie etwas Erstaunliches. Sie schwamm direkt auf die Aussichtsplattform zu. Auf mich. Dabei tat sie nichts weiter, als mich unentwegt anzustarren. Ich betrachtete die rosafarbene Haut um ihre Nase, die übersät war mit schwarzen Pigmentflecken. Direkt darunter begannen die dicken Borsten, die mir gestern noch ins Gesicht gepikst hatten.

Daisys Schädel war wirklich monströs. Wenn ich daran dachte, dass ich ihr so nah gewesen war, uns nur Zentimeter voneinander getrennt hatten, wurde mir angst und bange. Ohne große Mühe hätte sie ein lebendes Büffet aus mir machen können. Aber sie hatte es nicht getan.

»Daisy scheint einen Narren an Ihnen gefressen zu haben«, riss mich eine Stimme aus dem Tagtraum. Ruckartig fuhr ich herum und erblickte den Tierpfleger mit dem roten Bart.

»Das beruht auf Gegenseitigkeit«, gestand ich und ergriff seine ausgestreckte Hand zur Begrüßung. »Ein bisschen zumindest. Das gestrige Erlebnis hat auch bei mir einen bleibenden Eindruck hinterlassen.« Ich drehte mich wieder zu Daisy, doch dann fiel mir der Grund meines Besuches ein. »Ach ja, ich habe die Uniform dabei. Selbstverständlich frisch gewaschen, mit etwas Weichspüler. Ich hoffe, Sie mögen Rosa pendulina?«

»Wie meinen?«

»Die Gebirgsrose. Eine Wildrosenart.«

»Aha. Jaja.« Emotionslos nahm der Tierpfleger die Jutetasche entgegen. »Mann, Mann, Mann.« Er schüttelte den Kopf, ohne dabei das Nilpferd-Becken aus den Augen zu lassen. »Das war ja echt was gestern. Nicht auszudenken, was da alles hätte passieren können.«

»Nun, ich hatte nicht den Eindruck, dass ich mich in Gefahr befand.«

»Waren Sie aber. Auch wenn Nilpferde so aussehen, als könnten sie kein Wässerchen trüben, sind sie extrem gefährlich. Statistiken zufolge sterben mehr Menschen durch Nilpferd-Angriffe als durch jedes andere Raubtier. Und dieses Prachtexemplar hier«, seine behaarte Hand zeigte auf Daisy, »ist in Sachen Eigensinn eine Klasse für sich.«

Gemeinsam sahen wir Daisy dabei zu, wie sie dem größten anwesenden Nilpferd ohne Vorwarnung einen Eckzahn in dessen Hintern rammte, bloß weil sich dieses erdreistet hatte, an ihr vorbeizuschwimmen. Ein markerschütterndes Röhren hallte durch den Hippodrom.

»Sehen Sie? Bissig und unberechenbar.«

»Sie möchte eben für sich sein.« Irgendwie konnte ich ihr Verhalten sehr gut nachvollziehen. Wäre ich eingesperrt in einem verhältnismäßig kleinen Gehege mit Artgenossen, die ich nicht leiden könnte, würde ich vermutlich ebenfalls bissig werden. »Und wie verhält sie sich den Pflegern gegenüber?«

Der Mann mit den roten Haaren auf dem Kopf und im Gesicht musterte mich aufmerksam. »Sagen wir so. Wenn es sich vermeiden lässt, halten wir stets ein paar Meter Abstand zu ihr. Ganz sicher nicht grundlos. Ehrlich, dass Sie den gestrigen Unfall überlebt haben, grenzt an ein Wunder.«

Ich gab mich einem bedächtigen Nicken hin. »Meine Mutter ist der Meinung, ich hätte einen Schutzengel gehabt.«

Der Mann lachte auf. »Wohl eher eine ganze Showtanzgruppe von Schutzengeln.«

Ich fiel in das Lachen ein, wenn auch mehr aus Höflichkeit.

»Ich bin übrigens Hagen. Hagen Wolf«, sagte der Pfleger.

Ich ergriff seine ausgestreckte Hand ein weiteres Mal und verlor kurz die Kontrolle über meine Gesichtszüge, als er zudrückte. »Simon Berger«, presste ich unter Schmerzen hervor. »Und Sie heißen wirklich Wolf mit Nachnamen?«

Er grinste mich breit an und offenbarte zwei wirklich große Schneidezähne. »Witzig, nicht? Als wäre es mein Schicksal, Tierpfleger zu werden.«

Endlich ließ er meine Hand los.

»Muss ein toller Job sein«, sinnierte ich.

»Oh ja, das ist es. Und was machen Sie beruflich?«

»Ich bin Bankkaufmann. Genau genommen Filialleiter bei der *Magna Pecunia Bank*.«

»Kenn ich«, erwiderte er sofort, »das ist doch die mit der Werbung, in der das fette Eichhörnchen eine Nuss nach der anderen in seine Backen schiebt.«

»Genau die.« Ich räusperte mich beschämt, als hätte ich diesen unsäglich schlechten Spot zu verantworten. »Damit möchte die *Magna Pecunia* auf die guten Sparkonditionen hinweisen.« Ich rang mir ein entschuldigendes Lächeln ab. »Allerdings gibt es die auch bei uns nicht mehr, weshalb diese Werbung mit unserem alten Maskottchen seit einiger Zeit nicht mehr ausgestrahlt wird.«

»Aha«, sagte Hagen. »Interessant.«

»Auf jeden Fall ist das interessant. Wenn man bedenkt, dass man dafür bei uns ab sofort ...«

»Bin bei einer anderen Bank.« Unwillkürlich verschränkte Hagen die Arme vor der Brust.

»Kann ich Ihnen nicht verübeln.«

Er lehnte sich gegen das Geländer und steckte seine Daumen in die Träger der Latzhose. »Bankkaufmann, ja?«

Nickend stellte ich mich neben ihn, die Unterarme auf dem Geländer ruhend, und betrachtete weiter die Nilpferde.

»Das wäre ja nichts für mich, den ganzen Tag in so 'nem Büro herumhängen, in so 'nem feinen Zwirn und lauter Zahlen überall.«

Ich betrachtete seine khakifarbene Arbeitskleidung. Es sah wirklich bequem aus. »Ich verstehe, was Sie meinen.«

»Und warum machen Sie so 'nen Job, wenn er Ihnen keinen Spaß macht?«

Damit überraschte er mich. Anscheinend sprach mein Gesicht Bände. Ich dachte an die Moralpredigten meiner Mutter zurück. Damals, nach dem Abi, als ich ihr offenbart hatte, nicht studieren zu wollen, sondern stattdessen ein Sabbatjahr zu nehmen.

»Bin da so hineingeschlittert.«

»Kenn ich«. Hagen sah mich verständnisvoll an. Beinahe mitleidig. »Aus so was kommt man schwer wieder raus. Hat man sich erst mal an das Geldverdienen und an die Bequemlichkeit eines geregelten Tagesablaufs gewöhnt, ist man kaum mehr gewillt, neue Wege zu beschreiten.«

Ich sah Hagen Wolf mit großen Augen an und musste zugeben, dass ich beeindruckt war. Mit nur wenigen Sätzen hatte er das ausformuliert, was mich seit Jahren beschäftigte.

»Aber Sie sind doch noch jung«, fuhr er fort und klopfte mir dabei auf die Schulter. Vermutlich sollte es ein leichter Klaps sein, aber Hagen war einer dieser bärigen Typen, die ihre strotzende Kraft nicht unter Kontrolle hatten. »Wie alt sind Sie?«, fragte er geradewegs heraus. »Fünfzig?«

»Achtunddreißig«, erwiderte ich tonlos.

Er musterte mich abschätzig. »Echt jetzt?«

Ich nickte. »Zugegeben, ich habe mich in letzter Zeit etwas, ähm, gehen lassen.« Wie zur Entschuldigung strich ich mir die dünner werdenden Haare aus der Stirn, die dringend mal wieder in die Obhut eines Friseurs gehört hätten. Früher hatte sich Sandra um meine Haare gekümmert und sie mir bei schönem Wetter auf dem Balkon geschnitten.

Allzu gut erinnerte ich mich an den ersten Friseurbesuch nach ihrem Tod. Kaum hatte diese andere Frau, ein junges, zu stark geschminktes Ding mit schlechten Extensions, in mein Haar gegriffen und den ersten Scherenschnitt vollzogen, waren die Emotionen auf mich eingestürzt. Unter Tränen war ich aufgesprungen und hatte fluchtartig den Salon verlassen. Seitdem hing der Friseurkittel des Salons in meinem Schrank. Mein Auftritt dort war mir so unangenehm, dass ich nicht dazu imstande war, ihn zurückzubringen.

Nach dieser schmerzhaften Erfahrung hatte ich es mit diversen Selbstschneideerzeugnissen aus dem Shopping-Kanal versucht. So hatte ich zumindest die ersten Monate überbrücken können, bis ich wieder zu einem Friseurbesuch in der Lage gewesen war. Noch immer waren mir die Gänge zum Friseur unangenehm, da sie mich jedes Mal schmerzhaft an Sandra erinnerten. Zumindest brach ich nicht mehr unter Heulkrämpfen zusammen. Die Zeit vermochte zwar nicht, die Wunden zu heilen, doch sie verschloss die blutigen Einschnitte mit einem robusten Narbengeflecht.

»Achtunddreißig«, holte mich Hagen in den Hippodrom zurück. »Das ist wahrlich kein Alter.«

»Finden Sie?« Ich selbst fühlte mich steinalt.

»Definitiv jung genug, um noch einmal von vorn zu beginnen.«

»Ach.«

»Sie haben keinen Bock mehr auf Ihren Job? Dann schmeißen Sie ihn hin und suchen sich was Neues. Irgendetwas, das Sie ausfüllt.«

Er klang wie einer dieser »Alles wird gut«-Tarot-Kartenleser aus dem Fernsehen, die meine Mutter stets schaute.

Vermutlich verprasste sie dort einen Großteil meines Erbes – dort und in dem Laden bei ihr um die Ecke, wo man Heilsteine, Salzkristallleuchten und Schutzengelanhänger kaufen konnte.

»Und was soll das bitte schön sein?«

»Na, das müssen Sie schon selbst herausfinden.« Mit einer ruckartigen Bewegung entlockte er seinem Genick ein lautes Knacken. »Ein Job im Zoo, zum Beispiel. Der Direktor ist momentan auf der Suche nach neuen Auszubildenden. Wie wäre es mit einem Job als Tierpfleger?«

Ich sah ihn entgeistert an. »Ich beginne doch in meinem Alter keine Ausbildung mehr. Schon gar nicht als Tierpfleger!«

Hagen musterte mich lange von der Seite. »Warum nicht? Es ist ein toller Job, mit viel Bewegung und guter Bezahlung. Am Ende des Tages haben Sie nicht nur das Gefühl, körperlich etwas geleistet, sondern auch den Tieren geholfen zu haben.«

»Ich weiß nicht.« Ich merkte selbst, dass ich nicht mehr ganz so überzeugt klang.

»Überlegen Sie es sich. Sie könnten es ja zunächst einmal mit einem Praktikum versuchen«, schlug er vor. »Gute Praktikanten, die anpacken können, suchen wir eigentlich immer.«

Wieder ruhte dieser abschätzende Blick auf mir. Hagen hatte stechend blaue Augen. Unnatürlich hell. Auf einmal umfasste er meinen Oberarm. So schnell, dass ich gar nicht die Chance hatte, meinen Bizeps anzuspannen.

»Sie können doch anpacken, oder?«

Ich befreite mich aus seinem schraubstockartigen Griff und drehte mich von ihm weg.

»Ihre Mutter glaubt also an Schutzengel?«, fragte er aus dem Nichts heraus.

»Generell an Übernatürliches«, verbesserte ich ihn.

»An etwas zu glauben ist keine schlechte Sache.«

»Da haben Sie vermutlich recht. Aber sie *glaubt* nicht nur, dass ich gestern einen Schutzengel hatte«, gestand ich aus einer Laune heraus. »Meine Mutter ist fest davon überzeugt, dass dieses Nilpferd mein zu Fleisch gewordener überirdischer Beschützer ist.« Ich richtete den Blick auf das Becken und betrachtete Daisy. Dann begann ich zu lachen. Nicht weil ich es witzig fand. Vielmehr, um Hagen klarzumachen, was *ich* von der Sache hielt.

Eigentlich hätte ich damit gerechnet, dass er in mein Gelächter einsteigen würde. Aber das tat er nicht. Er sah mich einfach nur an und begann schließlich zu nicken. »Verstehe«, sagte er langsam.

»Sie sind ein schlechter Lügner.«

»Nein, ich verstehe wirklich. Wissen Sie, ich bin Buddhist. Ich kann mir eine Menge übernatürlicher Dinge vorstellen. Wenngleich ich nicht glaube, dass uns Schutzengel in Form von Nilpferden erscheinen.«

»Sehen Sie.«

»Das heißt aber nicht, dass dieses Nilpferd für Sie nicht doch etwas Besonderes darstellen kann.«

»Zum Beispiel?« Ich sah ihm an, dass er angestrengt nachdachte.

»Ich weiß nicht«, gestand er schließlich. »Sagten Sie nicht, dass Daisy an dem Tag geboren wurde, als Ihre Verlobte ...«

Ich rechnete ihm hoch an, dass auch er es vermied, das unschöne Wort auszusprechen, und nickte bejahend.

»Den buddhistischen Lehren zufolge ist es durchaus möglich, dass Daisy die Reinkarnation Ihrer Verlobten ist. Theoretisch.«

Ich blinzelte ihn an, woraufhin er zurückruderte: »Alles rein hypothetisch, versteht sich.«

»Tja, Herr Wolf. Ich müsste dann mal weiter. Blumen gießen und so. War ein heißer Tag heute. Und nach Regen sieht's auch nicht aus.«

Mit Kennermiene blickte ich nach oben. Eine ziemlich schwachsinnige Aktion, da wir uns in einem überdachten Gebäude aufhielten. Doch Hagen folgte meinem Blick und nickte verständnisvoll.

Nun war ich es, der ihm die Hand reichte, doch diesmal war ich vorgewarnt und erwiderte den festen Druck, bevor er meine Hand in seiner zermalmen konnte.

»Überlegen Sie es sich«, sagte Hagen zum Abschied. »Fähige Arbeitskräfte können wir immer gebrauchen.«

6

In dieser Nacht war an Schlaf erneut kaum zu denken. Was vor allem am Hoch Anneliese lag, das dem westeuropäischen Frühsommer ein Sahara-Klima bescherte. Nackt bis auf die Unterhose wälzte ich mich auf meiner Seite des Doppelbettes herum, strampelte mich von der Bettwäsche frei und versuchte, endlich zur Ruhe zu kommen. Doch genau das ließen meine Gedanken nicht zu. Sie dachten überhaupt nicht daran, mich in das Reich der Träume übertreten zu lassen. In immer schneller werdender Rotation kreisten sie um ein und dasselbe Wort: Reinkarnation.

Gegen Abend hatte ich mir in einer Online-Bibliothek einen buddhistischen Reinkarnationsratgeber heruntergeladen, der zwar nicht der günstigste war, aber die besten Bewertungen bekommen hatte. Mehr aus einer Neugierde heraus, hatte ich das getan – nicht, weil ich glaubte, dass irgendwas an diesem Unsinn dran war. Die ersten Seiten überflog ich auf meinem E-Book-Reader beim Abendessen. Schwarzbrot mit Leberwurst, Senf und mild-würzige Gürkchen mit Balsamico verfeinert. Im direkten Anschluss machte ich es mir auf der Couch bequem und las während der Tagesschau weiter. Bis zum Montagskino, an dessen Beitrag ich mich kein bisschen mehr erinnern konnte – und noch weniger an das, was im Anschluss über den Äther lief.

Irgendwann blickte ich auf die Uhr und stellte erschrocken fest, dass es bereits nach zwölf war. Ich hätte schon längst im Bett liegen müssen. Dafür hatte ich das Buch bis zur Hälfte durch und war schlichtweg fasziniert. Die Buddhisten meinten es absolut ernst mit ihren Reinkarnationsideen und waren davon überzeugt, dass jedes Lebewesen auf der Welt – egal, ob Heuschrecke, Grashalm, Löwe oder Mensch – wiedergeboren wurde. Im ewigen Kreislauf. Das Buch vertrat die Meinung, dass Energie nicht einfach so verschwand und die Seelen deshalb nach dem irdischen Tod und dem Verlassen ihrer äußeren Hülle weiterwanderten in das nächste Gefäß. Besonders interessant fand ich die These, dass die Station des nächsten Lebens davon abhängig war, wie man sein vorheriges Leben gelebt hatte. Für jeden ernsten Buddhisten galt es, die oberste Stufe zu erreichen, das Nirwana. Doch bis dahin war es ein weiter und beschwerlicher Weg. So ganz hatte ich das mit den Stufen zwar nicht verstanden, aber zumindest genug, um zu kapieren, dass die Voraussetzungen des nächsten Lebens besser waren, wenn man das Dasein zuvor im Einklang mit Flora und Fauna gelebt hatte. Und genau da wurde ich skeptisch. Okay, Sandra hatte launisch sein können und war nicht immer die sozial Verträglichste gewesen. Aber sie hatte ihr Herz am rechten Fleck gehabt und hätte – abgesehen von meiner Mutter – keinem Lebewesen absichtlich Leid zugefügt. Mitglied bei PETA war sie auch gewesen. Hätte sie es also wirklich verdient, im nächsten Leben als Flusspferd wiedergeboren zu werden?

Ja, sagte der Buddhismus-Ratgeber. Denn das Menschsein war nicht die oberste Stufe der Erleuchtung. Für Buddhisten galten Tiere als reiner und ehrlicher. Das zeigte mir, wie klug diese Religion war. Nach einem menschlichen Dasein als ehrfurchtsvolles Tier wiedergeboren zu werden (zum Beispiel als Tiger, Löwe oder eben Nilpferd) war demnach also durchaus gleichzusetzen mit dem Erreichen der nächsten Stufe auf der Reinkarnationsleiter.

So interessant sich all dies in der Theorie auch lesen mochte, glauben wollte ich es nicht so recht. Aber konnte ich wirklich so töricht sein und behaupten, eine ganze Religion, der in etwa eine halbe Milliarde Menschen angehörten, läge derart falsch? Wenn die Christen an die Auferstehung Jesu glaubten, an den Sündenerlass durch Buße in Form von drei Ave Marias, an den österlichen Urbi et Orbi, der seine Gültigkeit sogar via Radio- und Funkübertragung behielt – warum sollte es nicht auch die Möglichkeit der Wiedergeburt geben?

Aber das allein war es nicht, was mir in dieser Nacht den Schlaf raubte. Vielmehr war es der Umstand, dass Buddhisten anscheinend Möglichkeiten gefunden hatten herauszufinden, ob besagte Seele in einem anderen Körper weiterlebte, sein Gefäß also in einem anderen Lebewesen gefunden hatte. Was mich aber ganz besonders verstörte: Der dreihundertseitige Buddhismus-Ratgeber für 8,99 Euro präsentierte über Jahrhunderte bewährte Möglichkeiten und Tests, mit der sich die Reinkarnationstheorie bestätigen ließ. Allem Anschein nach. Nicht, dass ich wirklich daran glaubte.

Ich öffnete die Augen, blickte in die Dunkelheit meines Schlafzimmers. Alles war still. Dann griff ich nach dem auf dem Nachttisch abgelegten E-Book-Reader und drückte ihn mir fest gegen die Brust. Fand ich hier drin tatsächlich die Bestätigung für meine vage Vermutung? Den letzten Strohhalm, an den ich mich nur zu gern klammern mochte?

Was wäre, wenn?, fragte mich eine leise Stimme, deren Ursprung ich nicht zu deuten vermochte. *Was wäre, wenn Sandras Seele tatsächlich in einem Nilpferd, in Daisy, ihr Gefäß gefunden hätte?*

Die Fakten, der Zeitpunkt von Sandras Tod und Daisys Geburtstermin passten einfach zu gut. Je länger ich in dieser Nacht wach lag, desto deutlicher erklang die unausgesprochene Antwort auf meine Frage in meinem Hirn. Keine der daraus resultierenden Konsequenzen gefiel mir, denn sie bedeuteten zwangsläufig, dass ich mein gesamtes Leben umkrempeln musste.

Doch wenn auch nur die klitzekleinste Möglichkeit besteht, dass … Und ist diese Möglichkeit noch so winzig …

Nein, die Stimme ließ sich nicht unterdrücken. Sie begehrte auf, wurde lauter. Dringlicher. Verlangender.

Als der Morgen graute und sich die Nachtigall von der Lerche ablösen ließ, hatte ich meinen Entschluss gefasst. Ich würde mich für heute krankmelden.

7

Dutzende Augenpaare glotzten mich an.

Ich war irritiert. Ich wusste nicht, mit welchem Interieur ich im Büro eines Zoodirektors gerechnet hatte. Tapeten im Zebra-Design vielleicht. Eventuell ein kleines Äffchen namens Cheeta auf dem Schreibtisch vor mir. Oder ein altersschwacher Labrador zu Füßen eines Ohrensessels.

Stattdessen lauerte in allen Ecken der Tod. Das Büro sah nicht aus wie die Wirkungsstätte eines Zoodirektors, sondern vielmehr wie die Trophäenkammer eines Großwildjägers. Es war ein Showroom des Grauens. Die Wände waren allesamt zugeklatscht mit Bildern von Safaris, die ziemlich tote Tiere vor knienden Menschen zeigten, bewaffnet mit Gewehren und entstellt von einem breiten Grinsen. Zwischen den Fotos hingen ausgestopfte Köpfe von mir nicht näher bekannten Tieren. Vermutlich Gnus und Antilopen und so. Eine Atmosphäre wie in einem gruseligen und dunklen Herrenhaus, der nichts Einladendes anhaftete, sondern die einfach nur bedrohlich und schauderhaft auf mich wirkte. Mein Blick blieb am Schädel eines Warzenschweins hängen. Dem Ausdruck nach war es ziemlich überrascht gewesen, als es aus dem Leben geschossen wurde.

Unruhig rutschte ich auf dem viel zu schmalen Stuhl herum und ließ dieses verschrobene Panoptikum tierischer Grausamkeiten auf mich wirken.

»Bin gleich so weit«, sagte der mir gegenübersitzende Mann, dessen Namensschild auf dem Tisch ihn als *Dr. Adrian Bertrand* auswies. »Nur noch schnell diese Mail.«

Neben dem Bildschirm stand ein toter Dackel und gaffte mich an. Der Blick treu, doch der Rest sehr in Mitleidenschaft gezogen. Irgendwie platt und unnatürlich unproportional, was nicht gerade für das handwerkliche Geschick des Präparators sprach.

Ich sah dem Zoodirektor dabei zu, wie er die Tastatur im Zweifinger-Suchsystem bearbeitete und dabei erstaunlich präzise zu Werke ging. *Tok-tok-tok* machte es rhythmisch im Dreivierteltakt. Während er eifrig tippte, blitzte die Zunge zwischen seinen spröden Lippen hervor.

Ich konnte mir nicht helfen, aber der Mann war mir unsympathisch. Vielleicht lag es an den streng zu einem kleinen Pferdeschwanz zurückgebundenen schwarzen Haaren, die von nebelgrauen Strähnen durchzogen waren. Er selbst war braun gebrannt, und die Falten in seinem Gesicht erzählten von vielen Tagen unter der Sonne. Ich schätzte ihn auf etwas mit einer sechs davor. Dennoch war er eindeutig besser in Form als ich. Weitaus. Unter seinem eng anliegenden dunklen Hemd spannten sich athletische Brustmuskeln, und die akkurat aufgekrempelten Hemdsärmel, die mit einer Schlaufe gesichert wurden, entblößten sehnige Unterarme, die man vermutlich vom jahrelangen Anpacken bei Safaris und im Tierpark bekam. Gehege bauen, Mist schippen, frisch erlegte Wildtiere über die Heckklappe eines Land Rover Defender hieven. Optisch hatte sich mein Gegenüber auf jeden Fall in Zeit und Ort verirrt und hätte tatsächlich besser auf eine Jagdreise in Afrika gepasst.

Ich musterte den Schreibtisch, der übersät war mit Papieren und Unterlagen. Vor Dr. Adrian Bertrand lag meine Bewerbungsmappe in einem unverfänglichen schwarzen Hefter.

»So!« Als würde er soeben die letzte Note einer komplizierten Partitur in die Klaviatur seines Steinway-Flügels hämmern, ließ er seinen Zeigefinger mit Anlauf auf die Entertaste fallen. »Abgesendet.«

Nun hatte ich seine Aufmerksamkeit.

»Sie sind Herr ...«

»Berger.« Ich erhob mich leicht und reichte ihm die Hand. Der feste Händedruck war in der Zoobranche anscheinend üblich.

»Und Sie sind hier, um ...«

»Ich möchte ein Praktikum absolvieren«, erwiderte ich eifrig und hoffte, dass er die Nervosität in meiner Stimme nicht raushörte. »Als Tierpfleger.«

»Aha.« Bertrand musterte mich eingehend. »Sind Sie denn dafür nicht ein wenig zu ...«

»Zu alt?«, griff ich ihm voraus und entlockte ihm damit ein entschiedenes Nicken.

Er schlug meine Bewerbungsmappe auf und musterte das Anschreiben, welches ich in der Morgendämmerung aufgesetzt hatte.

»Sie sind Filialleiter einer Bank«, stellte er erstaunt fest.

»Das ist richtig.«

»Und wie kommen Sie dann bitte schön dazu, ein Praktikum als Tierpfleger machen zu wollen?«

Auf diese Frage war ich vorbereitet. Also gab ich die einstudierten Worte wieder. Ich hatte selbst schon viele dieser Gespräche geführt. Jedoch hatte ich dabei immer auf der anderen Seite gesessen und mir das Gestammel der Bewerber angehört. Entsprechend unwohl fühlte ich mich in meiner neuen Rolle. Die Wahrheit konnte ich ihm schwer sagen: dass ich ganz nah an eines der Nilpferde heranmusste, um an ihm die Reinkarnationstests der buddhistischen Lehren durchführen zu können. Vermutlich gehörte dies zu einem der 111 Dinge, die man bei einem Vorstellungsgespräch niemals von sich geben sollte.

Und so sagte ich: »Ich spüre einfach, dass es Zeit für eine Veränderung in meinem Leben wird.« Das war zumindest die halbe Wahrheit. »Mich dürstet nach körperlicher Betätigung. Mir fehlt die Bewegung. Das ständige Rumsitzen tut mir nicht gut. Und die Keksteller in den Besprechungsräumen.« Während ich das sagte, zwickte ich mir in die Speckfalte am Bauch und lachte kurz auf.

Bertrand beäugte mich skeptisch. Nein, nicht skeptisch. Vielmehr spöttisch. Aber davon ließ ich mich nicht einschüchtern. Ich musste ihn von mir überzeugen.

»Wissen Sie, ich möchte abends von der Arbeit nach Hause kommen und das Gefühl haben, etwas geleistet zu haben. Etwas Positives bewirkt zu haben.«

»Und dieses Gefühl vermittelt Ihnen Ihre Position als Bankfilialleiter nicht?« Seine Stirn legte sich in Falten.

Ich schüttelte unsicher den Kopf, während ich an den hoffnungslosen Besuch von Eva Hamberg mit ihrer maroden Spedition zurückdachte. Dann schüttelte ich den Kopf noch energischer.

»Hm«, sagte der Zoodirektor nachdenklich und blätterte durch meinen Lebenslauf. Viel stand da nicht, da ich seit meiner Ausbildung in ein und derselben *Magna-Pecunia*-Filiale arbeitete.

»Haben Sie eine handwerkliche Begabung?«

»Ja, wissen Sie … Also … nein. Aber ich bin fleißig und kann ordentlich anpacken.«

Bertrand lehnte sich zurück und verschränkte die Arme hinter den Kopf. In der Achselgegend offenbarten sich ein paar dunkle Schweißflecken. Der Zoodirektor schaute mich nicht an. Vielmehr inspizierte er die ihm gegenüberliegende Wand. »Gefällt Ihnen meine Sammlung?« Sein Zeigefinger vollführte einen Halbkreis, der die toten Tierköpfe einschloss.

Ich drehte mich um. »Sie meinen die Tier …« Ich konnte meinen Schluckreflex nicht unterdrücken. »Die … die Tierköpfe an der Wand?«

Er lächelte mich an. »Hab sie selbst präpariert. Ist ein Hobby von mir.« Ein Anflug von Stolz schwang in seiner markanten, dunklen Stimme mit.

Nun war ich es, dem die Skepsis die Gesichtszüge verzog. »Ihr Hobby ist das Präparieren von Tieren?«

»Hobby. Leidenschaft. Ganz wie Sie wollen.«

Ich suchte nach irgendetwas in seinem Gesicht, das darauf hindeutete, dass er mich drankriegen wollte. Aber da war nichts.

»Schauen Sie nur, Pumbaa hier.« Er zeigte tatsächlich auf das Warzenschwein. »Bei ihm habe ich versucht, den Ausdruck einzufangen, mit dem er mich anstarrte, als er mich entdeckte.«

Ich betrachtete das arme Schwein.

»Sie haben keine Vorstellung davon, was für ein erhabenes Gefühl es ist, einem solchen Tier gegenüberzustehen. Und dann zu wissen, dass Sie das Letzte sind, was es in seinem Leben erblicken wird. Dass sich Ihre Gestalt für immer auf die Netzhaut dieses Tieres eingebrannt hat.« Er zielte durch ein imaginäres Gewehr, kniff das Auge zu und: »Peng! Diese eine Millisekunde, in der der Unterlegene erkennt, dass es vorbei ist, dass er seinen Meister gefunden hat. Diesen Ausdruck habe ich versucht einzufangen.« Zufrieden ließ er die Arme sinken. »Ist mir ganz gut gelungen, finden Sie nicht auch?«

Nein! »Ähm, ja?«

»Sie verstehen, was ich Ihnen damit sagen möchte?«

Kein Wort verstand ich, aber ich nickte höflich.

»Leidenschaft, Herr …«

»Berger.«

»Leidenschaft ist der Schlüssel zum beruflichen Erfolg. Sie sitzen mir hier gegenüber als gestandener Mann, als Filialleiter einer Bank, und fragen mich allen Ernstes um eine Stelle als Praktikant?«

Ich nickte und nickte. »Ja.«

»Ich bewundere Ihren Mut für diesen Entschluss.«

»Ähm, danke.«

»Und sind Sie sich bei Ihrem Praktikumswunsch ganz sicher?«

»Absolut.«

»Gut, wir können in der Tat Hilfskräfte gebrauchen. Und wenn das stimmt, was Sie sagen, dass Sie ordentlich anpacken können ...«

»Kann ich.«

»Dann wüsste ich nicht, was einer Zusammenarbeit im Wege stehen würde.«

Ich konnte mir ein Grinsen nicht verkneifen und freute mich aufrichtig. Ich hatte nicht erwartet, dass es so einfach werden würde.

»Die Praktikumszeit beträgt drei Monate.«

Hm. Das würde vermutlich zu einem Problem werden.

»In Ihrer Praktikumszeit werden Sie sämtliche Bereiche des Tierparks durchlaufen. Beginnen werden Sie im Ziegengehege.«

»Bitte was?«, unterbrach ich ihn. »Was soll ich denn bei den Ziegen?«

Bertrand sah irritiert drein. »Ich verstehe nicht.« Selbst seine Stimme spiegelte Verwirrung wider. »Das sind tolle Tiere und ideal für den Anfang, um sich mit den Gepflogenheiten der Tierpflege vertraut zu machen.«

»Aber ich will nicht zu den Ziegen. Ich will zu den Nilpferden!«

Unsere Blicke trafen sich. Ganz kurz fühlte ich mich wie Pumbaa.

»Zu den Nilpferden.« Bertrand seufzte.

Diesmal wagte ich es nur, leicht zu nicken.

»Nicht zu Beginn des Praktikums. Ausgeschlossen.« Er schüttelte den Kopf derart vehement, dass sein kleiner Pferdeschwanz von links nach rechts flog. »Das sind extrem gefährliche Tiere. Das kann ich unmöglich verantworten. Wenn Sie dieses Praktikum wollen, fangen Sie bei den Ziegen an, wie jeder andere auch.«

Ich richtete mich auf, schüttelte nun ebenfalls den Kopf. »Ich will zu den Nilpferden!«

Ich wusste selbst nicht, woher auf einmal mein Selbstbewusstsein kam. Doch ich hielt seinem stechenden Blick stand. Es war beinahe so, als hätten wir die Rollen getauscht. Als wäre ich nun der Mann mit dem Gewehr und er das erstaunte Warzenschwein.

Eine ganze Weile blieb es still zwischen uns. Es war ein stummes Kräftemessen, ausgetragen mit unseren Augen. Natürlich war ich der Erste, der den Blick abwandte. Ich betrachtete einen Stapel Papier auf dem Tisch, der mir vorhin bereits ins Auge gesprungen war, nickte den Dokumenten zu und stellte beiläufig fest: »Ordentliches Sümmchen, was?«

Der Zoodirektor betrachtete mich abschätzig. Aber das war mein Metier, damit kannte ich mich aus. Zahlen und Fakten. Selbst, wenn sie auf dem Kopf standen. Das Formular führte einen Kostenvoranschlag für ein Außengehege für Primaten auf.

»In der Tat«, klagte Bertrand. »Die Auflagen für artgerechte Haltung werden immer schärfer. All die Jahre war der Platz ausreichend. Und plötzlich soll von jetzt auf gleich der Auslaufbereich verdoppelt werden.« Er blickte bekümmert drein.

Ich nickte verständnisvoll und begann zu lächeln. »Ich könnte mir vorstellen, dass sich die Gibbonäffchen über eine Spende sehr freuen würden.«

Wer hätte gedacht, dass es sich noch mal bezahlt machen würde, stets ein Scheckbuch bei sich zu tragen? Der Anblick des Zoodirektors, als ich es lässig aus der Jackett-Innentasche zog und nach einem Kugelschreiber auf Bertrands Schreibtisch griff: unbezahlbar!

8

Dr. Adrian Bertrand saß noch lange an seinem Schreibtisch und betrachtete die Zahl auf dem Scheck, die in etwa der Summe eines neuwertigen Kleinwagens entsprach.

Er mochte diesen Simon Berger nicht. Und irgendetwas sagte ihm, dass er Vorsicht walten lassen musste. War es ein Zufall, dass dieser Grünschnabel ausgerechnet zu den Nilpferden wollte? Gerade jetzt, kurz bevor der ... Bertrand schüttelte den Kopf. Er glaubte nicht an Zufälle.

Er war schon lange Zoodirektor, beinahe sein halbes Leben lang. Er bildete sich ein, bereits alles erlebt zu haben. Aber noch nie war ihm jemand wie dieser Berger untergekommen, der einen lukrativen Job für den eines schlecht bezahlten Tierpflegers aufs Spiel setzte und für dieses absurde Unterfangen ein kleines Vermögen hinblätterte. Niemals.

Er kratzte sich am Kinn, stand auf und trat vor den Spiegel. Aus der Hosentasche holte er das Multifunktions-Armeemesser und zog die Pinzette mit dem Nagel seines linken Daumens heraus, den er sich eigens zu diesem Zweck hatte etwas länger wachsen lassen. Anschließend stellte er sich so dicht vor den Spiegel, dass nur noch sein Gesicht darin zu erkennen war. Er hob den Kopf und neigte ihn zur Seite, um den bestmöglichen Blick auf seine Nasenlöcher zu erhaschen. Dann begann er damit, sich nach und nach die störrischen, zu lang gewordenen grauen Härchen in seiner Nase herauszuziehen. Die ersten fünf waren stets am unangenehmsten, ließen die Nervenenden beim Ausreißen bis in die Stirnhöhlen kribbeln und seine Augen tränen. Aber was sein musste, musste sein.

Während er die selbst auferlegte Qual stoisch über sich ergehen ließ, rief er sich wieder den Mann ins Gedächtnis, der eben noch vor ihm gesessen hatte. Aufgeschwemmt und kraftlos. Mit fahrigem Blick und nicht dazu imstande, ihm länger als unbedingt nötig in die Augen zu blicken. Dennoch, die Vehemenz seiner Bitte hatte Bertrand imponiert. Und dann dieser Scheck …

Warum ausgerechnet zu den Nilpferden? Bertrand musste an Kopenhagen denken. An den internationalen Tumult, der sich seinerzeit erhoben und die Frage nach moralischer Vertretbarkeit aufgeworfen hatte. Er schnaubte sein Spiegelbild an, woraufhin dieses beschlug. Ob dieser Berger ebenfalls einer dieser Umweltaktivisten war, die die Meinung vertraten, dass das Leben eines Tieres über allem stand?

Ein unbestimmtes Gefühl im Bauch sagte ihm, dass es durchaus so sein könnte. Berger wäre der Typ dafür. Unscheinbar und bedeutungslos und dennoch von seiner Sache voll und ganz überzeugt. Weiter sagte ihm sein Gefühl, dass sich Bertrand mit diesem Mann in seinem Zoo Ärger einhandeln würde. An diesem Berger war etwas faul, und auf seine Intuition hatte sich Bertrand stets verlassen können. Wie damals, in Kuwait, als er nur auf sein Bauchgefühl gehört und damit nicht nur sein eigenes, sondern auch das Leben seiner beiden Kameraden gerettet hatte. Als Einzige des gesamten Zuges hatten sie überlebt. Gute Männer waren damals gestorben. Aber durchgekommen waren nur die Besten. Die Alphas.

Wie in der Tierwelt, sinnierte er. *Die Starken und Anpassungsfähigen überleben, die Schwachen … nun ja.*

Es schüttelte ihn kräftig durch, als er ein besonders fest verwurzeltes Nasenhärchen mit der Pinzettenspitze zu fassen bekam und mit einem Ruck ausriss.

Er dachte wieder an den Scheck. An die fünfstellige Summe – zwar im unteren Bereich angesiedelt, aber immerhin. Nein, kein Mensch bei Verstand würde so viel Geld für ein Zoopraktikum hinblättern. Aber dieser Berger hatte es getan. Ohne dass Bertrand ihn hatte dazu auffordern müssen.

Er widmete sich dem anderen Nasenloch, und ihm fiel auf, dass es größer war als das andere. Breiter und länglicher. War es möglich, dass er die Asymmetrie zum ersten Mal wahrnahm? Er zog die Nase hoch und kniff konzentriert die Augen zusammen, ehe er die Pinzette ein weiteres Mal ansetzte.

Berger. Simon. Es gab viele Angestellte in seinem Zoo. Diesen Namen würde er sich merken. Er würde diesen Mann im Auge behalten. Nur für alle Fälle …

9

In meiner gesamten Planung hatte ich eine Sache absolut unterschätzt: den abartigen Gestank. Es stank unerträglich nach Dung und Mist. Und zwar überall.

»Hier halten sich unsere drei Hippos auf, wenn der Zoo geschlossen hat«, erklärte mir Hagen, der die Ruhe in Person war. So, wie wir beide vor dem Gehege standen, hätten wir ohne Weiteres als modische Zwillinge durchgehen können. Denn heute trug ich ebenfalls eine khakifarbene Latzhose, genau wie Hagen.

»In diesem kleinen Becken?« Misstrauisch betrachtete ich das sanft abfallende, hellblau gestrichene Wasserbecken, das in etwa die Ausmaße eines Gartenpools hatte. Aus dem Wasser ragten sechs runde, haarige Ohren und drei Augenpaare, die mich mit Misstrauen musterten.

Wir befanden uns im für Zoobesucher nicht zugänglichen Bereich der Nilpferde, wo sie nach der Schließung des Zoos untergebracht wurden, da der Hippodrom jeden Abend für den nächsten Tag gereinigt werden musste.

»Das Becken reicht ihnen völlig zum Schlafen«, erklärte Hagen. »Es ist ja nicht so, dass wir sie hier gefangen halten. Sie können sich jederzeit im Außengehege aufhalten.« Er zeigte auf die gegenüberliegende Wand hinter dem Becken, an der eine Art Katzenklappe für Nilpferde eingelassen war, die nach draußen führte. »Das steht ihnen frei. Aber allzu viel Auslauf, wie du womöglich glaubst, brauchen sie gar nicht. Flusspferde sind nämlich vom Wesen her sehr träge Tiere.«

»Überrascht mich jetzt nicht unbedingt.«

Trotz des gotterbärmlichen Gestanks nahm Hagen einen tiefen Atemzug und schaute mich dabei an. »Ich kann es ja immer noch nicht glauben, dass du vor mir stehst. Ein Praktikum ... unbezahlt. Was ist denn mit dem Job in der Bank? Sagtest du nicht, du wärst Filialleiter?«

»Stimmt«, erwiderte ich. »Hab eben eine Auszeit genommen.«

Tatsächlich hatte ich wirklich überlegt, ob ich mit offenen Karten spielen und offiziell eine Auszeit beantragen sollte. Unbezahlter Urlaub und so. Doch dagegen sprach, dass ich nicht die geringste Lust verspürte, mich mit meinem Vorgesetzten Lothar Krampen auseinanderzusetzen. Es war nicht so, dass ich ihn nicht mochte. Aber würde er aus einem brennenden Haus schauen und um Hilfe rufen, würde ich zügig daran vorbeigehen.

So unerträglich ich mein Schicksal auch fand, so hatte es doch einen Vorteil: Kein Arzt der Welt verweigerte eine Krankschreibung, wenn man seine Verlobte auf derart tragische Weise verloren hatte. Damit waren zumindest die nächsten zwei Wochen abgesichert. Mehr Zeit würde ich für meinen Reinkarnations-Test ohnehin nicht benötigen.

Ich wollte nicht mehr länger warten. Ich wollte Antworten. Und zwar so schnell wie möglich. Deshalb war ich hier. Im Nilpferd-Haus. In aller Herrgottsfrüh und in Arbeitsklamotten in einer Farbe, die überhaupt nicht zu meinem blassen Teint passte. Khaki. Ausgerechnet.

»Wo ist Daisy?«, fragte ich beiläufig.

»Ja, Daisy«, sagte Hagen. »Die würde sich niemals zu Anton, Lori und Nero legen. Keine Chance.«

»Und wo verbringt sie dann die Nacht?«

»Draußen. Bei den Antilopen.« Auf meinen fragenden

Blick hin klärte er mich auf: »Wir versuchen, im Zoo eine Atmosphäre zu schaffen, wie die Tiere sie auch in ihrem ursprünglichen Umfeld vorfinden würden. Deshalb haben wir sämtliche Gehege themenbezogen angeordnet. Antilopen und Nilpferde verstehen sich wunderbar und kommen sich nicht ins Gehege.« Hagen lachte herzlich über seinen Wortwitz und entblößte dabei diese riesigen Schneidezähne, die ich als derart aufdringlich empfand, dass ich den Blick abwenden musste.

»Also, fangen wir an?«, wollte er schließlich wissen.

»Womit?«

»Na, mit der Arbeit. Heute ist doch dein erster Tag als Tierpfleger.« Er kratzte intensiv an einer Stelle unterhalb seines bärtigen Kinns. »Bin immer noch baff, dass du hier vor mir stehst.«

»Was irritiert dich daran so?«, fragte ich, mittlerweile leicht genervt. »Dass mir Khaki besser steht als dir?«

Wieder gab er dieses offenherzige Lachen von sich. »Tut es nicht.« Er sah an mir herab. »Vor allem sollten wir mal schauen, ob wir heute Nachmittag in der Asservatenkammer nicht eine besser sitzende Hose für dich finden. Diese hier scheint mir doch ein wenig eng.« Er griff nach zwei Schaufeln und warf sie in eine Schubkarre, in der sich bereits jede Menge Gemüse und Obst befand. »Würde echt gern wissen, wie du es geschafft hast, dein Praktikum ausgerechnet im Hippodrom zu beginnen. Normalerweise fangen die Praktikanten bei den Ziegen an.«

»Och«, entgegnete ich. »Es ist ja nicht so, als wäre der Zoodirektor nicht jemand, mit dem sich reden ließe.«

Daraufhin sagte Hagen erst mal nichts. Mit in Falten gelegter Stirn machte er sich an den unterarmdicken Stahlverstrebungen zu schaffen, die das Areal des Wasserbeckens umgaben.

»Dann los, beginnen wir mit der Fütterung der Raubtiere.«

In einer fließenden Bewegung schwang er sich, bewaffnet mit einer Hand voll Äpfel, galant über die Absperrung. Ich folgte ihm umständlich und wenig akrobatisch mit einer weiteren Ladung Obst im Arm. Er stellte sich an das Gitter vor dem Becken und klopfte mit der Schaufel dagegen. Ich stellte mich neben ihn.

»Anton, Lori, Nero. Frühstück! Happa-happa!«

Sechs Knopfaugen blickten auf. Ebenso viele Ohren wackelten auf einmal nervös.

»Anton, Lori, Nero. Happa-happa!« Hagen verfiel in diesen seltsamen Tonfall, in dem man zu Haustieren und kleinen Kindern sprach.

Aber nichts passierte.

»Ist das normal, dass sie sich so lange bitten lassen?«, fragte ich.

Hagen schüttelte den Kopf. »Das liegt an dir. Auch wenn es nicht so aussieht, aber Flusspferde sind schüchterne Tierchen. Du bist neu, dich kennen sie nicht.« Er räusperte sich und hob erneut seine Stimme an. »Anton, Lori, Nero. Happa-happa!«

Nun kam Bewegung in die schmutzig-braune Brühe. Das größte Flusspferd stieg als Erstes aus dem Wasser und kam träge auf uns zu. Auf Augenhöhe wirkte das Tier noch imposanter. Es hatte die Farbe einer Sturmwolke.

Mein Atemreflex setzte aus. Zwar hatte ich erst kürzlich einem dieser Dickhäuter unmittelbar gegenübergestanden. Aber dennoch war es ein erhabener Anblick, diese prachtvollen Tiere aus nächster Nähe zu erleben. Ich beobachtete die Hautfalten, die bei jeder Bewegung Wellen schlugen, und die breite Schnauze mit diesen riesigen Nasenlöchern. Ich war beeindruckt davon, dass diese verhältnismäßig kleinen Stummelbeinchen ein solches Gewicht tragen konnten.

»Lass dich von ihrem Körperbau nicht täuschen«, ermahnte mich Hagen. »Wenn sie es drauf anlegen, können Flusspferde bis zu fünfzig Stundenkilometer schnell rennen.«

Er stellte sich auf das Geländer und war jetzt über den Flusspferden. »Das Tempo halten sie zwar nur ein paar Hundert Meter, aber das reicht in den meisten Fällen.« Wieder dieses Lachen. »Guck mal, Nero, ein Apfel.«

Als Hagen seine Hand nach oben hielt und den Apfel baumeln ließ, riss Nero begeistert den Rachen auf.

»Beeindruckend, nicht?« Verzückung lag in Hagens Stimme. »Nilpferde können ihr Maul um bis zu hundertfünfzig Grad aufklappen. Theoretisch könnten sie also einen ausgewachsenen Mann der Länge nach verspeisen.«

Ich hüstelte.

»Keine Angst, sie sind Veganer. Die würden Fleisch höchstens aus Versehen fressen.«

»Wie meinst du das, aus Versehen?«

»Sagen wir mal so. Ich würde mich niemals zwischen ein Flusspferd und seine Mahlzeit stellen.« Hagen lachte derart laut, dass selbst Nero kurz zusammenzuckte. Was ihn aber nicht daran hinderte, den Apfel im Ganzen herunterzuschlucken.

»Also«, ergriff Hagen wieder das Wort. »So schaut's aus. Wir locken sie mit Leckerbissen aus dem Becken und jubeln den Mädels mit dem Essen die Antibabypille unter.«

»Die *was?*«

Hagen zog einen Gegenstand, so groß wie ein Stück Kernseife, aus einer seiner vielen Taschen. Er steckte die Antibabypille zwischen einen geteilten Apfel und legte ihn Lori in den Unterkiefer, die brav am Gatter stand und das Maul erwartungsfroh aufgerissen hatte. Die Mogelpackung schluckte sie anstandslos.

»Die drei hier sind Geschwister«, erklärte Hagen. »Unter

allen Umständen muss Inzucht vermieden werden. Nur so ist ein gesunder Fortbestand hier drin überhaupt gewährleistet. Deshalb führt jeder Zoo über seine Nilpferde ein Stammbuch, aber das erkläre ich dir später.«

Er strich dem Flusspferd liebevoll über die Nase. Auf mich hatte es den Anschein, als würde das Tier die Streicheleinheit durchaus genießen. Es gab ein zufriedenes Prusten von sich.

»Eigentlich eine Schande, dass Nilpferde so in Verruf stehen. Dabei sind es eigentlich ganz liebe und friedliche Zeitgenossen, die einfach nur ihr Leben genießen möchten.«

»Aber sagtest du nicht selbst, dass Nilpferde jährlich mehr Menschen töten als andere Raubtiere?«

»Das Problem ist eben, dass wir Menschen vermehrt in das Gebiet der Nilpferde eindringen und sie sich dadurch bedroht fühlen. Sehr viele Angriffe sind einfach nur Unfälle. Wenn man zum Beispiel mit einem Boot einem Nilpferd zu nahe kommt, findet es das natürlich überhaupt nicht gut. Es zeigt dir dann deine Grenzen, indem es dich kurz in die Schranken verweist.« Hagen schmunzelte. »Wenn dich zwei Tonnen zurechtweisen, geht das in den meisten Fällen übel aus.« Er tätschelte Neros Flanke, der genüsslich grunzte. »Nilpferde sind Wildtiere, ich würde für sie nicht die Hand ins Feuer legen. Glücklicherweise hatten wir in all den Jahren nicht einen Übergriff.« Er hielt kurz inne und reckte das Kinn. »Außer bei Daisy. Sie ist die Ausgeburt der Hölle. Der würde ich mich niemals ohne Gatter nähern. Echt, die ist so aggressiv, ein Wunder, dass du deinen Sturz ins Becken überlebt hast. Du solltest den Bodhisattvas dankbar sein.«

»Wem?« Vermutlich stand mir die Irritation ins Gesicht geschrieben.

»Den Bodhisattvas.« Hagen fasste an seinen Hals und zog ein schwarzes Lederband unter seinem Khakihemd hervor, an dem eine kleine goldene Figur mit vielen Armen und glückseligem Lächeln baumelte. »Buddhistische Schutzengel«, klärte er mich auf.

Gedanken an meine Mutter wurden wach.

Als ich nach dem Schmuckstück greifen wollte, steckte Hagen es wieder zurück ins Hemd. »Trage ich immer bei mir. Seit damals.«

Interessant, dachte ich. *Haben wir beide unsere Talismane um den Hals gewickelt.*

»Du bist also Buddhist?«, griff ich noch einmal das Thema unseres erst kürzlich geführten Gesprächs auf. Und nicht zum ersten Mal in den letzten Tagen machte sich in mir so etwas wie das Verständnis einer göttlichen Schicksalsfügung breit.

Er nickte stolz. »Seit meiner Indienreise '96.« Wieder hatte er diesen träumerischen Ausdruck im Gesicht. »Damals, zu den Hochzeiten des Techno, als ich Goa-Trance für mich entdeckt habe und die fernöstliche Spiritualität hautnah an ihrer Geburtsstätte erfahren wollte. Mit meiner Freundin bin ich seinerzeit zur legendären Full Moon Party nach Ko Pha-ngan geflogen. Tja, und da bin ich dann *irgendwie* hängen geblieben.«

Ich konnte mir nicht helfen, aber dieses »irgendwie« klang mir verdächtig nach Drogen.

»Die Party ging einfach nicht vorbei, und ich landete in Chiang Mai, in den Tempelanlagen von Wat Buppharam, wo ich dann zu mir selbst und zum Buddhismus gefunden habe. Verrückt, nicht? Insofern habe ich Techno meine spirituelle Bekehrung zu verdanken. Ich sag dir, Mann! Musik ist die Macht. Musik kann alles!« Er rieb sich die Hände und wischte sich die Innenflächen anschließend an der Hose ab. »Warst du schon mal in Thailand?«

»Ich war mal auf Teneriffa.«

Es folgte eine Pause, dann eine hastige Antwort: »So, Lori hätten wir versorgt.« Wieder verschwand eine Hand in einer von Hagens vielen Hemdtaschen. »Du kümmerst dich jetzt um Anton.«

»Eigentlich …«, setzte ich an, aber dann wusste ich nicht, wie ich fortfahren sollte.

»Ja?« Hagen sah mich fragend an.

»Eigentlich würde ich lieber Daisy füttern.«

Hagen schnaubte. »Ja, klar. Sonst noch was?«

»Aber warum denn nicht?«

»Ich hab es dir doch schon gesagt. Sie ist ein Biest! Ehe du es dich versiehst, hat sie dir den Arm abgebissen.«

»So wie am Sonntag?«, legte ich schnell nach und machte einen Na-was-sagst-du-jetzt-Gesichtsausdruck.

Hagen schwieg. Ich konnte ihm ansehen, dass er mit sich rang. »Es ist gefährlich.«

»Ich liebe die Gefahr«, log ich schamlos.

»Und wenn etwas passiert?« Hagen sah ernsthaft besorgt aus.

»Mache ich dich dafür nicht verantwortlich. Versprochen.« Ich streckte die Hand aus, in der Erwartung, dass sie jeden Moment in Hagens Pranke zu Staub zerdrückt werden würde.

Zögernd schlug er ein – und zwar ohne dass ich vor Schmerz das Gesicht verziehen musste.

»Also gut. Auf deine Verantwortung.« Er reichte mir einen Apfel, aber eine andere Sorte als bei den restlichen Hippos. Dieser hier war lila-rot und glänzte. »Siehst du den hier?« Er hielt den Apfel theatralisch hoch, als sei er die böse Königin aus dem Schneewittchen-Märchen höchstpersönlich.

»Ein Apfel.«

»Eine Pink Lady«, korrigierte er mich. »Oder vielmehr die

Währung, mit der du bei Daisy zahlst. Ohne die«, er hielt den Apfel noch ein Stück höher, betrachtete ihn, als wäre es der Schädel in *Hamlet*, »läuft bei ihr gar nichts.«

»Okay. Hab's verstanden.«

Er hielt ihn mir hin und zog ein weiteres Stück aus der Tasche, das mich an Kernseife erinnerte.

»Die Antibabypille?«, fragte ich.

Hagen schob die Unterlippe vor. »Bei Daisy nicht nötig. Abgesehen davon, dass sie Nero nie und nimmer an sich heranlassen würde, ist sie zeugungsunfähig.«

Ich verspürte sofort Mitleid. »Die Arme.«

»Eine Laune der Natur. Sie bekommt von uns Vitaminpräparate. Wir wollen doch, dass die Gute groß und stark bleibt und steinalt wird.«

Ich nahm beides entgegen.

»Du hast ja gesehen, wie ich es mache. Geh zu ihr und wirf ihr beides ins Maul. Achte aber auf gebührenden Abstand. Füttere sie von außen. Und steig ja nicht zu ihr ins Gehege! Ist das klar?«

»Klar«, wiederholte ich in gelehrigem Ton. Dabei ergriff mich die Aufregung. *Daisy!* Endlich würde ich meinem Ziel ein großes Stück näher kommen.

Unter Hagens skeptischen Blicken machte ich mich auf den Weg nach draußen. Allerdings schlug ich seine Warnung in den Wind und betrat das Außengehege auf demselben Weg wie die Tiere: durch die Nilpferdklappe.

Hagen war derweil darin vertieft, einem der anderen Nilpferde Gemüse ins Maul zu legen, in Babysprache mit ihm zu sprechen und es zu tätscheln. Erst im letzten Augenblick schenkte er mir seine Aufmerksamkeit. »Halt, du Idiot!«, schrie er. »Doch nicht da lang!«

Doch, genau da lang!

Ehe er mich aufhalten konnte, stand ich auch schon draußen. Im Außengehege. Mit einem Fünf-Liter-Eimer-Obstsalat in ganzen Früchten in der einen und der riesigen Vitamin-Pille und der Pink Lady in der anderen Hand. Angespannt hielt ich Ausschau nach Daisy. Das war der Vorteil bei einem Tier mit den Ausmaßen eines Nilpferdes: Man fand es sofort.

Daisy lag in einer Sandfurche und ließ sich die Morgensonne auf die dicke und doch so empfindliche Haut scheinen. Als sie mich hörte, bewegte sich der wuchtige Kopf, und sie begann zu schnüffeln. Sie hatte den Eindringling in ihrem Territorium bemerkt.

Und das schien ihr überhaupt nicht zu gefallen.

Auf einmal kam Bewegung in die gewaltige Masse. Mit beinahe eleganter Leichtigkeit erhob sie sich und wandte sich mir zu. Sie hatte mich fest im Visier. Unter inbrünstigem Schnauben hob sie ein Bein an – wie ein Hund, der Witterung aufnahm. Schneller, als ich es bei einem Tier dieser Größe für möglich gehalten hätte, lief Daisy auf mich zu – noch immer gefährlich klingende Laute von sich gebend.

Ich blieb an Ort und Stelle stehen und kniff die Augen zusammen. Ich wollte Antworten. Nun würde ich sie bekommen.

Hinter mir hörte ich Hagen rufen. Panik erfüllte seine markante Stimme. Dabei fiel mehrmals das Wort »Idiot«.

Mich ergriff das Entsetzen in dem Augenblick, als der tonnenschwere Koloss zu rennen begann – und zwar direkt auf mich zu! *Scheiß auf Antworten.* Es durchzuckte mich panisch, aber mein Körper versagte wieder mal komplett und blieb einfach da stehen, wo er war.

»Was soll ich tun?«, schrie ich nach hinten, wo ich Hagen vermutete. »Mich ruhig verhalten? Stehen bleiben? Nicht in die Augen schauen?«

»Das ist kein Wildschwein, du Idiot! Das ist ein Nilpferd. Renn, verdammt noch mal! Renn!«

Aber ich konnte nicht. Der Geist war willig, aber das Fleisch nicht. Wie einzementiert stand ich da und ergab mich meinem Schicksal. Was hatte ich mir nur dabei gedacht? Hatte ich wirklich geglaubt, Sandras Seele steckte in einem Nilpferd? Und dann ausgerechnet in diesem Exemplar, das gerade wild schnaubend auf mich zugerannt kam?

Als Daisy nur noch wenige Meter von mir entfernt war, zeigte sie mir ihren imposanten Elfenbeinhauer, was mich in namenlose Angst versetzte. Ich schrie. Hagen brüllte. Das Nilpferd grunzte. Kam mir alles sehr bekannt vor. Ich fühlte mich gefangen in einem nicht enden wollenden Déjà-vu.

Doch dann wurde es still. In dem Moment, als ich zu spüren glaubte, wie sich die unterarmlangen Eckzähne in meinen speckigen Körper hineinbohrten, geschah nichts. Stattdessen war da wieder dieser warme, nicht unbedingt gut riechende Nilpferd-Atem in meinem Gesicht. Behutsam öffnete ich zunächst das linke, dann das rechte Auge und nahm den Arm runter, da mir die riesige Vitamin-Pille die Sicht versperrte.

Daisy stand genau vor mir.

Ich ließ einen weiteren entsetzten Schrei ab, als ihre riesige Zunge wieder quer über mein Gesicht leckte.

»Unglaublich«, hörte ich Hagen hinter mir atemlos ausstoßen.

Ich drehte mich vorsichtig, hilfesuchend zu ihm um. Es beruhigte mich nicht gerade, dass er sich nach wie vor hinter der Absperrung befand und nicht im Traum daran dachte, das Gehege zu betreten, um seinem Schützling zur Seite zu stehen. Also mir. Nicht dem Nilpferd.

»Mach jetzt bloß keine hektischen Bewegungen«, empfahl er.

Daisy schnüffelte derweil weiter an mir und machte vor keiner noch so intimen Stelle halt. Dann entdeckte sie den Eimer in meiner Hand und stupste ihn an. Vor Schreck fiel er mir aus der Hand, woraufhin sich das Nilpferd auf das Obst stürzte. Ich sah dabei zu, wie sie vor meinen Füßen ihr Frühstück verschlang.

»Und vergiss ja die Vitamin-Pille nicht«, hörte ich Hagens Rat aus sicherer Entfernung.

10

»Das war das Dümmste, Dümmste, Dümmste, was ich in meiner Karriere je erlebt habe!«

Hagen war noch immer außer sich. Nach dem ersten Schock, den wir beide gerade erst verarbeitet hatten, ließ er seine angestaute Wut an mir aus.

»Hier, die sollte passen.« Zornig hielt er mir eine neue Latzhose hin. »Wie konntest du nur so etwas Dämliches tun? Du hättest dabei draufgehen können!«

»Ich gebe ja zu, dass es riskant war. Aber ich war mir sicher, dass mir Daisy nichts tun würde.«

»Du Idiot! Wie kannst du dir da so sicher sein?«

Zwei Dinge wurden mir in diesem Moment klar. Zum einen, dass ich Hagen endlich verbieten musste, mich einen Idioten zu nennen. Schließlich war ich Filialleiter einer Bank. Zum anderen erkannte ich in dieser Sekunde, dass es vielleicht ratsam sein könnte, ihn in meinen Plan einzuweihen. Immerhin war er Buddhist und damit mit der Theorie der Reinkarnation vertraut. Und da er mich allem Anschein nach ohnehin schon für einen kompletten Schwachmaten hielt …

Also nahm ich tief Luft und sagte: »Selber Idiot. Ich trage doch kein XL! Nie und nimmer. L… allerhöchstens.« Energisch knallte ich ihm die Hose vor die Füße und kramte selbst im Regal herum, in dem sich fein säuberlich khakifarbene Wäscheberge in unterschiedlichen Größen türmten. »Warum diese Farbe?«, meckerte ich. »Es ist doch nicht so, dass wir uns vor den Tieren verstecken müssen.«

»Das nicht«, räumte Hagen ein. »Aber der Gesamteindruck für die Besucher soll ja auch stimmen.«

Ich spürte seinen Blick in meinem Nacken, während ich mich durch die Hosen wühlte. »Kann es sein, dass die Zoohosen extrem schmal geschnitten sind?«, fragte ich, als ich mir eine Latzhose in Größe L vor den Körper hielt.

»Du hast XL. Glaub mir einfach.«

Ich legte das Kleidungsstück zurück ins Regal und arbeitete mich in Richtung XL vor.

»Warum bist du hier?«, fragte Hagen.

Ich zeigte auf das Regal. »Ich brauche eine Hose?«

Er schüttelte den Kopf. »Das meine ich nicht. Ich will wissen, warum du *wirklich* hier bist.«

Ich nahm den Blick vom Regal und schaute ihn an.

»Man schmeißt nicht so ohne Weiteres alles hin, um Tierpfleger zu werden. Du kommst her, springst ins Nilpferd-Becken, und wenige Tage später stehst du wieder hier, machst ein Praktikum ...«

»Aber es war doch dein Vorschlag!«, rief ich entrüstet.

»Das mit dem Praktikum, ja. Das heißt jedoch noch lange nicht, dass du ins Nilpferd-Gehege spazieren und dich dem Vieh zum Fraß vorwerfen musst. Ich für meinen Teil habe meine ganz eigenen Vermutungen, warum du das getan hast.«

»Raus damit«, forderte ich ihn auf.

»Du bist lebensmüde und willst dich auf die erdenklich dämlichste Weise umbringen, um wenigstens einen spannenden Abgang hinzulegen.«

Ich wollte zur Verteidigung ansetzen, doch Hagen hob den Zeigefinger.

»Das kommt in Zoos weitaus häufiger vor, als du denkst. Halte dich also nicht für etwas Besonderes. Ich könnte dir Beispiele von Menschen aufzählen, die in Eisbärengehege gestiegen sind und sich dort ins Wasser haben fallen lassen. Leute, die sich Löwen als Hauptgang angeboten haben. Es gab sogar mal einen Mann in Russland, der sich einen Kampf mit einer Bärin geliefert hat, um ...«

»Ich will mich nicht umbringen.«

»Nicht?«

Ich konnte mir nicht helfen, aber Hagen wirkte ein wenig enttäuscht. Dennoch schüttelte ich den Kopf.

»Du hast recht. Ich strebe keine neue Karriere als Tierpfleger an. Da gibt es etwas, das ich unbedingt herausfinden muss.«

Hagen sah mich scharf an. Dabei mahlte er mit den Kieferknochen. Ich konnte das Knirschen hören. »Ob dir die Latzhose in L passt? Die Antwort ist ein klares Nein.«

11

Alles in allem nahm Hagen meine Beichte gut auf. Er lachte mich weder aus, noch rief er die Irrenanstalt an, als ich ihm von dem Buddhismus-Ratgeber erzählte, den ich mir als E-Book auf meinen Reader geladen hatte. Und er nannte mich nicht noch einmal einen Idioten, als ich endlich mit der Sprache herausrückte, dass ich Gewissheit brauchte, ob Daisy nicht doch mehr war als nur ein gewöhnliches Flusspferd.

Im Gegenteil: Hagen hörte sich alles in Ruhe an und nickte schließlich zustimmend. »Du bist hier, um Antworten zu finden«, sagte er. »Dann wird es Zeit, dass du Antworten bekommst.«

Es war eine beinahe gemütliche Atmosphäre, die er geschaffen hatte. Eine ganze Armada an Teelichtern versetzte das Innengehege der Nilpferde in ein schummriges Licht. Der Duft von Patschuli umwaberte uns, und ich fragte mich ernsthaft, ob Daisy diesen Geruch vertragen würde.

»Ist das nicht ein bisschen ... drastisch?«

»Es geht um den Körper der Verwandlung. Da kann es gar nicht drastisch genug sein.«

Ich stand da und beobachtete Hagen bei seinen Vorbereitungen, die auf mich alles andere als einen buddhistischen Eindruck machten. Auch er selbst wirkte skeptisch. Um die drei anderen Nilpferde nicht allzu sehr zu verstören, hatten wir sie nach der Schließung des Zoos einfach im Hippodrom gelassen, wo sie sich vermutlich noch immer im Wasser tummelten und sich einen Spaß daraus machten, den Enten hinterherzujagen.

Dem Zoodirektor gegenüber hatte Hagen unsere Sonderschicht mit einer groß angelegten Reinigungsaktion erklärt, die tatsächlich dringend nötig gewesen wäre. Da die neuen Filter des Wasserbeckens nicht stark genug für die Verschmutzung durch die großen Tiere waren, wurde frisches Wasser bereits nach wenigen Tagen so trüb, dass man kaum noch etwas durch die dicke Panzerglasscheibe erkennen konnte. Was natürlich ärgerlich war, da gerade das sogenannte Schwimmlaufen der Nilpferde eine echte Besucher-Attraktion darstellte.

Hagen gab einen merkwürdigen Singsang von sich, während er die Räucherstäbchen aufglimmen ließ und sie in einer Messingschale drapierte.

»Und du glaubst wirklich an diesen Reinkarnationstest?« Die Unsicherheit ließ sich nicht aus meiner Stimme vertreiben.

Er nickte. »Eine altbewährte Tradition. Während meiner Zeit in Thailand habe ich buddhistische Mönche gesehen, die genau diesen Test bei Kindern durchgeführt haben, um festzustellen, ob in ihnen der Geist jüngst verstorbener Mönchsoberhäupter wiedergeboren wurde.«

»Und?«, fragte ich mit zunehmender Zuversicht. Es machte mir Mut, dass mein Buddhismus-Ratgeber für 8,99 Euro tatsächlich denselben Reinkarnationstest kannte wie der einzige echte Buddhist, den ich kannte. »Hat es funktioniert?«

»Nein, nie.« Er hustete sich den Patschuli-Rauch aus den Lungen. »Hin und wieder gab es einen Zufallstreffer, aber nie, wirklich nie hat es ein Kind geschafft, alle Gegenstände exakt aufzuzeigen. Apropos, wo sind sie denn?«

Er sah sich suchend um. Ich kramte meine Tasche hervor

und zog den Reißverschluss auf. Nach und nach entnahm ich die Utensilien für unseren Test.

Die Methode war so einfach wie genial. Man musste lediglich Dinge, die dem Verstorbenen zu Lebzeiten wichtig gewesen waren, mit unnützem Kram vermischen und dann abwarten, ob die vermeintlich reinkarnierte Seele die Habseligkeiten wiedererkennen würde. Also hatte ich mich mit all den Sachen eingedeckt, die Sandra am Herzen gelegen hatten. Ihr Bettelarmband aus Silber mit den verschiedenen Anhängern daran. Ein fusseliges Monchhichi – eines der wenigen Überbleibsel ihrer Kindheit, von dem sie sich nie hatte trennen können. Die sündhaft teure Ray-Ban-Sonnenbrille, die sie so gut wie nie angehabt hatte, aus Angst, sie könnte sie verlieren. Den Ärmel eines Kapuzenpullis, den sie bei einem Robbie-Williams-Konzert gefangen hatte. Also, eigentlich hatte sie den ganzen Pulli gefangen. Aber eine Horde ausgehungerter Hyänen war nichts gegen Hardcore-Robbie-Fans. Die Narbe an meinem Unterarm, die ich irgendeinem spitz manikürten Fingernagel zu verdanken hatte, war heute noch sichtbar.

All dies waren nun Requisiten aus einem längst vergangenen Leben.

Hagen stand still neben mir und beobachtete mich mit respektvollem Abstand beim Herauskramen der Dinge. Es war eine lange Prozedur, da wir uns auf möglichst viele Gegenstände geeinigt hatten, um wirklich sichergehen zu können. Jedes dieser Andenken an Sandra versetzte mir einen stechenden Schmerz. Insgesamt waren es zwanzig tiefgehende Nadelstiche, die mein Herz durchbohrten.

Hagen wiederum hatte sich um die Dinge gekümmert, die überhaupt nicht in Verbindung mit Sandra standen. Äußerst merkwürdige Sachen, wie ich fand – von denen außerdem ein etwas seltsamer Geruch ausging. Ein bisschen muffig, wenn auch nicht unangenehm. Eher so, als wenn die Teile lange auf dem Dachboden gelegen hätten. Unter den Gegenständen fand sich ein Holland-Trikot von der Weltmeisterschaft 1986. Ein Kaffeebecher von Starbucks, eine Paintball-Pistole, ein Schlumpfpilzhaus …

Daisys Augen und Ohren ragten aus dem Wasser des kleinen Nilpferdbeckens. Ihr misstrauischer Blick war fest auf uns gerichtet. Sie beobachtete jede unserer Handbewegungen.

»Bist du bereit?« Hagen sah mich eindringlich an.

Ich nickte entschlossen.

»Ich bin Buddhist«, erklärte er mir wieder. »Ich glaube, dass alle Menschen und Tiere nach ihrem Tod wiedergeboren werden. Wenn du die Gewissheit in dir trägst, dass in Daisy die Seele deiner verstorbenen Verlobten schlummert, dann glaube ich dir. Zumindest so lange, bis dieser Test das Gegenteil beweist. Aber …« Er hielt kurz inne, streckte mir seinen Zeigefinger entgegen und bedachte mich mit einer mitleidigen Miene. »Gib dich keiner Hoffnung hin. Die Aussicht auf einen Erfolg ist äußerst minimal. Doch dann hast du zumindest Gewissheit und kannst zurück in dein Leben finden.« Sein Lächeln strahlte Zuversicht aus. »Also, bist du bereit? Können wir beginnen?«

Ich presste ein entschlossenes Ja hervor. Dann überlegte ich es mir anders. »Nein, halt, warte!« Hastig ergriff ich Hagens Arm. Wir sahen uns an. »Ich … danke«, stammelte ich. »Danke, dass du das hier mit mir durchziehst. Obwohl wir uns überhaupt nicht kennen. Das …« Ich drängte meine Emotionen zurück. »Das ist echt groß von dir.«

Die Andeutung eines Lächelns umspielte Hagens Lippen, als er die Verbindungstür entriegelte. Gemeinsam traten wir in Daisys Gehege und breiteten eine Decke aus, auf der wir Sandras Besitztümer mit den seltsamen Dingen von Hagen vermischten.

»Und jetzt?«, fragte ich unsicher, während sich Daisy aus ihrem trüben Wasserbecken erhob und gemächlich auf uns zukam. Die Neugierde schien größer zu sein als das Misstrauen. Vermutlich hoffte sie auf Essbares.

»Weiß nicht«, sagte Hagen. »Abwarten.« Er hatte es eilig, zurück hinter die Absperrung zu kommen, und zupfte an mir herum, damit ich ihm folgte.

»Was soll denn das? Sie tut doch nichts!«, sagte ich.

»Man muss sein Glück nicht herausfordern.« Hagen konnte die Verriegelung gar nicht schnell genug hinter uns zuziehen.

Gebannt standen wir hinter der Absperrung und beobachteten Daisys Reaktion. Zunächst wirkte sie enttäuscht, dass es nichts zu fressen war, was wir dort für sie bereitgestellt hatten. Nicht, dass sie nicht versucht hätte, es dennoch zu vertilgen. Ihr riesiges Maul hing staubsaugergleich über den Gegenständen. Ich sah, wie sie das Schlumpfpilzhaus mit den Vorderzähnen zu fassen bekam, es anhob, dann aber angewidert fallen ließ. Ihr Blick flog träge zwischen uns und den Gegenständen hin und her.

»Das wird nichts«, murmelte Hagen.

»Nun warte doch mal ab.« Aber auch ich hatte meine Zweifel.

Daisy stand eine ganze Weile nur so da, als würde sie auf einen Befehl warten. Sie sah mich mit ihren kleinen, dunkelbraunen Augen fragend an. Ich nickte ihr aufmunternd zu, doch sie drehte sich einfach um und stapfte zurück zum Becken.

»Tja«, seufzte Hagen. »Vielleicht auch besser so.«

Irritiert drehte ich mich zu ihm. »Wie meinst du das?«

Er winkte unwirsch ab. »Ich meine bloß, dass du dich nicht zu sehr auf die Sache versteifen solltest. Es wird so sein, dass

Daisy ein gewöhnliches Nilpferd ist, zu dem du vielleicht eine besondere Verbindung hast, mehr aber auch nicht.«

»Ach so?«, rief ich aufgebracht. »Das klang aber vorhin noch ganz anders!«

»Na ja. Ich finde ja bloß, dass du dich nicht zu sehr mit ihr anfreunden solltest.«

Ich konnte mir nicht helfen, aber irgendwie hatte ich den Eindruck, dass etwas Unheilvolles im Klang seiner Stimme lag. Dieser plötzliche Sinneswandel irritierte mich völlig. Doch noch war ich nicht gewillt, das Experiment abzubrechen.

»Daisy! Warte«, rief ich ihr nach.

Das Nilpferd hielt tatsächlich in seiner Bewegung inne und schwenkte langsam den massigen Kopf in meine Richtung. Ich wuchtete mich mehr plump als elegant über das Geländer und landete auf der anderen Seite der Absperrung.

»Simon!« Hagen war wieder einmal der Panik nahe.

»Du siehst doch, dass sie komplett überfordert ist. Ich muss ihr zur Hand gehen«, erklärte ich, zog eine besonders saftig aussehende Pink Lady aus meiner Latzhosentasche und hielt den Apfel in Daisys Richtung. »Guck mal, Happa-happa.«

Das brachte sie zum Umdenken. Sie setzte zu einem schwerfälligen Wendemanöver an und kam langsam auf mich zu. Als sie mich erreicht hatte, blieb sie stehen und klappte den Unterkiefer auf, um den Apfel entgegenzunehmen.

Vorsichtig strich ich Daisy über die Flanke und spürte, wie sich mein Pulsschlag beruhigte, als sie sich sanft gegen mich drückte. Ich atmete erleichtert auf. Sie würde mich nicht auffressen.

»Komm«, sagte ich. »Komm mit.«

Und das Nilpferd kam mit.

Gemeinsam bewegten wir uns auf die Gegenstände zu, deren eine Hälfte ich ohne Weiteres sofort hätte in den Müll befördern können und deren andere Hälfte mir allein schon beim Anblick feuchte Augen bescherte.

»Ich würde ihr ja nicht den Rücken zukehren«, hörte ich Hagen sagen, als ich mich hinkniete.

Ich ignorierte seine Warnung – wieder einmal. Mein Kopf war nun mit Daisys Schnauze auf einer Höhe. Ich war dankbar, dass ihr Atem zumindest ein wenig nach Apfel roch. Hagen verfolgte das Szenario weiter skeptisch hinter der sicheren Absperrung.

Dann ging es los. Zunächst versuchte ich es mit etwas Unverfänglichem. Einem staubigen Traumfänger mit zerfledderten Federn, die lieblos herabbaumelten. Daisy schenkte dem Ding erst Beachtung, als ich ihn ihr direkt vor die großen Nasenlöcher hielt. Sie schnupperte daran und musste niesen – was mich mit einem Schwall mit Apfelstückchen gespicktem Nilpferd-Speichel eindeckte.

»Na toll.« Hagen betrachtete vorwurfsvoll seinen Traumfänger. Daisys Niesen hatte das Netz eingerissen und die Federn in eine klebrige Masse verwandelt. »Den kann ich wegschmeißen.«

Ich tat es an seiner Stelle und beförderte ihn achtlos über die Absperrung. »Scheint ohnehin nicht Daisys Geschmack zu sein.«

Ich versuchte es mit dem nächsten Gegenstand. Sandras Monchhichi mit dem fehlenden Daumen. Der braune Filzklumpen hatte augenblicklich Daisys volle Aufmerksamkeit. Sie betrachtete die kleine Affenfigur und öffnete vorsichtig das Maul, um sie mir mit den Zähnen aus der Hand zu nehmen. Ganz behutsam legte sie das Püppchen neben sich ab.

Hagen und ich wechselten einen Blick. Daisy schaute mich aus ihren hervorstehenden Augen erwartungsvoll an.

»Interessante Reaktion«, befand Hagen schlicht. Doch

seine Züge verrieten ihn. Er war ebenso verblüfft wie ich. »Versuch es mit dem nächsten Gegenstand«, forderte er mich ungeduldig auf.

Rasch überflog ich die Sachen auf der Decke und entschied mich für einen etwas größeren Stoffbären von Hagen, den ich Daisy vors Gesicht hielt. Vielleicht mochte sie ja Kuscheltiere generell. Doch sie würdigte den Teddy keines Blickes.

»Mach weiter«, befahl Hagen, während er umständlich den ihm zugeworfenen Bären auffing.

Ich hielt ihr den Ärmel des Robbie-Williams-Pullovers hin. Ohne das Teil auch nur näher zu mustern, nahm sie eine Spitze des Stoffs behutsam ins Maul und zog es auf die Seite zum Monchhichi.

»Das kann auch Zufall gewesen sein«, bemerkte Hagen zweiflerisch, während ich Daisy mit einem weiteren Apfel belohnte.

Nun hielt ich ihr das orangefarbene Holland-Trikot unter die Nase. Keine Reaktion.

Dann probierte ich die Paintball-Pistole. Wieder: keine Reaktion.

Ich griff nach Hagens ausgewaschenem Full-Moon-Party-Achselshirt. Daisy drehte sich angewidert weg.

Schließlich nahm ich Sandras kaum getragene Ray-Ban-Sonnenbrille in die Hand. Noch ehe ich sie Daisy hinhalten konnte, war sie auch schon im mächtigen Maul verschwunden und wurde gleich darauf sanft und vollgespeichelt neben dem Monchhichi und dem Kapuzenpulli-Ärmel ausgespuckt.

So ging es eine ganze Weile weiter. Bis die Decke schließlich leer war und sich die Spreu vom Weizen getrennt hatte. Es war wie beim Aschenputtel: die Guten ins Töpfchen, die Schlechten über die Absperrung zu Hagen.

Um ein Dutzend Pink Ladys erleichtert, stand ich wieder

hinter dem Gatter neben Hagen. Wir verfielen in ein dumpfes Brüten und musterten das Nilpferd, das sich nun voll und ganz seinen errungenen Schätzen widmete und sie herumstupste, beschnupperte und ableckte. Besonders das daumenlose Monchhichi schien es Daisy angetan zu haben.

»Das ist das Verrückteste, was ich je erlebt habe.« Mein Herz klopfte so schnell, dass ich befürchtete, der Infarkt würde nun doch nicht mehr so lange auf sich warten lassen.

»Das trifft es nicht einmal annähernd.« Hagen hielt noch immer seinen ruinierten Traumfänger in der Hand und fuhr die eingearbeiteten Perlen im Netz entlang. »Drei sind Zufall. Vier und fünf, eine Serie«, begann er langsam. So, wie er die Perlen bearbeitete, wirkte er auf mich, als würde er einen Rosenkranz beten. »Aber alle ...« Er brachte den Satz nicht zu Ende.

Auch ich war nicht in der Lage, das Geschehene in Worte zu fassen. Dafür wirkte das Erlebnis zu intensiv in mir nach.

Hagen war der Erste, der sich wieder berappelte. »Zumindest nach der buddhistischen Lehre hast du jetzt Gewissheit, was deine Vermutung angeht.«

»Aber empirisch steht der Test schon auf ziemlich wackeligen Füßen, findest du nicht?«

»Zwanzig«, sagte er nur. Und noch einmal mit voller Inbrunst: »Zwanzig Gegenstände!«

Ich nickte stumm.

»Kein einziger Fehler. Daisy hat *alle* Gegenstände deiner Sandra erkannt. Alle!«

Erschöpft lehnte ich mich gegen das Geländer und sank nach unten. Die angenehme Kühle des Betonbodens empfing meinen Hintern. Hagen setzte sich neben mich und bearbeitete weiter seinen mitleiderregend aussehenden Traumfänger.

»Ich kauf dir einen neuen«, versprach ich, was ihm ein kleines Lächeln abrang.

»Und was machen wir jetzt mit diesem Wissen?«, fragte er.

Ich zuckte mit den Schultern. Schließlich war es nicht so, als hätte ich einen Plan gehabt für den Fall, dass … Mein Gehirn weigerte sich immer noch, diesen Gedanken zuzulassen. Trotzdem zwang ich mich dazu, ihn zu Ende zu denken: *Für den Fall, dass Daisy die Wiedergeburt meiner Sandra ist.*

»Etwas ärgerlich ist es ja schon«, sagte Hagen aus dem Nichts heraus.

Ich sah ihn fragend an.

»Ich meine, hätte sich Sandra nicht ein handlicheres Tier für ihre Inkarnation suchen können? Musste es ausgerechnet ein Nilpferd sein?«

Nun musste ich lachen. Und es war mir ganz und gar nicht peinlich, dass sich in das befreiende Lachen auch Tränen mischten. Es breitete sich ein Gefühl in mir aus, das mich voll und ganz erwärmte: die Gewissheit, Sandra so nahe zu sein wie seit fünf Jahren, nicht mehr. Die Tränen schossen nur so aus mir heraus, und ich wehrte mich nicht, als Hagen seinen Arm um mich legte und mich an seiner Schulter ausheulen ließ.

Ich verlor jegliches Zeitgefühl. Irgendwann, vielleicht nach hundert Jahren, erhob sich Hagen mit knackenden Knien und verschwand aus meinem verschwommenen Blickfeld.

Ich rieb mir über die nassen Augen. »Wo willst du hin?«, rief ich ihm hinterher.

Wenige Sekunden später war er wieder da und hielt mir einen undefinierbaren Anzug in glänzendem Schwarz hin, der nicht nur auf den ersten Blick wirkte, als käme er aus einem Sex-Shop. Auf einmal wurde ich mir darüber bewusst, dass ich mich mitten in der Nacht mit einem mir völlig fremden Mann in einem Nilpferd-Gehege befand. Mir wurde mulmig zumute.

»Ähm, was wird denn das?«, wollte ich wissen.

Auf meinen entgeisterten Blick hin sagte er: »Becken schrubben. Das müssen wir doch noch sauber machen. Oder wie willst du dem Zoodirektor erklären, dass wir uns hier die halbe Nacht um die Ohren geschlagen haben, ohne es gereinigt zu haben?«

Gerade, als ich mich erheben wollte, spürte ich einen warmen, mir mittlerweile vertrauten Atem im Nacken. Ruckartig fuhr ich herum und sah Daisy direkt in die dunklen Augen.

»Schau mal, sie hat etwas im Maul«, bemerkte Hagen.

Es dauerte einen Moment, bis ich den Gegenstand zwischen Daisys imposanten Stoßzähnen erkannte. Es war ein gelber Stoffstern mit einem lachenden Gesicht und einer aufgenähten Schlafmütze zwischen den oberen Zacken.

»Was ist denn das?«, wollte Hagen wissen.

Erneut musste ich gegen die Tränen ankämpfen. Zitternd nahm ich Daisy den Stern aus dem Maul und hielt ihn in den Händen. »Eine Spieluhr«, flüsterte ich, während ich an dem Bändchen zog. Die Melodie von Brahms *Guten Abend, gute Nacht* erklang, zart und zerbrechlich. Daisy sah mich weiter mit ihren Kulleraugen an, und sie wirkte noch trauriger als sonst.

»Die hab ich ja total vergessen«, murmelte ich. »Muss wohl beim Auslegen unter die Decke gekommen sein.« Ich stieß einen tiefen Seufzer aus. »Die hab ich Sandra damals gekauft. Als sie mir erzählte, dass sie schwanger ist.«

Hagen stand nun neben mir und legte seine Hand auf meine Schulter. »Ich wusste nicht …«

»Schon gut«, unterbrach ich ihn. »Sie hatte wenige Wochen später eine Fehlgeburt. Seitdem haben wir es zwar immer wieder versucht, aber es wollte einfach nicht mehr klappen. Als hätte das Schicksal ihren Unfalltod vorausgesehen und wollte es dem Baby ersparen, ohne Mutter aufzuwachsen.«

»Mensch, Simon.« Hagen wischte sich mit seiner großen Hand übers Gesicht. »Scheiße«, sagte er leise. »Das macht die ganze Sache nicht einfacher. Ganz und gar nicht.« Er sah mich an, und ich sah seinen Kehlkopf auf- und abhüpfen. »Das tut mir alles so leid.«

»Wir haben es damals einfach nicht übers Herz gebracht, die Spieluhr wegzuwerfen. Ist dämlich, ich weiß. Aber mit ihr haben wir so viele Wünsche, Träume, Hoffnungen verbunden.«

Ich drückte den Stern fest an mich und versuchte, Herr über die Gefühle zu werden, die mit voller Wucht auf mich einprasselten. Vor meinem inneren Auge sah ich Sandra, wie sie mir aufgeregt den Schwangerschaftstest mit den beiden lilafarbenen Streifen vors Gesicht hielt. Wie glücklich wir damals gewesen waren. Als sei es das Selbstverständlichste der Welt.

»Sie hat sich nichts sehnlicher gewünscht als ein Kind.« Ich schaffte es erneut nicht, die Tränen zurückzuhalten.

Daisy hatte ihren Kopf über das Gitter gelegt und stupste mich an. Beinahe so, als wollte sie mich trösten.

»Oh, Daisy.« Sanft streichelte ich über den großen Kopf und spürte die merkwürdig nasse und gleichzeitig raue Haut unter meinen Fingern. »Sandra. Jetzt wird alles gut.«

Hagen breitete den Neoprenanzug vor sich aus und knöpfte sich das Hemd auf. Eine stark behaarte Brust kam zum Vorschein. »Im Gegenteil«, nuschelte er, während er sich aus den Ärmeln kämpfte. »Jetzt gehen die Probleme erst richtig los.«

12

Am frühen Morgen, als die Flamingos lautstark schnatternd erwachten, hatte ich meinen Entschluss gefasst. Meine Zukunft lag hier. Im Zoo. Mit achtunddreißig Jahren würde ich einen Neuanfang wagen und in Hagens Fußstapfen treten.

Ich hätte zwar nicht gedacht, dass der erste Tag meines neuen Lebens damit beginnen würde, Misthaufen aufzuschippen, aber das war immer noch besser, als den siebenundneunzigtausendsten Kreditantrag abzulehnen.

Ich stand im Nilpferd-Außengehege und genoss die taufrische Morgenluft. Hinter den Zoomauern hörte ich den in die Gänge kommenden Berufsverkehr. In der Nähe schrien die Paviane nach ihrem Futter. Ein echter Urwald inmitten eines Großstadtdschungels. Und ich mittendrin.

In dieser künstlichen und doch so lebendigen Oase kam es mir vor, als könnte ich zum ersten Mal richtig befreit durchatmen. Als wäre ich seit meinem Einstieg in das Berufsleben endlich ich selbst, statt mich zu fühlen wie ein achtjähriger Junge, der einen Berufstätigen spielte. Denn nichts anderes hatte ich bislang getan: jemanden gemimt, der ich nicht war. All die Jahre hatte ich den Bankkaufmann gespielt. Irgendwann den Filialleiter. Doch immer war es eine Rolle, in die ich schlüpfte, sobald ich in meiner zweiteiligen Nadelstreifenuniform die Bank betrat, in einem mir trotz all der Jahre doch so unvertrauten Büro Platz nahm und mich von Kollegen umgeben sah, mit denen ich privat nichts anfangen konnte. All die Jahre, in denen ich mich um die finanziellen Belange von

Menschen kümmern musste, die mir absolut nichts bedeuteten. Wie diese Eva Hamberg mit ihrem maroden Speditionsunternehmen. Jahre, in denen ich Menschen Kredite hatte aufschwatzen müssen, die sie nicht benötigten, ihnen Renditen versprochen hatte, die nur der Bank etwas brachten.

Damit war es nun vorbei.

Meine Arme brannten bei jeder Bewegung. Die vergangene Nacht hatte mich um viele Erfahrungen reicher gemacht. Zum einen, wie unwahrscheinlich anstrengend es sein konnte, mit Neoprenanzug und Schnorchel die Innenseite einer nicht enden wollenden Wand aus Panzerglas zu reinigen. Zum anderen, dass Daisy weitaus mehr war als nur ein Nilpferd.

Daisy war Sandra. Irgendwie. Zumindest ein Teil von ihr war Sandra. Dessen war ich mir seit gestern Nacht sicher. Auch wenn ich nicht so weit ging und annahm, dass Sandras Seele tatsächlich ein neues Gefäß in Daisy gefunden hatte und sie das vegetative Nervensystem des Nilpferdes übernommen hatte. Davon war ich deshalb so überzeugt, weil Sandra nie, wirklich nie absichtlich in meiner Gegenwart gefurzt hätte. Daisy tat das andauernd. Und wenn sie besonders gut gelaunt war, machte sie sich einen Spaß daraus, ihre Exkremente mit dem Schwanz propellerartig durch die Gegend zu schleudern. Auch das hätte Sandra nie getan.

Ob Reinkarnation oder nicht: Irgendetwas in diesem Nilpferd erkannte mich. Schon bei unserer ersten unfreiwilligen Begegnung im Becken war das so gewesen. Ob Sandras Seele in Daisy ihr verriet, dass wir irgendwann einmal, in einem vorherigen Leben, Seelenverwandte gewesen waren? Ich wusste es nicht und würde wohl auch nie eine Antwort darauf erhalten. Zumindest nicht in diesem Leben. Definitiv aber wusste ich, dass Daisy verstand, dass sie mir vertrauen konnte. Und dieses Vertrauen wollte ich ihr zurückgeben. Auf einmal lag meine Zukunft glasklar vor mir. Ich hatte meinen neuen Sinn gefunden und wartete ungeduldig darauf, alle Brücken zu meinem alten Leben hinter mir abzubrechen.

Sobald meine Arbeit hier getan war, würde ich diesen Zoodirektor aufsuchen und um eine Festanstellung bitten. Ich war sogar bereit zu einer Ausbildung als Tierpfleger. Die drei Jahre nahm ich gern in Kauf, solange ich nur bei Daisy sein konnte.

»Na, Berger? Haben Sie sich schon gut eingewöhnt bei uns?« Die Stimme hinter mir klang, als käme sie aus einer verrosteten Regentonne.

Ich schnellte mitsamt der nilpferdkotbeladenen Schaufel herum, die sich, ehe ich mich versehen konnte, komplett auf den Hochglanzlederstiefeln des Zoodirektors ablud. *Wenn man vom Teufel spricht*, dachte ich.

Neben ihm stand Hagen, dem ebenfalls die Gesichtszüge entglitten waren. Dabei hatte ich ihn gar nicht mit den Flusspferdeäpfeln getroffen. Eine Entschuldigung vor mich hinmurmelnd, versuchte ich, das Gröbste von den Stiefeln zu kratzen. Mit der Schaufel.

Bertrand zog die Füße weg und bedachte mich mit einem tödlichen Blick. »Hören Sie doch auf«, fuhr er mich an. »Sie machen nur Kratzer ins Schlangenleder.«

Ich entschuldigte mich erneut.

Bertrand seufzte. »Saubere Arbeit haben Sie da beide geleistet. Das Becken glänzt ja förmlich.«

»Ja, schon«, sagte Hagen. »Das ändert aber nichts daran, dass die Filter für dieses Beckenvolumen einfach nicht ausreichend sind. Wie ich es Ihnen schon vor dem Einbau gesagt habe, ist die Zirkulation der Pumpen schlichtweg zu ...«

Der Zoodirektor brachte Hagen mit einer ruckartigen Handbewegung zum Schweigen. »Nicht schon wieder die alten Kamellen, Wolf. Wie wir es gerade besprochen haben, sollte die

Lösung für unser Problem nicht mehr lange auf sich warten lassen.«

»Genau darüber wollte ich mit Ihnen noch reden, Herr Dr. Bertrand.« Hagen drückte das Kreuz durch, doch der Zoodirektor hob mahnend das Kinn, woraufhin mein neuer Kollege einknickte.

Ich war überrascht. Derart unterwürfig hatte ich ihn bislang noch nicht erlebt. Aber ich kannte Hagen zumindest lange genug, um zu kapieren, dass der Zoodirektor ihm alles andere als sympathisch war – was wiederum für Hagen sprach.

»Also dann.« Bertrand warf noch einen prüfenden Blick in das Gehege und stolzierte mit hinter dem Rücken verschränkten Händen davon. In diesem Moment erinnerte er mich an die überzeichnete Karikatur eines Generals aus irgendeinem Weltkrieg.

Er schlenderte auf den eingezäunten Wacholderstrauch in der Mitte des Geheges zu. Dann beugte er sich über den Elektrozaun und nahm eine angeknabberte Triebspitze in die Hand. »Wolf, hab ich Ihnen nicht gesagt, dass wir die Pflanzen vor den Nilpferden schützen müssen?«

»Tun wir doch«, verteidigte sich Hagen. »Deshalb ja auch die Elektroumzäunung.« Er deutete auf die drahtumwickelte Doppelschnurreihe.

»Aber der Busch wurde angefressen.«

Eine unumstößliche Tatsache, an der es nichts zu rütteln gab.

Hagen Schultern gingen nach oben. »Ich weiß ja auch nicht. Die anderen Nilpferde machen einen großen Bogen um den Elektrozaun. Nur Daisy scheint …« Er brach mitten im Satz ab und sah mich an. »Sie scheint sich davon nicht so leicht abschrecken zu lassen.«

»Daisy, ja?« Der Zoodirektor nickte sich selbstbestätigend zu. »Dann erhöhen Sie die Wattzahl.«

»Volt«, verbesserte Hagen ihn. »Wenn ich sie höher stelle, kann das wirklich schmerzhaft werden für die Tiere. Außerdem mag ich mir nicht ausmalen, was passiert, wenn Simon und ich womöglich versehentlich ...«

»Dann müssen Sie beide eben aufpassen«, fuhr Bertrand Hagen barsch über den Mund. »Und was die Flusspferde angeht: Sie müssen es wohl auf die harte Tour lernen. Ich lasse mir von denen nicht meine Blumen kaputt fressen.«

»Sträucher«, warf ich ein. »Juniperus-Gewächse gehören zu den Zypressenartigen, also sind es Sträucher oder Bäume ...« Ich wurde leiser. »Keine Blumen.«

»Ist mir doch vollkommen scheißegal, was das für ein Gestrüpp ist! Es wird nichts gefressen, was ich nicht höchstpersönlich freigebe, ist das klar? Die blöden Viecher futtern uns ohnehin schon die Haare vom Kopf.« Er warf einen Blick auf den Misthaufen. »Und diese Daisy ...« Er schüttelte den Kopf. »Ach, andererseits wird das ja bald ein Ende haben.« Noch immer kopfschüttelnd wandte er sich mir zu. »Also, Berger. Rechen Sie hier mal ordentlich durch. Hier sieht's aus ... Eine Schande ist das!« Er stieß eine Stiefelspitze in den Sand und marschierte an mir vorbei. Dann drehte er sich noch einmal um und nickte Hagen zu. »Hat sie ihre Appetitzügler heute schon bekommen?«

Hagen senkte den Kopf und brummelte ein unverständliches »Natürlich«, mit dem sich Bertrand jedoch zufriedengab und weiter seiner Wege ging.

»Appetitzügler?«, fragte ich. »Ich dachte, das wären Vitamintabletten?«

Ohne mir eine Antwort zu geben, beugte sich Hagen zum Elektrozaun und drehte an dem Regler des Trafos, bis der Pfeil der Skala auf der höchsten Stufe stand. Ich sah ihm dabei zu und schob die Hände in die Taschen meiner Hose, Größe XL.

»Und überhaupt, was meinte er damit, dass das bald ein Ende haben wird?«, fragte ich.

Hagen betrachtete mich ausdruckslos. »Das willst du nicht wissen.«

13

Hagen hatte recht. Ich hätte es lieber nicht erfahren. Zumindest das wusste ich ganz sicher, seitdem ich es wusste.

Ich stand vor dem Büro des Zoodirektors und starrte die Schlagzeile des Plakats an, das am Schwarzen Brett direkt neben der Tür befestigt war. Die fette Headline war: *Große Ganztierfütterung!*

Das allein ließ mich nicht erstarren. Aber in Kombination mit der darunter befindlichen Zeichnung, die ein lachendes Nilpferd zeigte, das ein Auge zusammengekniffen hatte, sorgte die Nachricht schon für einen Schock bei mir. Mehr noch, sie ließ meinen Puls rasen. Ich riss das Plakat von der Wand und stürmte dann, ohne anzuklopfen, in Bertrands Büro.

Der Zoodirektor starrte mich über den Bildschirmrand hinweg an, und sein Blick war voller Missfallen. »Herr ... Herr Berger«, stammelte er.

»Was hat das zu bedeuten?« Ich drohte ihm mit der geballten Faust, in der sich die Plakatreste befanden.

»Ich verstehe nicht«, stotterte Bertrand weiter, hatte sich aber gleich darauf wieder im Griff. Mit festerer Stimme gewann er auch sein Selbstvertrauen zurück. »Wie kommen Sie überhaupt dazu, so einfach in mein Büro ...«

Aber Dr. Adrian Bertrand hatte sich an diesem Morgen den falschen Gegner zum Kräftemessen ausgesucht. Ich baute meine ganzen eins vierundsiebzig vor seinem Schreibtisch auf und sagte: »Das ist ja wohl ein schlechter Scherz!« Wieder drohte ich ihm mit den Plakatfetzen.

Sein Blick spielte zwischen mir und den Fetzen Pingpong. »Was genau?«, fragte er, sichtlich überrascht.

»Na, das hier!«, schrie ich und schüttelte die Faust bei jeder Silbe.

»Die Ganztierfütterung?«

Jetzt war ich es, der nur noch verstört glotzen konnte. War diese lapidare Reaktion auf eine derartige Gräueltat wirklich sein Ernst?

»Nein«, fuhr ich ihn an. »Ich meine das unerlaubte Anbringen von Plakaten an Häuserwänden!«

Seine Stirn zog sich zu einem fetten Fragezeichen zusammen.

»Natürlich die Ganztierfütterung, Sie Idiot! Sie können doch nicht einfach so ein Flusspferd abschlachten und den anderen Tieren zum Fraß vorwerfen.«

»Doch«, sagte Bertrand. Sein souveränes Lächeln irritierte mich. »Natürlich kann ich das. Ich bin der Zoodirektor. Außerdem ist das ein durchaus übliches Prozedere in europäischen Zoos.« Er lehnte sich entspannt in seinem Stuhl zurück und verschränkte die Arme hinter dem Kopf. Wieder waren da diese dunklen Schweißflecke unter den Achseln. Seine Geste kannte ich nur zu gut. Ich selbst wandte sie immer dann an, wenn ich in Verhandlungsgesprächen den Punkt der selbstsicheren Überlegenheit erreicht hatte.

»Aber …«, setzte ich an, verstummte jedoch wieder, weil mir zu dieser Unglaublichkeit einfach nichts einfiel.

»Herr Berger, Sie sind neu hier und haben vermutlich noch nicht allzu viel Verständnis für die Zoogepflogenheiten. Sie müssen das rein wirtschaftlich betrachten. Tiere sind teuer, Futter ist teuer, und unser Areal ist wahrlich nicht das größte. Platztechnisch stoßen wir schnell an unsere Grenzen. Wenn man überflüssige Tiere über die Zuchtprogramme nicht vermittelt bekommt, muss der Tierpark eben selbst Lösungen finden. Mit dieser Aktion schlagen wir zwei Fliegen mit einer Klappe. Wir werden das Tier los und verdienen eine ganze Stange Geld mit der Live-Verfütterung.«

»Das ist barbarisch!«

»Das ist der ewige Kreis«, korrigierte mich Bertrand. »Sehen Sie es mal so: Daisy hat absolut keinen Nutzen für uns. Herrgott, das müssen Sie doch einsehen! Sie ist unsozial, äußerst aggressiv und allem Anschein nach aufgrund von Eileiterproblemen unfruchtbar. Und damit nicht genug. Sie ist selbst für Nilpferd-Verhältnisse zu fett.« Er holte tief Luft und versuchte, sich wieder zu entspannen. Auf seiner Stirn hatten sich klitzekleine Schweißperlen gebildet. In gemäßigterem Ton fuhr er fort: »Wir haben sie damals aus einem holländischen Zoo zu uns geholt, um ein Weibchen für Nero zu bekommen.«

»Nero ist doch viel zu alt für Daisy.«

»Aber als Zuchtbulle durchaus tauglich«, unterbrach mich Bertrand. »Der Plan ging leider nicht auf. Kaum war Daisy da, griff sie Nero an und änderte damit die Rangordnung. Seitdem sind sämtliche Flusspferde durch den Wind. Sie haben Angst vor Daisy. Selbst die Pfleger müssen sich in Acht nehmen vor ihren Attacken.«

»Aber Sie können doch kein gesundes Tier abschlachten!«

»Da irren Sie sich gewaltig, Berger. Ich kann, und ich werde. Und überhaupt, was meinen Sie eigentlich, was wir an die Löwen verfüttern? Sojabratlinge? Nein, mein Lieber. Es sind Rinder und Pferde, gelegentlich auch mal ein Kaninchen. Süße, putzige Kaninchen, Herr Berger, mit flauschigem Fell und großen Ohren.«

»Aber das ist doch etwas vollkommen anderes!«, rief ich entsetzt.

»Ach ja? Warum?«, wollte Bertrand wissen.

»Weil ... weil ...« Ich brachte den Satz nur in Gedanken zu Ende: *weil dieses Nilpferd die Seele meiner Sandra beherbergt.*

»Es gibt ohnehin kein Zurück mehr«, meinte der Zoodirektor lapidar. »Der Vorverkauf hat bereits begonnen, und wir haben schon über die Hälfte der Tickets verkauft.«

Ich konnte förmlich hören, wie ein großer Gegenstand in meinem Inneren herunterfiel. Er zerbrach in tausend Stücke. Erschöpft rieb ich mir über die Wangen und versuchte, meinen achterbahnfahrenden Kreislauf wieder unter Kontrolle zu bekommen.

»Sie sehen das alles viel zu eng«, versuchte mich Bertrand zu beruhigen. »So ist eben die Natur. Es ist ein ewiger Kreis.«

Fassungslos blickte ich in die grau funkelnden Augen des Direktors und hoffte, dass er aus meinen das ablesen konnte, was ich für ihn empfand: absolute Verachtung.

»Na, dann ist ja alles in bester Ordnung«, knurrte ich und stapfte aus seinem Büro. »Hakuna matata!«

14

Absolut gar nichts war in Ordnung. Immer noch die Plakatfetzen in der Hand haltend, stand ich hinter der verschlossenen Bürotür und betrachtete Hagen, der im Flur auf mich gewartet hatte. Ich schaffte es nicht, meinen Zorn im Zaum zu halten.

»Wie kannst du nur für einen derartigen Tyrannen arbeiten?«

»Pscht«, machte er. »Er kann uns doch hören.«

»Das ist mir scheißegal!«, schrie ich ihm entgegen. »Wie kannst du deine Ideale nur derart verkaufen?«

»Das war ein eher schleichender Prozess«, versuchte sich Hagen zu rechtfertigen und fügte mit gesenkter Stimme hinzu: »Als der alte Direx aus dem Amt geschieden ist, kam eben dieser Bertrand aus diesem wirklich renommierten belgischen Zoo zu uns. Anfangs brachte er ganz tolle Änderungen mit. Zum Beispiel die kontinentalen Themenlandschaften, also, dass die Gehege in direkter Nachbarschaft zu den Tieren sind, wie es auch im natürlichen Umfeld stattfindet. Flusspferde, Krokodile, Antilopen. Tolle Sache.«

»Ja, Hagen«, unterbrach ich ihn. »Das weiß ich mittlerweile.«

»Tja, und das mit der Ganztierfütterung … Das hebt das erträgliche Maß auf ein ungeahntes Niveau.«

»Aber du findest das doch nicht *gut?*«

»Natürlich nicht!« Hagen baute sich erbost vor mir auf. »Ich bin Buddhist. Nichts ist mir heiliger als das Leben.«

»Warum machst du dann bei der Sache mit?«

»Was soll ich denn tun? Ich brauche diesen Job. Und es ist ja nicht so, dass ich nichts versucht hätte. Was glaubst du denn, mit wie vielen anderen Zoos ich mich bereits kurzgeschlossen habe, um Daisy Asyl zu verschaffen? Keine Chance. Flusspferde sind generell schwer unterzubringen. Aber so eines wie Daisy ist unvermittelbar.«

»Und damit hat es sich dann für dich, ja?«

»Was glaubst du denn?« Hagen guckte grimmig und senkte seine Stimme zu einem Flüstern. »Ich habe sogar Kontakt zu Tierschutzorganisationen aufgenommen. Anonym, versteht sich. *Pro Animale, WWF, Vier Pfoten* und so. Aber die können alle nichts machen. Der Zoo hat hier Hausrecht.«

»Mir egal! Wir gehen jetzt da rein und sagen ihm, dass er das so nicht machen kann.«

Doch Hagen rührte sich nicht vom Fleck. Er hielt den Blick gesenkt und inspizierte seine schmutzigen Arbeitsschuhe.

»Hagen!« Ich zwang ihn dazu, mir in die Augen zu schauen. Er tat es nur widerwillig. »Wir gehen jetzt da rein!«

»Also schön.« Er nickte knapp. Dennoch musste ich ihn am Latzträger hinter mir herziehen.

Bertrand wirkte noch weniger amüsiert als eben. Hagen stand einen Schritt hinter mir und hielt sich die Hände vor den Unterleib, als müsste er eine Ein-Mann-Mauer bei einem Freistoß bilden. Die toten Tiere im Raum herum glotzten traurig auf uns herunter.

»Wir können nicht zulassen, dass Sie Daisy töten«, sagte ich geradeheraus.

»So?« Ich glaubte, eine Spur Amüsiertheit in Bertrands Mimik zu erkennen, als er von seinem Bildschirm zu mir aufsah. »Und warum nicht?«

»Na, weil es nicht richtig ist, verdammt! Das muss ich Ihnen doch nicht etwa erklären.«

»Was richtig und was falsch ist, entscheide noch immer ich, Herr Berger.«

»Dann sind Sie ein Idiot!«

Neben mir sog Hagen hörbar die Luft ein.

Bertrands Augen zogen sich zu Schlitzen zusammen. »Vorsicht«, sagte er ganz leise, den Blick stur auf mich gerichtet – beinahe so, als wäre ich sein nächstes Opfer für die Ganztierfütterung.

Doch ich war nicht gewillt, mich von diesem Mann länger einschüchtern zu lassen. Also machte ich einen entschlossenen Schritt nach vorn und baute mich vor ihm auf. »Drohen Sie mir etwa?«

»Simon«, fiel mir Hagen ins Wort. Ich spürte seine Hand auf meiner Schulter, als er versuchte, mich zurückzuhalten.

Bertrand sah mich eindringlich an, während er sich langsam erhob, um mir auf Augenhöhe zu begegnen. Ein dicker, fetter Kloß bildete sich in meinem Hals.

»Daisy wird sterben, weil *ich* es so will!« Der Zoodirektor sprach ganz langsam und ließ mich dabei nicht aus den Augen. »Das ist eine persönliche Angelegenheit.«

»Persönlich?«, ächzte ich.

Bertrand suchte Hagens Blick. »Haben Sie es ihm noch nicht erzählt?«

»Was erzählt?«, fragte ich lauernd.

Hagen wollte gerade zu einer Antwort ansetzen, als Bertrand etwas tat, das mich vollends aus dem Konzept brachte. Er öffnete seine Hose und zog sie herunter. Dann wandte er sich von uns ab und streckte uns seinen Hintern entgegen. Auf seiner rechten Pobacke schimmerte eine hässliche, längliche Narbe.

»Dieses Andenken habe ich Ihrer Freundin zu verdanken.«

Neben mir hörte ich Hagen hüsteln.

»Das war Daisy?«, fragte ich ungläubig.

»Leider ja.« Hagen seufzte.

»Aber damit noch nicht genug.« Bertrand zog sich die Hose hoch und streichelte nun über den Kopf des unförmigen ausgestopften Dackels, der uns vom Schreibtisch aus mit treuen Augen ansah. »Sie hat mir auch Archimedes genommen.«

»Den Dackel«, klärte Hagen mich auf.

»Ich verstehe nicht ganz«, gestand ich.

»Sagen wir es so«, murmelte Hagen. »Der Hund war nicht immer so ... platt.«

»Daisy hat ihn ermordet!« Die Stimme des Zoodirektors wurde laut und klang heiser. »Zerquetscht hat sie ihn.«

»Es war ein Unfall«, hielt Hagen dagegen.

»Weil *Sie* nicht aufgepasst haben!« Bertrands Zeigefinger richtete sich vorwurfsvoll auf meinen Kollegen. »Ihretwegen hat es Archimedes dahingerafft!«

»Es ist doch nicht meine Schuld, wenn der Hund unangeleint durch das ganze Zoogelände streift und ...«

»Es ist ganz allein Ihre Schuld! Sie haben den Jagdinstinkt von Archimedes geweckt.«

Hagen setzte zur Gegenwehr an, verstummte aber schließlich.

»Wie Sie hat auch dieser Mann ein ausgesprochen großes Herz für Tiere«, begann Bertrand seine Erklärung. »Wolf wollte sich ebenfalls nicht von einem liebgewonnenen Tier trennen und hat es nicht an einen anderen Zoo verkauft, wie ich es angeordnet hatte, sondern versteckt. Das hat er sogar ziemlich clever gemacht. Er hat die Papiere gefälscht und den Betrag für die Überführung aus eigener Tasche bezahlt.« Bertrand grinste. »Vermutlich wäre es nie herausgekommen. Aber Archimedes war ein Jagdhund mit einem ausgezeichneten Spürsinn.«

Ich richtete meinen Blick auf Hagen, während ich versuchte, mir einen Reim auf diese Sache zu machen.

»Ist 'ne lange Geschichte«, winkte Hagen ab.

Doch Bertrand schien gewillt zu sein, sie zu erzählen. »Wolf hielt es für eine gute Idee, das Tier in einem Gehege im Hippodrom zu verstecken. Nur hatte er die Rechnung ohne Archimedes gemacht.«

Neben mir schluckte es trocken, und mit belegter Stimme sagte Hagen: »Der Dackel hat es irgendwie geschafft, sich durch den Maschendraht des Käfiggitters zu drücken, um an Cujo ranzukommen.«

»Cujo?«, fragte ich irritiert. »Wer ist das denn?«

»Ein Tasmanischer Teufel«, erklärte Hagen. »Ganz süßes Tier.« Er schniefte einmal auf. »Auf jeden Fall haben die beiden sich dann im Nilpferd-Gehege ein Wettrennen geliefert, was die Nilpferde natürlich gar nicht gut fanden, und dann … vor Schreck …«

»… hat Daisy meinen Archimedes kaltblütig ermordet!«

»Sie hat sich versehentlich auf ihn gesetzt«, korrigierte Hagen.

Mein Blick wechselte zwischen Bertrand und Hagen und blieb schließlich am platt gewalzten Schreibtisch-Dackel hängen. *Gut*, dachte ich, *damit wären dann die missratenen Proportionen des armen Tiers geklärt.*

»Mein Archimedes.« Bertrand streichelte zärtlich über das struppige Fell des toten Dackels und betrachtete ihn versonnen. Dann richtete er seinen Blick auf Hagen. »Aber gütig, wie ich bin, habe ich die Angelegenheit darauf beruhen lassen. Keine Anzeige an das Veterinäramt. Wir haben das intern geregelt, nicht wahr, Wolf?«

Aus dem Augenwinkel heraus sah ich Hagens Kehlkopf hüpfen, während er ein angestrengtes Nicken hervorbrachte.

»Da ist er übrigens. Cujo.« Bertrand spuckte den Namen geradezu aus, während er an die Wand zu seiner Rechten zeigte. Zwischen den Trophäen erkannte ich einen recht kleinen runden Schädel, dessen Form mich an einen Minibären erinnerte. Er hatte gefletschte spitze Zähne und einen irgendwie irren Blick. Er sah wirklich nicht nach einem Kuscheltier aus.

»Sie haben den Tasmanischen Teufel erschossen?«, fragte ich ungläubig.

Wie beiläufig hob Bertrand die Schultern. »Einer musste ihn schließlich einfangen. Bevor noch Schlimmeres passierte.«

Hagens Blick blieb reglos auf den ausgestopften Schädel gerichtet. »Cujo war ein gutes Tier. Er war fast zahm und komplett auf mich fokussiert.«

»Es war ein Wildtier«, verbesserte ihn Bertrand. »Und die lassen sich nicht zähmen. Ich bin der lebende Beweis dafür.« Er fasste sich bestätigend an den Hintern.

»Aber Cujo hat Ihnen gar nichts getan!«, begehrte Hagen auf. Offenbar verlieh ihm meine Anwesenheit eine Extraportion Mut.

»Natürlich hat er das. Er war der Auslöser für alles! Aber wir haben es auf die Jägerart geregelt. Ein sauberer Schuss. Nicht wahr, Wolf? So steht nichts mehr zwischen uns beiden, richtig?«

Hagen antwortete nicht, schaffte es aber auch nicht länger, Bertrands Blick standzuhalten.

Dafür wandte sich der Zoodirektor mir zu. »Das Schicksal dieses Flusspferdes ist besiegelt. Es wird sterben und dem Zoo damit mehr von Nutzen sein, als es das lebendig jemals könnte. Haben wir uns verstanden? Außerdem haben die Löwen Hunger.« Sein Gesicht verzog sich zu einer hässlichen Fratze, als er ein amüsantes Fauchen von sich gab.

»Sie sind doch krank!«, rief ich entsetzt.

Bertrand neigte den Kopf und sah mich weiter mit belustigter Überheblichkeit an. »Es steht Ihnen frei zu gehen, Herr Berger.« Seine Handflächen drehten sich nach außen. »War da nicht noch ein Bankjob, der auf Sie wartet?«

Wieder lieferten wir uns ein wortloses Blickduell.

»Komm«, sagte Hagen schließlich. Er packte mich am Arm. »Gehen wir. Wir müssen das Futter für die Nilpferde vorbereiten.«

Ohne Gegenwehr ließ ich mich von ihm aus dem Büro führen. Als wir draußen ankamen, sah ich ihn lange an. Er wirkte unendlich traurig.

»Du hast wirklich versucht, einen Tasmanischen Teufel aus dem Zoo zu befreien?«

Hagen seufzte schwer. »Nicht nur versucht. Ich habe ihn mit zu mir nach Hause genommen, und zunächst war das auch kein Problem. Solange er klein war, ging er ohne Weiteres als eine exotische Hunderasse durch. Aber mit der Zeit wurde er immer, nun ja, wilder.« Er lachte freudlos auf. »Eine ganze Weile hab ich es geschafft, ihn vor den anderen geheim zu halten. Doch manchmal musste ich ihn mit zur Arbeit nehmen ... Konnte das arme Tier ja nicht den ganzen Tag allein lassen. Ich hab Cujo in einem leeren Zwinger eingeschlossen, während ich Schicht hatte. Und dann ... Dann kam dieser blöde Köter und nahm Witterung auf. Irgendwie hat der Dackel es geschafft, den Käfig aufzubeißen, und dann sind die beiden ab durch den Zoo – bis in den Hippodrom. Als Archimedes von Daisy zerdrückt wurde, hat Bertrand rot gesehen. Er ist selbst ins Nilpferd-Gehege gestiegen, um seinen Hund zu retten. Dabei war da überhaupt nichts mehr zu retten, der Dackel war platt wie ’ne Flunder. Auf jeden Fall fühlte Daisy sich bedrängt und hat den Zoodirektor ...«

Er ließ den Satz unvollendet, und ich rief mir die wulstige

Narbe an Bertrands Hintern in Erinnerung. Was in doppelter Hinsicht eine unangenehme Sache war.

»Wenig später kam er humpelnd mit seinem Gewehr zurück und hat Jagd auf Cujo gemacht.«

»Dass du immer noch für diesen Widerling arbeitest.« Verständnislos schüttelte ich den Kopf.

»Er hat mich am Wickel! Schließlich hätte er mich anzeigen können. Ich hätte doch nie wieder eine Anstellung in einem Zoo bekommen, wenn bekannt geworden wäre, dass ich ein Wildtier mit nach Hause genommen habe. Das wäre mein berufliches Aus. Und wer weiß, vielleicht müsste ich dann auch in einer Bank arbeiten.«

Ich überhörte seinen Kommentar geflissentlich. »Du glaubst also wirklich, dass Bertrand Daisy abschlachten wird?«

Hagen nickte entschlossen. »Dieser Mann geht über Leichen. Und er ist im Recht. Gesetzlich darf er tun und lassen, was er will.«

»Gut«, knurrte ich angriffslustig. »Dann müssen wir uns eben selbst helfen. Wäre doch gelacht, wenn wir diesem Wahnsinn keinen Einhalt gebieten könnten.«

15

Müde rieb ich mir den Sand aus den Augen und warf einen unheilvollen Blick auf die tickende Wanduhr. Kurz nach vier in der Nacht. Meine Wange fühlte sich an, als hätte man sie als Nadelkissen zweckentfremdet.

Der Grund dafür war klar. Ich war vor dem Bildschirm eingeschlafen und hatte mit dem Gesicht halb auf der Tastatur gelegen. Eine äußerst unvorteilhafte Haltung zum Schlafen. Insbesondere dann, wenn man ohnehin schon von Rückenschmerzen geplagt war.

Dennoch stellte sich mit den ersten wachen Gedanken das Gefühl von Zufriedenheit ein. Die Empfindung, etwas geleistet zu haben. In mühevoller Fleißarbeit hatte ich jede, wirklich jede bedeutende und noch so irrelevante Zeitung, jeden Blog und regionalen Radiosender angeschrieben, um über den unhaltbaren Zustand des Zoos aufzuklären. Dass Daisy an die stinkenden Löwen verfüttert werden sollte, würde nur über meine Leiche geschehen. Ich war mir meiner Sache ziemlich sicher. Bertrand würde damit niemals durchkommen. Ganz besonders, wenn ich daran zurückdachte, welches mediale Interesse seinerzeit die Schlachtung des Giraffenbullen Marius im Kopenhagener Zoo hervorgerufen hatte. Ich sah bereits Shit-Stürme biblischen Ausmaßes vor meinen Augen und konnte mir ein diabolisches Grinsen nicht verkneifen. Nichts anderes hatte dieser Fiesling Bertrand verdient. Eine Welle der Empörung würde über ihn hereinbrechen. Und dann war seine Zeit als Zoodirektor vorbei.

Müde, aber zufrieden stand ich auf, reckte mich und kümmerte mich um meine Blumen, während ich versuchte, vollends aufzuwachen. Ganz besonders der Ginseng-Ficus, auch Lorbeerfeige genannt, bedurfte der intensiven Pflege. Bei dieser Pflanze handelte es sich um ein äußerst empfindliches Bonsaigewächs. Sandra hatte ihn mir vor ein paar Jahren zum Geburtstag geschenkt. Damit war er das einzige Lebende, was ich von ihr besaß.

Heute stand ein anstrengender Tag an. Das komplette Nilpferd-Haus musste gereinigt werden. Außerdem wollte ich noch zum Obstladen, der in einer halben Stunde öffnete, um die vorbestellten Honigmelonen abzuholen. Sandra hatte Honigmelonen geliebt. Und ich war schon äußerst gespannt darauf, wie Daisy darauf reagieren würde.

Als ich alle Pflanzen versorgt und dem Ficus zum Abschluss einen lauwarmen Sprühnebel verpasst hatte, packte ich meine Sachen und machte mich auf den Weg.

»Du bist früh dran«, begrüßte mich Hagen. »Aber das ist gut, die Nilpferde sind schon im Außengehege. Wir können also gleich loslegen.«

»Ich gehe jetzt erst mal zu Daisy und geb ihr 'ne Honigmelone.«

Hagen lächelte. »Na, dann mach mal.«

Als mich Daisy erblickte, stieß sie eine kurze Salve an lauten Brüllern aus, woraufhin sich die anderen drei Flusspferde in Bewegung setzten und das Weite suchten. Sie hatte die Herde wirklich fest im Griff. Ein richtiges Alphamädchen, meine Sandra.

»Daisy«, rief ich. »Happa-happa!«

Während ich dabei zusah, wie sie mit ihren kurzen Stummelbeinchen auf mich zugehoppelt kam, machte mein Herz einen Sprung. Ohne ihre Geschwindigkeit zu reduzieren, rannte sie an mir vorbei und touchierte mich mit der Schnauze, was mich prompt zu Boden warf. Daisy kümmerte das nicht weiter. Mit ihren riesigen Hauern fischte sie mir die Honigmelone aus der Hand und zerbiss sie mühelos in zwei Hälften. Klebrig süßer Fruchtsaft gemischt mit Flusspferdsabber tropfte auf mich herab. Doch das störte mich nicht. Ich war bei ihr. Nichts anderes zählte.

Während sie sich genussvoll die Melone schmecken ließ, stand ich auf und näherte mich Daisy. Dann nahm ich all meinen Mut zusammen, streckte die Hand aus und rubbelte ihren Nacken. Sie ließ es sich grunzend gefallen.

»Sie ist ein wirklich bemerkenswertes Tier«, hörte ich Hagen hinter mir nachdenklich sagen. Er stand im sicheren Abstand am Eingang und hatte die Arme vor der Brust verschränkt.

»Spätestens heute Abend wird sich unser Problem in Luft aufgelöst haben«, prophezeite ich ihm. »Ich habe Gott und die Welt informiert. Jeden Moment wird hier ein Pressetumult ausbrechen, den der Zoo noch nicht erlebt hat.« Ich streichelte dem Nilpferd über das Kinn. »Alles wird gut, Daisy. Nix Happa-happa für die dummen Löwen.«

16

Fassungslos beäugte ich mein E-Mail-Postfach und konnte es einfach nicht glauben. Nicht eine einzige Redaktion hatte sich auf meinen Mailaufruf gemeldet. Sicherheitshalber überprüfte ich den Ordner mit den gesendeten Mails. Vielleicht hatte es gestern Nacht eine Störung mit dem Internetanbieter gegeben? Doch Fehlanzeige, alle dreiunddreißig Mails waren anstandslos rausgegangen. Ich öffnete den Browser und schaute mir meine *Rettet Daisy-Gruppe* auf Facebook an. Mein Beitrag war kein einziges Mal geteilt worden. Lediglich ein *Gefällt mir* hatte ich erreicht. Und das kam von meiner Mutter.

Mit zittrigen Händen umfasste ich das Telefon und wählte die Nummer der Kölner Rundschau. Es dauerte zwei Minuten und vier unterschiedliche Ansprechpartner, bis ich die regionale Ressortleiterin an der Strippe hatte. Der Stimme nach zu urteilen ein blutjunges Ding.

»Eine Mail mit dem Betreff ›Rettet Daisy‹ sagen Sie?«

»Ganz genau.«

»Momentchen, ich schau mal.«

Während ich das rollende Rädchen ihrer Maus durch das Telefon hörte, las sie laut vor: »Agrarverband will Jugendliche für Kaninchenzucht begeistern ... Feuerwehr rettet fünf Katzenbabys ... Fliegerbombe entschärft ... ah, hier. Rettet Daisy!«

»Das ist es«, brüllte ich aufgeregt.

»Momentchen, ich überfliege das mal schnell.«

Ich konnte hören, wie sie Fragmente meines Textes las.

»Hm«, machte es nach einer Weile am anderen Ende.

»Hm?«, machte ich.

»Na ja«, sagte die junge Stimme.

»Na ja, was denn?«, fragte ich ungeduldig.

»Na, das ist ja irgendwie schon mal da gewesen.«

»Wie meinen Sie das?«

»Na, da war doch vor Kurzem erst der Skandal mit dem Zebra.«

»Das war eine Giraffe.«

»Stimmt.« Sie kicherte und setzte gut gelaunt nach: »Auf jeden Fall irgendwas Gestreiftes.«

»Und jetzt ist es ein streifenloses Nilpferd.« Allmählich wurde ich ungehalten.

»Ja«, stimmte das Mädchen mir zu. »Aber die Sache an sich ist eben nichts Neues, sondern schon mal da gewesen. Wenn Sie damit etwas später gekommen wären, so zum Sommerloch, dann hätten wir sicherlich etwas im Lokalteil darüber bringen können. Aber nun ...« Sie seufzte mitfühlend. »Außerdem haben wir noch Sammy und Lucy.«

»Wen?«

»Sie wissen schon, die beiden Pandababys, die kürzlich in Hannover geboren wurden. Da kriegen wir unmöglich noch ein weiteres Zoothema daneben platziert.«

»Sammy«, wiederholte ich fassungslos. »Und Lucy ... Pandababys.«

»Extreme cute, wenn Sie mich fragen. Aber wir wünschen Ihnen nichtsdestotrotz ganz, ganz viel Erfolg für Ihre Aktion.«

Mir wurde schwarz vor Augen. Ich stieß ein kraftloses »Danke« hervor.

»Rettet Daisy!«, schmetterte mir die junge Stimme pathetisch entgegen. Als wäre es ein Schlachtruf gegen Atomkraft. Dann legte die Zeitungsfrau auf.

Im Computerbildschirm erkannte ich mein Spiegelbild, das verkrampft den Hörer umklammert hielt. »Und wenn schon«, murmelte ich. »Ist ohnehin ein Schmierenblatt.«

Entschlossen wählte ich die nächste Nummer.

Dreizehn Telefongespräche später hatte ich Gewissheit. Niemand interessierte sich heutzutage mehr für das Schicksal eines Zootieres. Die Redakteure waren unisono der Meinung, dass ein Zoothema allein schon genug Aufmerksamkeit bekomme und dass eine geplante und noch dazu vollkommen legale Ganztierfütterung keinen Leser oder Hörer mehr hinter dem Ofen hervorlocke – auch wenn mir alle versicherten, dass Nilpferde wirklich außerordentlich niedliche Tiere seien und sie sogar einen Happy Hippo aus dem Überraschungs-Ei auf ihrer Tastatur stehen hätten. Oder auf der Fensterbank oder sonst wo.

Ich hatte die Schlacht verloren, ehe sie begonnen hatte. Das Schicksal von Daisy war besiegelt, wenn mir keine zündende Idee mehr einfiel. Aber was sollte ein einzelner Mann gegen die Mühlen der Justiz und das Desinteresse der Öffentlichkeit ausrichten? Bertrand hatte alles Recht auf seiner Seite.

Eine lähmende Müdigkeit breitete sich in mir aus. Mit einem dumpfen Gefühl der Resignation im Bauch erhob ich mich vom Stuhl vor dem Computertisch und stromerte zum Schrank, um mir frische Schlafsachen rauszukramen. Dabei fiel mein Blick auf die in Reih und Glied hängenden Anzüge, die so deplatziert wirkten, als seien sie aus einem anderen Leben. Der nachtblaue Nadelstreifen-Blazer. Der schwarze Zweireiher. Der steingraue Anzug, in dessen Hose ich seit Jahren nicht mehr hineinpasste. Daneben Hemden und Krawatten in allen erdenklichen Farben und langweiligen Mustern.

Während ich nach den passenden Shorts meines Sommer-Schlafanzugs wühlte, verfing sich mein Blick in der pinkfarbenen Krawatte, die mir Sandra zu irgendeinem Anlass geschenkt und die ich nur ihr zuliebe getragen hatte, weil ich sie eigentlich ziemlich scheußlich fand.

Ich konnte den Blick nicht von ihr abwenden. Denn auf einmal löste sie etwas in mir aus. Einen kleinen Funken, der Leuchtfeuer hinter sich herzog, einen Flächenbrand in Gang setzte und mich eine weitere schlaflose Nacht kosten würde …

17

Beinahe mein ganzes Berufsleben über hatte ich in diesem Gebäude verbracht. Aber wirklich wohlgefühlt hatte ich mich hier nie. Nun schnürte es mir den Brustkorb vor Beklommenheit zu. Als sich die gläserne Front seitlich aufschob und mich der nüchtern-sterile Bürogeruch umwaberte, drehte es sich um mich. Ich hielt in der Bewegung inne, doch bevor ich auf dem Absatz kehrtmachen konnte, wurde ich bereits von Frau Schnutter entdeckt.

»Herr Berger! Wie schön, Sie wiederzusehen! Und gut sehen Sie aus. Richtig erholt.«

Sie ließ es sich nicht nehmen, mir eine innige Umarmung aufzudrängen.

»Danke«, entgegnete ich, während ich mich aus ihrer Umklammerung zu befreien versuchte. »Ich war viel spazieren und habe mir eine ausgewogene Ernährung verordnet.«

Sie sah an mir herab und nickte anerkennend. »Sie scheinen auf dem richtigen Weg zu sein. Das spüre ich.«

»Vielen Dank.« Ich versuchte mich an einem aufrichtigen Lächeln. »Und hier soweit? Alles in Ordnung?«

Ich fragte nicht, weil mich das wirklich interessierte. Aber als Noch-Filialleiter dieser Bank empfand ich es doch als Pflicht, zumindest einen Hauch von Interesse vorzuheucheln.

Meine Sekretärin nickte beständig. »Alles beim Alten«, sagte sie entschlossen. »Wissen Sie denn schon, wann Sie wieder zurückkommen?«

»Bald«, log ich entschlossen. »Sicherlich schon ganz bald.«

»Das ist schön.« Sie lachte herzlich, und obwohl ich sie seit Jahren kannte, konnte ich ihr nicht ansehen, ob sie es aufrichtig meinte oder die Freude nur spielte. In dieser Umgebung war alles so künstlich und verlogen, dass die Angestellten mit den Jahren zu perfekten Schauspielern verkamen.

»Ich möchte Sie auch gar nicht lange von der Arbeit abhalten«, erklärte ich umständlich, während ich versuchte, mich an ihr vorbeizudrängeln. »Ich benötige nur noch etwas aus meinem Büro.«

»Oh, dann werden Sie aber …«

Ich drückte mich an ihr vorbei und zog die Tür zu meiner ehemaligen Wirkungsstätte auf.

»… überrascht sein, Herr Krampen anzutreffen«, hörte ich Frau Schnutter in meinem Rücken.

Damit hatte sie nicht ganz unrecht. Auf meinem Bürostuhl saß Lothar Krampen, mein direkter Vorgesetzter. Er sah von meinem Computer auf und mich mit dem gleichen verdutzten Ausdruck an, den ich selbst auf meinem Gesicht spürte.

»Herr Berger«, sagte er und sprang dabei förmlich von meinem Bürostuhl. »Das ist aber eine Freude, Sie hier so unerwartet zu sehen.«

»Ganz meinerseits«, stammelte ich.

Er musterte mich eindringlich, wie eben noch Frau Schnutter. »Gut sehen Sie aus«, stellte er fest. »Nahezu glänzend. Und Farbe haben Sie bekommen, man könnte beinahe meinen, Sie wären im Urlaub gewesen.«

»War viel an der frischen Luft.« Ich ergriff seine zum Gruß ausgestreckte Hand an, woraufhin sich kurz sein Gesicht verzog. »Mannomann, einen ordentlichen Handschlag haben Sie da.« Mit gespielter Theatralik ging er in die Knie.

Sofort ließ ich seine Hand los und rieb mir entschuldigend

über die Handflächen. Zu meinem Entsetzen fühlte ich Schwielen von der Schaufelarbeit. Ich konnte nur hoffen, dass Herr Krampen sie nicht bemerkt hatte.

Wir sahen uns eine Weile schweigend an und beäugten uns gegenseitig. Herr Krampen sah aus wie immer. Schlank, in einem perfekt sitzenden Anzug von dezenter Farbe mit dazu passender Krawatte und einem, wie ich fand, viel zu eng sitzenden Hemd, durch das sich seine Brustmuskeln abzeichneten. In seiner Freizeit war Lothar Krampen begeisterter Kanufahrer, was ihm den Oberkörper eines Zwanzigjährigen bescherte. Peinlich, für einen Mann seines Alters, wie ich fand. Glücklicherweise wurde der jugendliche Eindruck von seiner Halbglatze und dem dichten dunklen Schnäuzer ad absurdum geführt. Die Welt war manchmal eben doch ein gerechter Ort.

»Was führt Sie denn zu uns?«, fragte Herr Krampen immer noch in bester Laune.

»Dasselbe könnte ich Sie fragen.«

»Da haben Sie recht. Aber ich kann Sie beruhigen.«

Ich beäugte ihn skeptisch. So ganz wurde ich aus seiner Aussage nicht schlau. Wovor wollte er mich beruhigen?

»Wir sind gerade dabei, das Computersystem sämtlicher Filialen umzustellen, und da Ihre Filiale ja nun führungslos ist, liegt es als Bezirksleiter an mir, die Organisation dafür zu übernehmen. Sie wissen ja: Wenn der Chef nicht alles selbst macht ...«

»Klar, verstehe ich.« Ich fiel in sein Lachen ein, obwohl mir gar nicht danach zumute war.

»Ich kann nur hoffen, dass Sie bald wieder fit sind und Ihren Platz hinter diesem Schreibtisch einnehmen.«

Ich nickte, doch allein der Gedanke daran ließ mich sauer aufstoßen.

»Sie waren nicht lange weg, doch es hat sich bereits einiges verändert. Das Geschäft wird eben immer schnelllebiger.«

»Ich weiß«, erwiderte ich pflichtgemäß.

»Wir müssen uns immer mehr Kniffe und Finessen einfallen lassen, um an das Geld unserer Kunden zu kommen.« Er setzte ein Haifischlachen auf, das seine gesamte Erscheinung nur noch suspekter machte. »Anpassung der Gebühren, Angleichung an die Marktentwicklung.« Er ächzte innig. »Da kommen eine Menge Baustellen auf uns zu.« Dann aber winkte er ab. »Ach, darüber unterhalten wir uns, wenn Sie wieder voll und ganz einsatzfähig sind.« Abermals ruhte sein intensiver Blick auf mir. »So, wie Sie aussehen, kann das ja nicht mehr lange dauern.« Es folgte ein beherzter Schlag auf meine Schulter, den ich mit einem zuversichtlichen Lächeln erwiderte.

»Und Sie?«, fragte er dann.

»Bitte?«

»Warum sind Sie hier?«

Im ersten Moment war ich so verwirrt, dass mir der Grund zunächst nicht mehr einfallen wollte. »Mich langsam wieder einarbeiten«, erwiderte ich schließlich. »Um wieder reinzukommen in den Arbeitsalltag.«

Krampen klopfte mir noch einmal auf die Schulter. »Guter Mann«, befand er stolz. Seine Brustmuskulatur drohte, die Hemdknöpfe zu zerreißen. Er vollführte eine ausladende Geste. »Nur zu, es ist Ihr Büro. Ich muss ohnehin mal für kleine Königstiger.«

Als ich endlich allein war, konnte ich zum ersten Mal tief durchatmen und damit die Kette etwas lösen, die meine Brust einschnürte. Schnell eilte ich zum Aktenschrank und ließ meinen Blick über die Reihe der tristen, grauschwarzen Ordnerrücken wandern, zwischen denen einer herausstach. Ich zog ihn hervor und blätterte durch die Unterlagen, bis ich das Gesuchte fand. Dann setzte ich mich an meinen Computer, loggte mich mit meinem Passwort ein und tat das, was ich in all den Jahren schon Hunderte Male getan hatte: Ich bewilligte einen Kreditantrag.

18

Am kommenden Morgen in aller Früh standen Hagen und ich nebeneinander in der Küche und bereiteten das Frühstück für die Nilpferde zu. Während ich Obst und Gemüse schnippelte und versuchte, mir meine Müdigkeit nicht anmerken zu lassen, berichtete ich meinem Kollegen in knappen Worten von den Rückschlägen bei meiner Mission *Rettet Daisy*. Dass keine Zeitung, kein Blog geschweige denn ein Radiosender Interesse an dem Schicksal eines einzelnen Flusspferdes hatte. Dass sie allesamt der Meinung waren, dass das Thema mit der Giraffe Marius ausgeschlachtet worden war – im wahrsten Sinne des Wortes. Ich erzählte ihm auch von Sammy und Lucy.

»Kacke«, war sein einziger Kommentar dazu.

»Nicht ganz«, entgegnete ich mit einem lang gezogenen Gähnen, während ich das Grün von den Möhren entfernte.

»Das kannst du ruhig dran lassen«, belehrte er mich. »Das fressen die mit.

»Ich weiß, aber Daisy mag sie lieber ohne.«

»Aha.« Er musterte mich kurz. »Und was genau bedeutet dieses ›Nicht ganz‹?«

»Dass ich einen Plan habe.«

Hagen ließ vom Sellerie ab. Ohne aufzuschauen, spürte ich seinen forschenden Blick auf mir ruhen.

»Dann lass hören.«

»Er ist waghalsig.«

»Aha.«

»Aber er könnte funktionieren.«

»So.«

»Wir werden Daisy entführen.«

Ich sah zu ihm auf und fand den erwarteten Ausdruck des Entsetzens in seinen Augen.

»Entführen?«

Ich nickte eifrig.

»Ein ausgewachsenes Nilpferd.«

Ich nickte wieder.

Hagen schüttelte den Kopf. »Das ist nicht waghalsig. Das ist bescheuert.«

Doch ehe er mit seinen negativen Schwingungen zum Lucky Punch ausholen konnte, legte ich los und erläuterte ihm meinen in den letzten beiden Nächten ausgetüftelten Plan in allen Einzelheiten. Ich hatte in meinem Arbeitszimmer vor dem Computer gesessen und die Wand mit den Fotos von Sandra und mir angestarrt. Hauptsächlich waren es Schnappschüsse aus dem Allgäu und Strandfotos von unserem einzigen gemeinsamen richtigen Urlaub auf Teneriffa. Ich machte mir einfach nicht so viel aus Reisen. Dabei hatte Sandra die ganze Welt sehen wollen. Vor allem das Masai Mara National Reserve. Kenias tierreichstes Naturschutzgebiet, in dem ihre Lieblingstiere in freier Wildbahn in großen Herden lebten. Steppenzebras, Streifengnus, Flusspferde.

Eigentlich war die Lösung des Problems mit Daisy so naheliegend. Sie hatte von Anfang an auf der Hand gelegen. Wenn kein Zoo dazu bereit war, Daisy aufzunehmen, musste sie eben ausgewildert werden. Und wo könnte es für ein Tier schöner sein als unter der Sonne Afrikas?

»Das ist verrückt«, sagte Hagen noch einmal, als ich meine Ausführung beendet hatte.

»Aber es könnte funktionieren, richtig?«

Er ließ sich mit der Antwort Zeit. Ich konnte förmlich

sehen, wie es in ihm drin arbeitete. »Dafür könntest du in den Knast wandern«, sagte er schließlich.

»Nur, wenn sie mich erwischen. Außerdem ist das ganz allein meine Verantwortung. Aber ich werde Hilfe brauchen. Für den Transport.«

»Da fängt es doch schon an.« Er deutete mit dem Küchenmesser auf mich. »Selbst wenn es mir gelingen sollte, die benötigten Formulare wie eine Veterinäramt-Bescheinigung und die Zollgenehmigungen an Bertrands Schreibtisch vorbeizumogeln, bleibt da immer noch das Problem mit der Beförderung. Wie stellst du dir das vor? Dass wir uns bei Sixt einen Lieferwagen mieten und Daisy darin nach Kenia verfrachten?«

Sanft legte ich meine Hand auf seine, damit er aufhörte, mit dem Messer vor meinem Gesicht herumzufuchteln. »Was heißt denn ›wir‹?«

»Du glaubst doch nicht im Ernst, dass ich dich allein mit einem Nilpferd auf Reisen schicke! Auch wenn mich dieses Biest bei der erstbesten Gelegenheit vermutlich zerfleischen würde, bin ich doch für sie verantwortlich.«

»Und dein Job?«, fragte ich.

Er legte endlich das Messer weg und sah mich an. »Glaubst du wirklich, ich kann noch länger unter diesen Bedingungen hier arbeiten? Gesunde Tiere aus Profitgier abschlachten …« Er schlug sich auf den Unterarm und riss die Faust hoch. Das internationale Zeichen für: *Ich bin gerade sehr angepisst.* »Ohne mich«, fauchte er. »Ohne mich.«

Es stand völlig außer Frage, dass ich Hagen mochte, seit er mich damals aus dem Becken gefischt hatte. Aber in diesem Moment, als er sich so entschlossen vor mir aufbaute und sich seine wilde Entschlossenheit in den Spucketröpfchen widerspiegelte, die mir das Gesicht benetzten, verspürte ich beinahe Liebe für den Khakimann.

»Aber«, bremste er seine eigene Euphorie aus, griff erneut nach dem Messer und hackte den Sellerie mit einem geübten Schlag in zwei Hälften. »Sosehr ich deine wohlwollende Entschlossenheit begrüße, stehen wir doch vor einem Berg von Problemen. Wie wollen wir Daisy unbeobachtet aus dem Zoo schmuggeln? Wie kommen wir an die Papiere für die Grenzübergänge? Und vor allem: Womit um Himmels willen sollen wir Daisy transportieren? Wir können sie ja schlecht zu Fuß nach Kenia bringen.«

»Das«, sagte ich in einem konspirativen Tonfall, »wird unsere geringste Sorge sein.«

19

Alles sah noch schäbiger und heruntergekommener aus, als es die Fotos im Businessplan wiedergegeben hatten. Wenn dies einmal ein erfolgreiches Unternehmen gewesen war, musste das schon Jahrzehnte her sein. Tatsächlich hatte ich den Eindruck, als wäre der Geist der Achtzigerjahre allgegenwärtig.

Auf dem unkrautüberwucherten Hof befand sich an jeder Ecke und in jeder Nische Schrott. Autoreifen, Müll und undefinierbare verrostete Gerätschaften, die ungeschützt der Witterung ausgesetzt waren. Hier und da kaum noch zu erkennende Führerhäuser von Lastkraftwagen, deren Hersteller schon vor Jahrzehnten pleitegegangen waren. Ich kam mir vor wie in einer Folge von *Auf Achse* und wartete nur darauf, dass Franz und Günni mit ihren 320 PS starken Maschinen um die Ecke gebogen kamen, um ihre Terminfracht in aller Herren Länder zu fahren.

In meinem besten Anzug und bewaffnet mit meinem Aktenkoffer betrat ich das Firmengelände, als ich einen aufbrausenden Motor hörte, der auf mich zuzukommen schien. Franz und Günni ließen sich nicht blicken, dafür aber kreuzte ein riesiges schwarzes Schlachtschiff meinen Weg und machte keine Anstalten, mir auszuweichen. Mit einem beherzten Sprung zur Seite konnte ich dem gigantischen Chrom-Kühlergrill gerade noch entkommen. Verdutzt stand ich da und schaute der Limousine nach. Ob der Fahrer mich nicht gesehen hatte? Zumindest konnte ich niemanden im Inneren erkennen, da sämtliche Scheiben getönt waren. Mit quietschenden Reifen bog das Geschoss aus der Ausfahrt raus auf die Straße und verschwand aus meinem Sichtfeld.

Über solch ein aufgeblasenes Gehabe konnte ich nur den Kopf schütteln. Unbeirrt setzte ich meinen Weg über den Schrottplatz des Grauens fort und konnte mich nur selbst dafür loben, dass ich Eva Hambergs Flehen bei unseren beiden Treffen nicht nachgegeben hatte. Eine Investition in ein derart marodes Unternehmen wäre einer Geldverbrennungsanlage gleichgekommen.

Auf einmal konnte ich mir ein Lächeln nicht verkneifen. Wie gut, dass es nicht meine eigene Kohle war, die ich gleich mit beiden Händen zum Fenster rausschmeißen würde.

»Was wollen Sie?«

Ich sah eine Gestalt aus einer Garage kommen. Sie hielt einen riesigen Schraubschlüssel in der Hand, und zwar nicht so, als wollte sie damit etwas reparieren. Vielmehr, als wollte sie einen streunenden Hund verscheuchen.

»Herr Berger«, fuhr Eva Hamberg überrascht auf, als sie mich erkannte. »Was machen *Sie* denn hier?« Sichtlich erleichtert ließ sie den Schraubenschlüssel sinken.

»Sie besuchen, Frau Hamberg.«

Eva Hamberg war kaum wiederzuerkennen. Wie sie nun vor mir stand, hatte sie so gar nichts mehr von dieser resoluten Jungunternehmerin, die es mit allem würde aufnehmen können. Vielmehr wirkte sie wie ein Abziehbild ihrer selbst. Von einer Frisur konnte im eigentlichen Sinne keine Rede sein. Ihre zierliche Figur steckte in einem viel zu großen Overall, der mit dunklen, längst eingetrockneten Ölflecken verschmiert war.

»Freut mich, Sie wiederzusehen«, sagte ich höflich und hoffte, dass ich mir im Laufe der Zeit nicht das Haifischlächeln von diesem Krampen angeeignet hatte.

Eine Erwiderung darauf erhielt ich nicht. Eva Hamberg guckte mich nur unverwandt an.

Weiter lächelnd sah ich mich um und rang mir eine nahezu groteske Lüge ab: »Schön haben Sie es hier.«

»Verschwinden Sie!«, sagte Frau Hamberg geradeheraus mit einer Stimme, die jegliche Freundlichkeit vermissen ließ, ja beinahe feindselig wirkte. Bevor ich etwas entgegnen konnte, ging sie zurück in die Garage.

Ich folgte ihr. Vor dem offenen Tor blieb ich stehen und sah ihr dabei zu, wie sie das Werkzeug in die Ecke stellte. Hinter ihr kam ein bedrohlich wirkendes eckiges Ungetüm zum Vorschein, welches mich augenblicklich an den Kalten Krieg erinnerte. Die gigantische Front wurde von riesigen Lüftungsschlitzen in drei übereinander geordneten Spalten bestimmt. Seitlich davon befanden sich zwei im Verhältnis dazu geradezu winzige runde Scheinwerfer, deren verwitterte Chromeinfassungen nach vorn herausstachen, was dem Gefährt die Optik eines giftigen Reptils mit Glupschaugen verlieh. Über den Lüftungsschlitzen prangte der Schriftzug des Herstellers, eine Mischung aus kyrillischen Buchstaben und Zahlen. Ich konnte mich nicht erinnern, jemals einen solchen Lastwagen gesehen zu haben.

Eine Schönheit war dieses Gefährt nicht. Vermutlich hatten Vorgänger dieses Lkw-Typs Trägerraketen für die sowjetische Armee transportiert. Wenigstens die Farbe versprühte einen gewissen Optimismus. Der riesige Lastkraftwagen war komplett magentafarben. Wie ein riesiger schwuler Transformer.

»Also, was wollen Sie?«, wollte Eva Hamberg gereizt von mir wissen.

»Was *ist* das?«, fragte ich zurück und konnte den angewiderten Unterton in meiner Stimme nicht verbergen. Immer noch starrte ich den Barbie-Truck vor meinen Augen an.

»Ein Kamaz 5410.« Sie ließ eine Spur Stolz und Trotz in ihrer Stimme mitschwingen. »Ein russisches Fabrikat. Extrem robust und zuverlässig.«

»Und alt.«

»Ach was«, winkte sie ab. »Mit Lastwagen verhält es sich wie mit Schiffen. Die halten gut und gern ein paar Jahrzehnte durch. Ist übrigens auch der einzige Laster der Spedition, der noch fährt.«

»Oh.« Ich betrachtete das Gefährt genauer und wägte die Chancen ab, damit bis nach Afrika zu kommen. Hannibal hatte einst die Alpen überquert – mit Elefanten. So schlecht waren meine Karten also gar nicht.

Eva seufzte leise auf, während sie den Laster beinahe liebevoll betrachtete. »Mein Vater hatte ein Faible für russische Hersteller. Er mochte, dass man an ihnen noch alles selbst machen konnte. Deshalb auch der Lada.« Sie deutete auf den kleinen unscheinbaren Geländewagen, der vor dem Bürogebäude stand, dann wandte sie sich wieder dem pinkfarbenen Reptil zu. »Dieser hier ist eine Sonderanfertigung, die mein Vater seinerzeit aus dem Nachlass des maroden russischen Staatszirkus ergattert hat.«

Ich ging ein paar Schritte auf das Gefährt zu und betrachtete es eingehender. Hinter der Fahrerkabine befand sich ein nicht gerade windschnittiger, schmuckloser Kofferaufbau, an dessen Seiten sich schlanke Luftschlitze entlangzogen.

»Die Ladebox lässt sich hydraulisch etwas herabsenken, was das Ein- und Ausladen erheblich erleichtert. Wie bei einem dieser alten Citroëns.«

»Wie praktisch.« Ich ging in die Hocke und nahm das Getriebe in Augenschein. »Es ist ein Sechszylinder, richtig?«

Als ich zu ihr aufblickte, sah ich sie zustimmend nicken.

»Kennen Sie sich denn mit Lastkraftwagen aus?«, fragte sie interessiert.

»Nein«, sagte ich sofort. »Also, nicht wirklich. Ich hab damals bei der Bundeswehr den Lkw-Führerschein gemacht. Da hab ich mir natürlich auch etwas über Motoren und so aneignen müssen. Aber das ist wirklich lange her.«

»Sie waren beim Bund?« Sie musterte mich mit gerunzelter Stirn.

»Wehrdienst.«

»Und Sie haben einen Lkw-Führerschein?«

»Hm-hm. Hab aber seit damals nicht mehr hinter dem Steuer eines Lkw gesessen.«

Neugierig sah ich mich um. Es war dunkel in der Garage. Neben dem Kamaz standen noch mindestens drei weitere Transporter in unterschiedlichen Größen und von unterschiedlichen Fabrikaten.

»Was ist mit den anderen Wagen?«

»Momentan nicht fahrbereit.«

Ich blieb unschlüssig vor dem Kamaz stehen und stellte mir damit die Fahrt über die Autobahn vor. Nicht gerade der perfekte Fluchtwagen. Und wenn wir erst in Kenia ankommen würden ...

Frau Hamberg betrachtete mich skeptisch. »Sie sind nicht hier, weil Sie sich ein Bild über den Zustand meiner Spedition machen möchten.«

»Nein, da haben Sie recht. Ich bin hier, um Ihre Dienste in Anspruch zu nehmen.« Als sie daraufhin nichts erwiderte, wurde ich konkreter. »Sie sind doch ein Speditionsunternehmen, richtig?«

Wieder war da dieses Misstrauen in Eva Hambergs großen blauen Augen zu erkennen. Sie nickte zögerlich.

Ich versuchte mich an meinem wohlwollendsten Gesichtsausdruck und merkte selbst, wie sehr ich aus der Übung war. »Dann bin ich bei Ihnen doch an der richtigen Adresse.«

Zögerlich bewegte sie sich auf mich zu. »Aber Sie wissen schon, dass die *Hamberg Logistics* auf Tiertransporte spezialisiert ist?«

»Ich weiß«, sagte ich und hob den Aktenkoffer an, in der sich unter anderem ein magentafarbener Ordner befand. »Ich weiß.«

Ich wertete es als gutes Zeichen, dass mir Frau Hamberg nicht vor die Füße spuckte, sondern mich in ihr Büro bat. Zumindest nannte sie es so. Nichts passte hier drinnen zusammen, alles wirkte verwittert und ramponiert. Es roch nach altem Papier, kaltem Zigarettenrauch und Konkurs.

»Sie müssen entschuldigen«, sagte sie, als sie meine gerümpfte Nase bemerkte. »Aber mein Vater hielt es nicht so mit der Ordnung. Das Schlimmste hat immer die Sekretärin aufgefangen, aber da ich die Gehälter nicht mehr bezahlen kann, bin ich nun eben auf mich allein gestellt.«

Eva Hamberg stieß einen tiefen Seufzer der Verzweiflung aus, und ihr aufgesetztes Lächeln verrutschte. Sie hob einen Stapel Blätter an, sah sich nach einem freien Platz auf dem Schreibtisch um und legte den Stapel wieder zurück an Ort und Stelle, weil sie keinen fand.

»Ich habe versucht, der Ablage Herr zu werden, aber es ist wie mit einem morschen Boot. Hat man eine Stelle geflickt, tauchen zwei weitere Löcher auf. Und so weiter, und so weiter.«

Sie sah mich an. Sämtliche zurückhaltende Arroganz von eben war aus ihrem Gesicht verschwunden. Wie sie da saß, in einem mächtigen verschlissenen Schreibtischstuhl, der viel zu groß für sie war, wirkte sie auf mich wie ein kleines Mädchen, das genug vom Chefspielen hatte und endlich von seiner Mami abgeholt werden wollte.

»Eine kurze Zeit konnte ich die Forderungen noch, ähm … überbrücken. Aber auch hier ist es wie ein Fass ohne Boden, man kann es stopfen, soviel man will, irgendwie …«

Ich winkte ab. »Schon verstanden, Frau Hamberg.« Vor allem verstand ich, dass sie gern bildlich sprach.

»Natürlich«, sagte sie. »Sie sind ja vom Fach.« Der spöttische Unterton war nicht zu überhören.

»Es tut mir aufrichtig leid, dass es nicht gut um das Speditionsunternehmen Ihres Vaters steht.«

»Glauben Sie mir, das ist die Untertreibung des Jahrhunderts. Dabei bin ich wirklich davon überzeugt, dass, wenn ich die nötigsten Forderungen beglichen habe und wieder einen Fahrer einstellen kann …«

»Und deshalb bin ich da«, unterbrach ich sie. »Ich möchte Ihnen helfen. Wenn Sie mir helfen.«

Sie blinzelte mich spöttisch an. »Ich soll *Ihnen* helfen?«

Ich nickte unbeholfen. »Es ist so, dass ich Ihre Dienste benötige, um ein … Tier zu transportieren.«

»Nun, da sind Sie bei mir immerhin schon mal an der richtigen Adresse.«

»Sehen Sie«, begrüßte ich ihr Entgegenkommen. »Allerdings ist die Sache etwas komplizierter, als Sie es vielleicht von bisherigen Aufträgen gewohnt sind.«

Das Misstrauen in ihrem Blick wurde geradezu greifbar.

»Was ich damit sagen will, ist, dass dieser Auftrag vielleicht nicht ganz … legal ist. Und leider ist es auch nicht damit getan, dass Sie mir nur das Transportmittel zur Verfügung stellen. Es werden auch entsprechende Papiere benötigt. Also, Transportpapiere, meine ich.«

Sie musterte mich mit ihren großen blauen Augen, ihre Mimik aber blieb ausdruckslos. »Finden Sie nicht auch, dass wir beide viel Zeit sparen würden, wenn Sie das Geplänkel und Drumherumgerede einfach sein lassen und endlich Tacheles reden würden?«

»Doch, ja«, stammelte ich. Also ließ ich die Katze aus dem Sack. Beziehungsweise das Nilpferd.

Eigentlich war ich schon immer einer dieser ruhigeren Typen gewesen, die auch schweigen konnten. Aber wenn mich jemand zum Reden aufforderte, konnte ich das sehr ausgiebig tun. Ich erzählte ihr *alles*. Angefangen vom Zoobesuch mit meiner Mutter, wo ich Daisy das erste Mal begegnet war, bis hin zu meinem Praktikum, dem Reinkarnationstest und der geplanten Ganztierschlachtung. Keine Ahnung, was davon die zierliche Person vor mir für am beklopptesten hielt. Vermutlich war es die Kombination aus allem.

Aber als ich schließlich fertig war, sah sie mich lange an und hatte ein nervöses Zucken um die Mundwinkel. Alles, was sie dann sagte, war: »Afrika.«

»Kenia, um genau zu sein.«

Wir blickten uns lange an. Mir kam es vor, als würde sie versuchen, meinem Gesicht abzulesen, wie ernst mir die Sache war. Nach einer Weile, die sich für mich wie eine Ewigkeit anfühlte, sagte sie: »Nennen Sie mir nur einen Grund, warum ich mich darauf einlassen sollte.

»Ich könnte Ihnen hunderttausend gute Gründe nennen.«

Eva Hambergs eisblauer Blick bohrte sich förmlich in mein Gesicht. Ich nahm den Aktenkoffer auf den Schoß, entriegelte die beiden Verschlüsse und zog den getackerten Blätterstapel heraus. Als ich ihn ihr hinhielt, bemerkte ich, dass meine Hand leicht zitterte.

»Es ist alles vorbereitet. Sie müssen lediglich noch dort

unterschreiben, wo ich Ihnen die kleinen Post-its hingeklebt habe.«

Sie betrachtete mich argwöhnisch. »Sie glauben wirklich, die Seele Ihrer verstorbenen Verlobten in einem Nilpferd wiedererkannt zu haben?«

Es klang so unfassbar bescheuert, wenn jemand anders es in Worte fasste.

Ich räusperte mich. »Ja, so ungefähr.«

»Und jetzt wollen Sie das Nilpferd nach Afrika bringen?«

»Daisy. Nach Kenia.«

»Das ist das Verrückteste, was ich je gehört habe.«

»Wie auch immer. Sehen Sie es als Chance, mit Ihrem Unternehmen wieder auf die Beine zu kommen.«

Spätestens zu diesem Zeitpunkt war mir vollkommen klar, was Eva Hamberg von mir dachte: Sie hielt mich für einen Spinner.

»So einfach?«, fragte sie schließlich. »Ich transportiere Ihr Nilpferd, und Sie geben mir den Kredit?«

»Exklusive der anfallenden Speditionskosten, versteht sich.«

Das Telefon klingelte, was uns beide kurz aufschrecken ließ. Frau Hamberg warf einen Blick auf das Display, und ich konnte sehen, wie sich ihre Züge verhärteten.

»Möchten Sie nicht drangehen?«

»Nein!« Mit einer hektischen Bewegung schaltete sie den Ton aus, sodass das Display nur noch stumm und anklagend aufblinkte. Dann endlich nahm sie mir den Papierbogen ab, den ich ihr immer noch hinhielt, und überflog die erste Seite, bis ihr Blick an der großen Zahl weiter unten haften blieb. Ihre Züge entspannten sich, wurden sanfter. »Wann könnte ich mit dem Geld rechnen?«

Ich warf einen Blick auf den Kalender und rechnete nach. »Innerhalb von sieben Tagen. Spätestens.«

»Sieben Tage«, wiederholte sie leise. Wieder zeichneten sich Sorgenfalten auf ihrer Stirn ab. »Geht es nicht früher?«

»Ausgeschlossen. Nicht bei einer derart hohen Summe. Tut mir leid.«

Nun war es ihr Handy, das klingelte. Sie warf einen gehetzten Blick auf das Display und ließ das Gerät dann in ihrer Handtasche verschwinden. Das Handy klingelte erstickt weiter.

»Wann wollen Sie aufbrechen?«, fragte sie.

»Schnellstmöglich.«

Sie musterte mich ernst. »Eine Bedingung«, sagte sie. »Ich werde Ihnen meinen Lkw nicht einfach so überlassen.«

»Nicht einfach so?«, fragte ich dumpf. Ich befürchtete das Schlimmste. Und ich wurde nicht enttäuscht.

»Ich muss darauf bestehen mitzukommen.«

20

Mit einem Emotionscocktail aus Euphorie, Spannung und Angst im Blut saß ich hinter dem großen Lenkrad und steuerte das riesige pinkfarbene Ungetüm durch den nächtlichen Stadtverkehr. Ich konzentrierte mich auf die viel zu engen Spuren und den farbigen Rhythmuswechsel der Ampeln. Schweigend saß Eva Hamberg neben mir – in ihrem Schoß ein Stapel Dokumente, die hoffentlich im Zoo und an den Grenzübergängen ihren Zweck erfüllen würden.

Wie auch ich hatte sie sich reisetaugliche Kleidung angezogen. Sie trug bequeme Baumwoll-Leggings, flache Schuhe und ein Flanellhemd mit passender langer Strickjacke. Die Haare hatte sie zu einem strengen Pferdeschwanz gebunden, was ihre markanten Wangenknochen betonte.

Als ich kurz zu ihr rüberblickte, schenkte sie mir ein Lächeln, das sofort die angespannte Stimmung aus dem Führerhaus verbannte. Auch wenn ich mich anfänglich dagegen gewehrt hatte, war ich nun doch ein wenig froh, Eva Hamberg neben mir zu wissen. Und zwar nicht nur, weil ihr Parfüm nach Nymphaea alba, der gemeinen Wasserlilie, duftete und den muffigen Dieselgeruch übertünchte, der sich über die Jahrzehnte in allen Ecken und Ritzen in der Fahrerkabine festgesetzt hatte. Ich fühlte mich einfach wohler, auf dieser Mission nicht allein sein zu müssen. Meine Entschlossenheit war ungebrochen, aber je näher dieser Tag herangerückt war, desto größer waren meine Selbstzweifel geworden. War das Vorhaben nicht doch zu groß für mich?

Ich hatte mich gefragt, was meine Mutter sagen würde, wenn sie erfuhr, was ihr Sohn da trieb. Eigentlich hätte ich ihr am liebsten gar nichts gesagt, sondern wäre einfach verschwunden. Doch das hatte ich nicht übers Herz gebracht. Also hatte ich ein Blatt und den Füller zur Hand genommen, der mich seit Schultagen begleitete. Ich hatte den Verschluss aufgedreht, die blau glänzende Feder auf das Papier gesetzt und zu schreiben begonnen. Immerhin war ich es meiner Mutter schuldig, mich wenigstens auf diese Art zu erklären. Ich konnte ja schlecht zulassen, dass sie in Sorgen zerging. Außerdem fand ich, dass sie erfahren sollte, was mich zu diesem drastischen Schritt bewegt hatte. Ich wollte ihr mitteilen, dass sie nicht ängstlich um mich sein sollte, sondern stolz. Dass ihr Sohn endlich das Richtige tat und sein Leben selbst in die Hand nahm. Ja, all dies wollte ich ihr in einem ehrlichen Brief schreiben. Doch alles, was ich zu Papier gebracht hatte, war: *Liebe Mutter, ich bin bald wieder zurück. Dein Sohn.*

»Sie müssen rechts«, sagte Frau Hamberg gerade noch rechtzeitig, bevor ich über die Kreuzung fuhr.

Mit durchgedrücktem Bein stieg ich in die schwerfälligen Eisen, woraufhin das Ungetüm seine Fahrt kaum abbremste. Unter umständlichen Lenkraddrehungen verließ ich die Straße und bog in Richtung des Zoogeländes ein. Nur schwerfällig ließ sich der Gang einlegen. Als er schließlich einrastete und der Motor daraufhin ruckartig abbremste, rüttelte es derartig die Fahrerkabine durch, dass Frau Hamberg die Dokumente vom Schoß fielen. Jetzt zeigte sie wieder diesen ernsten Gesichtsausdruck, der sie viel älter erscheinen ließ, als sie vermutlich war.

Irgendwie schaffte ich es, den Laster halbwegs ruckelfrei vor dem Tor der Anlieferung zu parken, und schaltete in den Leerlauf. Das Tuckern des Motors ließ meinen Hintern vibrieren.

Eine Taschenlampe leuchtete auf und kam wackelnd auf uns zu, öffnete das Einfahrtstor. Obwohl ich im Grunde mit nichts anderem gerechnet hatte, war ich doch froh, Hagens Silhouette neben der des Nachtwächters auszumachen. Ein junger Mann mit dunklem Bart und vielen Piercings im Gesicht blickte zu mir auf. Ich ließ das Fenster herunter und reichte ihm die Papiere, die mir Eva in die Hand gedrückt hatte. Doch er leuchtete nur kurz mit seiner Taschenlampe drauf und schenkte den Dokumenten keine weitere Beachtung. Dann nickte er nach links und wedelte mit der Hand.

Hagen nickte mir ebenfalls zu, als wir im Schritttempo an ihm vorbeituckerten. Im Außenspiegel konnte ich sehen, wie er das Tor wieder schloss und hinter uns hergelaufen kam. Der Wachmann setzte derweil seine Runde weiter fort.

»Das ging ja einfach«, wunderte sich Frau Hamberg.

Ich hingegen war noch nicht zum Sprechen in der Lage. Dafür sorgte der hohe Puls, der sich nur langsam wieder beruhigen wollte.

Die ohnehin schon schmale Versorgungsstraße wirkte von der Lkw-Kabine aus bedrohlich eng. Zu eng, wie sich herausstellte, als ich einen Teil der Außenbezäunung übersah und knirschend dagegen fuhr. Mist. Ich setzte ein Stück zurück und erkannte eine fette Beule im Zaun. Na, das war jetzt auch schon egal. Als Nächstes mussten Teile des frisch angelegten Blumenbeetes dran glauben, als sich der rechte Vorderreifen des Kamaz hineinfraß. Ich starrte stur geradeaus, um dem bösen Blick meiner Beifahrerin nicht begegnen zu müssen.

Unzählige Augenpaare unterschiedlichster Größen reflektierten sich im orangegelben Licht der Scheinwerfer. Die meisten Tiere hatten sich bereits in ihre Schlafstätten zurückgezogen und fühlten sich offenbar von uns gestört. Von meinen Abendschichten wusste ich, dass in den späten Stunden, wenn die Besucher den Zoo längst verlassen hatten, nur die Schleiereulen ihr nächtliches Lied gurrten. Hin und wieder hörte man schrille Schreie aus dem Lemurenhaus oder ein müdes Schnäuzen aus dem Elefantenpark. Doch in diesem Moment wurde das Geräusch der wenigen nachtaktiven Zootiere vom tiefen Brummen des Kamaz überlagert, dem monotonen Tuckern des Sechs-Zylinder-Dieselmotors, der zu Zeiten des Eisernen Vorhangs das Licht der Welt erblickt hatte.

Plötzlich überkam mich die Angst, dass wir doch auffliegen würden, dass unser nächtlicher Transport nie und nimmer unentdeckt bleiben konnte. Schließlich grenzte die Wohnung des Direktors unmittelbar an den Zoo. Waren wir nicht viel zu laut? Der Kamaz röhrte in meinen Ohren so penetrant wie eine Herde Milchkühe beim Almabtrieb.

Im Schritttempo passierten wir endlich die Lieferanteneinfahrt zum in der Schwärze liegenden Nilpferd-Haus. Wieder bremste ich ab und bemerkte, wie ich mich allmählich an die Schwerfälligkeit der Pedale gewöhnte. Es war noch immer ein Kraftakt, aber mit der richtigen Technik nicht mehr ganz so mühsam. Leider traf das nicht auf die Gangschaltung zu. Der Rückwärtsgang wehrte sich nach allen Regeln der Kunst gegen das Einlegen und quittierte meine Versuche mit einem schrillen Kreischen des Getriebes. Aber ich gewann den Kampf und konnte schließlich die letzten Meter im Rückwärtsgang fortsetzen. Zum ersten Mal war ich froh um das betagte russische Fabrikat, da es noch nicht über einen akustischen Rückfahrsignalton verfügte, der hier garantiert für Halligalli gesorgt hätte.

Meter um Meter schoben wir uns auf den Hintereingang des Hippodroms zu, eingelullt in den stinkenden Dieselnebel, der sich durch die offenen Fenster den Weg zu uns bahnte. Ein lautes Zischen von der Druckluftbremse, ein zitterndes Ruckeln, dann erstarb der Motor mit einem letzten Tockern. Beinahe zeitgleich öffneten Frau Hamberg und ich die Türen der Fahrerkabine.

»Hat alles geklappt?«, fragte ich Hagen, der sich uns kurzatmig näherte.

Er hatte sich ebenfalls in reisetaugliche Schale geworfen. Er trug eine graue und ziemlich vollgestopft wirkende Multifunktionshose und eine schwarze Weste aus dickem Stoff mit vielen Taschen, die offensichtlich auch bis zur Grenze ihrer Belastbarkeit gefüllt worden waren.

Er nickte wild und deutete auf den Eingang des Hippodroms.

»Das lief ja wie am Schnürchen.« Ich grinste ihn zufrieden an. »Der Nachtwächter wollte nicht einmal die Papiere sehen.«

»Ich sag ja, es ist nicht ungewöhnlich, dass wir Transporte auf die Abende verlegen, um den Tieren so wenig wie möglich Stress zuzumuten.« Er drehte sich zu Frau Hamberg und musterte sie länger, als es das Zeitfenster unserer Aktion erlaubte. »Und Sie müssen Frau Hamberg sein.« Er hielt ihr die Hand hin.

»Eva«, sagte sie schlicht, woraufhin er sich veranlasst fühlte, ein hastiges »Hagen« zu erwidern.

»Simon«, sagte ich, weil ich irgendwie das Gefühl hatte, dass das von mir erwartet wurde. Frau Hamberg – Eva – reichte auch mir die Hand, was natürlich total albern war, da wir bereits gemeinsam durch halb Köln gefahren waren. Aber zumindest war es das zweite Mal, dass ich sie lächeln sah. Zwar schwach und im kläglichen Licht der Rückleuchten nur zu erahnen, aber es war ein Lächeln. Und es stand ihr gut.

»Und das ist also Ihr Laster?«, wollte Hagen von Eva wissen.

»Ich dachte, wir hätten uns gerade auf das Du geeinigt.« Ich sah, wie sie Hagen aufmerksam musterte und dabei den Kopf ein wenig reckte, da er sie beinahe um zwei Handbreit überragte. Sie starrte seinen Hals an. »Herr Berger hat mir erzählt, dass Sie praktizierender Buddhist sind?«

»Simon«, verbesserte ich sie.

»Das ist die Garnecia, nicht wahr?« Eva deutete auf den Kettenanhänger um Hagens Hals.

Er nickte eifrig, während er die Kette aus dem Hemd kramte, um uns den Anhänger in voller Größe zu präsentieren. »Jepp. Sie kennen sich aus mit Buddhismus?«

»Wir hatten uns doch auf das Du geeinigt«, erwiderte ich gereizt. Ich hatte keine Lust auf dieses unnötige Geplänkel und wollte endlich Daisy heil an Bord bringen. Nervös verlagerte ich mein Gewicht von einem Bein auf das andere und hoffte, dass die beiden mit ihrer höflichen Begrüßungsarie schnell durchkamen.

»Och«, machte Eva. »Nur das, was man so bei *Sieben Jahre in Tibet* aufgeschnappt hat.«

Hagen bekam große Augen. »Sie haben mal in Tibet gelebt?«

»Was macht Daisy?«, unterbrach ich das sinnlose Gespräch, vor allem aber den für meinen Geschmack viel zu langen Blickkontakt, den Hagen mit allen Mitteln aufrechtzuerhalten versuchte.

Langsam drehte er sich mir zu. Ich sah ihm an, dass es ihm schwerfiel, den Blick von Eva zu lösen. »Sie ist wohlauf und hungrig. Aber ich glaube, sie ahnt, dass wir etwas mit ihr vorhaben.«

»Anton, Lori und Nero?«

»Schlafen heute Nacht wie vereinbart im Hippodrom und freuen sich über eine Extraportion Süßkartoffeln.« Wieder wandte sich Hagen an Eva. »Sie sind verrückt nach diesen Dingern.«

Sie lächelte verschmitzt.

Mir war auch nach einem Grinsen zumute, als ich mich umsah. Hagen hatte ganze Arbeit geleistet und mit Absperrgittern einen Gang errichtet, der bis kurz vor den Kamaz reichte. Der Weg war gerade so breit, dass ein Nilpferd durchpasste – selbst wenn es von Daisys Ausmaßen war. Vor dem Seiteneingang hatte Hagen wie vereinbart sämtliche Utensilien bereitgestellt, die wir brauchen würden: seinen Reiserucksack, einen weiteren Rucksack mit Proviant, eine Kühltasche, und sogar an den Elektrozaun mitsamt Hochleistungstrafo hatte er gedacht. Da würden sie wohl morgen dahingehen, die letzten grünen Wacholderbüsche im Nilpferd-Gehege, die fortan schutzlos den hungrigen Mäulern ausgeliefert waren. Das würde dem Zoodirektor vermutlich gar nicht gefallen.

Neben Hagens Sachen stand mein Rucksack, an dem ich meinen Bundeswehr-Schlafsack befestigt hatte. Mit Beklemmung fragte ich mich, ob ich überhaupt noch da reinpasste. Seit meiner Wehrdienstzeit waren immerhin einige Jahre vergangen und mindestens ebenso viele Pfunde hinzugekommen. Neben dem Rucksack stand mein Ficus und wartete geduldig darauf, dass es endlich losging.

»Jetzt müssen wir Daisy nur noch dazu bringen, sich in den Laster zu begeben.« Aus Hagen sprühte eine Zuversicht, die Eva, ihrem Gesichtsausdruck nach zu urteilen, nicht teilen mochte.

»Das lass mal meine Sorge sein.« Ich rieb mir die Hände und machte mich bereit.

»Und das soll funktionieren?«, fragte Eva misstrauisch.

Hagen nickte stoisch. »Unser Simon ist ein wahrer Nilpferd-Flüsterer. Sie werden … Ich meine: *Du* wirst sehen.«

Wir blickten uns noch einmal an und nickten uns auf ein unsichtbares Zeichen hin entschlossen zu. Dann machte sich Eva an der Hydraulik der Transportbox zu schaffen, um selbige nach unten fahren zu lassen, und entriegelte die Scharniere. Hagen überprüfte noch einmal das Absperrgitter, das Daisy hoffentlich nicht umrennen konnte. Und ich machte mich bereit, meiner Herzdame einen Besuch abzustatten. Aber nicht allein, sondern mit einem Beutel voll erlesenster Pink Ladys.

Als ich das schwach beleuchtete Innengehege des Hippodroms betrat, in dem die Nilpferde normalerweise nächtigten, fühlte ich mich wie ein Gladiator auf dem Weg durch die Katakomben des Kolosseums. Nur, dass am Ende meines Ganges nicht der Tod wartete, sondern ein tonnenschwerer Koloss, der die Seele meiner Verlobten in sich barg.

Wie geplant fand ich Daisy in einem abgesperrten Bereich, den Hagen eigens für sie errichtet hatte. Eine geradezu winzige Zone, die ihr nicht einmal die Möglichkeit gab, sich um die eigene Achse zu drehen. Es tat mir leid, sie derart eingeengt zu sehen. Aber Hagen hatte mir erklärt, dass es so am einfachsten für uns sein würde, wenn sie sich bereits in Marschrichtung zum Ausgang befand.

Als Daisy mich erblickte, hob sie den Kopf, und ich sah, wie sich ihre Nasenlöcher zu dunklen schwarzen Kreisen aufblähten. Trotz der Anspannung, die jeden Nerv meines Körpers fest im Griff hatte, musste ich schmunzeln. Daisy roch die Äpfel. Und sie durfte sie alle haben – wenn sie nur mitspielte.

Ich stand nun genau vor dem Absperrgitter, die Hand auf der Entriegelung. Doch ich hielt inne. Es war wirklich Wahnsinn. Hagen hatte mir erzählt, wie Tiertransporte normalerweise vonstattengingen: mit einem Stab von mindestens einem

Dutzend geschulten Leuten. Tage zuvor wurde das Tier immer wieder in die Transportbox gebracht, damit es sich daran gewöhnen konnte. Und dann wurde die Box mit einem Stapler auf einen Lastwagen verladen. Doch wir hatten weder einen Stapler noch zwölf Mann, die uns beim Verladen zur Hand gehen konnten. Heute Abend waren es lediglich Daisy und ich und drei Dutzend überreifer Pink Ladys.

»Bist du bereit, Süße?«

Daisys Unterkiefer klappte zu einem Gähnen auf. Ihre Zunge fuhr über meine Hand, die noch immer regungslos auf dem Schieber ruhte. Das deutete ich als ein Ja und öffnete die Verriegelung.

Ich fühlte mich wie Hänsel und Gretel in einem, während ich Daisy den Weg mit Äpfeln ebnete, die ich wie Brotkrumen auf den Boden fallen ließ. Dabei rief ich ununterbrochen »Happa-happa« und kam mir vor wie ein totaler Depp. Aber es funktionierte tatsächlich. Sie folgte mir und ließ dabei keinen Apfel aus, der ihr vor die Füße fiel. Ihr Maul benutzte sie als überdimensionalen Staubsauger, der mit chirurgischer Präzision zugange war.

»Komm, Daisy. Happa-happa!«

Als wir nach draußen traten, stieß Eva einen spitzen Schrei aus. Hagen und ich warfen einen alarmierenden Blick auf Daisy. Doch sie ließ nur kurz ihre runden Öhrchen wackeln, blickte noch nicht mal hoch und fraß sich den mit Äpfeln gepflasterten Weg entlang.

»Sorry!« Eva hatte sich die Hand auf den Mund geschlagen. »Es ist nur ... Ach, du dickes Ding! Ich habe noch nie ein Nilpferd aus der Nähe gesehen und ... Meine Güte, es ist so ... wuchtig!«

»Wobei Daisy tatsächlich ein ganz schöner Brocken ist, im Vergleich zu ihren Artgenossen«, besserwisserte Hagen.

»Willst du damit sagen, dass sie *dick* ist?«, fuhr ich ihn an.

Er hob sofort die Hände, woraufhin Eva befreit auflachte. Ich war froh, dass die angespannte Stimmung unter uns dreien nicht in Aggression umschlug, sondern die ganze Aktion noch genug Raum für Scherze ließ.

Hagen und Eva hatten bereits all unsere Sachen im Lastwagen verladen. Nur mein kleiner Ficus stand einsam vor der Wand des Hippodroms und wartete auf mich.

Daisy war nun unmittelbar vor der Transportbox, deren geöffnete Klappe gleichzeitig auch die Einstiegsrampe darstellte. Dank der Hydraulikvorrichtung hatte sie nur eine leichte Steigung und sollte von Daisy problemlos zu bewältigen sein. Dumm nur, dass sie darauf nicht die geringste Lust zu haben schien.

»Daisy?«, forderte ich sie auf und schlug sacht gegen den Wagen. »Komm her! Na fein.«

Nichts passierte. Das Nilpferd schnupperte weiter den Boden ab, in der Hoffnung, weitere Äpfel zu finden.

Hagen und ich tauschten einen ratlosen Blick. Aber ich warf die Flinte nicht so schnell ins Korn. Es war von Anfang an klar gewesen, dass nicht alles reibungslos funktionieren würde. Also griff ich tief in den Beutel und warf eine Hand voll Äpfel in die Box. Daisy hob den Kopf und sah den Äpfeln nach, die ins Innere der Transportbox kullerten.

»Happa-happa«, versuchte ich es noch einmal.

Doch sie setzte sich nicht in Bewegung.

»Ob sie satt ist?«, fragte Eva.

Hagen schüttelte heftig den Kopf. »Das, liebe Eva, ist ein Zustand, den dieses Nilpferd nicht kennt. Glaub mir, ich spreche da aus Erfahrung.«

Unschlüssig standen wir da und betrachteten die reglose Daisy.

»Und jetzt?« Eva hatte die Arme vor der Brust verschränkt und strahlte eine unglaubliche Nervosität aus. Ihr Blick wirkte gehetzt.

»Schmeiß noch ein paar Äpfel rein«, schlug Hagen vor.

Das tat ich. Interessierte Daisy aber nicht die Bohne.

»Hm«, machte Hagen.

»Hm«, machte auch Eva.

»Sie ist nervös«, sagte ich. »Vielleicht hat sie Angst.« Ich stieg über das Absperrgitter zu Daisy.

Eva sog lautstark die Luft ein.

»Es ist ein Nilpferd«, beruhigte ich sie. »Kein Alligator.«

»Trotzdem«, äußerte auch Hagen seine Bedenken. Obwohl er mich schon oft auf Tuchfühlung mit Daisy gesehen hatte, traute er dem Frieden noch immer nicht so recht.

Ich legte meine Hand auf Daisys Stirn und gab beruhigende Sch-Laute von mir. Sie drückte sanft mit dem Kopf dagegen.

»Komm mit.« Im Rückwärtsgang lief ich langsam die Rampe hinauf, bis ich mitten in der mit Stroh und Heu ausgelegten Box stand. Daisy blickte mich neugierig an. Und dann geschah das Unfassbare: Sie hob ihr Vorderbein und setzte sich in Bewegung. Mich nicht aus den Augen lassend, stieg sie die Rampe herauf.

»Es klappt«, freute sich Eva.

»Sag ich doch«, stimmte Hagen zu. »Unser Simon ist ein echter Nilpferd-Flüsterer.«

Als sich Daisy endlich komplett im Inneren der Transportbox befand, strich ich ihr noch einmal über die Stirn. Sie fühlte sich warm und rau an – wie immer. Im dämmrigen Licht konnte ich erkennen, wie Daisys glänzende Augen sich schlossen. Sie genoss meine Streicheleinheiten.

»Das hast du gut gemacht«, lobte ich sie und schob mich umständlich an ihr vorbei – wohl wissend, dass eine unbedachte

Bewegung zur Seite mich ohne Vorwarnung zerquetschen könnte. Doch Daisy hatte sich unter Kontrolle und ließ mich lebend an ihr vorbei. Sie warf noch einmal ihren schweren Kopf nach hinten, als sich die Rampe hinter ihr schloss.

Die Anspannung war noch nicht gänzlich von mir abgefallen, aber in dem Augenblick, als Hagen und Eva die Türe verriegelten und wir uns in die Fahrerkabine begaben, erfasste mich eine nahezu greifbare Erleichterung. Ich stellte den Ficus zwischen Eva und mir ab und sorgte dafür, dass er nicht nach vorn rutschen konnte, wenn ich stark abbremsen musste.

Dann atmete ich noch einmal tief durch und drehte den Schlüssel im Schloss um. Der Kamaz erwachte knötternd zum Leben. Im Außenspiegel sah ich im matten Licht der Laternenbeleuchtung eine dunkle Wolke aus öligem Qualm aufsteigen. Der schwierigste Teil unserer Reise sollte damit geschafft sein.

Es ging endlich los.

Teil 2

Die Reise

21

Wir fuhren in eine Vollmondnacht. Der gelbe Mond stand hoch am Himmel und tauchte den Horizont vor uns in ein beinahe magisches Licht. Zu unserer Rechten zeichneten sich die hügeligen Ausläufer des Hunsrücks ab, wie in einem Scherenschnitt in schattigen Silhouetten vor dem beinahe unnatürlich intensiven Mitternachtsblau des Firmaments. Ich war froh, dass wir diesen Tag für den Beginn unserer Reise gewählt hatten. Denn in dieser Phase des Mondzyklus schlief ich immer sehr unruhig.

Gleichermaßen ärgerte ich mich darüber, dass ich all die Jahre über die schlaflose Phase damit verbracht hatte, mich unruhig im Bett herumzuwälzen, anstatt auf den Balkon zu treten und mir den nächtlichen Himmel anzuschauen. Dieses schwarzblaue Farbenspiel war so wunderschön, dass ich mich darin verlieren könnte.

Neben mir gähnte Eva. Als sie meinen Blick bemerkte, hielt sie sich schuldbewusst die Hand vor den Mund, was ich mit einem Grinsen quittierte.

»Klappt ja alles reibungslos bis jetzt«, meinte Hagen. »Wenn's so bleibt, haben wir in drei Stunden die französische Grenze erreicht.«

»Ja«, stimmte ich zu. »Obwohl ich dennoch der Meinung bin, dass wir über Luxemburg hätten fahren sollen.«

Eva schüttelte energisch den Kopf. »Je weniger Grenzübergänge wir zu bewältigen haben, desto geringer sind die Risiken, die wir eingehen.«

Hagen grunzte zustimmend. »Wichtig ist nur, dass wir vor Sonnenaufgang die französische Grenze passiert haben. Daisys Verschwinden wird vermutlich bei der Morgenrunde bemerkt werden. Dann bleibt uns vielleicht noch eine Stunde, bis der Wachdienst den Direktor benachrichtigt und dieser die Polizei alarmiert.«

Ein dicker Kloß setzte sich in meinem Hals fest. Ich war nicht gerade erpicht darauf, einen gefühlskalten Großwildjäger zum Feind zu haben.

Ich warf einen Blick auf den Tacho und die Uhr. »Schaffen wir locker«, sagte ich überschwänglich. »An der nächsten Raststätte tanke ich voll. Dann gehen wir noch mal alle aufs Klo und fahren nonstop durch bis nach Frankreich.«

Der alte Kamaz erwies sich als echte Spritvertilgungsmaschine. Aber egal – Hauptsache, wir kamen irgendwie in Kenia an. Über meinen ökologischen Fußabdruck konnte ich mir dann bei der Rückfahrt Gedanken machen.

In Gedanken ging ich noch einmal unsere Route durch. Wir hatten uns die kleine Gemeinde Lauterbourg für den Grenzübertritt nach Frankreich ausgesucht. Von dort aus konnten wir einige Kilometer über mautfreie Autobahnen und Landstraßen gen Westen fahren, um dann auf der A31 in Höhe von Nancy in Richtung Süden abzubiegen. Bis nach Spanien war es von dort aus nur noch ein Katzensprung. Quasi.

Dort würde uns ein gewisser Felipe Hernández in Empfang nehmen und mit neuen Papieren und allem Drum und Dran ausstatten. Felipe war Tierpfleger im Zoo von Barcelona. Hagen hatte sich über das Internet mit ihm angefreundet, als er vor einiger Zeit vergeblich versucht hatte, Daisy dort unterzubekommen. Dieser Mann war quasi unser Joker, wenn es darum ging, den Kontinent zu verlassen. Doch bis dahin war es noch ein weiter Weg.

Obwohl wir gut in der Zeit lagen, hatte mich eine nervöse Anspannung fest im Griff. Das Risiko, trotz aller Vorsichtsmaßnahmen entdeckt zu werden, war hoch. Im Zoo würde man sich schnell die Frage stellen, wie Hagen und ich es geschafft hatten, Daisy herauszuschmuggeln. Vermutlich würden die Ermittler ziemlich rasch auf die Idee kommen, dass wir mit einem nilpferdtauglichen Lkw unterwegs waren, und sich die umliegenden Speditionen heraussuchen, die auf Tiertransporte spezialisiert waren. Allzu viele gab es davon in Köln nicht. Man würde sicherlich nicht lange brauchen, um eine Verbindung zu *Hamberg Logistics* herzustellen. Und damit zu Eva.

Hagen war vertieft in die Landkarte und warf uns ungefragt Informationsbrocken hin. »Unsere Reise beträgt exakt 10 500 Kilometer«, beispielsweise, oder: »Niger, Tschad, Südsudan … Wir fahren quer durch den afrikanischen Kontinent bis nach Kenia.«

Mir lief es kalt den Rücken herunter, als mir dämmerte, wie schnell sich die Schlinge um unsere Hälse zuziehen konnte, wenn die richtigen Menschen an den richtigen Stellen zu suchen begannen. Doch ehe ich mich meinen Schauern hingeben konnte, begann es hinter uns zu rumpeln und zu poltern.

»Da wird jemand unruhig.«

Eva beugte sich noch vorn und schaltete das krisselige Display der Übertragungskamera scharf, die uns einen Blick in die Transportbox gewährte. Das Bildrauschen reduzierte sich nicht ganz, aber immerhin so stark, dass wir Daisys Umrisse erkennen konnten. Sie schwang ihren Kopf unruhig hin und her. Der Restlichtverstärker ließ ihre Augen im Monitor unheimlich aufleuchten. Immer wieder stampfte sie mit den Vorderfüßen auf.

»Was hat sie denn?«, fragte Eva besorgt.

»Hunger«, sagten Hagen und ich wie aus einem Mund.

»Kein Problem«, winkte Hagen ab. »Halten wir eben bei der nächsten Gelegenheit an und werfen ein Bündel Heu zu ihr rein.«

»So machen wir's«, stimmte ich zu.

Tatsächlich kam schon bald ein Hinweis auf einen Parkplatz in fünf Kilometern.

»So lange hält sie bestimmt noch aus, ohne uns die Box auseinanderzunehmen, oder?«, wollte Eva wissen.

»Gerade so«, meinte Hagen. »Aber keinen Meter weiter.«

Wir lachten etwas verkrampft. Wie man das eben so machte, wenn man versuchte, eine große Anspannung von sich abfallen zu lassen.

Dabei lief alles nach Plan. Den schwierigsten Part, das Verladen des Nilpferdes, hatten wir erfolgreich hinter uns gebracht. Ich kam nicht umhin festzustellen, dass Hagen und ich ein spitzenmäßiges Team waren. Über Evas Kopf hinweg grinsten wir uns an, klopften uns mit unseren Blicken gegenseitig auf die Schulter. Ja, wir waren schon zwei echte Macher, die jede Hürde mit Bravour zu nehmen wussten.

Auch Eva fiel in unser Gelächter ein. Vermutlich erkannte sie, dass sie uns voll und ganz vertrauen konnte, dass wir die Situation im Griff hatten – dass sie mit Profis unterwegs war.

»Wo ist eigentlich das Heu?«, wollte sie schließlich wissen. »Hab gar nicht gesehen, wie ihr es verladen habt.«

Ihr Lachen erstarb, als in Hagens und meinem Gesicht das souveräne Grinsen einfror.

22

Was nutzte die akribischste Vorbereitung, das Studieren von Routenplanern, Landkarten und Mautstreckenabschnitten, wenn der Plan an den wesentlichen Dingen zum Scheitern verurteilt war? In unserem Fall drohte alles an etwas so Banalem wie Heu zu scheitern. Heu!

Soeben hatten wir den vor fünf Kilometern angekündigten Parkplatz passiert. Daisy war mittlerweile außer sich und probte den Aufstand in der Transportbox. Immer wieder warf sie sich von der einen zur anderen Seite. Ich hatte Mühe, mit dem riesigen Lenkrad dagegenzuhalten.

»Scheiße, scheiße, scheiße!«, war das Einzige, was Hagen seit fünf Kilometern von sich gab. Für einen Buddhisten fluchte er meines Erachtens leidenschaftlich viel.

Eva schwieg vor sich hin und starrte einfach aus der Frontscheibe. Sie schien sich mit ihren Gedanken in der nächtlichen Landschaft zu verlieren. Bei jedem Aufbegehren des Nilpferds hinter uns zuckte sie jedoch leicht zusammen.

»Scheiße«, fluchte Hagen noch einmal.

»Jetzt ist aber auch mal gut!«, sagte ich.

»Ist aber doch wahr. So 'ne Scheiße.«

»Schluss jetzt! Dein Fluchen hilft uns nicht weiter.«

»Heu«, sagte Eva.

Hagen und ich sahen sie an. Hauptsächlich war ich froh, dass sie endlich überhaupt mal etwas sagte.

Sie erwiderte meinen Blick, dann drehte sie den Kopf zur Seite und schaute Hagen an. »Heu.«

Ich konnte mir nicht helfen, aber die Unterhaltung zwischen uns dreien fing bereits bei Kilometer 166 an, ins Stocken zu geraten.

»Richtig!« Hagen sprach ganz langsam, als wäre Eva ein bisschen plemplem. »Und *das* haben wir vergessen.«

Ich sah ihren Pferdeschwanz auf und ab hüpfen, während sie eifrig nickte und sagte: »Heu!«

Hagen fuhr sich mit seiner großen Hand genervt übers Gesicht.

»Versteht ihr denn nicht?« Sie grinste mich an. »Habt ihr euch nicht mal umgeschaut?« Ihre Hand zeigte nach draußen. »Das ist der Hunsrück. Hier sind überall Felder und Wiesen. Bauernhöfe.«

Wäre der Dieselmotor nicht so monströs laut gewesen, hätte man vermutlich die Groschen gehört, die bei Hagen und mir in diesem Moment fielen.

»Du meinst ...«, begann ich verheißungsvoll.

»Scheiße, natürlich meint sie das!«, fuhr Hagen mich an. »Und das Mädchen hat recht. Wenn wir Heu brauchen, nehmen wir uns eben Heu!«

Damit war es beschlossene Sache. Wir würden Heu stehlen. Bereits die nächste Ausfahrt bogen wir ab. Kaum hatten wir die Autobahnzubringer hinter uns gebracht, befanden wir uns mitten im Nirgendwo. Wir tuckerten eine einsame Landstraße entlang, die so schmal war, dass ich inständig hoffte, nicht auf Gegenverkehr zu treffen. Hagen hatte sein Seitenfenster heruntergekurbelt und ließ sich den Fahrtwind ins Gesicht wehen. Eine wohltuende kühle Brise drang zu uns hinein und zog den Geruch von frischem Gras mit sich. Gebannt hielten wir Ausschau nach möglicher Beute. Hinter uns wurde Daisy noch unruhiger. Vermutlich roch sie das Essen.

»Da!« Evas zierlicher Arm schoss nach vorn.

Hagen nickte zustimmend. »Ja«, sagte er langsam. »Das sieht ganz gut aus.«

»Vor allem sieht's verlassen aus«, fand ich.

Rechts von uns, inmitten der hügeligen Landschaft, schlängelte sich ein schmaler, einige Hundert Meter langer Weg einen sanft ansteigenden Hang hinauf. Er führte zu einem im Dunkel liegenden Gehöft mit angrenzender Scheune, das zumindest aus der Ferne und im Licht des Vollmondes den Anschein hatte, als würde es seit Jahren nicht mehr bewirtschaftet.

»Schauen wir uns das doch einfach mal aus der Nähe an«, schlug Hagen vor.

Hinter uns keilte Daisy zustimmend aus.

Mit aller Kraft bremste ich den Wagen und mühte mich am Lenkrad ab, um den richtigen Winkel für den schmalen Weg einzuschlagen. Als ich zu voreilig herunterschaltete und die Kupplung nicht ganz durchgetreten bekam, stöhnte das Getriebe vorwurfsvoll auf. Aus dem Augenwinkel nahm ich Evas missbilligendes Kopfschütteln wahr.

Der mehr schlecht als recht asphaltierte Weg zum Gehöft glich einer Offenbarung für Schlaglochfetischisten. Doch wir hatten ein an einem elendigen Hungerkampf leidendes Nilpferd im Gepäck, also musste es irgendwie gehen. Gott sei Dank war niemand weit und breit, der Daisys Beschwerden hätte hören können. Der verlassenen Gegend haftete beinahe etwas Melancholisches an. Der Bauernhof lag, halb in den Hang gebaut, am Rande eines Waldstücks. Um den Hof herum breiteten sich Felder und Wiesen bis zum Horizont aus. Die totale landwirtschaftliche Idylle.

Die Straße führte direkt zum Haupthaus. Alles schien ruhig. Außer einem verwitterten Traktor, der sich längst im Ruhestand befinden musste, sah ich kein Auto im Hof. Die meisten

Fensterläden des alten Bauernhauses waren geschlossen. Und die, die offen standen, hingen schief in ihren Angeln.

Ich fuhr bis vor die angrenzende Scheune und parkte den Kamaz so, dass er von der Straße aus nicht zu sehen war. Als ich den Zündschlüssel herumdrehte, brach die plötzliche Stille so abrupt über mich herein, dass sie alles zu verschlingen drohte.

Hagen riss mich aus meiner Betäubung, indem er sich mit den Handflächen auf die Oberschenkel schlug. »Also dann.« Er zog die Tür auf und sprang aus der Fahrerkabine. Eva rutschte rüber und folgte ihm.

Nur ich blieb noch einen kurzen Augenblick sitzen, tief über das riesige Lenkrad gebeugt, und inhalierte die nächtliche Luft, die herrlich nach Wiese und ein kleines bisschen nach Kuhdung roch. Dann war auch ich so weit und schloss mich den beiden an, die bereits vor dem verschlossenen Scheunentor standen und sich unschlüssig umsahen. Richtige Erfahrung im Heuklau schien niemand von uns zu haben.

Da ich mich irgendwie als Drahtzieher der Aktion verstand, fühlte ich mich dazu veranlasst, das Kommando zu übernehmen. »Also dann«, wiederholte ich Hagens Worte und klatschte einmal in die Hände. »Wollen wir doch mal sehen, wie wir dieses Tor aufbekommen.«

Wir stellten schnell fest, dass die riesigen Flügeltüren nur zugeschoben waren und sich leicht wieder zur Seite schieben ließen. In der Dunkelheit war zwar nicht viel zu erkennen, aber uns schlug ein intensiver Duft entgegen, der jede Menge Heu vermuten ließ. Frisches obendrein. Merkwürdig. War der Hof also doch nicht so verlassen, wie es den Anschein hatte? Vielleicht waren die Besitzer ja im Urlaub. Fuhren Bauern in die Ferien?

Hagen zog eine kleine Taschenlampe aus einer seiner vielen

Westentaschen und knipste sie an. Ein heller Strahl schnitt eine kegelförmige Bahn in die Scheune und ließ die Staubpartikel darin tanzen. Im Schatten sahen wir eine kleine Gestalt vorbeihuschen. Vermutlich die Hofkatze auf der Suche nach Mäusen.

»Du schnappst dir einen Ballen, und ich sehe zu, dass ich eine Heugabel und eine Schubkarre auftreibe«, beschloss Hagen. Er gab mir einen Klaps auf die Schulter, als wollte er mir damit zu verstehen geben, dass nicht ich, sondern er der Chef der Kompanie war.

Sei's drum, dachte ich und bewegte mich im hektisch umherirrenden Licht der kleinen Taschenlampe auf den Heuturm zu, um mir den ersten Ballen zu schnappen.

Ich hätte nicht gedacht, dass Heu derart schwer war. Oder ich so schwach – je nachdem. Ich mühte mich unter Aufbringung meiner Kräfte ab, das unförmige Heupaket vom Stapel zu hieven. Das schaffte ich jedoch erst mit Hagens Hilfe. Gemeinsam trugen wir unsere Beute hinaus ins Mondlicht, wo Eva schon auf uns wartete. In ihrem Rücken stand der Kamaz und ruckelte ungeduldig vor sich hin. Eva hatte bereits die seitlichen Klappen der Transportbox geöffnet, sodass wir Daisy füttern konnten, ohne sie aus der Box befreien zu müssen.

»Sieht schwer aus«, stellte Eva bei unserem Anblick fest.

»Ich schätze mal 'ne Tonne«, stöhnte Hagen.

»Und wie viele werden wir davon brauchen?«

»Wenn wir Daisy die nächsten Tage ein wenig auf Diät setzen ...«, setzte er nachdenklich an.

»... was ihr überhaupt nicht gefallen wird!«, warf ich ein.

»Sie sollte mit fünfzig Kilo pro Tag hinkommen. Na, sagen wir besser sechzig. Wegen der Aufregung und so wird ihr Stoffwechsel vermutlich mehr verbrennen.« Er sah auf den Heuballen herab. »Also, wenn wir fünf von den Dingern verladen bekommen, sollten wir erst mal eine Weile Ruhe haben.«

Ich stöhnte innerlich auf.

Eva nickte. »Ist das nicht eine wunderbare Nacht?« Sie hatte ihre Hände tief in die Taschen ihrer Strickjacke geschoben, hob das Kinn und betrachtete den Vollmond.

Wir hielten inne und taten es ihr gleich. Sie hatte recht. Es war eine wunderbare Nacht. Sternenklar und angenehm kühl.

Hagen warf einen Blick auf die Uhr. »Wir liegen doch super in der Zeit«, sagte er schließlich. »Wir könnten die Pause ein wenig verlängern und Daisy Auslauf gewähren. Dann kann sie in Ruhe fressen.«

Sofort stimmten Eva und ich zu. Niemand von uns war besonders scharf darauf, gleich wieder zurück in den Kamaz zu steigen, der in den nächsten Tagen unser Zuhause darstellen würde.

Nachdem wir weitere Heuballen aus der Scheune geschleppt hatten, kümmerte sich Hagen um den Elektrozaun, den er mit wenigen Handgriffen aufgestellt hatte. Ebenso schnell hatte er ein ungefähr fünf Quadratmeter großes Areal abgezäunt und eine Öffnung für die Rampe gelassen.

»Wollen wir doch mal sehen, wie sich unser mobiles Nilpferd-Gehege in der Praxis bewährt.«

Doch so weit sollte es nicht kommen. Gerade als ich mich daranmachen wollte, die Ladeluke zu entriegeln, tauchten mich zwei Scheinwerfer in ein grelles Licht, das mich blendete. Ich fühlte mich wie ein Reh: zu keiner Reaktion mehr imstande. Versteinert stand ich am Heck des Lastwagens, die Hände an der Verriegelung, und schaute mit angehaltenem Atem dabei zu, wie die Lichter ziemlich schnell auf uns zukamen.

»Wie bekommen Besuch«, warnte ich die anderen.

Hinter mir stieß Hagen ein beherztes »Scheiße!« aus.

Die Scheinwerferkegel wurden nun von einem dröhnenden Motorengeräusch begleitet.

»Das klingt wie ein Traktor.« Eva klang gleichermaßen erschrocken und überrascht. Im Mondlicht hatte das Gefährt etwas von einem Raubtier, wie es auf uns zugeprescht kam, mit den nach vorn ragenden Heugabeln, als wollte es uns aufspießen.

Wenige Meter vor unserem Lastwagen hielt der Traktor an. Während der Motor weiterlief, öffnete sich die Tür, und ein knubbeliges Etwas schälte sich umständlich vom Sitz, um noch umständlicher den Boden zu erreichen. Mit schnellen Schritten preschte die Gestalt nach vorn und stellte sich exakt zwischen die beiden Scheinwerferkegel des Traktors, was es uns unmöglich machte, ein Gesicht geschweige denn eine Statur zu erkennen.

»Was wird denn das hier?« Die Stimme klang nicht nett, ganz egal, wem sie gehörte.

»Ich ...« Ich wandte mich um und klopfte mir in einer unbedarften Geste den nicht vorhandenen Staub von der Hose. »Wir«, verbesserte ich mich, »wir machen eine Rast.«

»Mit meinem Heu?«, fragte der Traktormann scharf.

Seine ausgestreckte Hand zerschnitt das Scheinwerferlicht und zeigte erst auf die am Boden liegenden Heuballen und dann auf die offen stehende Scheune.

»Wir können das erklären«, warf Eva ein. Sie kam an meine Seite.

Schweigen.

Der Mann trat aus dem Scheinwerferlicht auf uns zu. Er wirkte bei näherer Betrachtung älter, als es die Stimme hatte vermuten lassen. Ich schätzte ihn auf Anfang siebzig. Er war deutlich kleiner als ich und extrem hager.

»Simon Berger.« Ich streckte ihm freundlich die Hand hin.

Er ergriff sie nicht. Stattdessen ging er schnurstracks an uns vorbei und inspizierte den Elektrozaun. »Und was ist das?«, wollte er wissen.

»Das ist ein portabler Elektrozaun«, antwortete Hagen.

»Das seh ich auch!« Obwohl er nun ganz dicht neben uns stand, schrie der Bauer immer noch.

Vielleicht kann er ja nicht anders, dachte ich.

»Was macht der Elektrozaun auf meinem Hof?«

Hagen wollte gerade zu einer Erklärung ausholen, als Daisy noch einmal ihrem Unmut Ausdruck verlieh und den Kamaz ordentlich durchrüttelte.

Der Mann wandte sich von Hagen ab. »Und was ist *das?*«, wollte er als Nächstes wissen, und diesmal klang er wirklich mehr als fassungslos.

»Es gibt eine gute Erklärung«, sagte ich schnell, bevor Hagen etwas (zum Beispiel die Wahrheit) sagen konnte. »Wissen Sie, es ist ... Wir sind nun schon seit Stunden unterwegs, und ...«

Der alte Mann näherte sich der Transportbox und versuchte, einen Blick durch die Lüftungsschlitze zu werfen.

»... und wir haben die Ausfahrt zur nächsten Raststätte verpasst. Dabei musste ich doch so dringend pinkeln.«

Die Achsen des Kamaz begannen zu ächzen, als Daisy laut aufstampfte.

Ich sah, wie der Bauer in seiner Hosentasche herumnestelte und ein Handy hervorzog. Kurz stockte mir der Atem, weil ich befürchtete, er wollte die Polizei rufen. Aber er aktivierte lediglich die Taschenlampenfunktion. Doch bereits der darauffolgende Gedanke, was er damit bezwecken wollte, sorgte erneut für Schnappatmung meinerseits.

»Nicht!«, schrie ich.

Zu spät. Er hatte die Lampe bereits auf Höhe der Schlitze ausgerichtet.

Ich sah es in seinem Gesicht arbeiten. Erst war da eine steile Falte auf seiner Stirn, die sich überrascht zusammenzog, um nahtlos in etwas überzugehen, was nur Erstaunen ausdrücken konnte. Dann spiegelte sein Antlitz ein Wundern wider, was keine Sekunde später in blankes Entsetzen umschlug.

»Ist das ein Nashorn?«

Seine Stimme überschlug sich förmlich vor Hysterie, was dazu führte, dass Daisy aufschreckte und sich gegen die Wand der Transportbox warf. Derart laut und wuchtvoll, dass der alte Mann sein Handy fallen ließ.

Auf einmal ging alles ganz schnell. In einer plötzlichen Bewegung schoss Hagen nach vorn und warf den Alten mühelos zu Boden. Er landete mit einem dumpfen Keuchen auf dem Bauch. Hagen drehte ihm in Windeseile die Hände auf den Rücken und zog aus einer seiner Taschen ein kleines Plastikkabel hervor. Erst, als ich es ratschen hörte, kapierte ich, dass es ein Kabelbinder war.

»Hagen!«, schrie ich alarmiert auf. »Du kannst doch nicht …« Weiter kam ich nicht, da ich nicht so genau wusste, was er nicht konnte. Ich wollte sagen: »Du kannst doch nicht einen alten Mann überrumpeln und fesseln.« Aber ich hatte ja gerade gesehen, dass er genau das sogar ziemlich gut draufhatte.

»Er hat Daisy gesehen«, rechtfertigte er sich atemlos. »Hatte keine andere Wahl.«

»Das ist Körperverletzung!«, hielt ich erbost dagegen.

»Er hat ihn doch gar nicht verletzt«, korrigierte mich Eva.

»Aber …«

»Ich krieg euch dran. Ich ruf die Bullen!« Der Bauer spuckte Gift und Galle.

»Siehst du«, fühlte Hagen sich bestätigt. »Hatte doch gar keine andere Wahl.«

Ich konnte nur noch den Kopf schütteln. »Was bist du nur für ein Buddhist?«

»Ein Buddhist auf einer Mission.«

»Und was machen wir jetzt?« Eva wandte sich mir zu. Wenigstens sie schien mich als Rudelführer akzeptiert zu haben.

»Keine Ahnung.« Im selben Moment wurde mir bewusst, dass ich als Stammesoberhaupt gerade kläglich versagte.

»Wir sperren ihn in die Scheune und hauen ab«, schlug Hagen vor. »Bis er sich wieder befreit hat, sind wir über alle Berge.«

»Klingt vernünftig«, fand Eva.

»Vernünftig?« Ich war außer mir. »Das klingt deiner Meinung nach *vernünftig*? Einen alten Mann zu fesseln und in seiner eigenen Scheune einzusperren klingt VERNÜNFTIG?«

Eva verschränkte trotzig die Arme vor der Brust und flüsterte mir zu: »Zumindest nicht weniger vernünftig, als mit einem Nilpferd nach Afrika reisen zu wollen.«

Mein Mund klappte auf, doch es kam kein Ton heraus. Gegen diese Argumentation war ich machtlos.

»Jetzt hilf mir doch mal«, forderte Hagen mich auf. »Der zappelt wie ein Aal.«

Und ehe ich michs versah, hatte ich zwei wild zuckende Unterschenkel in den Händen, die ich in die Scheune trug. Der alte Mann warf Flüche in einem Dialekt um sich, der es mir unmöglich machte, den Sinn zu verstehen. Ich war nicht böse drum.

So sanft, wie es der sich windende Körper zuließ, legten wir ihn auf einem Heubett ab und machten, dass wir schnellstmöglich aus der Scheune kamen. Mit vereinten Kräften schoben wir die riesigen Tore zu.

Wieder wanderte Hagens Hand in eine seiner Westentaschen. Diesmal kramte er ein Stück Seil hervor, mit dem er die beiden Türgriffe miteinander verknotete, sodass sie sich nicht mehr ohne Weiteres würden auseinanderschieben lassen.

»Was trägst du eigentlich so alles mit dir rum?«

»Was man eben so braucht.« Er schenkte mir ein allwissendes Lächeln, das im Mondlicht wirklich angsteinflößend wirkte. »Hier«, er reichte mir eine Hand voll Kabelbinder, »steck die ein.«

Fassungslos verstaute ich sie in meiner Cargohose.

»Man weiß nie, wann man so was mal braucht.« Hagen nickte mir selbstgefällig zu. »Füttert Daisy, während ich den Zaun abbaue und die Ballen einlade, und dann nichts wie weg hier!«

23

Seit dem Verlassen des Bauernhofs hatte niemand mehr etwas gesagt. Ich warf einen Blick auf den Tacho und dann auf die Uhr. Eine halbe Stunde tödliches Schweigen bei Tempo 85. Es ging leicht bergab. Mit der Straße.

Denn unsere Stimmung hatte bereits die Talsohle erreicht. Als würde ich nach Halt suchen, umklammerte ich das speckige Lenkrad so fest, dass meine Fingerknöchel weiß hervortraten. Ich konnte noch immer nicht glauben, dass wir das wirklich getan hatten. Einen wehrlosen, alten Mann in seiner eigenen Scheune einzusperren, um obendrein dessen Heu zu klauen. Das war ein neuer Tiefpunkt. Selbst für mich.

»Wir hätten es ihm abkaufen können«, sagte ich in die Stille.

»Er hat Daisy gesehen«, erfolgte Hagens prompte Antwort. »Wir hatten keine andere Wahl. Er wollte die Bullen rufen.«

Ich wandte den Blick nur kurz von der schnurgeraden Straße ab, um Hagen und Eva zu mustern. Doch keiner der beiden schaute mich an. Ob sie ebenfalls von ihrem schlechten Gewissen geplagt wurden?

Ich sah, wie sich Evas blasse Lippen öffneten. »Bis er sich befreit hat, sind wir über alle Berge. Es war sicherer so.«

Hagen nickte. »Sehe ich genauso.«

»Mhmh«, grunzte ich und versank erneut in meine Gedanken. Ich dachte über die Konsequenzen nach, die diese Tat nach sich ziehen würde, wenn man uns erwischte. Immerhin handelte es sich um Diebstahl und Freiheitsberaubung.

»Und was«, fragte ich nach einer Weile, »wenn er es überhaupt nicht schafft, sich zu befreien?«

Ich schaute stur geradeaus, doch nun merkte ich, wie ich von den Blicken der beiden anderen förmlich aufgespießt wurde.

»Quatsch«, meinte Hagen nach einer Weile. Mir fiel jedoch auf, dass das Resolute in seiner Stimme verschwunden war.

»Wie fest hast du denn die Kabelbinder zugezogen?«, wollte Eva von Hagen wissen.

»Na ja«, wich er aus. »So fest, wie es eben ging.«

Unsere Köpfe drehten sich in seine Richtung.

»Hallo?« Hagen wand sich förmlich unter unserem Blick. »Er hat Daisy gesehen.« Sein Daumen zeigte nach hinten, in Richtung der Transportbox.

»Er könnte sterben, wenn er es nicht schafft, sich zu befreien. Verhungern.« Ich wusste selbst, dass ich ein wenig übertrieb, aber es wäre immerhin möglich. Also theoretisch.

»So, wie der Hof aussah, hat er dort bestimmt alleine gelebt«, gab Eva zu bedenken.

Ich gab zu, dass ich etwas angetan davon war, dass sie mir den Rücken stärkte.

»Hallo?!«, brach es wieder aus Hagen heraus. »Hört ihr euch reden? Ihr tut ja gerade so, als wäre er schon tot!« Er schnaubte, um seiner Erregung Ausdruck zu verleihen. »Was sollen wir denn eurer Meinung nach tun? Umkehren? Ihn befreien und höflich darum bitten, niemandem zu erzählen, dass wir sein Heu geklaut haben? Ach ja, und dass wir ein Nilpferd aus dem Zoo dabeihaben und damit nach Afrika wollen?«

»Vielleicht?«, sagte ich vorsichtig.

»Ja«, sagte Eva bestimmt.

»Auf keinen Fall! Das ist doch total bekloppt. Ich dachte, wir hätten eine Mission. Und die sitzt da hinten drin und ist drauf und dran, an Löwen verfüttert zu werden, wenn wir nicht die Eier in der Hose haben, um eben das zu verhindern.«

»Aber wir können deshalb doch kein Menschenleben …« Weiter kam ich nicht, da Hagen nun richtig in Rage geriet.

»Ist deine Sandra etwa kein Menschenleben?«, fuhr er mich an. »Machen wir all das nicht für sie? Um zumindest ihre Seele weiterleben zu lassen, wenn das Schicksal sie schon so unbarmherzig aus dem Leben gerissen hat?«

Bei seinen Worten fühlte ich mich gar nicht gut. Denn sie hätten eigentlich von mir kommen sollen. Ich zuckte zusammen, als ich Evas Hand auf meinem Unterarm spürte.

»Wir werden Daisy nicht unnötig gefährden.« Sie sprach mit weichem Klang in der Stimme, der mich ganz tief traf. Dann wandte sie sich Hagen zu. »Aber ebenso wenig werden wir Menschenleben aufs Spiel setzen.« Der weiche Klang war einem rasiermesserscharfen Ton gewichen.

»Ihr seid ja beide verrückt.« Er wandte sich von uns ab und blickte trotzig aus dem Fenster. Sein Gesicht spiegelte sich in der Scheibe, sodass wir sehr gut seine übellaunige Schnute erkennen konnten. »Es waren Kabelbinder«, murmelte er schließlich. »Keine Hochsicherheitsfesseln. Sogar ein Kleinkind wäre in der Lage, sich nach einer Weile daraus zu befreien.«

»Trotzdem«, stellte Eva klar. »Wir gehen kein Risiko ein. Bei der nächsten Ausfahrt wenden wir und kehren um. Auch wenn es uns wertvolle Stunden kostet.«

Ich nickte entschieden und war froh, dass ich nicht der Einzige in der Fahrerkabine war, der noch bei Verstand war. »Aber vorher müssen wir tanken.«

Um meine Worte zu unterstreichen, zeigte ich auf das Tankstellenschild, an dem wir gerade vorbeifuhren.

24

Seit geschlagenen fünfzehn Minuten stand ich zwischen dem Kamaz und der Zapfsäule und wartete darauf, dass die Automatik endlich den Tankvorgang beendete. Zumindest Daisy blieb ruhig in ihrer Box. Vermutlich hielt sie gerade ein Verdauungsschläfchen.

Hinter dem Lkw konnte ich die vorbeirasenden Autos und Lastwagen auf der Autobahn hören. Es waren vereinzelte Geräusche. Viel los war nicht in diesen frühen Morgenstunden auf der A61, was sich aber mit jeder verstrichenen Minute ändern würde, wenn der Berufsverkehr ins Rollen kam.

Ich hörte, wie die Tür des Fahrerhauses zugeschlagen wurde. Kurz darauf stand Eva neben mir und lächelte mich an. Sie hatte die Strickjacke fest um sich gewickelt. Es war offensichtlich, dass sie fror.

Schweigend beobachteten wir die Tankanzeige, die mühsam nach oben kletterte. Es war das erste Mal, dass ich eine dreistellige Ziffer beim Tanken erreichte. Trotzdem dachte die Zahl nicht im Traum daran stehen zu bleiben. Sie stieg langsam, aber kontinuierlich.

»Ich will nicht rummeckern. Aber du hättest den Wagen doch wenigstens volltanken können, bevor wir losgefahren sind.« Um die Kritik etwas abzumildern, servierte ich sie mit einem milden Lächeln.

»Hab's vergessen«, druckste sie herum.

Irgendwie wurde ich das Gefühl nicht los, dass mehr dahintersteckte. Ich kannte Eva noch nicht lange, aber auf mich machte sie nicht den Eindruck, als würde sie etwas derart Grundlegendes einfach vergessen. Wieder wurde mir bewusst, wie schlimm es um ihre Spedition stehen musste.

Und als hätte sie meine Gedanken lesen können, fragte sie: »Was glaubst du, wie lange es noch dauert, bis das Geld auf meinem Bankkonto ist?«

Während sie sprach, blickte sie konsequent an mir vorbei. Mir entging nicht, dass sie versuchte, beiläufig zu klingen.

»Bei so was ist die *Magna Pecunia* immer schnell«, beruhigte ich sie, was mir erneut eines dieser wirklich tollen Lächeln von ihr einbrachte. »Wahrscheinlich schon morgen. Spätestens übermorgen. Dann aber ganz sicher.«

»Das ist gut.«

Keine Ahnung, ob es an der Neonbeleuchtung der Tankstelle lag oder dem, was ich gesagt hatte, aber dieser befreite Gesichtsausdruck stand ihr außerordentlich gut.

Wieder standen wir stumm nebeneinander. Wir hatten noch nicht die Stufe erreicht, in der das Schweigen als angenehm empfunden wurde. Nein, noch stand es mit ausgefahrenen Ellbogen zwischen uns und rempelte uns immer wieder ungehobelt an.

Eva zuckte erschrocken zusammen, als die Zapfventilautomatik mit einem lauten Klicken endlich einrastete. Beim Anblick der Tankanzeige wurde ich blass.

»Diese Modelle haben aber auch einen großen Tank«, rechtfertigte sich Eva, als sie den Schock in meinem Gesicht folgerichtig erfasste.

Kopfschüttelnd kramte ich meine Geldbörse aus der Hosentasche und zählte die Scheine ab.

»Soll ich was beisteuern?«

Ich lehnte dankend ab.

»Dann lass mich wenigstens mitkommen.«

Gemeinsam betraten wir den viel zu hellen Verkaufsraum, in dem es nach saurem Filterkaffee roch. Ein unangenehm lauter Schlagersong aus den Achtzigern warf sich uns anbiedernd entgegen. An einem der Stehtische in direkter Nähe der Backstation lungerte ein dicklicher Mann mit Mehrfachkinn und nippte an einem Pappbecher. Auf meine freundliche Begrüßung hin gab er ein unverständliches Schmatzen von sich und ließ seinen Blick an Evas Beinen derart lüstern auf- und abwandern, dass ich mich auf der Stelle dafür schämte, ein Mann zu sein. Ich blendete ihn aus und stellte mich vor die Ladentheke.

»Guten Abend, einmal die Nummer ...«

Und da verließen sie mich. Die hohe Zahl der Tankanzeige und Evas Anwesenheit, die sich zunehmend besser anfühlte, hatte mich komplett aus dem Konzept gebracht.

»Entschuldigung, Nummer vergessen. Es ist der ...«

Der Mann hinter dem Tresen warf einen Blick auf einen der Monitore vor sich. »Der russische Lkw?«

»Der Kamaz, genau«, bestätigte Eva.

»Sieht man ja selten auf deutschen Straßen, so ein Fabrikat«, kam es vom Stehtisch. »Echte Wertarbeit. Da hat man noch richtig was in der Hand.«

Eva drehte sich zu dem Mann um und schenkte ihm ein unschlüssiges Lächeln. Selbst das hatte er nicht verdient, wie ich fand.

Der Tankstellenfritze nannte die astronomisch hohe Zahl, woraufhin ich die Scheine aus meiner Geldbörse klaubte. Ein kurzes Aufschauen in Richtung des Stehtisches bestätigte meine Vermutung, dass die lüsternen Blicke noch immer auf Eva ruhten. Ich verspürte eine sanfte Welle der Entrüstung in mir.

Eva schien nichts zu bemerken. Sie stand einfach nur da und bewegte sich nicht. Ja, sie war sogar völlig regungslos.

»Alles in Ordnung?«, fragte ich sie, während der Kassierer die Scheine abzählte, die ich ihm gerade überreicht hatte.

Sie schüttelte in einer hektischen Geste mehrmals den Kopf. Ihr Blick war stur nach oben gerichtet. Ich folgte ihm, aber da war nichts. Außer ein paar in die Decke eingelassenen Lautsprecherboxen, aus denen gerade noch diese Schmonzette aus den Achtzigern geschmettert hatte, die jedoch ohne Vorwarnung abgewürgt worden war. Und dann verstand auch ich.

»Gerade erreicht uns eine aktuelle Meldung. An alle Nachtschwärmer da draußen! Heute Nacht wurde ein 76-jähriger Mann in der Nähe von Kastellaun in seiner eigenen Scheune gefangengenommen, während ein allem Anschein nach osteuropäisches Trio sein Heu gestohlen hat ...«

Die amüsiert klingende Stimme des Radiomoderators drang durch die Lautsprecherschlitze. Bei dem Wort »Heu« ging seine Stimme noch eine Spur amüsierter nach oben. Ich schaffte es einfach nicht, meinen Blick von der Decke abzuwenden.

»Das gesuchte Trio, zwei Männer und eine Frau, ging dabei mit äußerster Brutalität vor und war mit einem schwarzen Lastwagen unterwegs.«

Ich hüstelte nervös. »Stimmt alles?«, fragte ich mit überschwänglich guter Laune, als die Finger des Mannes hinter der Theke den letzten Schein erreicht hatten. Er reagierte nur halbherzig auf mich, schaute nun aber auch zur Decke.

»In diesem befand sich, laut Aussage des Überfallenen – Achtung, kein Scherz: ein Nashorn.«

Der Mann am Stehtisch lachte auf. Eva und ich lachten sofort mit.

»Ein Nashorn?«, wiederholte der Kassierer verwundert.

»Haha«, machte ich. »Ist doch gar kein erster April heute.«

»Sachdienliche Hinweise werden von jeder Polizeidienststelle entgegengenommen. Es ist davon auszugehen, dass das Trio

bewaffnet und gefährlich ist. Der Lastkraftwagen ist vom Fabrikat …«

»Ein Nashorn!«, schrie ich über die Stimme des Moderators hinweg. »Kann man sich das vorstellen?«

Anscheinend nicht. Zumindest sagte niemand etwas dazu. Aber ich sah, wie der gierige Blick des Mannes am Stehtisch von Evas Beinen abließ und nun interessiert aus dem Fenster wanderte. Der Richtung nach zu urteilen, hatte er den Kamaz im Visier.

»Das ist ein Fünfer zu viel.« Der Kassierer schob mir den überflüssigen Geldschein zu.

»Stimmt so.« Ich schob ihn zurück.

»Es wird vermutet, dass das gesuchte Fahrzeug auf der A61 in Richtung Süden unterwegs ist.«

»Quittung?«

»Nö!« Hastig packte ich Eva am Arm und zog sie aus dem Laden. Die Stimme des Radiomoderators verfolgte uns.

»Und weiter geht's mit Musik. Wie immer hören Sie die neuesten Nachrichten auf Ihrer Welle zu jeder vollen Stunde. Immer da, immer nah – Welle 98. Ist doch klar!«

Zumindest hatten wir uns so weit unter Kontrolle, dass wir nicht zum Kamaz rannten. Aber wir hätten ohne Weiteres an einem olympischen Wettbewerb im Gehen teilnehmen können.

»Scheiße«, stellte Hagen fest, als wir mit wirren Worten das eben Gehörte wiedergaben. Im Außenspiegel konnte ich sehen, wie der Mann vom Stehtisch und der Kassierer am Fenster standen und unseren Lkw nicht aus den Augen ließen. Ich drehte den Zündschlüssel um und trat das Gas durch. Bloß weg hier.

»Wenigstens müssen wir jetzt nicht umdrehen und nach dem Bauern sehen.« Hagen lachte. Schmallippig und rechthaberisch. Und es stand ihm nicht mal halb so gut wie Eva.

25

Rückblickend bildete sich Dr. Adrian Bertrand ein, dass es sein Jagdinstinkt gewesen war, der ihn in den frühen Morgenstunden aus dem Schlaf gerissen hatte. Doch vermutlich war es nur wieder seine mit den Jahren schwächer werdende Blase, die ihn immer regelmäßiger aus dem Bett holte. Doch in dieser Nacht war es dennoch anders.

Bertrand hatte sich gerade am Pissoir erleichtert und den Deckel heruntergeklappt, um zu spülen, als ihn etwas wie von magischer Hand zum Badezimmerfenster zog. Beim Einzug in die Wohnung des Zoodirektors hatte er darauf bestanden, dass das Bad nachträglich mit einem Pissoir ausgestattet werden sollte. Denn es war ihm zuwider, sein kleines Geschäft im Sitzen zu erledigen. Schließlich war er ein Mann und keine Frau.

Die großzügig, ja fast schon luxuriös geschnittene Wohnung im obersten Stock eines alten, eher unscheinbaren Stadthauses grenzte unmittelbar an den Tierpark, um zu gewährleisten, dass der Direktor zu jeder Tages- und Nachtzeit erreichbar war. Nicht, dass sich jemals einer seiner Mitarbeiter erdreistet hätte, ernsthaft in Erwägung zu ziehen, Bertrand zu nachtschlafender Zeit zu wecken. Doch er selbst fühlte sich wohl dabei, seine Wirkungsstätte direkt vor den Füßen ausgebreitet zu sehen – wie eine Oase der Ruhe inmitten der Großstadt, in der er der alleinige Herrscher war. Aus dem Fenster zu blicken und den Tierpark im Blick zu haben verlieh Dr. Adrian Bertrand ein Gefühl der Erhabenheit, das er außerordentlich zu schätzen wusste.

So stand er nun da, mit leerer Blase und in dem Wissen, dass die Nacht für ihn gelaufen war. Mit den Fingern schob er die Lamellen der Jalousien auseinander und sah hinunter auf den Zoo. *Seinen* Zoo. Von hier aus hatte er Sicht auf das Restaurant und den Lieferanteneingang. Wenn der Mond günstig stand, und das tat er in dieser Nacht, konnte er in der Ferne schemenhaft die Hälse der Giraffen erkennen, die bei gutem Wetter im Außengehege übernachten durften.

Durch das gekippte Fenster drangen die Rufe der Vari und Lemuren aus dem Madagaskarhaus. Er hörte das herzzerreißende Heulen zweier sich streitender Flughunde und vernahm das Zirpen der Grillen, die in wenigen Stunden an die Reptilien im Aquarium verfüttert werden würden. Und er sah etwas, das er zunächst nicht einordnen konnte. Er wusste nicht genau, was an dem Bild nicht stimmte. Aber er wusste, dass es falsch war.

Es war der Müdigkeit und seinen nicht mehr ganz so guten Augen geschuldet, dass er es nicht direkt erkannte. Bertrand war stolz darauf, dass er trotz seines fortgeschrittenen Alters noch immer ohne Brille auskam. Doch die Augen eines Luchses, auf die er sich in seiner Jugend immer hatte verlassen können, hatte er schon lange nicht mehr.

Doch dann begriff er. Es war der Zaun, der dem Bild einen schiefen Rahmen gab – im wahrsten Sinne. Denn das metallene Gitter, das sich einmal rings um das Zoogelände wand, hing tatsächlich schief, in einer unpassenden Neigung. Beinahe so, als wäre es von etwas gerammt worden. Etwas Großem.

Zunächst spielte Bertrand mit dem Gedanken, dass es womöglich einen Einbruchsversuch im Zoo gegeben haben könnte. Es wäre nicht das erste Mal. Er erinnerte sich an einen Vorfall vor ein paar Jahren, als Fans des 1. FC Köln versucht hatten, das Maskottchen zu stehlen. Bertrand wusste nicht mehr, um welchen Hennes den wievielten es sich dabei gehandelt hatte. Für ihn war ein Geißbock wie der andere.

Aber diese Beule im Zaun drückte sich nach außen, was wiederum bedeuten musste, dass er – was auch immer diesen Schaden verursacht hatte – im Inneren des Zoos geschehen sein musste.

Bertrand fackelte nicht lange. Er riss sich vom Fenster los und verließ das Badezimmer. Im Flur stieg er in seine Stiefel, warf sich das Hemd über und knöpfte es im Gehen zu. Gerade, als er die Wohnung verlassen wollte, hielt er kurz inne. Dann griff er nach seinem Gewehr, das im stets offen stehenden Waffenschrank auf Augenblicke wie diesen wartete. Aufgrund der wachsenden Ungeduld ließ Bertrand den Fahrstuhl links liegen und hastete im Eiltempo die Treppen runter.

Die kühle Nachtluft begrüßte ihn und umwehte seine bloßen Beine. Der Wind fand auch einen Weg durch den Eingriff seiner Feinrippunterwäsche. Bertrand spürte, wie sich seine Hoden zusammenzogen. Dieses Gefühl hatte er seit Jahren nicht mehr gehabt. Damals, in der ostafrikanischen Steppe, als er sich als junger Bursche gemeinsam mit seinem Vater auf Gepardenjagd begeben hatte, war es ein vertrautes Gefühl gewesen.

So stand Bertrand ohne Hosen, aber mit zusammengeschrumpften Hoden und dem Gewehr in der Hand vor dem windschiefen Zaun und sah sich in seiner Vermutung bestätigt. Etwas Kolossales hatte das Gitter gerammt. Im angrenzenden Blumenbeet fand er etwas, was ihm noch mehr verriet: Abdrücke von Autoreifen.

Mit seiner Chipkarte, die im gesamten Zoo jede Tür öffnete, entriegelte er den Lieferanten-Eingang und begab sich mit dem Gewehr im Anschlag auf Spurensuche.

Doch die Fährte verwirrte ihn. Die Abdrücke überkreuzten

sich im weichen Torfboden des Beets, das nun keines mehr war. Erzürnung breitete sich in ihm aus, die zunächst dadurch ausgebremst wurde, dass ein flackerndes rundes Licht auf ihn zukam.

»Wer ist da?«, drang eine hart klingende Stimme an sein Ohr.

Bertrand hob das Gewehr an, woraufhin sich das Flackern der Taschenlampe in ein Zittern verwandelte.

»Ich bin es«, sagte er fest. »Der Direktor.«

Das Licht kam auf ihn zu, entschlossener und selbstsicherer als zuvor.

»Herr Doktor«, sagte der Mann hinter der Taschenlampe. »Welch eine Erleichterung, ich dachte schon ...«

»Was ist hier passiert?«, unterbrach Bertrand den Wachangestellten barsch und trat so nah an ihn heran, dass er sein Gesicht erkennen konnte. Er widmete dem Mann nur einen kurzen Blick und wandte sich dann wieder dem in Mitleidenschaft gezogenen Beet zu.

Der Wachmann, ein junger Kerl mit fusseligem Bart, viel zu langen Haaren und diesen widerlichen gedehnten Ohrlöchern, die er sonst nur von den Mursi-Frauen kannte, betrachtete nun auch das Beet – oder vielmehr das, was davon übrig geblieben war. Bertrand fragte sich nicht, *ob* der Trend der Tellerlippen nach Europa schwappen würde. Sondern *wann.*

»Keine Ahnung.«

Ihre Blicke trafen sich. Bertrand konnte sich nicht daran erinnern, diesen Burschen schon einmal gesehen zu haben. Was aber nichts zu bedeuten hatte, da er ja nicht jeden seiner Untergebenen persönlich kennen konnte – geschweige denn wollte. *M. de Vries* stand auf dem Brustaufnäher des Mannes.

»Und die Beule im Zaun?«

»Beule? Im Zaun? Ist mir bei meiner letzten Runde nicht aufgefallen.«

Bertrand nickte und machte gedanklich einen Haken dran. Denn es war definitiv de Vries' letzte Runde in *seinem* Zoo.

»Das sind Lkw-Spuren.« Bertrand zeigte auf den breiten Torfstreifen, der sich noch einige Meter auf dem Asphaltboden fortsetzte und dann verblasste.

»Vermutlich vom Tiertransporter, schätze ich.« Der ehemalige Angestellte des Zoos machte ein schlaues Gesicht. Oder versuchte es.

Bertrand legte den Kopf schief. Er glaubte, sich verhört zu haben. »Welcher Tiertransport?«

»Keine Ahnung«, erwiderte der Wachmann rasch. Er schrumpfte unter dem stechenden Blick Bertrands zusammen. »Nun ja ... das Nilpferd?«

»Welches Nilpferd?« Bertrand ging einen Schritt auf den Wachmann zu, war sich jedoch nicht bewusst, dass er sein Gewehr immer noch im Anschlag hielt und damit auf den Bauch des Burschen zielte. Dieser hob reflexartig die Arme.

»Keine Ahnung«, stammelte er wieder vor sich hin. »Sie hatten Papiere, und dann kam dieser Wolf und ...«

Bertrand brachte de Vries mit einer abrupten Bewegung des Gewehrlaufs zum Schweigen. »Wolf?«, fragte er. »Hagen Wolf?«

Der Wachmann fing an zu nicken und hörte gar nicht mehr damit auf. »Ja, der war's!« Pure Erleichterung färbte seine Stimme ein. Als freute er sich darüber, die Schuld jemand anderem zuschieben zu können. »Ich bin natürlich davon ausgegangen, dass alles seine Richtigkeit hat und mit Ihnen abgesprochen ...«

Bertrand riss dem Wachmann die Stabtaschenlampe aus der Hand und beachtete ihn nicht weiter. Mit schnellen Schritten näherte er sich dem Hippodrom, den Boden nach Abdrücken des Lkw absuchend, die er auch fand. Kuriose Zick-Zack-Spuren, die nicht unbedingt von der Souveränität des Fahrers zeugten.

Mit seiner Chipkarte verschaffte er sich Zugang zum Innenbereich, wo die Tiere nächtigten. Es war leer. Kein einziges Nilpferd befand sich im Gehege.

Mit bebender Wut im Bauch betrat Bertrand den Hippodrom. Er drückte eine Armada an Schaltern an der Wand, woraufhin alle Lampen an der Decke flackernd ansprangen. Schwere, unförmige Schädel hoben sich aus dem schon wieder trüb gewordenen Wasserbecken und drehten sich in seine Richtung. Bertrand zählte durch: eins, zwei, drei …

Eines zu wenig.

Mit hektischen Blicken suchte er alle Ecken und Winkel ab, in denen sich ein Nilpferd zur Nachtruhe gebettet haben könnte. Doch er fand nichts. Es waren drei. Nicht vier.

In diesen frühen Morgenstunden übertönte der Schrei des Zoodirektors das wehleidige Gekreisch der Flughunde.

26

Allmählich setzte die Morgendämmerung ein. Wir waren nun schon seit Ewigkeiten unterwegs, hatten uns die meiste Zeit von den viel befahrenen Autobahnen ferngehalten und uns über Bundes- und Landstraßen geschoben. Nur eine kleine Rast hatten wir uns am nördlichen Rand des Pfälzer Walds gegönnt, um Daisy zumindest für eine halbe Stunde aus der Enge der Box zu befreien. Sie hielt außerordentlich gut durch. Erst hinter Neustadt an der Weinstraße hatten wir uns wieder auf die mehr befahrene A65 getraut und darauf gehofft, dass wir im dichter werdenden Verkehr nicht weiter auffallen würden.

»... und kenne nicht ihr Ziel«, erfüllte Hagens Gesang die Fahrerkabine. *»Ich merke nur, sie fährt mit viel Gefühl!«* Sein Kopf drehte sich auffordernd zu uns. »Jetzt kommt schon, macht mit: *Rada. Radada ...*«

»Nein, und du solltest auch damit aufhören!« Meine Nerven lagen blank. Viel zu lang sang Hagen nun schon jeden Song mit, den dieser verdammte Höllensender über den Äther schickte. Am liebsten hätte ich ihn abgewürgt, doch es war der einzige Sender, den wir ohne Störung empfangen konnten und der in regelmäßigen Abständen über uns berichtete. Es kam mir beinahe so vor, als hätte sich die Radioredaktion auf uns eingeschossen.

Mir war klar, dass jeder mit Stresssituationen anders umging. Eva schien sich ganz tief in sich selbst verkrochen zu haben, derweil Hagen sich die Anspannung lautstark von der Seele grölte. Ich hingegen ließ es ganz dicht unter meiner

Oberfläche knistern, bis ein kleiner Funke alles zum Explodieren bringen würde. Und Hagens Stimme hatte die Wirkung eines langsam über die Reibefläche gezogenen Streichholzkopfes, der sich jeden Augenblick stichartig entzünden konnte.

»Dann mach's doch besser!«, forderte er mich auf.

»Ich will aber nicht singen.«

»Weil du Angst hast, dich zu blamieren.«

»Im Gegensatz zu dir kenne ich zumindest meine musikalischen Fähigkeiten und werde mich deshalb nicht der Lächerlichkeit preisgeben.«

»Weil du einen Stock im Arsch hast.«

»Hab ich nicht!«

»Doch, hast du, und ich glaube sogar, dass er quer sitzt.«

»Jetzt haltet doch mal die Klappe.« Eva erwachte derart abrupt aus ihrer Lethargie, dass sowohl Hagen als auch ich zusammenzuckten und innehielten.

Sie beugte sich nach vorn und machte sich damit zu einer menschlichen Barriere zwischen uns. Bevor wir überhaupt verstanden, was nun wieder los war, wurde mir klar, dass der Schlager-Klassiker mitten im *Radadaa* abgewürgt worden war. Wenigstens das.

»He«, schimpfte Hagen erbost. »Ich will das hören!«

Eva wedelte wild mit den Händen, damit wir endlich die Klappe hielten.

»*... unterbrechen wir die laufende Sendung für eine wichtige Durchsage. Laut neuesten Berichten im Fall der Nilpferd-Entführung im Kölner Zoo haben die Ermittler aufgrund sachdienlicher Hinweise eine weitere Person identifizieren können, die im direkten Zusammenhang mit der Tat steht. Der in einem auffälligen Lila lackierte Lkw, mit dem die auf der Flucht befindlichen Tierpfleger Hagen Wolf und Simon Berger* *unterwegs sind, stammt von der Spedition* Hamberg Logistics, *deren Geschäftsführerin Eva Hamberg ebenfalls seit gestern Abend vermisst wird. Es ist nicht auszuschließen, dass sie Opfer eines Gewaltverbrechens geworden ist …«*

»Bitte was?« Blankes Entsetzen spiegelte sich in Hagens Augen wider. »Was wollen die uns denn noch alles anhängen?«

»Wie haben sie das mit dir so schnell herausgefunden?«, wunderte ich mich und spürte, wie sich mein Magen zu einem unansehnlichen Klumpen zusammenzog. Allmählich wurde mir klar, dass ich für Aktionen dieser Art nicht die besten Eingeweide hatte.

»Klappe halten«, fuhr uns Eva über den Mund. Selbst im schwachen Licht der Innenbeleuchtung erkannte ich, dass ihr Gesicht totenblass geworden war.

»… das Fahrzeug hat das Kennzeichen …«

»Die haben unser verdammtes Kennzeichen?«, brüllte Hagen aufgebracht.

»… und für alle Freunde der guten Unterhaltung spielen wir den größten Hit von Henri Valentino noch einmal und in voller Länge.« Dann setzte erneut das Intro ein: *»Rada, radada …«*

Doch diesmal sang Hagen nicht mit. Bestürzt stierte er auf die Straße. Ich sah seinen Adamsapfel auf und ab hüpfen. »Die haben uns an den Eiern.«

Eva schielte angestrengt nach vorn, die Stirn in überaus skeptische Falten gelegt. Auf einmal spürte ich unendlich viel Mitleid mit ihr. Wir hatten sie da in eine Sache reingezogen, für die sie am allerwenigsten konnte. Ich überlegte, was ich Nettes zu ihr sagen konnte. Beruhigende Worte, die der bedrückenden Situation womöglich den Schrecken nahmen.

»Da!«, schrie sie plötzlich aufgebracht. »Schaut doch mal!«

Ihr Zeigefinger schoss nach vorn und pikste in das kleine Display der Überwachungskamera.

»Ist was mit Daisy?«, fragte ich sofort. Mein Herz rumpelte schmerzhaft in der Brust. Ich drehte den Oberkörper so ruckartig in Richtung des kleinen Monitors, dass ich das Lenkrad kurz herumriss.

Hinter mir hörte ich etwas hektisch poltern.

Und dann sah ich, was Eva meinte.

Als Erstes fiel mir auf, dass es im Verladeraum unnatürlich hell war. Die schwarz-weiße Nachtsichtfunktion hatte im vorderen Teilbereich sämtliche Schwarzanteile gegen ein grelles Weiß ausgetauscht.

»Was zum …«, stieß Hagen überrascht aus, als er und ich im selben Moment zwei aufleuchtende Punkte sahen. Kreise, die viel zu klein waren für Nilpferd-Augen. »Da ist jemand … da ist jemand bei Daisy.«

27

Ich weiß nicht, wie lange ich dieses winzige Display anstarrte und die leuchtenden Kreise fokussierte – weit aufgerissene Augen, allem Anschein nach die eines Mannes.

Hagen hatte sich ebenfalls weit nach vorn gebeugt und hing Eva beinahe auf dem Schoß, während er den Monitor inspizierte. »Der hält doch irgendetwas in der Hand.«

Nun ging auch Evas Kopf weit nach vorn. »Ist das eine Brechstange?«, fragte sie überrascht.

»Daisy!«

Im nächsten Augenblick wurde mir klar, dass die unnatürliche Helligkeit daraus resultierte, dass die Klappe der Transportbox halb offen stand. Das Licht, das den Raum flutete, stammte von den Scheinwerfern eines hinter uns fahrenden Wagens, dessen Fahrer offenbar nicht viel von Sicherheitsabstand hielt.

»Wie kommt der denn da rein?«, fragte Hagen sich selbst.

»Das ist doch lebensmüde«, wunderte ich mich.

»Wir müssen ihm helfen«, fand Eva. »Fahr rechts ran!«

Ich warf ihr einen entsetzten Blick zu. »Was denn, mitten auf der Autobahn?«

»Mein Gott, ja!«

Hagen reckte sich und suchte die Gegend ab. »Da vorn ist eine Haltebucht.«

Nun sah ich sie auch. Also setzte ich den Blinker und verringerte das Tempo des Lkw langsam, aber stetig. Mir fiel auf, dass nicht nur wir rechts ranfuhren. Immer wieder blitzten in den Außenspiegeln die Scheinwerfer des hinter uns fahrenden Autos auf.

Nervös steuerte ich die Haltebucht an und schnallte mich ab, bevor der Kamaz zum Stehen gekommen war. Im selben Augenblick hatte ich den Türgriff in der Hand, schaltete in den Leerlauf und riss die Tür auf. Ungeachtet der Höhe sprang ich mit einem Satz aus dem Führerhaus, ignorierte den stechenden Schmerz in meinen Knien beim Aufkommen und rannte zur Hecklappe.

Grelle Scheinwerfer blendeten mich. Autoreifen quietschten. Türen wurden auf- und zugeklappt. Hektische Stimmen riefen irgendetwas, das ich nicht verstehen konnte. Mein Puls raste, als ich die bereits halb offen stehende Ladeklappe vollends entriegelte und mich daran hochhievte, um der viel zu langsam agierenden Hydraulik entgegenzukommen.

Im Inneren des Lastwagens rumpelte und polterte es. Ich hörte eine männliche Stimme angsterfüllt schreien. Daisy grunzte und warf sich wütend gegen die Wände der Transportbox. Der ganze Laster schaukelte hin und her.

Ich musste mich beeilen, um Schlimmeres zu verhindern. Zu dumm, dass mir wieder einmal meine überschüssigen Pfunde im Weg waren und ich mich mehr schlecht als recht auf die Laderampe gewuchtet bekam. Dank der Scheinwerfer des Autos, das unmittelbar hinter dem Lkw parkte, war der Laderaum hell erleuchtet. Weit hinten, in einer Ecke, sah ich einen jungen Mann mit fahlem Gesicht an der Wand kleben.

Gerade, als ich die Ladefläche betreten wollte, war Daisy dabei, sich mit Anlauf auf den Mann zu stürzen. Geschickt sprang dieser im richtigen Moment nach links und entging der tödlichen Nilpferd-Attacke um Haaresbreite, was dazu führte, dass Daisy mit dem Kopf gegen die rechte Seite der Box donnerte. Ich sah, dass die Jeanshose des Mannes in Fetzen an ihm herunterhing. Er hatte einen Turnschuh verloren. Diesen erblickte ich unter Daisys Bauch, platt gewalzt und zerrissen. Mir fiel auf, dass er nass war. Vermutlich hatte sie versucht, ihn zu fressen, dann aber wieder ausgespuckt.

»Kommen Sie da raus, Mann!« Die Wände der Transportbox warfen meine Stimme zu mir zurück.

»Helfen Sie mir!«, schrie der Mann hysterisch. Er streckte seine Hände Daisy entgegen. »Das Monster ist wahnsinnig geworden.«

»Das ist kein Monster, das ist ein Nilpferd!«

»Wer ist denn so bescheuert und fährt ein Nilpferd durch die Gegend?!«

Ich überlegte kurz, ob ich ihm davon erzählen sollte, dass das tobsüchtige Tier dem Tode geweiht war und dass in seiner etwas verwirrenden Hülle die Seele meiner verstorbenen Verlobten hauste. Aber Daisy entschloss sich gerade dazu, der Sache endlich ein Ende zu machen, und setzte zu einer weiteren Attacke an, der der Mann erneut in allerletzter Sekunde ausweichen konnte. Die Jeans aber fiel Daisys Maul endgültig zum Opfer.

»Hilfe!«, schrie er verzweifelt. War sein Gesicht eben noch fahl gewesen, war es nun bleich. Totenbleich.

»Kommen Sie zu mir«, forderte ich ihn auf und kam ihm auf der mittlerweile offen stehenden Ladeklappe ein Stück entgegen. »Ganz langsam an der Wand entlang. Und nicht schreien.«

Er gehorchte. Blieb ihm ja auch nicht viel anderes übrig.

»Und schauen Sie ihr bloß nicht in die Augen.«

»Das Monstrum ist eine *Sie?*«, entfuhr es ihm entsetzt. »Das erklärt alles.«

Daisy merkte schnell, dass auch die Jeans nicht genießbar war. Kaum hatte sich der Fremde einen Schritt von ihr wegbewegt, spuckte sie das blaue Stück Stoff wieder aus und grunzte. Es war ein durchdringender Laut, der alles andere als gute Laune erahnen ließ. Sie stampfte mit dem Vorderfuß auf und war drauf und dran, ihre nächste Attacke zu starten.

»Laufen Sie! Verdammt, laufen Sie!«

»Ich kann nicht …« Ich sah, wie der Mann an der Wand kleben blieb, den Blick zur Decke gerichtet, und hemmungslos zu weinen begann. »Ich will noch nicht sterben!«

Vermutlich witterte auch Daisy ihre Chance. Sie stampfte noch einmal auf und setzte ihren tonnenschweren Körper in Bewegung.

»Schon gar nicht so!«

Ich handelte schnell. Mit einem Satz hatte ich die Ladeklappe verlassen und den Mann erreicht, packte ihn an den Schultern und riss ihn mit mir nach hinten. Exakt einen Wimpernschlag später warf sich Daisy mit ihrem gesamten Gewicht gegen die linke Seite der Ladebox und hinterließ eine imposante Beule in der Außenhülle.

»Los, raus hier!« Mühsam riss ich am Hemd des armen Mannes und war überrascht, wie leicht er war. Auf allen vieren krabbelte er dem Ausgang entgegen und warf sich förmlich über die Laderampe in Sicherheit.

Daisy wütete noch immer. Wie von Sinnen warf sie sich von links nach rechts, sodass die Transportbox wackelte.

Langsam bewegte ich mich auf sie zu. »Daisy! Daisylein«, rief ich leise und freundlich.

Daisy wurde ruhiger und drehte den Kopf in meine Richtung. Unsere Blicke trafen sich. Ich war erschrocken, wie weit sie die Augen aufgerissen hatte. Sie zeigte mir ihre imposanten Eckzähne und grunzte so furchtbar laut, dass es wie das Fauchen einer heiseren Wildkatze klang.

»Kommen Sie schnell raus da!«, rief jemand in meinem Rücken.

Doch ich drehte mich nicht um. Meinen Blick von Daisy abzuwenden hätte ein großer, womöglich mein letzter Fehler sein können.

Wieder stampfte sie wütend auf. Der Kamaz ächzte unter ihrem Gewicht. Ich konnte von Glück reden, dass sie nicht dazu in der Lage war, sich um die eigene Achse zu drehen.

»Alles ist gut! Der böse Mann ist jetzt weg.« Ich redete beruhigend auf sie ein. Doch es war das erste Mal, dass es keine Wirkung bei ihr zeigte. Anscheinend hatte ihr der Fremde enorm zugesetzt. »Pscht, ich bin doch bei dir.« Meine Stimme verkam zu einem heißeren Flüstern. Kaum mehr hörbar unter Daisys wütenden Grunzattacken. Derart außer Rand und Band hatte ich sie noch nie erlebt.

Da mir nichts Besseres einfallen wollte, begann ich zu singen. Aus unerfindlichen Gründen kramte mein Hirn die Textzeilen aus *I'll stand by you* von den Pretenders hervor: *»I'll stand by you, I'll stand by you. Won't let nobody hurt you. I'll stand by you …«*

Dabei mochte ich diesen Song noch nicht mal besonders. Sandra hatte ihn dafür geliebt. Unzählige Male hintereinander hatte sie sich diesen Schmachtfetzen anhören können – ganz besonders bei Autofahrten, wo es für mich kein Entkommen gegeben hatte. Vermutlich konnte ich den Songtext deshalb in- und auswendig mitsingen.

Auch Daisy schien Gefallen an der Powerballade zu finden. Das Grunzen und Schnaufen wurde leiser, nicht mehr ganz so keifend, bis es schließlich völlig erstarb. Dafür atmete sie schwer – es klang beinahe wie ein Seufzen. Sie neigte ihren gewaltigen Schädel und klimperte mit den Wimpern.

»Won't let nobody hurt you. I'll stand by you.«

Behutsam schob ich mich an Daisy vorbei, bis ich eine Armlänge von ihrem Kopf entfernt stehen blieb. Mir fiel ein Stein vom Herzen, als sie zuließ, dass ich meine flache Hand auf ihre Stirn legte, ohne dass sie nach mir schnappte.

»Pscht«, machte ich wieder und wieder. Hauptsächlich jedoch, um mich selbst zu beruhigen. »Pscht.«

Es funktionierte. Sanft strich ich ihr die raue hubbelige Stelle zwischen den runden Ohren. Sie schloss die Augen und schmatzte vergnüglich.

»Alles ist gut …«

Daisy stupste mit ihrem Schädel gegen mich, als wollte sie sich an mich kuscheln. Ich legte meine Arme um sie und versuchte, sie mit aller Kraft an mich zu drücken. Es war ein unglaublich gutes Gefühl, sie so nah zu spüren. Diese Tour, eingepfercht in diesem engen Transporter, musste eine Qual für sie sein. Am liebsten wäre ich die nächsten Stunden bei ihr geblieben, hätte sie einfach nur gekrault und ihr gezeigt, dass sie nicht allein auf dieser Welt war, dass ich für sie da war und sie niemals im Stich lassen würde – reinkarnierte Seele hin oder her.

»Kommen Sie endlich raus da!«, keifte eine wenig gut gelaunte Stimme hinter mir.

Ich drehte mich langsam um und konnte kaum etwas erkennen, da die Gestalt, der die Stimme gehörte, vor den leuchtenden Scheinwerfern stand und so nur ein Umriss ihres Körpers zu erahnen war. Dabei offenbarte der Schatten etwas, was mich unweigerlich gehorchen ließ.

»Hopp, hopp!«, bellte die Stimme wieder.

Kaum hatte ich die Laderampe hinter mich gebracht, hörte ich auch schon die Hydraulik, die sie wieder ganz nach oben fahren ließ. Die Scheinwerfer des Wagens hinter uns blendeten mich derart, dass ich die Augen abschirmen musste, um wenigstens etwas zu erkennen.

Dann ging alles ganz schnell. Jemand trat mir in die Kniekehlen, woraufhin ich sofort zu Boden ging. Im Anschluss nahm ich einen Laut wahr, den ich vermutlich nie im Leben vergessen würde: ein mechanisches Klicken, wie ich es bislang nur aus dem Fernsehen gekannt hatte – vorwiegend aus Kriminserien und Agentenfilmen. Dann spürte ich einen kühlen runden Gegenstand auf meiner Stirn. Im selben Moment hielt jemand die Zeit an. Alles war wie in Zeitlupe. Meine Augen wanderten nach links und rechts, und ich sah Hagen und Eva neben mir knien. Auf Evas Wangen schimmerten Tränen. Hinter ihnen standen Hosenbeine sowie ein paar Beine ohne Hose.

»Was soll die Kacke?«, schnappte die Stimme. »Wieso ist da ein verdammtes Nilpferd drin?«

Bedächtig hob ich den Kopf, soweit es der gegen meine Stirn drückende Pistolenlauf zuließ, und erblickte einen Mann mit dickem Schnurrbart, Halbglatze und einem Bauchansatz.

»Das ist ein Tiertransporter«, sagte ich so ruhig, wie es mein jagender Puls zuließ.

Der Mann blinzelte mich an.

»Papa«, kam es von der Seite.

Die Beine ohne Hose traten einen Schritt auf den Pistolenmann zu. Behutsam legte sich eine Hand auf den Unterarm des Mannes, woraufhin dieser die Waffe sinken ließ. Ein gewaltiger Seufzer entrang sich meiner Brust.

Wieder hörte ich es klicken. Noch mehr Pistolen? *O mein Gott …*

»Ich hab dir doch gesagt, dass mir der Wagen komisch vorkommt.« Ein kleiner und dennoch grobschlächtig wirkender Kerl mit Ziegenbart baute sich vor dem Pistolenmann auf.

»Aber es ist ein Kamaz«, erwiderte der Mann mit der Halbglatze, der mich vom Aussehen her tatsächlich ein kleines bisschen an mich selbst erinnerte. »Mit dieser Modellart kennen wir uns bestens aus.«

Wieder hörte ich das klickende Geräusch.

»Ich glaub ja, die sind harmlos.«

Glücklicherweise sah ich aus dem Augenwinkel, wie ein anderer Mann seine Waffe im Inneren seiner Bomberjacke verschwinden ließ.

»Hoch mit euch«, forderte uns der Ziegenbart auf.

Langsam kamen wir auf die Beine und standen unserem Überfallkommando gegenüber. Ich zählte schnell durch. Es waren fünf Männer. Drei davon jenseits der fünfzig. Die anderen beiden waren vermutlich kaum älter als zwanzig. Allesamt wirkten sie irgendwie wüst. Bei einem der Älteren erkannte ich ein großes Muttermal auf der Wange.

»Was machen wir mit ihnen?«, fragte einer der jüngeren.

»Sie haben unsere Gesichter gesehen«, sagte der direkt neben ihm Stehende, ohne den Blick von uns zu nehmen. Seine Pistole ruhte ungeduldig in seiner Hand. »Wir sollten sie umlegen.«

Eva quiekte.

Der ältere Mann, der eben noch seine Waffe auf meine Stirn gerichtet hatte und von dem jüngeren Mann ohne Hose Papa genannt worden war, trat entschlossen auf mich zu. »Bist du der Anführer dieser Truppe?«, fragte er scharf.

Sein Atem roch nach Puszta-Salat. Erst da fiel mir auf, dass er mit hartem osteuropäischen Akzent sprach.

»Ja«, erwiderte Hagen an meiner Stelle. »Das ist er. Und es war alles seine Idee. Seine ganz allein.«

Ohne den Blick von mir abzuwenden, hob der Mann die Hand und brachte Hagen zum Schweigen. Mich musterte er weiter. Mit leerem Gesicht, ohne dass ich aus seiner Mimik schlau werden konnte.

»Du hast Cosmin das Leben gerettet.«

Cosmin war sein Sohn, so viel verstand selbst ich in dieser Situation.

»Das war aber auch ganz schön leichtsinnig«, erwiderte ich, »da reinzusteigen, obendrein noch während der Fahrt.«

Ich lächelte nervös, hörte aber sofort damit auf, als der Mann die Augen schloss und sie ganz langsam wieder öffnete. Das machte er genau ein Mal. Mehr Regung zeigte er nicht. Doch das brachte mich zum Schweigen. Wenn er mochte, für immer.

Nach einer langen Pause sagte er schließlich etwas, was mich vollends aus dem Konzept brachte: »Danke.« Ruckartig streckte er mir die Hand entgegen – die ohne Pistole, welche im Übrigen noch immer auf mich gerichtet war.

Zögerlich ergriff ich die Hand, während ich mich etwas Blödes wie »Keine Ursache« nuscheln hörte.

»Ich bin Radu«, stellte er sich mir vor. »Und das sind meine ... Kollegen.« Er nickte den anderen Männern zu.

»Adrian«, stellte sich der junge Mann vor, der neben Cosmin stand. Unter seinem dunklen Rollkragenpulli war eine muskulöse Statur zu erkennen.

»Sorin«, sagte der Typ mit dem auffälligen Muttermal im Gesicht, das sich bei näherer Betrachtung als Tätowierung herausstellte. Vielleicht eine im Lauf der Jahre verschwommene Träne.

»Dacian«, murmelte der Ziegenbart. Er streifte sich die dunkle Strickmütze vom Kopf und entblößte seinen kahlen Schädel.

»Ihr seid Lkw-Räuber«, sagte Eva mit einer Mischung aus Verblüffung und Gewissheit.

»So sieht's aus, Schätzchen«, antwortete Adrian mit breitem Grinsen. Pubertärer Stolz schwang in seiner Stimme mit.

»Lkw-Räuber?« Hagen schien es noch nicht verstanden zu haben.

Eva nickte eifrig. »Die treiben seit Jahren ihr Unwesen, vermehrt auch auf deutschen Autobahnen. Sie rauben nachts Lastwagen aus, ohne dass die Fahrer etwas davon mitbekommen. Das böse Erwachen kommt dann beim Entladen, wenn die halbe Fracht fehlt. Diese Überfälle kosten die Speditionen Millionen.«

»Sorry, Schätzchen.« Adrian grinste noch immer. Sein Blick verriet, dass er Gefallen an Eva fand.

Als ich das bemerkte, verging mir die gute Laune. »Aber das ist doch der reinste Selbstmord! Nicht auszudenken, wenn ich plötzlich hätte bremsen müssen.«

»Berufsrisiko.« Radu antwortete mit einer Gleichgültigkeit, die es mir eiskalt den Rücken herunterlaufen ließ. Schließlich war es sein Sohn, der den Lkw erklommen hatte.

»Aber wie habt ihr das gemacht? Seid ihr etwa während der Fahrt ...?« Ich verstummte, starr vor Schreck.

Radu winkte ab. »Eigentlich ist das ja ein Berufsgeheimnis. Und ich muss dich töten, wenn du es weiterverrätst.«

»Hm, dann will ich es vielleicht gar nicht wissen.«

»Nicht?« Er schien enttäuscht. »Schade.«

»Ihr seid also richtige Gangster«, murmelte Hagen erstaunt.

Radu schüttelte amüsiert den Kopf. »Auf gar keinen Fall«, stellte er klar. »Wir sind eher so etwas wie Robin Hoods der Neuzeit.«

»Die Rächer der Straße«, fügte Cosmin selbstbewusst hinzu.

»Ja«, sagte der ebenso junge Kerl neben ihm. »Wir nehmen's den Reichen und geben's ... uns!«

Ein bedrohliches Lachen schwappte zu uns herüber. Der kleine Mann mit dem Ziegenbart meckerte am lautesten. »Und was seid ihr für ein komisches Gespann?«, wollte er dann wissen.

Hagen trat einen Schritt vor und sagte stolz: »Wir sind Tierpfleger.«

Ich sah es in Radus Gesicht arbeiten, während er uns abwechselnd musterte. »Scheiße«, entfuhr es ihm schließlich voller Inbrunst. »Ihr seid die aus dem Radio! Die Tierkidnapper.«

»Tierretter«, verbesserte ich ihn.

»Ihr seid so krass!«, entfuhr es Adrian.

»Danke.« Hagen freute sich sichtlich über das Lob.

Mit ausgebreiteten Armen trat Radu auf mich zu und drückte mich fest an sich – derart intensiv, dass ich keine Chance hatte, der Umarmung zu entkommen.

»Du hast meinem Sohn das Leben gerettet«, brummte er in meine Schulter. Auf einmal klang seine Stimme tränenerstickt. »Er ist mein Ein und Alles«, stellte er klar. »Falls ihr jemals meine Hilfe brauchen solltet …«

Endlich ließ er von mir ab, hielt mich aber noch immer an den Schultern gepackt und sah mich an. Von oben bis unten. Ich lächelte unsicher. Dann wandte er seinen Blick von mir ab und betrachtete auch Hagen und Eva. Seine Miene war so undurchschaubar, ich konnte sie nicht lesen.

»Sie haben euch an den Eiern, das ist euch klar?«

28

Dr. Adrian Bertrand stand auf einem Stuhl und hielt den ausgestopften Schädel des Wüstenwarzenschweins in den Händen. Er war schwer und staubig.

Lange genug hatte er sich an dessen Anblick erfreut, jedes Mal, wenn er von seinem Computerbildschirm aufgesehen und seine Gedanken schweifen gelassen hatte. Nun aber war es an der Zeit für eine neue Trophäe. Vielleicht, so dachte er, hatten ihm die beiden Tierpfleger sogar einen Gefallen getan. Womöglich erhielt er nun endlich die Chance, seinem Vater zu beweisen, dass er doch dazu in der Lage war, ein echtes Großtier in mehr oder weniger freier Wildbahn zu erlegen.

Als Zoodirektor trug er die Verantwortung für jedes Lebewesen in dieser Einrichtung – und bei Gott, die würde er übernehmen. Natürlich war er gewissenhaft an die Situation herangegangen, hatte seinen Stolz hinuntergeschluckt und umgehend die Behörden über den Diebstahl informiert. Er hatte das getan, was das Veterinäramt von ihm verlangte, hatte den Polizisten geduldig Rede und Antwort gestanden, die wie ein Schwarm Heuschrecken über seinen Zoo hergefallen waren, Reifenspuren vermessen, Fingerabdrücke genommen und Tausende von idiotischen Fragen gestellt hatten. Bertrand hatte alles in seiner Macht Stehende getan, um kooperativ zu sein. Ebenso bereitwillig hatte er den Ermittlern die Videodateien der Überwachungskameras ausgehändigt, die den Tiertransporter am Lieferanteneingang aufgezeichnet hatten – mitsamt Kennzeichen. Aber damit wollte er sich nicht zufriedengeben.

Er konnte den erhabenen Kopf des Nilpferdes bereits vor seinem geistigen Auge sehen, wie es dort an der Wand hing und ihn mit unterwürfigem Blick anglotzte. Mit einem Ausdruck, in dem sich das Wissen widerspiegelte, dass die Bestie ihren Meister gefunden hatte.

Das Summen der Gegensprechanlage holte ihn aus den vorfreudigen Fantasien. Er lehnte die gerade abgehängte Trophäe gegen die Wand und begab sich hinter seinen Schreibtisch. »Ja, bitte?«

»Entschuldigen Sie die Störung, Herr Dr. Bertrand«, drang die nasale Stimme seiner Sekretärin im devoten Tonfall aus dem Lautsprecher, »aber Ihr Besuch ist da.«

»Soll reinkommen.«

Er drückte die Tastenkombination für Drucken auf seiner Tastatur, lehnte sich zurück und verschränkte die Arme hinter dem Kopf. Dann betrachtete er die ihm gegenüberliegende Stelle an der freien Wand und konnte es kaum erwarten, schon bald tief in die glubschigen Nilpferd-Augen zu blicken. Währenddessen schob sich das Kündigungsschreiben für einen gewissen Mark de Vries in ächzenden Schüben aus dem Drucker.

Nur wenige Sekunden später klopfte es vorsichtig an der Tür. »Herein!«, befahl Bertrand, woraufhin sich zwei gestandene Männer durch die auf einmal sehr schmal wirkende Tür schoben. »Meine Herren, es freut mich sehr, dass Sie es so kurzfristig haben einrichten können.« Mit seiner Hand bot er ihnen einen Platz vor seinem Schreibtisch an.

Bertrand kannte Paul Verthongen und Yanis Dreezen seit drei Jahrzehnten, und er hätte ihnen auch heute noch ohne zu zögern sein Leben anvertraut. Wie damals bei ihrem Einsatz in Kuwait im Zweiten Golfkrieg. Dabei war Bertrand nicht lange im aktiven Dienst der Fremdenlegion gewesen. Er hatte sich nie als Soldat bezeichnet, stets als Jäger. Doch Fremdenlegionär blieb man ein Leben lang. Und als Sohn eines ehemaligen Brigade-Kommandeurs war es seine Pflicht, sich in den Dienst der Legion zu stellen. Er selbst hatte es in seiner Zeit dort lediglich zum Sergeant-Chef gebracht, stand damit aber über dem Rang seiner beiden Besucher, die abwartend vor ihm saßen – beinahe lauernd. Trotz all der Jahre, die seit Kuwait vergangen waren, erkannte er noch immer das Raubtierartige in ihren Blicken. Das gefiel ihm.

Bertrand hatte die Zeit in der Armee nicht geliebt, aber zu schätzen gelernt. Die Verbundenheit der Kameraden, das blinde Vertrauen zueinander. Und gerade das machte sich nun bezahlt. Es hatte nur eines einzigen Anrufes bedurft, um Verthongen und Dreezen zu einem Besuch zu bewegen.

Er sah sich seine ehemaligen Waffenbrüder an. Die Zeit war nicht stehen geblieben – auch bei ihnen nicht. Paul hatte Haare gelassen und trug nun einen schmalen Kranz grauer Locken. Bertrand bekam das Bild eines staubigen Heiligenscheins nicht aus dem Kopf. Dreezen hingegen war noch im Vollbesitz seiner Haarpracht und trug nach wie vor mit Stolz die schwarze Augenklappe, die ihm den Spitznamen »Le Pirate« eingebracht hatte. *Der Pirat.* Bertrand erinnerte sich noch gut an den Angriff, den sie gemeinsam überlebt hatten, und die explodierende Granate, die dafür verantwortlich war, dass er seitdem auf dem linken Ohr kaum noch etwas hören konnte. Dreezen hatte es damals am schlimmsten getroffen. Ein Granatsplitter hatte sich in seinem Auge festgesetzt. Mit vereinten Kräften hatten sie es damals geschafft, der Hölle zu entkommen. Seitdem umgab sie ein unsichtbares Band und das Versprechen, stets füreinander einzustehen.

Er betrachtete seine alten Kameraden ausgiebig und stellte fest, dass sie trotz des fortgeschrittenen Alters außerordentlich gut in Form waren. So wie er selbst.

Dreezen hob den Kopf und rückte seine Augenbinde zurecht. »Sergeant-Chef, ich bitte Sie. Dafür sind wir doch da. Zusammen im Kampf. Zusammen im Leben.«

Bertrand nickte bedächtig. »So ist es. Zusammen im Kampf. Zusammen im Leben.« Dann legte Bertrand die Handflächen auf den Tisch und sah seine Besucher an. »Kameraden. Ich muss um eure Hilfe bitten.«

»Unsere Hände für deine Hände.« Verthongen breitete in einer pathetischen Geste die Arme aus. »Was können wir für den Sergeant-Chef tun?«

Bertrands Blick schweifte noch einmal die Trophäenwand entlang und blieb an der freien Stelle hängen. »Kameraden, wir gehen auf die Jagd.«

29

Vielleicht war es leichtsinnig, sich auf eine osteuropäische und obendrein schwer bewaffnete Diebesbande einzulassen. Aber in der Not mussten Verbrecher zusammenhalten. Und dass Eva, Hagen und ich dieser Spezies nun angehörten, war jedem klar, der diesen vermaledeiten Radiosender empfangen konnte.

Radu hatte versprochen, uns zu helfen. Und leider befanden wir uns aktuell in einer Situation, in der wir jede Hilfe händeringend brauchen konnten.

Sie führten uns in eine von allen Haupt- und Nebenstraßen abgelegene Scheune, die dem Schober, in der wir das Heu geklaut und den Bauern eingesperrt hatten, nicht unähnlich war. Kilometer um Kilometer war ich dem alten Mercedes-Kombi mit rumänischem Nummernschild ins Nirgendwo gefolgt, bis er ohne Vorwarnung die Bundesstraße verlassen hatte und noch ein paar Kilometer einen kleinen Feldweg entlanggefahren war, der zu dieser großen Scheune aus verwittertem Holz führte.

Das war also das Versteck der Räuberbande.

Gemeinsam mit den verwegenen Gestalten standen wir nun vor dem Kamaz und betrachteten unser Gefährt. Das heißt, vielmehr beobachteten wir, wie Radu den Kamaz mit fachmännischem Blick betrachtete. Das Fahrzeugniveau des Gefährts hatte sich deutlich erhöht, was daran lag, dass wir Daisy auf die Wiese hinter der Scheune verfrachtet hatten, damit sie zumindest heute etwas Bewegung bekam. Es blieb nur zu hoffen, dass ihr der Elektrozaun auch wirklich genügend Respekt einflößte und sie ihn nicht umpflügte, wenn sie sich dazu entschloss, ihr Territorium auf eigene Faust zu erweitern.

»Ihr braucht neue Nummernschilder, so viel ist klar«, sagte Radu, eine filterlose Zigarette lässig in den Mundwinkel geklemmt. Ich persönlich fand es ja etwas leichtsinnig, in einer Scheune zu rauchen, in der sich das getrocknete Heu bis unter die Decke stapelte, wollte aber nicht den Besserwisser raushängen lassen. Schließlich waren wir zu Gast.

»Und außerdem, das Ding fällt auf wie ein bunter Hund.« Der Anführer der Bande wandte sich mir zu und pustete mir blauen Dunst ins Gesicht. »Wie kann man so einen schönen Truck nur in einer so hässlichen Farbe lackieren?«

»Das ist die Corporate Identity unserer Firma«, erklärte Eva und reckte ihm trotzig das Kinn entgegen. Vielleicht auch, um dem Blick von Adrian auszuweichen, der ganz dicht neben ihr stand und sie immer noch interessiert musterte.

Radu kniff die Augen zusammen. »Er braucht einen neuen Anstrich, etwas Dezenteres.« Dann schnippte er einmal mit dem Finger. »Cosmin, Sorin, darum kümmert ihr euch. Dacian, verpass dem alten Mädchen neue Kennzeichen.«

Die drei Angesprochenen setzten sich blitzartig in Bewegung, womit uns wieder Radus volle Aufmerksamkeit zuteilwurde. »Und jetzt zu euch.«

In diesem Moment klingelte mein Handy. »Moment«, entschuldigte ich mich und kramte mein Smartphone aus der Tasche.

»Wer ist das?«, wollte Radu wissen.

»Meine Mutter«, erklärte ich ihm und wandte mich ab, um ihr mitzuteilen, dass mir ihr Anruf gerade schlecht in den Kram passte. Doch so weit kam ich gar nicht. Ich hatte das Gespräch gerade entgegengenommen und wollte zu einem gespielt freundlichen »Mutter!« ansetzen, da telefonierte ich nur noch in meine leere Hand, weil mir Radu just in diesem Moment das Handy weggerissen hatte.

Völlig perplex schaute ich ihm dabei zu, wie er mein Smartphone auf den Boden schmiss und dann seine Ferse auf dem Display drehte, als würde er eine Zigarette austreten. Es knirschte erbärmlich unter seiner Sohle. Das leuchtende Display erstarb qualvoll.

»Aber …«, begann ich aufgebracht.

»Idioti!«, brüllte er mich an.

Ich musste kein Rumänisch können, um dieses Wort zu verstehen.

»Was glaubt ihr, was ihr seid?« Sein Gesicht verfärbte sich in ein ungesundes Dunkelrot. »Auf der Flucht seid ihr! Vor der Polizei! Dem Grenzschutz! Dem Verband der Zoologischen Gärten! Was auch immer. Was glaubt ihr, was die mit euren Scheiß-Handys machen?«

Hagen öffnete den Mund, blieb dann aber stumm.

»Euch orten! Die peilen euch mit den Handys an. Und was macht ihr Idioten?«

»Ähm«, hüstelte ich verlegen.

»Telefoniert munter durch die Weltgeschichte und führt sie damit direkt in unser Versteck. Wisst ihr, was das bedeutet?«

»Ähm«, machten Hagen und ich synchron.

»Dass sie auch euch auf die Schliche kommen«, erwiderte Eva leise.

»Richtig.« Radu lachte hart und scherzlos. »Verdammt«, fluchte er und setzte sicherheitshalber noch zwei hastige »Verdammt! Verdammt!« hinterher. Dann schoss seine Hand nach vorn. »Her damit!«

»Womit?« Hagen schaute ihn irritiert an.

»Mit euren Handys!« Radus Stimme bebte vor Zorn. Sein Gesicht wurde noch röter. Im Eifer hatte er vergessen, an seiner Zigarette zu ziehen, sodass diese in seinem Mundwinkel erloschen war.

»Aber ich muss doch mit Felipe in Verbindung treten können, wenn …« Hagen verstummte unter Radus eisigem Blick und tat es Eva gleich, die bereits in ihrer Tasche kramte.

Doch bevor Radu ihr das Smartphone entreißen konnte, schlug sie seine Hand weg. »Nicht kaputt machen«, ermahnte sie ihn mit fester Stimme. »Es wird wohl reichen, wenn wir sie ausschalten und die Akkus ausbauen, richtig?«

Ohne eine Antwort abzuwarten, machte sie sich ans Werk.

Nun war ich doch ein kleines bisschen wütend. Auf die Idee hätte auch Radu kommen können – bevor er mein Telefon zertrat. Aber ich sagte lieber nichts.

Und auch Radu blieb zunächst stumm. Die Aussicht, dass er schon sehr bald sein Versteck aufgeben musste, schien ihm die Laune gründlich versaut zu haben. Wütend stapfte er von uns weg und spornte seine Kollegen an. »Ihr müsst Gas geben! Spätestens heute Abend brechen wir auf und suchen uns ein neues Versteck.«

Mir fiel auf, dass niemand nach einem Warum fragte oder widersprach. Anscheinend hatten sie ihn zum bedingungslosen Anführer ernannt. Wieso war mir das bislang noch nicht gelungen?

Eva, Hagen und ich blieben bedröppelt vor dem Kamaz stehen. Missmutig betrachtete ich die Reste meines Telefons auf dem Boden, als Hagen fragte: »Glaubt ihr wirklich, dass die uns über die Smartphones orten können?«

»Technisch ist das problemlos möglich«, sagte Eva. »Ich kann mir jedoch schwer vorstellen, dass solch ein Aufwand für uns betrieben wird.« Sie seufzte. »Ich meine, wir sind schließlich keine Mörder auf der Flucht.«

»Stimmt«, fand auch Hagen.

Ich war da nicht so optimistisch. »Aber wir haben ein gefährliches Tier gestohlen und einen alten Mann überfallen und eingesperrt. Außerdem werden wir verdächtigt, Eva entführt zu haben. Kavaliersdelikte sind das alles bestimmt nicht.«

»Wir sind doch aber keine Mörder«, stellte Hagen klar.

Noch nicht, schrie es in meinen Gedanken auf, was natürlich Quatsch war. Aber Fakt war, dass seit dem Beginn unserer Reise alles aus dem Ruder gelaufen war, was nur hatte aus dem Ruder laufen können. Und dabei hatten wir es noch nicht einmal geschafft, das Land zu verlassen. Bei dem Gedanken, welche Strecke wir noch vor uns hatten, wurde mir schlecht. In meinem Magen rumpelte es wieder nervös. Ich musste dringend an die frische Luft, raus aus dem staubigen Zigarettendunst.

Also wandte ich den Blick von den Überresten meines Smartphones ab und begab mich in Richtung Scheunenausgang. Cosmin kreuzte meinen Weg, mit zwei Eimern Lack in den Händen. Dem Anschein nach bekam unser Kamaz einen elefantengrauen Anstrich verpasst. Der junge Mann zwinkerte mir zu, und ich glaubte, dass wir beide sehr froh darüber waren, dass er wieder eine Hose trug.

»Weißt du eigentlich, dass du meinem Vater unwahrscheinlich ähnlich siehst?«, fragte er mich und stieß anschließend ein mitleidiges Lachen aus.

Ehe ich etwas darauf erwidern konnte, war er auch schon an mir vorbeigelaufen.

Es war eine Wohltat, den Duft der saftig grünen Wiese einzuatmen, die sich kilometerweit vor mir ausbreitete und am Horizont den Himmel zu berühren schien. Leichter Morgennebel lag über dem Gras. Hier und da sah ich einzelne Baumreihen in der Ferne. Etwas weiter links von der Scheune befand sich ein kleines Städtchen, dessen rote Dächer sich deutlich von den grünen Feldern der Umgebung abhoben. Eine Kirche mit rotem Spitzturm stand in der Mitte. Die Gegend hatte etwas Idyllisches und Malerisches – wäre da nicht das Nilpferd auf der Koppel gewesen, das sich an den saftigen Halmen genüsslich satt fraß.

Als mich Daisy mampfend wahrnahm, blickte sie kurz auf, ließ sich aber nicht weiter beim Fressen stören. Wenn ihr die Reise bislang etwas ausgemacht hatte, war es ihr in diesem Moment nicht anzumerken. Immerhin etwas.

Ich setzte mich auf einen vermutlich vor Jahrzehnten vom Blitz getroffenen, umgekippten Baumstamm und betrachtete Daisy, die Landschaft und den Himmel. Obwohl es noch etwas frisch war, deutete sich ein lauer Frühsommertag an. Vor Jahren hatte ich Tage wie diesen geliebt. In meinem alten Leben. Wenn ich gemeinsam mit Sandra an den Wochenenden auf der Terrasse unseres Reihenhäuschens gefrühstückt und dem Vogelgezwitscher gelauscht hatte, während wir in unsere noch warmen Aufback-Croissants gebissen hatten, die dick mit Butter und Erdbeerkonfitüre bestrichen waren. Unscheinbare Momente wie diese waren es, die mir am meisten fehlten. Die Normalität des Lebens, die nur dann einen Sinn ergab, wenn man sie gemeinsam genießen konnte.

Ich schloss die Augen, und mit einem Mal kamen die Erinnerungen zurück. Ich sah mich selbst, wie ich wie ein Besessener zum Polizeipräsidium fuhr, das Lenkrad meines Volvos fest umklammert. Irgendetwas war passiert. Mit Sandra. Sie war auf einer vierzehntägigen Sprachreise in Malta, um ihr Business-English aufzupolieren. Es war eine von ihrem Arbeitgeber bezahlte Fahrt, die mit einer Beförderung einhergegangen war. Sandra hatte sich unwahrscheinlich auf diesen Trip gefreut und jeden Tag auf Malta genossen. Wir hatten in der vergangenen Woche täglich miteinander telefoniert.

Schließlich war es das erste Mal, dass wir so furchtbar lange voneinander getrennt waren. Sie hatte von Valetta geschwärmt, dieser Stadt mit der mittelalterlichen Atmosphäre, und von den berühmten Pastizzi, von denen sie einfach nicht hatte genug bekommen können.

Es war der siebte Tag ihres Urlaubs. Sandras Sprachreisegruppe war mit dem Bus nach San Ġiljan unterwegs, von wo sie mit der Fähre nach Gozo übersetzen wollten, und von dort aus auf die Nachbarinsel Comino.

Doch dazu war es nie gekommen ...

Man hatte mir am Telefon nichts Näheres sagen wollen, nur, dass es auf einer Schnellstraße zu einem frontalen Zusammenstoß gekommen war, die Bestätigung hatte noch ausgestanden. Ich konnte mich nicht mehr daran erinnern, wie ich die Polizeiwache erreicht hatte. Aber ich wusste noch, dass ich während der ganzen Fahrt unentwegt versucht hatte, Sandra auf dem Handy zu erreichen. Vergebens.

Irgendwann parkte ich den Wagen direkt in der Einfahrt des Präsidiums und schnappte mir den erstbesten Mann in Uniform, um endlich eine Antwort zu erhalten. Doch auch er versicherte mir nur, dass es noch zu früh sei, um irgendetwas mit Gewissheit sagen zu können.

Er brachte mich an einen Ort, an den ich mich bis heute nicht mehr richtig erinnern konnte. Ein weißer Raum ohne Konturen, Fenster und Möbel. Ein gleißendes Weiß. Von absoluter Reinheit. Mein Gedächtnis hatte diesen Ort allem Anschein nach einfach ausradiert. Weil er nicht wichtig war.

Aber ich war nicht der Einzige an diesem merkwürdig nichtssagenden Ort. Eine Hand voll gesichtsloser Wesen wartete dort bereits. Als ich den Raum betrat, richteten sich alle Blicke gespannt auf mich – als wäre ich die erhoffte Person, die die Antworten liefern würde. Doch als sie mich als einen von ihnen entlarvten, erlosch das Interesse an mir schlagartig.

Es wurde nicht geredet. Nur gewartet.

Dieser Raum war die neutrale Zone, die Zwischenwelt, in der sich entscheiden sollte, wie das Leben fortan für jeden Einzelnen von uns weiterging.

Das Warten fraß an meinen Nerven. Ich begann, auf und ab zu laufen. Drehte meine Kreise. Hin und her. Als könnte ich mit jedem Schritt das vielleicht schon Geschehene ungeschehen machen, die Zeit nach hinten drehen.

Aber es klappte nicht. Natürlich tat es das nicht.

Es dauerte drei Stunden, bis wir die Gewissheit hatten, dass es tatsächlich der Bus mit unseren Angehörigen gewesen war, der verunglückt war.

Noch einmal zwei Stunden dauerte es, bis sie eine Liste mit den Namen der Überlebenden rausgaben. Sandras war nicht drauf. Das wusste ich in dem Moment, als ein älterer Herr mit sanftem Blick und vorsichtigem Gang auf mich zutrat und sich als ehrenamtlicher Mitarbeiter des Kriseninterventionsteams vorstellte.

Auch das anschließende Gespräch hatte mein Gedächtnis ausgelöscht. Alles, bis auf den ersten Satz, der sich ganz tief in mein Hirn einbrannte, damit ich ihn nie wieder vergessen konnte: »Herr Berger, es tut mir leid.«

Danach hatte es nichts mehr mitbekommen. Alle anderen Sätze waren nicht mehr zu mir durchgedrungen. Keine Worte. Pures Entsetzen. Da war nur noch Schmerz. Sandra war für immer auf Malta geblieben und hatte mich zurückgelassen.

Ich stieß einen langen Seufzer aus, während ich Daisy weiter beim Fressen zusah. Auf einmal wurde mir klar, dass ich seit diesem Tag keine Croissants mehr gegessen hatte. Dabei hatte ich sie früher so gern gemocht.

Ich blickte an mir hinunter und zog das Hemd aus der Hose. Eine unförmige, bleiche, spärlich behaarte Masse, die in diesem Jahr noch nicht das Tageslicht erblickt hatte, quoll hervor. Ich kniff mir in die Speckfalte und strich mir dann über den Bauch. Vermutlich war es auch besser so, dass ich mir derartiges Gebäck verkniff.

»Die Hindus behaupten ja, dass es Glück bringen soll, Buddha-Statuen über den Bauch zu streicheln.« Eva setzte sich neben mich.

Mir war die ganze Situation so peinlich, dass ich hastig mein Hemd herunterzog und es mühsam zurück in die Hose steckte. »Ich ... ähm«, begann ich, vor mich hin zu stammeln.

Doch Eva winkte nur lässig ab. »Wenigstens Daisy scheint es gut zu gehen.«

Ich nickte. »Sie hat einen Bärenhunger.«

»Hat sie den nicht immer?«

Wieder grinste sie, und ich wunderte mich, wie sehr wir uns an diese Situation gewöhnt hatten. An die Reise mit dem Nilpferd. Die Flucht. An uns.

Wir saßen eine Weile schweigend nebeneinander und genossen die Aussicht.

»Eva«, unterbrach ich schließlich die inzwischen gar nicht mehr so unangenehme Stille.

Sie drehte ihren Kopf zu mir.

»Du solltest verschwinden.«

»Wie bitte?« Sie zuckte zusammen.

»Ich meine es ernst. Die Sache wird zu heikel. Hagen und ich stecken ganz tief in der Geschichte drin. Du nicht. Von dir wissen sie lediglich, dass wir deinen Lkw haben. Ansonsten stehst du mit uns in keinem weiteren Zusammenhang. Noch kommst du heil aus der Sache heraus. Du kannst den Kamaz als gestohlen melden.« Ich redete schnell, verhaspelte mich aber kein einziges Mal. Aber auf einmal schien alles völlig klar. Aus purem Egoismus hatte ich Eva in eine äußerst missliche Situation gebracht, und nun galt es, Schadensbegrenzung zu betreiben.

Sie sah mich mit ausdrucksloser Miene an. Nur in ihren Augen flackerte es nervös.

»Bei dir steht so viel mehr auf dem Spiel. Du könntest alles verlieren. Denk an den Kredit, den Neuanfang, den du dir damit ermöglichen kannst.«

Sie betrachtete mich nachdenklich. »Und was ist mit euch?«

Ich zog die Schultern hoch und ließ sie gleich darauf wieder fallen. »Wir ziehen es durch. Bis zum Schluss.« Ich nickte zur Wiese. »Für Daisy.«

»Hm«, machte Eva. Ich konnte ihr ansehen, dass sie mit sich rang. »Und das Geld?«

»Müsste schon auf deinem Konto sein.«

Sie fuhr sich mit der Hand übers Haar, zupfte ihren Pferdeschwanz zurecht. Zunächst sagte sie nichts. Dann aber tat sie etwas, was unsagbar schmerzte und gleichzeitig dafür sorgte, dass mir ein riesiger Stein vom Herzen fiel: Sie nickte entschlossen.

»Du hast recht«, sagte sie schließlich. »Das ist vermutlich wirklich das Beste.«

Sie stand auf, legte ihre Hand sachte auf meine Schulter. Dann betrachtete sie noch einmal Daisy und ging zurück zur Scheune.

Ich sah ihr nach. Gerade, als sie das Scheunentor erreicht hatte, drehte sie sich noch einmal um und schaute mich an, mit diesem hübschen Lächeln im Gesicht. »Du singst übrigens gut«, sagte sie und verschwand durch den Eingang.

Obwohl mein Nacken schmerzte, hielt ich den Blick weiter auf die Scheune gerichtet – in der Hoffnung, dass sie noch einmal zurückkam, es sich anders überlegte. Blöd, eigentlich.

Wieder spürte ich diese viel zu vertraute Leere in mir. Obwohl ich wusste, dass es die richtige Entscheidung gewesen war, gefiel mir die Aussicht nicht, den Rest der Strecke allein mit Hagen im Kamaz zu verbringen. Trotz der kurzen Zeit unserer gemeinsamen Reise hatte ich mich doch bereits sehr an Evas Gesellschaft gewöhnt.

Ein anderes Gesicht schob sich in diesem Moment aus der Scheune, umhüllt von einer dichten Rauchwolke. »In zwei Stunden sind wir fertig«, hörte ich Radu durch den blauen Dunst in meine Richtung rufen. »Dann sollten wir aufbrechen.«

Ich erhob mich und beschloss, die Zeit sinnvoll zu nutzen und mir ein neues Telefon zu besorgen. Schließlich musste ich Mutter zurückrufen.

30

Ich machte mich im Licht des anbrechenden Tages zu Fuß auf den Weg in die nahegelegene Kleinstadt. Da es noch immer recht frisch war, hatte ich meinen Regen-Anorak übergestreift.

Die Stadt war näher, als es in der Morgendämmerung den Anschein gehabt hatte. Dennoch hatte ich während meines Spaziergangs genug Zeit, um mir ein paar Gedanken zu machen. In mir drinnen schrie eine Stimme, die mich unfreundlich ausschimpfte, weil ich Eva den Ausstieg dermaßen erleichtert, ja geradezu aufgedrängt hatte. Auch wenn ich richtig gehandelt hatte, vermisste ich ihre Gesellschaft – obwohl sie noch gar nicht fort war. Die Reise bislang war nervenaufreibender und beschwerlicher gewesen, als ich es je für möglich gehalten hatte. Jede Art von zwischenmenschlichem Beistand kam mir da gelegen. Außerdem bildete Eva einen ruhenden Pol zwischen Hagen und mir. Sosehr ich ihn mochte, spürte ich doch zunehmend, dass wir beide sehr unterschiedlich waren und abweichende Auffassungen von vielen Dingen hatten. Dem Fesseln hilfloser Heubauern zum Beispiel. Oder dem Musikgeschmack. Miteinander zu arbeiten war eine Sache, Stunde um Stunde auf engstem Raum miteinander auszukommen, eine ganz andere.

Umso mehr genoss ich diesen einsamen Spaziergang über den Grünstreifen in der Mitte des unbefestigten Feldwegs, der sich deutlich von den beiden tiefen, schlammigen Furchen links und rechts abhob. Die Zwangspause zur Umgestaltung unseres Transportmittels hatten wir alle dringend nötig.

Vor allem aber benötigten wir Geld. Nun, da wir entlarvt worden waren, war es mir zu riskant, mit der EC-Karte zu bezahlen. Dass ich mir auch darüber im Vorfeld keine Gedanken gemacht hatte, sprach nicht gerade für mein verbrecherisches Talent.

Da wir ohnehin in Kürze aufbrechen und diesen Ort verlassen würden, hielt ich es für die beste Idee, in der nächsten Bankfiliale, die meinen Weg kreuzte, den Maximalbetrag abzuheben und dann erst wieder im Ausland auf mein Konto zuzugreifen. Vermutlich überschätzte ich unsere gegenwärtige Situation. Schließlich hatte Hagen recht, wir waren keine gesuchten Mörder. Für den Fall, dass die Polizei tatsächlich so weit gehen sollte, meine Kontoaktivitäten zurückzuverfolgen – im *Tatort* machten die das ja andauernd –, würden wir vermutlich schon längst das Land verlassen haben. Entschlossen nickte ich mir selbst zu. Was sollte denn nun noch großartig schieflaufen? Das Schlimmste hatten wir doch wirklich bereits hinter uns.

Als ich die Stadt erreichte und in die überschaubare Fußgängerzone gelangte, war ich überrascht, dass mich mein Glück endlich mal nicht im Stich ließ. Im Gegenteil: Es servierte mir ein Full House. Ich sah einen Drogeriemarkt, außerdem einen Bäcker, einen Metzger und eine Poststelle. Und natürlich das, wonach ich gesucht hatte. Aber nicht genug, dass ich auf Anhieb eine Bank gefunden hatte. Es war obendrein eine Zweigstelle der *Magna Pecunia* – was wiederum bedeutete, dass ich mir die Abhebegebühren sparte. Yes!

Als ich die Filiale betrat, fühlte ich mich, als würde ich in ein Parallel-Universum gezogen. Alles sah so aus wie die Wirkungsstätte, in der ich über Jahre tagtäglich gearbeitet hatte. Es waren nur Nuancen, die sich unterschieden. Die Schalter befanden sich etwas weiter rechts und die Geldautomaten seitenverkehrt in dem kleinen Vorraum, den man durch Glasschiebetüren von den Schaltern abtrennen konnte. Anstelle eines Parkettbodens war diese Filiale mit glänzenden, dunklen Marmorfliesen ausgelegt. Dafür befanden sich die Überwachungskameras an den gleichen Stellen an der Decke. Ohne zu zögern, ging ich auf den Geldautomaten zu, steckte meine Karte in den Schlitz und verfluchte die Trägheit des Geräts. Bis es endlich dazu bereit war, meine Geheimzahl zu akzeptieren, dauerte es ewig. Dafür klappte die Eingabe des gewünschten Abhebebetrages umso schneller. Mit flinken Fingern tippte ich die Eins und dreimal die Null ein und drückte auf »Betrag bestätigen«.

Wieder zwang mich der Automat zum Warten.

Und ich wartete lange.

Länger, als ich es gewohnt war.

Während ich auf das vertraute Rattern im Inneren der Maschine wartete, welche die Geldscheine für mich bereitstellte, betrachtete ich den Schalterbereich. Der Mann hinter dem Schalter beobachtete mich. Ich drehte mich schnell weg und tat beschäftigt.

Das Geld ließ noch immer auf sich warten. Ich fragte mich, ob das normal war. Andererseits hatte ich noch nie die Höchstsumme am Geldautomaten abgehoben. Vielleicht war das immer so? Musste möglicherweise erst der Saldo abgefragt werden? Nervös tippte ich mit den Fingern auf dem Display herum, doch es tat sich nichts. Gerade, als ich auf »Abbrechen« drücken wollte, änderte sich das Display.

Es wurde schwarz.

Ich vermutete schon einen Defekt, als der Bildschirm plötzlich hektisch blau aufblinkte und wieder das normale Fenster mit dem *Pecunia*-Logo zeigte. Zumindest beinahe. In der Mitte hatte sich eine Sprechblase gebildet, in der stand: *Ihre Karte wurde eingezogen, bitte wenden Sie sich an Ihre Filiale.*

»Gibt es ein Problem?«

Der Schreck fuhr mir in alle Glieder, als ich die Stimme hörte. Sie kam vom Schalter. Und sie sprach ganz eindeutig mit mir.

»Kann ich Ihnen vielleicht behilflich sein?«, fragte die Stimme wieder.

Ich sah auf und wurde von einem jungen Herrn freundlich angelächelt. Es war der Typ, der mich eben schon so misstrauisch gemustert hatte. Er trug einen dunkelblauen Anzug mit passender Krawatte und hatte volles, schwarzes Haar, das im Licht der Neonröhren blau schimmerte.

»Hrm«, räusperte ich mich, »nun ja, der Automat hat meine Karte eingezogen.«

Das Lächeln bröckelte Stück für Stück von seinem Gesicht. »Das tut mir sehr leid. Hin und wieder spinnt das Gerät. Kommen Sie doch bitte.« Eine schlanke Hand winkte mich zu sich heran. »Ich kümmere mich direkt darum. Sind Sie Kunde unserer Bank?«

Ich legte die wenigen Meter vom Automaten zum Schalter zurück und vermied es, nach oben zu schauen, wo sich die Überwachungskameras befanden. Als ich den Schalterraum betrat, war ich überrascht. Es roch sogar wie in meiner Filiale: muffig, staubig und moralisch fragwürdig. Zum ersten Mal fragte ich mich, ob Geld womöglich einen Eigengeruch hatte. Hieß es nicht immer, es stank nicht?

Im nächsten Moment dachte ich darüber nach, warum mir erst jetzt der Gedanke kam und nicht schon vor Jahren, als *Wetten, dass ...?* noch ausgestrahlt worden war. »Herr Simon Berger aus Köln wettet, dass er mit verschlossenen Augen

Geldbeträge auf den Cent genau erschnuppern kann!« Das hätte Lothar Krampen bestimmt gefallen, wenn der jüngste Filialleiter aller Zeiten derart die Werbetrommel für die Bank gerührt hätte.

»Also, wie ist denn Ihr Name?«

»Wie bitte?« Ich blickte kurz auf und betrachtete den lächelnden Mann mit dem perfekten Gebiss hinter dem Schalter. Gleichzeitig bewunderte ich seinen perfekt geknüpften Krawattenknoten. Es war der vermutlich vollendetste Doppelte Windsor, den ich je gesehen hatte.

»Berger«, brachte ich nüchtern hervor. »Simon Berger.«

Während ich meinen Namen stammelte, wurde ich mir darüber bewusst, dass das womöglich nicht gerade clever gewesen war. Was, wenn er meinen Namen aus den Nachrichten kannte?

»Herr Berger«, freute er sich. »Dann bräuchte ich noch Ihre Kontonummer.«

Ich nannte sie ihm, und er tippte sie in den Computer. Dann sah ich, wie sich seine jugendliche Stirn in Falten legte.

Er räusperte sich künstlich. »Das ist aber merkwürdig.«

»Was ist merkwürdig?«

Er blickte von seinem Bildschirm auf und sah mich an. Es war zum Verrücktwerden. Sogar seine Augen hatten den passenden Blauton zum Anzug.

»Herr Berger«, begann er langsam. »Das habe ich auch noch nicht erlebt. Und das, seit ich Filialleiter dieser Bank bin.«

Ich runzelte die Stirn voll Unglauben. Der Milchbubi? Filialleiter? Ich musste mich zwingen, um nicht laut aufzuschreien. Wie alt war er? Fünfundzwanzig?

»Ihr Konto wurde … eingefroren. Tatsächlich, wie im Film.« Er lachte kurz auf. »Ich habe da keinen Zugriff drauf. Bedaure.«

»Aber … das kann doch nicht sein«, blökte ich ihn an. »Haben Sie sich womöglich mit der Nummer vertan?«

Ich nannte sie noch einmal, und er gab sie erneut an. Nur wenig später schüttelte er den Kopf.

»Das muss ein Irrtum sein«, stellte ich klar.

Der junge Mann nickte. »Natürlich.«

»Wissen Sie, wir sind Kollegen. Ich arbeite auch bei der *Magna Pecunia.* Bin sogar selbst Filialleiter.«

»Ach, wirklich?« Wieder war da dieses einnehmende Lächeln, das derart ansteckend war, dass auch ich lächelte – obwohl ich allem Anschein nach nicht den geringsten Grund dazu hatte. Aber, verdammt, der Mann war wirklich gut.

»Dann verstehen Sie es ja.« Er hörte auf zu lachen.

Ich tat es ihm gleich. »Ähm, was verstehe ich?«

»Dass ich Ihnen kein Geld auszahlen kann.«

»Warum nicht?« Ich biss mir augenblicklich auf die Zunge, da die Frage zu scharf aus meinem Mund geschossen war.

Er hob die Hände, beinahe so, als wollte ich ihn überfallen. »Hören Sie«, begann er beschwichtigend. »Ich erlebe es auch nicht alle Tage, dass ich vor einem eingefrorenen Konto stehe. Aber in diesem Fall können wir rein gar nichts machen. Da muss die Zentrale ran. Das wissen Sie doch genauso gut wie ich.«

Natürlich wusste ich das. Schließlich arbeitete ich schon mein halbes Leben bei der Bank. Und bestimmt ein ganzes Jahrzehnt länger als dieser Jungspund mit seinem Ton in Ton gehaltenen Perfektionismus.

»Aber ich brauche jetzt Geld!« Ein wütender, vor allem aber dringlicher Unterton presste sich durch die Lücken meiner schmerzhaft zusammengebissenen Zähne.

»Bedaure«, sagte er wieder und lächelte.

Ich wollte ihm das Grinsen aus der Visage schlagen. Aber dafür fehlte mir dann doch der Mut.

»Nehmen Sie die Hände runter, verdammt«, fuhr ich ihn stattdessen an. »Das ist doch kein Überfall.«

Er gehorchte und blickte mich dabei an – mit einem Ausdruck, der mir überhaupt nicht gefiel. Ich sah es förmlich hinter seiner Stirn rattern. Abwechselnd guckte er auf den Computerbildschirm und dann wieder in meine Richtung.

»Moment«, sagte er schließlich. »Sie sind Simon Berger.«

In grenzenloser Resignation ließ ich den Kopf sinken. »Das hab ich Ihnen doch gerade gesagt.«

»Nein!«, sagte er.

»Doch.«

»Sie sind Simon Berger! Der Mann mit dem Nilpferd.« Sein Blick durchbohrte mich.

Mein Kleinhirn fasste die Situation in einem einzigen glasklaren Gedanken zusammen: *Scheiße!* Eine abgrundtiefe Panik ergriff von mir Besitz. Hinter dem Schalter befanden sich ein halbes Dutzend Möglichkeiten, um einen stummen Alarm auszulösen, der sofort in die nächste Polizeizentrale führte. Ich sah den ultramarinblauen Augen des Mannes an, dass er auch schon auf diesen Gedanken gekommen war.

Also sagte ich: »Hände hoch!«

Langsam hoben sich seine Hände wieder. Ich war wirklich neidisch auf seine tiefblauen Augen, die die Frauen vermutlich reihenweise dahinschmelzen ließen. Meine waren zwar auch blau, aber eher von einem trüben Grauschleier überdeckt, was sie zu nichts Halbem und nichts Ganzem machte. Na ja.

»Ist das jetzt ein Überfall?«, fragte er.

»Vielleicht.«

»Aber Sie haben doch gar keine Waffe bei sich.«

»Vielleicht ja doch.«

Er ließ die Hände sinken, schüttelte den Kopf. »Hören Sie, das ist doch keine Lösung.«

»Nicht?«

Ohne Vorwarnung warf er seine mitternachtsblaue Seidenkrawatte nach hinten und knöpfte sich das Hemd auf.

»Was wird denn *das* jetzt?«, fragte ich, als er den dritten Knopf erreicht hatte.

Er blickte sich verstohlen um. Dann zog er sein Hemd auseinander und präsentierte mir das darunter befindliche Shirt. Seine Stimme verkam zu einem verschwörerischen Flüstern, als er murmelte: »Ich bin auf Ihrer Seite!«

Ich starrte auf die Brust des Mannes. Auf dem Shirt prangte ein Totenkopf, unter dem sich ein Hirtenstab und ein Dreizack kreuzten. Darunter stand in Versalien: *Sea Shepherd.* Tatsächlich kannte ich diese Organisation aus einer *Stern*-Reportage. Sie hatte sich dem Wohl der Meerestiere verschrieben. Trotzdem verstand ich den Zusammenhang nicht.

»Sie gestatten?« Er ließ in Zeitlupe eine Hand in sein Jackett wandern und brachte ein Portemonnaie zum Vorschein, klappte es routiniert auf und zog eine Plastik-Checkkarte hervor, die er auf dem Schalter ablegte. Es war ein Mitgliedsausweis von *Greenpeace* mit seinem Foto und seinem Namen darauf: Johannes Pohlmann.

»Sehr schön. Und was hat das nun zu bedeuten, Herr Pohlmann?«, hakte ich vorsichtig nach.

»Dass ich Ihnen helfen werde.«

Ich musterte ihn misstrauisch, während er sein Portemonnaie wieder in der Innentasche seines Jacketts verstaute.

»Hören Sie mir einfach zu«, wisperte er mir zu. Und diesmal war es keine Einbildung. Es war tatsächlich ein verschwörerischer Tonfall. Er beugte sich weit über den Schalter und näherte sich meinem Ohr. »Sie haben einen perfekten Tag erwischt. Der Bankautomat wurde heute Morgen frisch aufgefüllt, der Geldtransporter kommt erst um 15.00 Uhr, und eben hat ein Angestellter vom Autohaus Schönborn eine beachtliche Summe an Bargeld vorbeigebracht, da Bauer Lottermann sich heute Morgen seinen neuen Subaru Forester abgeholt hat.«

Ich verstand nur Bahnhof.

Aber er neigte sich noch ein Stück weiter zu mir. »Kurios, nicht? Ist es bei Ihnen nicht auch so, dass gerade Bauern große Anschaffungen stets bar bezahlen?« Er zwinkerte mir zu. »Da fragt man sich doch, wie die an so viel Bargeld kommen.«

»Aber, was ...?«

Was will der Kerl von mir?, fragte ich mich – ließ es aber bleiben, die Frage laut auszusprechen. Glücklicherweise.

Seine Hand zerschnitt die Luft. »Wir sind doch versichert«, flüsterte er weiter. »Und schließlich ist es für einen guten Zweck. Sie können natürlich nicht sofort die Bank ausrauben. Gehen Sie spazieren. Vielleicht die Straße runter. Dort gibt es einen Drogeriemarkt, der führt auch Faschingsartikel. In Kürze steigt hier das Frühkartoffelfest. Ist 'ne riesige Sache in der Gegend. Wie Karneval in Köln. Menschen verkleiden sich, Kinder ballern mit Erbsenpistolen herum. Sie verstehen?«

Sein Blick richtete sich zur Decke. Nach links, nach rechts, hinter sich. Überall dort, wo Kameras waren.

Trotzdem: Ich begriff immer noch nicht.

»Betreten Sie um kurz vor Mittag die Bank, dann ist Frau Golumski bereits zu Tisch, und Sie werden nur noch mich antreffen.«

Ich hatte keine Ahnung, wer Frau Golumski war. Spielte momentan aber auch überhaupt keine Rolle. »Das ist verrückt.«

Herr Pohlmann schnalzte mit der Zunge. »Das ist idiotensicher. Wenn Sie eine Ahnung hätten, wie oft ich dieses Szenario bereits in Gedanken durchgespielt habe.«

Damit brachte er mich ins Grübeln, denn ich wusste ganz genau, was er meinte. Vermutlich ging es jedem Bankangestellten so, dass er mal mehr oder weniger intensiv über den perfekten Bankraub sinniert hatte.

»Los«, forderte er mich plötzlich auf. »Gehen Sie!«

Ich wollte ihm widersprechen, meine Hände heben, um Gegenwehr zu demonstrieren. Dass es an Wahnsinn grenzte, was er da von sich gab. Aber ich tat es nicht. Ich sah ihn nur an, versank tief in seinen blauen Augen ... und nickte.

»Bis gleich«, flüsterte er. »Guten Tag.« Dann wandte er sich ab und widmete sich einem kleinen Aufsteller, in dem die Broschüren zur Altersvorsorge standen, um sie neu zu sortieren.

Ich machte auf dem Absatz kehrt und verließ die Bank mit gesenktem Kopf und ohne meine Girokarte wiederbekommen zu haben.

31

Irgendetwas war beim Verlassen der Bank mit mir passiert. Es kam mir beinahe so vor, als hätte jemand eine Fernbedienung auf mich gerichtet und steuerte mich nun mit den Pfeiltasten durch die Fußgängerzone dieses doch sehr hübschen Städtchens. Im Schein der stärker werdenden Sonne ging ich auf Johannes Pohlmanns Anraten ohne Umwege in den Drogeriemarkt, schnappte mir einen der kleinen Einkaufskörbe aus Metall und kaufte mit dem letzten Bargeld in meiner Tasche alles ein, was ich benötigte: das einzige Prepaid-Handy, das der Markt führte (eines mit extragroßem Ziffernblock), einen künstlichen Schnurrbart, eine Halbglatzen-Perücke mit schwarz gekräuseltem Kunsthaar, eine Spielzeug-Pistole mit dem Namen *Alien-Fighter,* die einer Luger nachempfunden war, und schließlich, um den Schein zu wahren, ein halbes Pfund geschälte Trockenerbsen, die es merkwürdigerweise ebenfalls in der Drogerie zu kaufen gab.

»Na, da freut sich aber schon jemand auf das Kartoffelfest«, kommentierte die Kassiererin meinen Einkauf.

»Nicht für mich«, erwiderte ich schnell. »Für den Kleinen.«

Ich lächelte, sie lächelte zurück. Alles war gut.

Ich überreichte ihr die letzten Scheine aus meinem Portemonnaie, verabschiedete mich höflich und merkte, dass noch immer ein Grinsen in meinem Gesicht klebte, als ich den Laden verlassen hatte. Vollkommen berechtigt, denn das hier war absurd. Nicht nur, dass ich gerade mein letztes zur Verfügung stehendes Geld für Ramsch ausgegeben hatte. Ich grinste das Grinsen eines Wahnsinnigen, weil ich tatsächlich für fünf Minuten mit dem Gedanken gespielt hatte, eine Bank auszurauben. Was ich natürlich niemals tun würde!

Die Trockenerbsen wanderten umgehend in den nächsten Mülleimer. Die dazu passende Pistole, Schnurrbart und Perücke lösten sich jedoch nicht so leicht aus meinem Griff, weshalb ich sie wieder in der Plastiktüte verschwinden ließ, die mir die Kassiererin mitgegeben hatte. Wäre ja doch eine zu große Verschwendung gewesen. Der nächste Rosenmontag kam bestimmt.

Da das Wetter so schön war, suchte ich mir eine Sitzbank gegenüber dem Rathaus und befreite meine neue Kommunikationsmöglichkeit zum Rest der Welt aus der Plastikverpackung, während ich die wärmenden Sonnenstrahlen auf der Haut genoss. Der Platz war perfekt gewählt. Die Zeiger der Kirchturmuhr, die erhaben über dem Rathaus aufragte, zeigten halb zwölf. Tatsächlich hatte ich von hier aus auch den Eingang der Bank im Blick, wie ich überrascht feststellte.

Wie erhofft war der Akku des Handys nicht ganz leer, sodass ich ohne Weiteres eine Hand voll Anrufe würde tätigen können. Der erste galt der Zentrale der *Magna Pecunia.* Mit verstellter Stimme gab ich mich als Controller von *Hamberg Logistics* aus und fragte nach dem Status der Überweisung, die ich vor ein paar Tagen erst in Auftrag gegeben hatte. Das Ergebnis war so niederschmetternd wie nachvollziehbar. Es hatte keine Überweisung stattgefunden, und laut meiner Kollegin am anderen Ende der Leitung würde es das auch nicht, da die Zentrale den Kreditantrag und die damit verbundene Gutschrift nachträglich abgelehnt habe. Als sie zerknirscht erwähnte, dass auf den Sachbearbeiter, der den Kredit gewährt hatte, vermutlich eine Menge Ärger zukommen werde, legte ich auf.

Mir wurde übel bei der Vorstellung, wie Eva vor einem Geldautomaten stand und feststellte, dass der Traum ihres Unternehmens nun endgültig geplatzt war.

Ich verfluchte mich selbst. Wie hatte ich nur so egoistisch sein und sie mit hineinziehen können in dieses Wagnis? Dann fiel mir wieder ein, dass sie es eigentlich selbst gewesen war, die sich mir aufgedrängt hatte. Zumindest am Anfang.

Vom zweiten Anruf wusste ich schon jetzt, dass er nicht annähernd so angenehm werden würde wie der erste. Nach und nach tippte ich mithilfe der übergroßen Tasten die Zahlen ein und wartete auf das Freizeichen. Sie hob bereits beim zweiten Klingeln ab.

Ich räusperte mir den schuldigen Belag von den Stimmbändern und versuchte mich an einem unverfänglichen, gut gelaunten Ton. »Hallo Mutter.«

»Sohn! Um Himmels willen, wo steckst du nur? Ist es wahr, was die Nachrichten berichten? Hast du wirklich ein Nilpferd gestohlen? Was ist nur in dich gefahren? Ich bin außer mir vor Sorge.«

»Mir geht es gut«, sagte ich schnell. Auch wenn sie nicht danach gefragt hatte.

»Komm sofort nach Hause und geh zur Polizei! Ich habe mit dem Zoo geredet. Sie sagen, dass du es nur noch schlimmer machst, wenn du dich nicht stellst. Und überhaupt. Wie könnt ihr denn nur auf die verrückte Idee kommen und ein Nilpferd entführen? Ich erkenne dich ja überhaupt nicht wieder.«

»Du hast mit dem Zoo geredet?!«

»Dass du dabei überhaupt nicht an mich denkst, ist wieder mal typisch von dir. Hast du eine Ahnung, wie die sich hier im Viertel das Maul zerreißen?«

»Aber du warst es doch, die mir weismachen wollte, dass das Nilpferd womöglich mein Schutzengel sein könnte.« Ich hörte sie einen langen Atemzug ausstoßen. »Sag mal, rauchst du etwa wieder?«

Sie hörte mich gar nicht. »Aber das ist doch noch lange kein Grund, das arme Tier aus seiner natürlichen Umgebung herauszureißen!«

»Vor allem ist das noch lange kein Grund, wieder mit dem Rauchen anzufangen«, erwiderte ich zornig. »Außerdem ist ein Zoo *nicht* die natürliche Umgebung für ein Nilpferd!«

»Von mir hast du das nicht«, stellte sie klar. Hauptsächlich für sich selbst.

»Mutter...« Weiter kam ich nicht, da sie mir nicht den Hauch einer Chance ließ, mich zu rechtfertigen.

Während sie mir ihr Leid klagte, an dem allein ich schuld war (ihr einziger Sohn, wie sie nicht müde wurde zu betonen), fasste ich mein aus *CSI Miami* aufgeschnapptes Wissen zusammen, inwieweit sich Anrufe mit Prepaid-Handys zurückverfolgen ließen. Ich kam zu dem Ergebnis, dass ich nicht den Hauch einer Ahnung hatte, und beschloss deshalb, das Gespräch baldmöglichst zu beenden.

Allerdings hatte ich die Rechnung ohne den Wirt gemacht: meine Mutter. Und ich konnte sie ja schlecht abwürgen. Also kam ich ihrer Aufforderung nach und erzählte ihr, wie ich auf die Idee gekommen war, Daisy zu entführen. Außerdem versicherte ich ihr hoch und heilig, dass es dem Nilpferd gut ging. Natürlich berichtete ich nichts von der rumänischen Räuberbande. Dafür wusste sie schon alles von dem Heuklau und dem Bauern, der bereits einen Auftritt im Frühstücksfernsehen gehabt und zumindest dort den Eindruck gemacht hatte, als wäre er äußerst angetan von unserer »Rettet Daisy«-Aktion.

Dann sagte sie mir noch, dass meine Facebook-Seite von positiven Kommentaren geradezu bombardiert werde und die

Anzahl der Gefällt-mir-Klicks meiner vor Kurzem erst angelegten Fanseite für Daisy geradezu explodiere. Das freute mich. Anscheinend gab es doch ein paar Menschen da draußen, denen das Wohlergehen eines Nilpferdes am Herzen lag.

Dennoch versäumte sie es nicht, mir eine Moralpredigt darüber zu halten, wie töricht und dumm diese Aktion war.

Es wurde ein langes Gespräch. Die Kirchturmuhr näherte sich der Zwölf in großen Schritten. Da es mir noch immer nicht möglich war, meine Mutter abzuwürgen, und der Akku des Prepaid-Handys mir nicht den Gefallen tat, endlich den Geist aufzugeben, erhob ich mich von der Bank und schlenderte die Fußgängerzone entlang.

Meine Mutter erzählte mir etwas von einem Arztbesuch. Aus Langeweile wanderte meine freie Hand in die Plastiktüte und zog die Perücke heraus. Ich betrachtete sie kurz und streifte sie mir im Gehen über den Kopf. Im Schaufenster der Apotheke inspizierte ich meine neue Frisur und musste grinsen. So könnte ich also in zwanzig Jahren aussehen. Aber jetzt wollte ich es ganz genau wissen und klebte mir auch den Schnäuzer auf die Oberlippe. Stand mir gar nicht so schlecht. Tatsächlich sah ich ein bisschen wie Radu aus.

»Haben wir eigentlich rumänisches Blut in unseren Adern?«, fragte ich meine Mutter beiläufig.

Sie reagierte irritiert auf meine Frage und brachte die Rede auf die Großeltern meines verstorbenen Vaters und die Tatsache, dass sie bei deren Lebensstil nicht wissen könne, wo die sich herumgetrieben hatten.

Der Riesen-Schnäuzer erschwerte das Atmen erheblich, da ich bei jedem Zug die künstlichen Haare mit in die Nase zog. Außerdem begann es, unter der Perücke zu jucken. Ich beschloss dennoch, beides eine Weile aufzubehalten. Ein wenig Anonymität konnte in meinem Fall vermutlich nicht schaden.

Während ich die Fußgängerzone weiter entlangschlenderte und ergeben den verbalen Ergüssen meiner Mutter lauschte, sah ich eine ältere Dame auf mich zukommen, die eine große Tasche über der Schulter trug. Der Deckel einer Thermosflasche lugte heraus. Vermutlich handelte es sich um Frau Golumski, was wiederum bedeutete, dass wenn, also für den Fall, dass ... die Luft nun wohl rein sein dürfte.

Ich konnte immer noch nicht glauben, dass ich für einen ganz winzigen Moment wirklich mit dem Gedanken gespielt hatte, die Bank zu überfallen. Noch skurriler empfand ich die Tatsache, dass ich in diesem Moment vor dem Eingang der Filiale stand und den Sitz meines künstlichen Schnurrbarts und der Perücke überprüfte. Und dann hörte ich mich auch noch so etwas sagen wie: »Ich muss jetzt Schluss machen, Mutter.«

»Meld dich, Simon. Und stell mir ja keine Dummheiten an. Also, ich meine, keine weiteren Dummheiten.«

»Tschüss.« Ich beendete das Gespräch in dem Moment, als sich die Eingangstüren zur *Magna-Pecunia*-Filiale wie von Geisterhand zur Seite schoben, da mein wieder auf Fernsteuerung laufender Körper die Türsensorik ausgelöst hatte.

Mit einer Abgebrühtheit, wie ich sie bislang nur von den Profikillern aus dem *Pulp-Fiction*-Streifen gekannt hatte, verstaute mein automatisch agierender Arm das Handy, zog die Erbsenpistole aus der Jackentasche und richtete sie eiskalt auf einen überaus freundlich grinsenden Johannes Pohlmann, während mein mir nicht mehr gehorchender Mund folgende Worte sagte: »Hands up, this is a robbery!«

32

Die erstbeste Mülltonne war die meine. Voller Hingabe übergab ich mich so lange, bis ich nur noch Spucke und Galle hervorwürgte. Eine lähmende Müdigkeit ergriff von mir Besitz, während ich über der Tonne hing und mit zitternden Knien darauf wartete, dass sich mein Magen wieder beruhigte.

Ich konnte nicht glauben, dass ich gerade eine Bank überfallen hatte. Ich. Ein Bankräuber!

Mein zuckendes Zwerchfell machte den Weg frei für eine weitere anrollende Welle. Aus dem Augenwinkel sah ich Passanten angewidert an mir vorbeigehen. Doch ich war viel zu sehr mit mir selbst beschäftigt, als dass ich auch nur einen Funken Schamgefühl hätte aufbringen können.

Grundgütiger. Ich hatte gerade eine Bank ausgeraubt. Dabei hatte ich das gar nicht gewollt. Doch auf einmal war alles so schnell gegangen. Und so verdammt einfach.

Auf meine tränenüberzogene Netzhaut projizierte sich das Bild von Johannes Pohlmann, der gespielt erschrocken die Hände nach oben riss, während ich mit meiner Erbsenpistole vor seiner Nase herumfuchtelte und dann einen Bankraub durchführte, der von ihm inszeniert worden war. Er hatte sich dabei als Meister im Bauchreden entpuppt. Zwischen den zu einem Strich verzogenen Lippen hatte er seine Anweisungen herausgepresst und schamlos meine Situation für seine moralischen Prinzipien ausgenutzt.

Dabei hatte ich die ganze Zeit nichts weiter getan, als meine lächerliche *Alien-Fighter*-Luger auf diesen durchtrainierten jungen Mann zu richten, der womöglich ein Ass in einer asiatischen Kampfsportart war und mir mit pseudo-ängstlicher Mimik die nächsten Schritte soufflierte.

»Fordern Sie das Bargeld ein«, flüsterte er mit seiner sympathischen Stimme. Kurz darauf griffen seine Hände auch schon nach den ehemaligen Scheinen von Bauer Lottermann, die er mir über den Schalter zuschob. Dann: »Zerren Sie mich zum Geldautomaten!«

In der Glasfront des Eingangsbereichs konnte ich mich selbst sehen, wie ich mich mit ihm voran zum Geldautomaten bewegte und er aus dem Automaten einen weiteren Batzen Bargeld zutage förderte.

»Hinten habe ich eine Tasche für das ganze Geld«, flüsterte er wieder durch die verschlossenen Lippen, um ja keinen Verdacht zu erregen. Schließlich wussten wir beide, dass dank der Überwachungskameras jeder Schritt von uns für die Nachwelt festgehalten wurde. In seinem Büro händigte er mir seinen Rucksack aus, und auf seine genuschelte Anweisung hin hatte ich alles Bargeld darin verstaut.

Ich wandte den Blick von der Mülltonne ab und glotzte den prall gefüllten giftgrünen Rucksack an, der neben meinen Füßen stand, mit dem eingestickten Spruch darauf: *Artgerecht ist nur die Freiheit.*

Jede Erinnerung an Johannes Pohlmann weckte das schlechte Gewissen in mir. Nicht nur, weil er mich dazu gebracht hatte, eine Bank zu überfallen. Nein, er hatte sich bedingungslos auf meine Seite gestellt – in der Annahme, ich würde eine selbstlose Mission zum Wohle des Tierschutzes durchführen. Ich kam mir vor wie ein Betrüger von der ganz üblen Sorte. Das wog beinahe schlimmer als das moralische Gewicht des Raubüberfalls. Des *bewaffneten* Raubüberfalls, verbesserte ich mich. Da machte ich mir nichts vor, auch wenn es eine Erbsenpistole gewesen war. Es war ein schweres Verbrechen, das ich begangen hatte. In diesem Moment wurde mir bewusst, dass ich mir damit eine Freiheitsstrafe von mindestens drei Jahren eingebrockt hatte. Mindestens. Vom Nilpferd-Klau und den anderen Vergehen der letzten Tage mal abgesehen. Ein Gedanke, der meinen Magen dazu veranlasste, sich noch einmal komplett umzukrempeln.

Vor Erschöpfung mehr humpelnd als laufend, brachte ich den Feldweg hinter mich, der mich in die Stadt geführt hatte. Ich durfte keine Zeit verlieren, fortan zählte jede Minute. Der schwere Rucksack auf meinem Rücken erinnerte mich daran, wie ich Johannes mit Hagens Kabelbindern an die Heizung in seinem Büro gefesselt hatte.

»Dir bleibt eine Dreiviertelstunde«, hatte er mir zugeflüstert. »Danach öffnen wir wieder. Die Kunden werden misstrauisch werden, wenn sie die Bank verschlossen vorfinden. Spätestens wenn Frau Golumski aus der Mittagspause zurückkommt, wird sie Verdacht schöpfen und die Polizei alarmieren. Bis dahin solltet ihr so weit wie möglich weg sein von hier.«

Ich nickte nur und atmete durch den Mund, da mir der künstliche Schnurrbart mittlerweile die Nasenschleimhäute verklebte.

Bevor ich Johannes in seinem Büro einschloss, sah er zu mir hoch und wisperte etwas, das mir die Tränen in die Augen trieb: »Rette das Nilpferd. Rette Daisy!«

In diesem Moment war mir klar geworden: Johannes Pohlmann war ein guter Mann. Ein besserer, als ich es jemals sein würde.

Als ich die Scheune erreicht hatte, traf ich als Erstes auf Radu, der vor dem Tor stand und gerade dabei war, eine Zigarette auszutreten. »Was ist denn mit dir?«, fragte er. »Du siehst voll scheiße aus. Und wo warst du überhaupt so lange?«

Atemlos packte ich ihn an den Schultern, ließ den Kopf sinken und rang nach Luft. Ich brauchte ein paar Augenblicke, um mich zu regenerieren. Ein in kurzen Intervallen wiederkehrender Schmerz stach mir bösartig in die Seite. Himmel, was war ich mies in Form. Dabei zählte jede gottverdammte Sekunde!

Ich musste ihn warnen, dass wir sofort aufzubrechen hatten. Und ich musste mit Eva reden – sie darauf vorbereiten, dass die Überweisung gestoppt worden war, der bewilligte Kreditantrag zurückgezogen. Dass ihr Geld, ihre Spedition, ihr Traum …

Zumindest in diesem Punkt kam Radu mir zuvor: »Deine Freundin ist eben weg. Aber ich habe eine gute Nachricht. Euer Wagen ist bereit.«

33

Unser russisches Dieselschwergewicht war kaum mehr wiederzuerkennen. Radu und seine Bande hatten ganze Arbeit geleistet. Der neue Anstrich hatte das technische Wunder aus Zeiten von Glasnost und Perestroika nicht hübscher gemacht, aber definitiv unauffälliger. Der Barbie-Truck war Geschichte. Die Rumänen hatten sogar den Schriftzug entfernt und in der Mitte der Kühlerhaube einen Mercedes-Stern platziert – wo auch immer sie den herhatten. Natürlich änderten all diese Modellierungen nichts daran, dass der »Kamaz Benz«, wie ihn Hagen liebevoll taufte, weiterhin nur schwerfällig in die Gänge kam.

Wir saßen allein im Führerhaus. Evas Platz in der Mitte wurde vom Ficus eingenommen. Eigentlich gab es viel, was wir uns zu erzählen hatten, Hagen und ich. Schließlich hatten wir unsere erste Erfahrung mit einer kriminellen Diebesbande gemacht. Dennoch schwiegen wir uns an. Hagen hatte sich unseren letzten Streit über seine Sangeskünste offenbar doch etwas zu Herzen genommen und summte die fürchterlichen Schlager von Welle 98 nur noch leise mit, wofür ich ihm unendlich dankbar war.

Es gab viel, worüber ich nachdenken musste. Hauptsächlich, dass ich mit beiden Beinen im Knast stand, wenn man uns erwischen sollte. Weiter fragte ich mich, wie ich es bewerten sollte, dass mir der Anführer einer kriminellen Diebesbande ewige Treue geschworen hatte, weil ich seinen Sohn vor dem sicheren Tod durch ein rasendes Nilpferd gerettet hatte. Und ich dachte an Eva, deren fragiles Traumschloss, gebaut aus Hoffnungen und Zuversicht, einer unabwendbaren Gewitterfront zum Opfer gefallen war.

Den giftgrünen Rucksack hatte ich unter dem Fahrersitz verstaut, doch ich wusste schon jetzt, dass ich das Geld aus dem Banküberfall nicht anrühren würde. Ich hatte einen schweren Fehler begangen, und dafür würde ich geradestehen. Bei der nächstbesten Gelegenheit würde ich die Tasche in einem Schließfach deponieren und dem Vorstand der *Magna Pecunia* eine anonyme Nachricht zukommen lassen. Vielleicht sorgte ich so ja für strafmildernde Umstände, wenn sie mich irgendwann drankriegten.

Meine Gedanken umkreisten die letzten beiden Tage und kehrten immer wieder zurück zu der Frage, wann genau der Zeitpunkt eingetreten war, als die Mission *Rettet Daisy* aus dem Ruder gelaufen war.

»Sie fehlt mir.«

Ich war derart überrascht über das plötzliche Geräusch, dass ich zusammenzuckte.

»Ich mochte sie wirklich.«

Ich wandte den Blick von der Straße ab und lenkte ihn auf Hagen, der mich beinahe vorwurfsvoll ansah.

»Es ist das Beste so«, stellte ich klar. »Schlimm genug, dass wir beide derart tief im Schlamassel stecken. Da müssen wir Eva nicht auch noch mit hineinziehen.«

»Ich weiß.« Seine große Hand zwirbelte nervös an einem Barthaar herum. »Trotzdem fehlt sie mir.« Er reckte das Kinn. »Weißt du, ein kleines bisschen hatte ich sogar das Gefühl, dass sie mich auch irgendwie ...« Er ließ den Rest des Satzes unausgesprochen.

»Irgendwie *was?*«, wollte ich es genauer wissen. »Mochte?«

Er zuckte mit den Schultern. »Nun ja«, wand er sich.

»Irgendwie hatte ich das Gefühl, dass es ein wenig zwischen uns gefunkt hat.«

Ich kam nicht umhin, ihn verwundert anzuglotzen. Viel zu lang, wenn man bedachte, dass ich einen 7,5-Tonner mit Nilpferd an Bord über die Autobahn manövrierte.

»Die Straße«, erinnerte mich Hagen.

Mir kam es nicht so vor, als wäre da irgendetwas an Funken gesprüht, aber ich ließ ihm die Illusion. Um Ablenkung bemüht, warf ich einen kurzen Blick auf die Uhr im Armaturenbrett. »In einer Viertelstunde dürften wir den Grenzübergang erreichen.«

Hagen nickte stumm. Auch wenn es gerade recht einsilbig zwischen uns geworden war, war ich doch glücklich, dass wenigstens er mich nicht allein ließ. Und ich fand, dass es vielleicht angebracht wäre, ihm das auch mal zu sagen.

»Du, Hagen?«

Sein Kopf drehte sich in meine Richtung. Die Welle 98 spielte den Jingle für die Nachrichten.

»Ich bin echt froh, dass du das mit mir durchziehst.«

Unter seinem dichten Bart zeichnete sich ein Lächeln ab.

»Aber wenn dir die Sache zu heikel wird, sollst du wissen, dass du jederzeit aussteigen kannst. Es ist meine Aufgabe, Daisy in Sicherheit zu bringen.«

Er schüttelte energisch den Kopf. »Nein, es ist *unsere* Mission. Ich lasse euch garantiert nicht im Stich.«

»... einem bewaffneten Banküberfall ist der Täter noch immer auf der Flucht ...«, drang die emotionslose Stimme der Radiomoderatorin aus den Lautsprechern.

Wortlos schaltete Hagen das Radio aus. »Ts«, machte er. »Ein Banküberfall. Was ist das doch für eine verkommene Welt. Na ja, wenigstens sind wir nicht mehr Thema Nummer eins.« Er schnaufte unbestimmt und wandte sich mir wieder zu.

»Was meinst du? Ob Radu und seine Jungs hinter dem Banküberfall stecken?«

»Keinen Schimmer.« In verkrampfter Haltung inspizierte ich die Straße.

In diesem Moment blendete mich etwas im Außenspiegel. Ich erkannte einen Wagen, der sich uns in rasantem Tempo näherte und dem Kamaz für meinen Geschmack auch viel zu dicht kam. Außerdem fuhr er Schlangenlinien. Er bettelte geradezu um Aufmerksamkeit.

»Dann fahr doch vorbei!«, rief ich entnervt in den Spiegel, was der Wagen dann auch tat. Er zog auf die linke Spur und beschleunigte. Als er sich auf Höhe des Führerhauses befand, erkannte ich, dass es sich um ein Taxi handelte, das obendrein wild hupte.

»Will der was von uns?« Hagen hing über dem Fahrersitz und schaute an mir vorbei aus dem Seitenfenster.

»He! Passt du mal bitte auf den Ficus auf?«

»Aber ... aber Simon. Ist das nicht ...?«

Weiter kam er nicht. Denn in diesem Moment erkannte auch ich die Person auf dem Beifahrersitz.

»Und ob!«, erwiderte ich freudig.

Hagen grinste überlegen. »Wusste ich's doch, dass sie nicht ohne mich kann.«

Dann scherte die E-Klasse vor uns ein und setzte den Blinker rechts. Ich tat es dem Taxi gleich und bremste den Kamaz auf dem Weg zum nächsten Parkplatz ab.

Obwohl wir uns erst vor wenigen Stunden getrennt hatten, war es eine überschwängliche Wiedersehensfreude, die mich überkam. Sie blieb jedoch unerwidert, wie ich feststellen musste, als ich in Evas Gesicht sah. Es war tränenverschmiert. Hagen schien es nicht zu bemerken. Er schoss förmlich auf Eva zu und umarmte sie heftig.

Ich hielt mich derweil im Abseits und freute mich still über ihre Rückkehr. Gleichzeitig fragte ich mich: *Warum? Warum ist sie hier? Doch nicht etwa um ... Hagen wiederzusehen?*

Als sich Eva endlich aus seiner Umarmung lösen konnte, kam sie mit einem angestrengten Lächeln auf den Lippen auf mich zu. »Hi«, sagte sie.

»Hab's mir überlegt. Ich bringe es doch nicht übers Herz, euch allein zu lassen.«

Ich spürte nun ebenfalls, wie sich in meinem Gesicht ein breites Lächeln abzeichnete. Ich hörte aber sofort mit dem Grinsen auf, als mir wieder etwas einfiel. »Der Kredit.« Irgendwie wirkten meine Züge auf einmal nicht mehr so, als würde ich sie kontrollieren können. Ich versuchte ein Lachen. Es klang wie eine rostige Trompete. »Ich habe in der Zentrale angerufen, und die haben mir mitgeteilt, dass man den Kredit gestoppt hat. Es wird ... es wird keine Überweisung geben.«

Nun war es raus.

Sie sah zu mir auf, und ich drohte in diesen großen, traurigen Augen zu versinken.

»Ich weiß«, sagte sie bloß. »Ich weiß.« Ihre Schultern schoben sich nach oben. »Sieht so aus, als wären uns beiden die Alternativen ausgegangen.«

Ich merkte ihr an, dass sie sich Mühe gab, Optimismus zu versprühen. Doch ihre feuchten Augen verrieten sie.

Wieder hatte ich es gründlich vermasselt. Zum zweiten Mal war ich derjenige, der Evas letzte Hoffnung zunichtegemacht hatte. Ich war so ein Versager.

»Es tut mir leid.«

»Du hast es wenigstens versucht.« Sie trat ganz nah an mich heran und gab auch Hagen ein Zeichen näher zu kommen. »Habt ihr von dem Bankraub gehört? Glaubt ihr, das waren Radu und seine Bande?«

Ehe ich ein dahin gestottertes »Ähm« von mir geben konnte, ging sie auch schon an uns vorbei und warf einen flüchtigen Blick über ihre Schulter. »Das Taxi müsste übrigens noch bezahlt werden.«

34

Dr. Adrian Bertrand fand sich in einer adretten Wohnsiedlung wieder, in der alles seinen Platz zu haben schien. Trotz der hohen Platanen waren die Gehwege frei von Laub und Unrat. Gepflegte Vorgärten prägten das Straßenbild, jeder die Miniaturversion einer Bundesgartenschau.

»Das ist die Adresse.« Paul Verthongen zwängte seinen mattschwarzen Hummer H3 in die viel zu enge Parklücke und scherte sich einen Dreck darum, dass das Heck halb auf der Straße hing und der Müllwagen, der sich noch am Anfang der Straße befand, gleich nicht daran vorbeikommen würde.

»Ihr wartet hier.«

Bertrand stieg aus dem hohen Wagen und betrachtete das in einem dezenten Altrosa gestrichene Einfamilienhaus aus der Wirtschaftswunderzeit. Kleine Fenster, überdachter Hauseingang, üppiges Rosenspalier. Behutsam öffnete er das Gartentor, stieg die Stufen zur Tür hoch und legte seinen Finger auf die Klingel.

Es tat sich nichts.

Ungeduldig drückte er noch einmal die Klingel. In diesem Augenblick öffnete sich die Tür, und eine verschwitzte ältere Frau in einem neonfarbenen, glänzenden Aerobic-Dress stand vor ihm. Im Hintergrund hörte er den stampfenden Bass einer aufgedrehten Stereoanlage.

Bertrand senkte das Kinn, um es der Dame einfacher zu machen, ihm in die Augen zu sehen. Sie war wirklich klein.

»Guten Tag«, begrüßte er sie freundlich. »Sind Sie die Mutter von Simon Berger?« Er ließ seinen Blick ihren Körper entlangwandern. Sie machte eine gute Figur in diesem eng anliegenden Body.

Die Dame blinzelte ihn mit wachen Augen an. Schließlich gab sie ein kurzes Nicken von sich, und ihr Mund öffnete sich. »Und Sie sind?«

Bertrand musste anerkennen, dass ihr himbeerfarbener Lippenstift hervorragend zu dem leuchtend grünen Frottee-Stirnband passte. Er nahm seinen Safari-Hut ab und hielt ihn sich vor die Brust. »Bertrand«, sagte er. »Dr. Adrian Bertrand. Der Direktor des Zoos.«

»Doktor?«

Die Dame neigte den Kopf. Interessiert, wie Bertrand feststellte.

So standen sie sich musternd gegenüber. Er in seiner besten Jagd-Uniform. Sie in ihrem Aerobic-Dress aus der Jane-Fonda-Ära.

»Und was wollen Sie?« Frau Berger betrachtete Bertrand wie ein Stück Schokoladentorte, auf das sie sich gleich mit Appetit stürzen würde.

»Wir haben telefoniert«, frischte er ihr Gedächtnis auf, und sie öffnete die Tür etwas weiter.

Hinter Bertrand ertönte eine Hupe. Er drehte sich um und erkannte den Müllwagen. Der Fahrer gestikulierte wild, doch der Hummer machte keine Anstalten, beiseite zu fahren. Bertrand wusste, dass der Müllwagenfahrer hupen konnte, bis er schwarz wurde. Er würde sich höchstens ein blaues Auge einfangen. Denn Verthongen würde seinen Wagen nicht vom Fleck bewegen und genau dort warten. So lange, wie es eben sein musste.

Bertrand wandte sich wieder Frau Berger zu. Er warf einen Blick in den Hausflur, von dessen Wand ihm die bunte Farbpalette eines expressionistischen Künstlers entgegenzuspringen schien. »Wirklich«, sagte er. »Eine außerordentlich hübsche Hutsammlung haben Sie da.«

35

Ich wusste nicht, ob die anderen erwartet hatten, dass wir es bei Lauterbourg tatsächlich über die französische Grenze schafften. Ich für meinen Teil hatte mit allem Möglichen gerechnet. Gendarmen, die mit gezückten Pistolen hinter offen stehenden Autotüren auf uns warteten. Straßensperren. Blaulicht. Ein über uns kreisender Helikopter. Nagelteppiche auf dem Asphalt …

Definitiv aber hatte ich nicht *nichts* erwartet. Doch genau das bekamen wir geboten, als wir auf die Grenze zurollten.

Vor uns sahen wir die Häuschen des französischen Zolls mit jedem Meter näher kommen. Drum herum standen französische Polizeiwagen in Weiß mit dicken, blauen Streifen auf der Seite. Allerdings standen sie da nicht als keilförmige Straßensperre, sondern waren fein säuberlich nebeneinander geparkt. Und alle Türen waren geschlossen. Niemand richtete eine Waffe auf uns.

Auf Höhe der Grenzstation verlangsamte ich die Fahrt noch einmal und warf einen verstohlenen Blick durch das Fenster ins Innere der Zollbehörde. Ich sah eine Hand voll Männer in Uniformen, die uns keines Blickes würdigten.

Ich fuhr weiter. Über die Grenze.

Und niemand hielt uns an. Niemand stellte sich uns in den Weg. Die sahen nicht mal zu uns rüber.

»Ein Hoch auf Europa«, hörte ich Hagen rufen, als wir die ersten hundert Meter in Frankreich hinter uns gebracht hatten.

»Das war einfach«, fand auch Eva.

Ich musste mich derweil zwingen, vor lauter Freude nicht das Gaspedal durchzudrücken und die Hupe zu betätigen. Breit grinsend schmetterte ich ein »Vive la France!« aus dem offenen Fenster, als wir etwa einen Kilometer weitergefahren und definitiv außerhalb der Hörweite der Zollbeamten waren. Wir hatten es geschafft. Wenn auch mit vielen ungeplanten Zwischenstopps und Hindernissen. Aber endlich hatten wir die erste große Etappe unserer Reise erfolgreich hinter uns gebracht.

»Das ist also Frankreich.« In Hagens Stimme schlich sich ein ehrfürchtiger Unterton.

»Und jetzt?«, fragte Eva.

»Was, und jetzt?«, fragte ich zurück und wandte mich ihr zu. Eva wirkte auf eine nahezu greifbare Art tiefenentspannt. Als wäre mit dem Passieren der Grenze eine unendlich schwere Last von ihr abgefallen.

»Jetzt halten wir irgendwo an und besorgen uns ein leckeres Baguette und jede Menge Käse«, schlug Hagen vor.

»Nichts da.« Ich schüttelte den Kopf. »Wir müssen unbedingt vorwärtskommen. Spätestens heute Nachmittag will ich aus dem Elsass draußen sein. In Nancy können wir dann was essen.«

Hagen brummte übellaunig, während er die Europakarte aus dem Handschuhfach nahm und vor sich ausbreitete.

»Lass das doch. Wir haben ein Navi«, gab ich zu bedenken.

»*Du* hast ein Navi«, verbesserte er mich. »Ich traue den Dingern nicht über den Weg.«

Ich musste ihm lassen, dass er ein Ass im Kartenlesen war. Er klappte die Karte dreimal auf und faltete sie anschließend auf DIN-A4-Größe zusammen, genau an der Stelle, wo wir uns befanden. Dann fuhr er mit dem Zeigefinger die Strecke ab. »Du hältst dich parallel zur A4, auf die wir aber nicht auffahren werden. Immer Richtung Westen.«

Ich nickte. »Hm, sagt mir das Navi auch.«

»Du fährst bis nach Phalsbourg, wo wir auf die Nationalstraße 4 stoßen. Auf der fahren wir dann weiter bis Nancy.«

»Wo wir uns an Käse und Baguette satt essen werden«, nahm ich ihm das Wort aus dem Mund. »Ab dort nehmen wir die direkte Route nach Süden. Unser nächstes Ziel heißt dann Dijon – die Stadt des Senfs.«

Eva drehte am Lautstärkeregler des Radios, woraufhin eine weibliche französische Stimme losplapperte. »Wir empfangen einen neuen Sender!« Sie grinste. Es hatte eine ansteckende Wirkung.

Gebannt lauschten wir dem französischen Singsang, der nahtlos überging in Louanes *Avenir.* Eva begann mitzusingen, und ich war überrascht über ihre dunkle Stimmfarbe, vor allem aber über ihre nahezu perfekte Aussprache.

»Das klingt schön«, sagte ich. »Ein Liebeslied?«

»Eher Liebesleid.« Sie schüttelte zunächst den Kopf, hielt dann aber inne. Mit den Fingern strich sie über die dicken Blätter meines Ficus ginseng, den sie auf dem Schoß hatte. »Also doch ein Liebeslied.«

»Dein Französisch klingt wirklich fantastisch«, sagte Hagen. »Beinahe so, als wärst du Französin.«

»Du übertreibst.« Ihr Pferdeschwanz wirbelte von links nach rechts. »Nach meiner Ausbildung zur Reiseverkehrskauffrau hab ich ein paar Jahre bei der Air France am Stuttgarter Flughafen gearbeitet. Da blieb das mit der Sprache nicht aus.«

»Und von Stuttgart wieder nach Köln?«, hakte ich nach.

»Auf Umwegen. Du weißt ja, wie das so ist. Man verliebt sich, heiratet. Baut eine neue Existenz in einer anderen Stadt auf. Wird von dem Mann mit der besten Freundin betrogen, bricht alle Brücken hinter sich ab und zieht wieder zurück in die Stadt, in der der einzige noch lebende Angehörige drauf und dran ist, das Familienunternehmen gegen die Wand zu fahren, und das Zeitliche segnet, als ohnehin schon alles zu spät ist.«

Hagen und ich suchten peinlich berührt die Umgebung nach irgendetwas ab.

Evas Blick wechselte derweil zwischen uns hin und her. »Hey«, sagte sie gut gelaunt. »Ich wollte euch nicht die Stimmung verderben. Alles ist gut. Jeder hat doch so sein Päckchen zu tragen, nicht wahr?«

Hagen und ich nickten betreten.

Um uns zu zeigen, dass das schwermütige Thema für sie abgehakt war, sang Eva weiter: *»J'espère que tu vas souffrir …«*

Ich hätte ihr stundenlang beim Singen zuhören können und stieß einen zufriedenen Seufzer aus. Oui, so schön konnte Frankreich sein. Ich hatte zwar keine Ahnung, was diese Sängerin da von sich gab, aber es klang nach dieser wunderbaren Leichtigkeit des Seins, die ich selbst gerade empfand. Als hätte auch ich mit dem Grenzübertritt sämtliche Sorgen hinter mir gelassen.

Rechts von uns lag Hagenau, das wir jedoch an uns vorbeiziehen ließen, dann folgten wir der parallel zur Autobahn verlaufenden Überlandstraße mitten hinein in das verwunschene Grün des Elsass. Die Straße führte uns an kleinen Dörfern mit Fachwerkhäusern und hohen Schornsteinen vorbei, auf denen Storchennester thronten. Am Horizont erhoben sich die Vogesen als sanfte grüne Hügel, die die malerische Landschaft auf natürliche Weise einrahmten. Es war schlichtweg traumhaft. In entspannter Atmosphäre gaben wir uns zum ersten Mal in völliger Gelassenheit der Reise hin. Selbst Daisy gab keinen Ton von sich, vermutlich hatte auch sie zwischen den Lüftungsgittern einen Blick auf die romantische Umgebung geworfen.

Ich genoss das Gefühl, unterwegs zu sein, mit einem wichtigen Ziel vor Augen. Auf einmal fühlte sich alles so verdammt richtig an. Mittlerweile waren der Kamaz und ich zu einer harmonischen Einheit geworden. Der Motor schnurrte wie ein Kätzchen, und ich hatte das Gefühl, dass es nun nichts mehr geben konnte, was uns aufhalten würde. Wir hatten Heu an Bord, einen vollen Tank und Deutschland im Rücken. Endlich lief es auch für uns einmal perfekt. Es war fast zu schön, um wahr zu sein.

36

Dr. Adrian Bertrand sog intensiv an der dünnen Slim-Zigarette, um zumindest etwas Nikotin in seine Lungen gepumpt zu bekommen. Er hatte das Kopfkissen im Rücken, der gläserne Aschenbecher ruhte auf seiner nackten Brust. Das kalte Glas auf seiner Haut war eine Wohltat – stand doch der Rest seines Körpers noch immer in Flammen.

Bertrand atmete den blauen Dunst tief ein, hielt ihn lange in seinen Lungen gefangen und fragte sich, wann er zuletzt eine Zigarette im Bett geraucht hatte. Da es nicht sein Bett war, hielten sich seine Schuldgefühle diesbezüglich in Grenzen.

Er musste einen Hustenreiz unterdrücken. Es war schon eine ganze Weile her, seit er das letzte Mal geraucht hatte. Vielleicht sogar exakt so lange, wie er auch im Bett abstinent gewesen war. Er grinste in sich hinein und ließ den Rauch langsam aus den Nasenlöchern entweichen. Ein fremdes Bett war es vielleicht, aber die Besitzerin war ihm jetzt gar nicht mehr so fremd. Zumindest kannte er ihren Sohn ziemlich gut. Und ihren Körper.

Er sah zur Seite und betrachtete den dunklen Haarschopf, der sich an seine Brust geschmiegt hatte. Bertrand hatte den Arm um sie gelegt und streichelte ihren Rücken, bis er an den Ausläufern ihres Hinterns ankam. Er ließ seinen Blick noch weiter nach unten wandern, bis auf die runden Konturen, die sich durch die veilchenfarbene Seidenbettwäsche drückten und ihn an eine etwas zu hell geratene Aubergine erinnerten.

Die Aerobic-Einheiten hatten sich bezahlt gemacht. Trotz

ihres Alters hatte Gisela Berger einen strammen Po, der es ohne Weiteres mit einer Vierzigjährigen aufnehmen konnte.

Giselas Hand ruhte ebenfalls auf seiner Brust, etwas unterhalb des Aschenbechers. Langsam und gefühlvoll strich der feuerrot lackierte Nagel ihres Zeigefingers durch sein angegrautes Brusthaar. Es kitzelte ihn auf eine angenehme Weise.

»Das war fantastisch.« Sie rückte näher an ihn heran und drückte ihre Lippen auf seinen Oberarm.

Bertrand sagte nichts, auch wenn er dieselbe Meinung vertrat. Es war schon lange her, dass er etwas mit einer Frau gehabt hatte. Aber es war vielleicht das erste Mal, dass die Frau in seinem Alter war. Dennoch hatte es ihm gefallen.

Das Handy klingelte. Während er sich nach vorn beugte, um das Telefon aus seiner vor dem Bett liegenden Hose zu fischen, fielen Giselas Hände über ihn her. Nur mit Mühe bekam er das bimmelnde Gerät zu fassen und hielt abrupt inne, als er den eingehenden Anrufer erkannte.

Es standen nur zwei Wörter auf dem hektisch aufleuchtenden Display: *Der General.*

Bertrand schluckte nervös, stieg aus dem Bett und stellte sich völlig nackt an das Fenster, dessen Vorhänge zugezogen waren und das das nach Mottenkugeln und entfachter Leidenschaft riechende Schlafzimmer in ein angenehm diffuses Licht tauchten. Er schloss die Augen und wünschte sich eine stärkere Zigarette. Eine filterlose. Am liebsten eine selbst gedrehte. Dann drückte er auf »Annehmen«.

Eine Sekunde später polterte ihm eine markant-brüchige Stimme entgegen: »Hat sich mein Sohn ein Nilpferd vor der Nase wegstehlen lassen, ja?«

»Vater«, erwiderte Bertrand tonlos.

»Ich dachte, ich hätte dir mehr beigebracht.«

»Es ist nicht so, wie du denkst.«

»Das war es noch nie.« Die Verachtung tropfte förmlich aus dem Hörer. »Ein Nilpferd«, stieß die Stimme aus, die haargenau so alt klang, wie ihr Besitzer war. Scheintot. Längst überfällig.

Doch der General tat seinem Sohn nicht den Gefallen, würdevoll abzutreten. Er zögerte das Unvermeidliche für alle Beteiligten schmerzhaft lang hinaus und schöpfte neue Kraft daraus, seinen Sohn immer wieder unter dem eigenen Absatz zu zerdrücken wie ein lästiges Insekt. Und dennoch – oder gerade deshalb – wurde er geliebt von Generationen von Kameraden, die in der Legion unter ihm gedient hatten.

Bertrand hatte sich lange dafür geschämt, dass er diesen Mann nicht auch hatte lieben können. Und viel zu oft hatte er die Schuld dafür bei sich gesucht.

»Ich melde mich wieder, wenn sie dir auch die Elefanten vor der Nase wegschnappen.« Die uralte Stimme zerfloss in einem bösartigen Lachen, das dem irren Kichern eines Hyänenrudels glich.

Ehe Bertrand etwas erwidern konnte, war die Leitung tot. Zitternd vor Wut drückte er das Telefon in seiner Hand zusammen. Es war robust und hielt dem Druck stand. Leider.

»Kein guter Anruf?«, fragte jemand von irgendwoher.

Bertrand stierte aus dem Fenster und betrachtete den strahlend blauen Himmel, der sich über die Stadt gelegt hatte.

»Was geschieht denn nun mit Simon?«, fragte die Stimme weiter. »Du wirst ihn doch nicht anzeigen?«

Bertrand schüttelte den Kopf, teils amüsiert über Giselas Sorge um ihren Sohn, der in seinen Augen nichts weiter war als ein Versager. Das Amüsierte wich jedoch schlagartigem Entsetzen, als er erkannte, dass er in den Augen seines Vaters nicht viel mehr war.

»Er hat mein Nilpferd gestohlen.« Er presste die Zähne derart fest aufeinander, dass sie knirschten. Ein scharfer Schmerz schoss ihm in den Unterkiefer.

»Er wird seine Gründe dafür gehabt haben. Zeig ihn nicht an! Simon ist ein guter Junge.«

Bertrand zwang sich, die Wut nicht Besitz von ihm ergreifen zu lassen. Und es gelang ihm. Auf einmal fiel ihm der Grund wieder ein, warum er Bergers Mutter aufgesucht hatte. Dass er mit ihr im Bett gelandet war, war so nicht geplant gewesen. Aber vielleicht würde es die Sache erleichtern.

»Dein Sohn steckt ordentlich im Schlamassel.« Bertrand strich sich über das glatt rasierte Gesicht und betrachtete die Hinterhof-Idylle der rheinisch-spießbürgerlichen Grausamkeit. Sein Blick blieb auf dem Petunien-Beet des Nachbargartens kleben.

»Dann lass uns ihm helfen«, forderte Gisela ihn auf.

Bertrand nickte. »Deshalb bin ich hier. Du musst mich in seine Wohnung lassen. Vielleicht finden wir dort einen Hinweis, was er mit dem Nilpferd vorhat. Vor allem: wo er damit hinwill.«

Daisy, schoss es ihm durch den Kopf. *Sie heißt Daisy.* Doch es kam ihm falsch vor, das Nilpferd beim Namen zu nennen.

»Einverstanden«, sagte Gisela sofort.

Bertrand zuckte kurz zusammen. Ihre Stimme war auf einmal unglaublich nah. Er hatte gar nicht mitbekommen, dass sie das Bett verlassen hatte.

Er wandte sich von den Petunien ab und drehte sich um. »Aber nicht jetzt gleich, oder?«

Gisela stand vor ihm, den Körper in das fliederfarbene Laken gehüllt, das ihre Rundungen nur schwer verbergen konnte.

Das Gespräch mit seinem Vater hatte ihn aufgeregt. Noch immer spürte er einen tiefen Unmut in sich. Er wollte der Frau, die er eben erst kennengelernt hatte, sagen, dass eine zweite

Runde keine gute Idee sei. Schon gar nicht für einen Mann seines Alters. Himmel, er war doch keine siebzehn mehr. Außerdem wollte er ihr sagen, dass es besser für sie beide war, wenn es bei dieser einmaligen Sache blieb.

Doch dann ließ die Frau mit dem wundervollen Namen das Laken fallen und trat einen Schritt auf ihn zu.

37

Wir befanden uns wenige Kilometer hinter Dijon. Noch immer hielten wir uns von der Autobahn fern, hatten aber beschlossen, heute Nacht aufzufahren, um im Schutz der Dunkelheit auf schnellstem Wege Lyon zu erreichen.

Allmählich fühlte sich unser Trip an wie eine real gewordene Partie *Scotland Yard*. Hagen markierte die möglichen Routen, die uns durch Frankreich führten. Gemeinsam wägten wir die sich uns bietenden Optionen ab. Da war der schnellste Weg nach Spanien, über die gebührenpflichtige Autobahn, wo man aber auch am ehesten nach uns Ausschau halten würde. Oder wir würden über Umwege und Nationalstraßen quer durchs Land fahren – wenngleich dies bedeutete, dass wir viel länger als geplant unterwegs sein würden.

Ich nahm eine Hand vom Lenkrad und tastete nach dem Rucksack unter dem Sitz. Ein beruhigendes Gefühl überkam mich. Zumindest würden wir uns um die Finanzierung unserer Reise keine Sorgen machen müssen. Ich musste nur daran denken, alle Kosten fein säuberlich zu notieren, damit ich das Geld der *Magna Pecunia* auf Heller und Pfennig zurückgeben konnte.

Wenn alles nach Plan lief, sollten wir am späten Abend unser heutiges Etappenziel erreichen, wo wir uns einen abgelegenen Platz suchen konnten, damit ich ein paar Stunden Schlaf bekam. Außerdem konnte Daisy eine saubere Box vertragen.

Das Wetter war gut, der Verkehr überschaubar, und die Dämmerung hatte bereits eingesetzt. Doch ich verspürte nicht den Hauch von Müdigkeit. Nur diese unendliche Zufriedenheit. Ein erhebendes Gefühl. Zumindest so lange, bis ein markerschütterndes Rumoren ertönte. Es war der Soundtrack, der den Untergang der Welt ankündigte.

Wir tauschten unheilvolle Blicke aus. Zunächst dachte ich, dass eine fünfzigköpfige Motorrad-Gang mit ihren röhrenden Harleys hinter uns her war. Aber der Blick in den Außenspiegel zeigte mir: Wir waren nahezu allein auf der Straße.

Dennoch dröhnte es ununterbrochen weiter. Als es hinter uns dann auch noch heftig polterte, schnürte mir die Erkenntnis die Kehle zu. Sofort inspizierte ich den kleinen Bildschirm der Überwachungskamera. Eva und Hagen taten es mir gleich.

»Daisy!«, schrien wir unisono.

Geistesgegenwärtig setzte ich den Warnblinker und fuhr auf den für einen Lastwagen viel zu kleinen Notstreifen der Nationalstraße, die sich schier endlos und über lang gezogene Buckel durch die dünn besiedelte Landschaft schlängelte. Wir stiegen aus, und Hagen half mir bei der Verladeklappe. Diesmal schaffte ich es weitaus geübter, mich über die Rampe zu hieven. Vielleicht hatte ich ja auch schon abgenommen? Wie viel Gewicht konnte man in zwei Tagen auf der Flucht verlieren? Gemessen am Wasser, das ich bislang vor Angst ausgeschwitzt hatte, dann das Erbrechen nach dem Banküberfall ... ja, so zwei, drei Kilo leichter konnte ich mittlerweile schon sein.

Apropos Erbrechen: Als ich auf der Rampe ankam, übermannte mich ein wirklich übler Gestank. Schlimmer als sonst. Daisy gab ein ungewöhnlich hohes Wimmern von sich und hoppelte nervös mit ihren Stummelbeinen herum. Der alles umwabernde Gestank machte das Atmen fast unmöglich.

»Was ist los?«, wollte Hagen wissen und gab sich die Antwort selbst, als er ebenfalls die Rampe erklomm. »Uhä! Nilpferd-Kotze.«

Als hätte Daisy seinen Ausruf zum Anlass genommen, begann ihr gigantischer Körper, krampfhaft zu zucken, während es tief in ihren Eingeweiden rumorte. Keinen Wimpernschlag später schoss ein flüssiger Strahl aus Daisys weit aufgerissenem Maul heraus und verpasste dem Interieur der Transportbox einen neuen Anstrich in Kotzgrün.

»Arme Daisy!«, hörte ich Eva hinter uns.

Die übel riechende Suppe ignorierend, bewegte ich mich auf Daisy zu und versuchte, sie zu beruhigen. »Was hat sie bloß?« Ich drehte mich zu Hagen, dem Mann, der das größte Nilpferd-Wissen von uns dreien besaß.

In der untergehenden Abendsonne erkannte ich seine Gestalt nur schemenhaft. Er rieb sich unsicher über den Drei-Wochen-Bart. »Was weiß denn ich? Bin doch kein Tierarzt!«

»Was macht ihr denn im Zoo, wenn es einem Nilpferd schlecht geht?«, fragte Eva.

»Den Tierarzt rufen, natürlich!« Hagen wurde ungehalten. Ich sah ihm an, dass ihn die Situation überforderte. Nun, damit war er in bester Gesellschaft. »Ich habe noch nie ein Nilpferd kotzen sehen. Ich wusste nicht einmal, dass die das überhaupt können. Eigentlich war ich immer der Meinung, dass es die Tiere mit den robustesten Mägen auf der Welt sind.«

»Aber Daisy hat sich gerade übergeben«, stellte ich unnötig fest, während ich ihr über den Bauch streichelte, der steinhart war. Ich hörte es lautstark blubbern und grummeln. Daisy warf ihren Kopf nach hinten und blickte mich mit feuchten Augen an. Obwohl mir ihr Mundgeruch den Atem raubte, versuchte ich mich an einem aufmunternden Lächeln. »Wird alles wieder gut, Süße.«

Sie maunzte mich an wie eine zu groß gewordene Katze.

»Vielleicht verträgt sie die Autofahrt nicht.«

Daisy, Hagen und ich drehten uns zu Eva um. Sie stand vor der halboffenen Rampe und hatte ihre Arme darauf abgelegt.

»Ich meine, wer könnte es ihr verübeln? Diese schmale Straße hier, das ständige Auf und Ab, die ewigen Kurven. Da kann man doch einen nervösen Magen bekommen.«

Hagen und ich sahen uns an.

»Könnte was dran sein«, gab er schließlich zu. »Vielleicht ist sie ja seekrank. Nur halt an Land.«

Wie zur Bestätigung stöhnte Daisy auf. Es klang ein klein bisschen vorwurfsvoll, was mein schlechtes Gewissen gehörig ausschlagen ließ.

»Klingt logisch.« Ich tätschelte weiter ihren Bauch. »Und was machen wir dagegen? Brühen wir ihr einen Eimer Kamillentee auf? Ich sage es gleich, es könnte schwierig werden, hier eine Matricaria chamomilla zu finden.«

Stille und Ratlosigkeit machten sich breit.

Eva war die Erste, die wieder zu ihrer Stimme fand. »Aber eine Idee wäre es schon.«

»Kamillentee?«, fragte Hagen verdutzt.

»Nein. Einen Tierarzt aufsuchen natürlich!«

38

Wir verließen die Autobahn und fanden in einem der Kleinstädtchen südlich von Dijon eine kleine Bäckerei, die sogar noch geöffnet hatte und bei der wir anhielten. Eva, die als Einzige von uns Französisch sprach, sprang aus dem Wagen und kam nur fünf Minuten später mit einer Adresse und zwei Baguettes unter dem Arm zu uns zurück.

Die Wegbeschreibung der Bäckereifachverkäuferin führte uns auf eine schmale asphaltierte Straße außerhalb der Stadt, an deren Abzweigung ein Schild mit dem Wort »Privé« aufgestellt worden war. Vermutlich also ein Privatweg, was zumindest den schlechten Zustand der Straße erklärte. Der Weg ging einen halben Kilometer durch ein Waldstück. Zwischen den hohen Bäumen war bereits aus der Ferne ein angeleuchtetes Steingebäude zu erkennen.

Je näher wir dem Gebäude kamen, desto mehr erweckte es den Anschein, dass es sich um einen alten, mittlerweile umgebauten Mühlbetrieb handelte. Zumindest der stillgelegte Mühlturm ließ darauf schließen.

Der Kamaz rollte langsam bis vor das schmiedeeiserne Tor. Mit laufendem Motor stiegen wir aus. *Adam Moutiers – Vétérinaire* stand auf dem Klingelschild neben der verschlossenen Einfahrt. Das orangefarbene Scheinwerferlicht des Kamaz schien das unscheinbar wirkende Steinhaus neben dem Mühlturm an, das offenbar bereits vor Jahren der Verwitterung überlassen worden war.

Überhaupt sah alles auf dem Grundstück etwas vernachlässigt aus. Ich machte verrostete Skulpturen aus, auf denen sich an vielen Stellen eine dicke Moosschicht ausgebreitet hatte, und überall lagen vor sich hin rottende Teile und Gerätschaften herum. Ein Kutschenrad, ein Ackerpflug ... nicht gerade einladend.

Hagen betätigte die Klingel und wartete. Irgendwo fing ein Hund an zu bellen. Eva zog die Strickjacke enger um ihren Körper. Ich hingegen genoss die aufkommende Kühle der heranbrechenden Nacht.

Es tat sich etwas im Steinhaus. Ein Licht ging an, und schließlich öffnete sich die Holztür, aus der eine Gestalt hervortrat, die sich auf den Weg zu uns machte. Kurz darauf stand ein groß gewachsener Endfünfziger mit schütterem Haar und breiten Schultern vor uns und betrachtete uns durch die Verstrebungen des Eisentors. Er hatte einen leichten Silberblick und einen mürrischen Gesichtsausdruck, der uns klar zu verstehen gab, dass er ganz und gar nicht erfreut darüber war, zu solch später Stunde aus dem Haus geholt zu werden.

Eva stellte uns auf Französisch vor. Ich verstand nur unsere Namen und Fetzen wie »malade« und »estomac«. Im Licht der Scheinwerfer konnte ich sehen, wie sich eine steile vertikale Falte zwischen den dicken Brauen des Arztes bildete, als er etwas auf Französisch sagte.

»Was will er wissen?«, drängte ich Eva. Doch sie winkte ab.

»Un grand animal«, sagte sie bloß.

»Grand animal?«

»Oui«, murmelte sie schnell und verfiel dann zurück ins Deutsche. »Ein sehr großes Tier.«

»Un grand chien?«

»Non.«

»Chien?«, fragte ich. »Das heißt doch Hund, richtig? Was will er denn mit einem Hund?«

Eva schenkte mir keinerlei Beachtung.

»Un mouton?«, fragte der Mann mit wachsender Ungeduld.

»Ein Schaf? Nein.« Sie lachte nervös und wechselte wieder zurück ins Französisch. »Ce n'est pas un mouton.«

»Une vache?«

Eva schüttelte den Kopf. »Auch keine Kuh.«

»Was ist denn los?«, wollte ich erneut wissen. Nun aber eindringlicher.

Sie warf mir einen sorgenvollen Blick zu. »Er will wissen, mit was für einem Tier wir hier sind.«

»Dann sag's ihm endlich«, flehte Hagen. »Darum sind wir doch schließlich da.«

Eva nickte knapp und setzte zum Sprechen an.

Doch jetzt war ich es, der sie mit einer rüden Handbewegung zum Schweigen brachte. »Warte! Frag ihn, ob der hippokratische Eid auch für Tierärzte gilt.«

Eva musterte mich irritiert, tat mir aber schließlich den Gefallen.

Ich wartete ungeduldig, bis die beiden ihr Französisch zum Besten gegeben hatten, und verfluchte mich einmal mehr, dass ich damals Latein als zweite Fremdsprache gewählt und Französisch als Wahlpflichtfach nur ein halbes Jahr durchgehalten hatte. Was hatte ich mir bloß dabei gedacht?

»Und?«, fragte ich gespannt.

Evas Schultern zuckten. »Er will wissen, aus welchem Film du so einen Quatsch aufgeschnappt hast.«

Ich musterte den Arzt, der meinen Blick mit unverhohlener Abneigung erwiderte. »Okay, dann frag ihn ...«

»... ob er bereit ist, die Klappe zu halten, wenn wir ihm einen grünen Schein extra zustecken!«, schlug Hagen stattdessen vor und griff ungeniert in meine Hose, um einen Geldschein hervorzuziehen.

»Also ich muss doch sehr ...« Doch bevor ich mich wehren konnte, war Eva auch schon mit der Übersetzung beschäftigt.

Der Arzt beäugte uns lange, während er mit Eva sprach.

»Und?«, fragten Hagen und ich gleichzeitig, als sie endlich fertig waren.

»Er sagt, wenn es dich beruhigen würde, hat er kein Problem damit, einen Eid auf einen Hundert-Euro-Schein zu schwören.«

»Ha«, freute sich Hagen.

Skeptisch trat ich einen Schritt näher auf Monsieur Moutiers zu und legte meinen Kopf in den Nacken, um ihm in die Augen zu blicken. Er erwiderte meinen Blick schonungslos.

»Also gut«, lenkte ich schließlich ein. »Zeigen wir ihm Daisy.«

Adam Moutiers öffnete die Toreinfahrt, und ich schwang mich hinters Steuer des Kamaz. Im Schritttempo folgte ich ihm, Eva und Hagen zu den Stallungen und Unterständen, die sich hinter dem Steinhaus befanden. Wir kamen an einer eingezäunten Wiese vorbei, auf der ich schemenhafte Pferdesilhouetten zu erkennen glaubte. Es hätten aber auch Esel sein können. Der verschrobene Arzt lebte wirklich sehr abgelegen von der Zivilisation. Ein Umstand, der uns nur recht sein konnte.

Als er mir mit einer unwirschen Geste zu verstehen gab, welche Stallbox ich anzusteuern hatte, wendete ich den Kamaz auf der unebenen Schotterstraße, sodass ich rückwärts an das Gebäude heranfahren konnte. Das Rangieren klappte mittlerweile wunderbar. Ich ertappte mich kurz bei dem Gedanken, dass ich vielleicht auf Lkw-Fahrer umschulen könnte, wenn all das hier vorbei wäre und ich die Knastjahre abgesessen hätte. Zukunftspläne eines Hoffnungslosen.

Noch bevor ich das Führerhaus verlassen hatte, machten Eva und Hagen sich bereits an der Rampe zu schaffen. Derweil betätigte der Tierarzt einen Lichtschalter, woraufhin der Stallbereich hell angestrahlt wurde. Die Beleuchtung offenbarte alte und schmucklose Stallboxen, die aber immerhin sauber waren. Mir fiel auf, dass der Arzt neben einer Stabtaschenlampe nun auch eine betagt aussehende Ledertasche in der Hand hielt, die mich an den *Doktor und das liebe Vieh* erinnerte.

Langsam fuhr die Rampe herunter. Moutiers stand unmittelbar hinter dem Heck und stellte sich auf die Zehenspitzen, um einen Blick auf den Inhalt der Transportbox zu erhaschen. Und seine Neugierde sollte nicht enttäuscht werden. In Adam Moutiers' Gesichtszügen stand ein Roman geschrieben, als er erkannte, um was für ein »grand animal« es sich bei Daisy handelte. »Peuchère!«, entfuhr es ihm voller Inbrunst.

»Genau«, sagte ich, während ich auf die drei zuging. »Ein Nilpferd.«

Der Tierarzt betrachtete den Inhalt unseres Transporters mit purer Fassungslosigkeit. Er rümpfte die Nase, als sich der Geruch von Nilpferdkotze langsam ausbreitete.

Ohne auf eine Einladung zu warten, stieg ich auf die offen stehende Rampe und schob mich in die Transportbox. Unter gutem Zureden klopfte ich Daisy fest auf den Hintern, woraufhin sie sich gemächlich in Bewegung setzte und rückwärts aus dem Lastwagen trat.

Als ich in ihre dunklen Kulleraugen blickte, durchfuhr mich ein scharfer Schmerz. Daisy schaffte es nicht einmal, die Augen offen zu halten. Außerdem wirkte ihre Haut seltsam trocken.

»Sie müssen ihr helfen«, rief ich dem Arzt zu, der noch

immer wie angewurzelt neben Eva stand und das Nilpferd fassungslos anstarrte.

Ich führte Daisy in eine mit Stroh ausgelegte Box und hielt ihr eine Pink Lady aus der Hosentasche unter die Nase. Sie schnüffelte kurz dran, dann drehte sie sich angewidert weg.

»Oh weh«, hörte ich Hagen hinter mir.

»Sie ist wirklich sehr krank.« Ich blickte verzweifelt zu Eva. »Sag ihm, dass er ihr endlich helfen soll!«

Doch Eva musste gar nichts mehr sagen. Endlich erwachte der Arzt aus seiner Lethargie und trat entschlossen auf das Nilpferd zu. Er sagte etwas zu Eva, woraufhin sie mit einem entschlossenen »Non!« antwortete.

»Was wollte er wissen?«

Sie schüttelte den Kopf. »Ob die Gefahr besteht, dass sie ihn auffressen wird.«

»Frag ihn, ob er sich mit Nilpferden auskennt.«

Ich sah, wie sich Eva die Worte im Kopf zurechtlegte, und lauschte dann der kurzen und mir unverständlichen Unterhaltung.

»Er sagt, er hätte schon mal ein Nilpferd im Zoo gesehen.«

»Will er mich verarschen?«

Sie hob verzweifelt die Hände. »Ich kann hier auch nur übersetzen.«

»Dann frag ihn, ob ...«

Plötzlich fuhr mich der Tierarzt auf Französisch an. Ich hatte keine Ahnung, was er mir vorzuwerfen hatte, aber es klang nicht nett. Ein vorsichtiger Blick zu Eva bestätigte mein Gefühl.

»Er meint, er fände es schön, wenn du mal still sein könntest, damit er in Ruhe arbeiten kann.«

Ein Gefühl sagte mir, dass es sich hier um eine eher freie Übersetzung handelte. Gehorsam kniff ich die Lippen zusammen und schaute dabei zu, wie Monsieur Moutiers die Verschlüsse seiner Tasche öffnete und zwei Gummihandschuhe hervorzog, die er sich routiniert über die Hände streifte.

Eva und Hagen traten indessen aus der Stallbox heraus und beobachteten die Untersuchung von draußen. Ich blieb bei Daisy, tätschelte ihr die Seite und strich ihr beruhigend über die Stirn, damit der Tierarzt sie in Ruhe untersuchen konnte.

Zumindest schien er sein Handwerk zu verstehen. Zunächst zog er ein Stethoskop aus der braunen Tasche und drückte es gegen Daisys Leib. Es durchzuckte sie leicht, als das kalte Metallende ihre Haut berührte.

»Sie ist sehr kälteempfindlich«, klärte ich den Mann auf.

»Oui. Oui«, Moutiers nickte und horchte – vermutlich Daisys Herzschlag. Er sah in ihre Ohren, in die Augen und schaffte es sogar, ihr das Maul so weit aufzuhalten, dass er mit seiner Stabtaschenlampe hineinleuchten konnte.

»Und?«, fragte ich. »Hat sie noch die Mandeln?«

Ich lächelte angestrengt, doch der Arzt reagierte überhaupt nicht auf mich. Er wirkte einfach nur vertieft in seine Untersuchungen, und ich merkte ihm an, dass er mit Feuereifer bei der Sache war. Ich konnte ihn gut verstehen. Vermutlich bekam ein Landarzt wie er nicht alle Tage ein derart außergewöhnliches Tier zu Gesicht.

Er schreckte auch nicht zurück, als sich Daisy an Ort und Stelle erleichterte und sich die Nässe auf dem Stallboden ausbreitete. Im Gegenteil. Moutiers nutzte die Gelegenheit und untersuchte ihren Urin, indem er einen Papierstreifen in die dampfende Nässe tunkte.

Er nahm einen weiteren Streifen zur Hand und strich damit über Daisys Rücken, um ein rötliches Sekret auf ihrer Haut einzufangen und anschließend in einem Glasröhrchen zu verstauen. Außerdem hob er Daisys Oberlippe an, um einen Blick auf ihre Vorderzähne zu erhaschen. Daisy ließ alles ohne zu murren über sich ergehen – als spürte sie, dass man ihr helfen wollte.

Moutiers war überaus gründlich und widmete sich ihr beinahe eine halbe Stunde. Die ganze Zeit über schwieg er und stellte keine Fragen. Er wollte weder wissen, warum wir mit einem Nilpferd unterwegs waren, noch, was der Grund unserer Reise war. Auch hatte er uns nicht nach Papieren gefragt. Er stellte sich als Mann von absoluter Diskretion heraus und gewann damit zusehends meinen Respekt.

Schließlich zog er sich das Stethoskop vom Hals und verstaute es mitsamt den anderen Utensilien wieder in seiner Ledertasche. Lediglich die beiden in einer klaren Flüssigkeit schwimmenden Papierstreifen standen neben der Tasche. Eines der Röhrchen nahm er zur Hand und musterte es nachdenklich.

Dann, endlich, zum ersten Mal seit seiner Untersuchung, schaute er mich direkt an. »Sie ist nicht krank.«

»Sie sprechen Deutsch?«, fragte ich verblüfft.

»Oui, ein bisschen.« Seine Mundwinkel verzogen sich zu einem wohlwollenden Lächeln. »Sie ist … enceinte.«

»Enceinte?«

»Schwanger«, hörte ich Eva tonlos ausrufen.

»Schwanger?«, schrie ich den Arzt an. »Aber das kann nicht sein. Sie ist unfruchtbar.«

Ich musste an Sandra denken. An den Tag, als sie mir gesagt hatte, dass sie schwanger sei. An all die Versuche danach, als es nach der Fehlgeburt nicht mehr hatte klappen wollen. Sie hatte sich so sehr ein Kind gewünscht. Und jetzt war sie … war Daisy … Nur mit Mühe konnte ich die Tränen der Freude unterdrücken.

Moutiers Lächeln wurde breiter. »Unfruchtbar ist sie ganz

sischer nischt.« Er hielt mir das Reagenzglas mit dem Papierstreifen hin. »Sehen Sie. Sie ist schwanger. Isch bin ganz sischer.« Er wandte sich an Eva. »Sie leidet schlischt an … Wie sagt man auf Deutsch?« Er murmelte etwas auf Französisch.

Eva überlegte kurz, dann flackerte es in ihren Augen. »Schwangerschaftsübelkeit?!«

»Oui. Das ist alles, was sie hat. Isch werde ihr ein Aufbaupräparat verabreischen, und dann sollte sie ganz schnell wieder … über den Jordan sein.«

»Sie meinen auf dem Damm«, verbesserte Eva.

»Naturellement, pardon.«

Er klopfte sich Strohhalme von der Hose und trat aus der Box. »Kommen Sie mit. In meine Praxis. Dort beschpreschen wir alles Weitere.«

39

Eva und ich befanden uns im Wohnzimmer des Steinhauses, in dem ein offener Kamin eine angenehme, würzig riechende Wärme verbreitete. Hagen und der Tierarzt waren wieder bei Daisy, um ihr die Präparate zu verabreichen.

»Er ist nett, findest du nicht?«, wollte Eva wissen.

Dem konnte ich nur zustimmen. Nicht nur, dass der Mann sich dazu bereit erklärt hatte, spät am Abend eine Untersuchung an einem Nilpferd durchzuführen, er hatte uns auch noch angeboten, über Nacht hierzubleiben, damit sich Daisy in aller Ruhe von den Strapazen der bisherigen Reise erholen konnte.

Vor mich hin gähnend, saß ich in einem speckigen Ohrensessel und genoss den Blick auf das zappelnde Feuer im Kamin, während ich an einer Tasse frisch aufgebrühtem Lindenblütentee nippte. Die wichtigsten Sachen hatten wir aus dem Kamaz geladen und ins Wohnzimmer gebracht. Schlafsäcke, frische Anziehsachen, den *Artgerecht ist nur die Freiheit*-Rucksack und natürlich meinen geliebten Ficus ginseng, dem ich unmöglich eine Nacht in der Kälte zumuten konnte. Um es bequemer zu haben, hatte ich auch die Taschen meiner Hose geleert. Taschentücher, einen weiteren zerdrückten Apfel, mein neues Prepaid-Handy …

Eva stand mit dem Rücken zu mir und betrachtete die Schwarz-Weiß-Fotografien an der Wand, die mich nicht einmal im Ansatz interessierten. Stattdessen galt meine ganze Aufmerksamkeit ihr. Ich betrachtete sie lange, wie sie da stand, mit ihrer eng um sich gewickelten Strickjacke, auf der ihre langen, braunen Haare wie ein Fächer auflagen. Sie hatte ihren Pferdeschwanz geöffnet und erinnerte mich auf einmal an eine Schauspielerin aus einem Woody-Allen-Film. Verletzlich, schön und unnahbar zugleich. Ich musste daran denken, wie sie mir damals in meinem Büro das erste Mal gegenübergesessen hatte. Der hoffnungsvolle Ausdruck in ihren blauen Augen, der nur wenig später blankem Entsetzen hatte weichen müssen. Mir war klar, dass ich sie damals gar nicht richtig betrachtet hatte. Zum damaligen Zeitpunkt war sie für mich nichts anderes als eine weitere Bittstellerin gewesen, die ich abzuweisen hatte. Dabei war der Mensch dahinter so vieles mehr. So tiefgründig und facettenreich wie … wie das Leben selbst.

Ich musste daran denken, in welcher monotonen Tristesse ich die letzten Jahre vergeudet hatte. Wie ich an meinem Herzschmerz zugrunde gegangen war und alles Lebensbejahende weit von mir weggeschoben hatte. Und nun saß ich hier, kurz hinter Dijon, in einem uralten Steinhaus und mit einer mir fremden Frau, die mir so nahe war, wie … Ja, vielleicht wie Sandra. Das Gefühl, das ich in diesem Moment empfand, eingelullt von der Wärme des steinernen Kamins, sprach von tiefer Zuneigung.

»Ich bin froh, dass du wieder bei uns bist.«

Eva wandte sich mir zu und wirkte erst irritiert, dann lächelte sie gerührt. Ich sah, wie sich ihre Lippen öffneten, doch bevor sie etwas erwidern konnte, kamen Hagen und Moutiers zurück aus dem Stall.

»Daisy schläft«, erklärte Hagen und goss sich ebenfalls eine Tasse des vor sich hin dampfenden Tees ein.

Adam Moutiers gesellte sich zu uns an den Tisch und gähnte.

»Und es ist wirklich kein Problem für Sie, dass wir über Nacht hierbleiben?«, fragte Eva.

»Aber nein, überhaupt nischt. Sie sind herzlisch willkommen. Ich freue misch immer über Besuch.«

»Vielleicht sollten wir uns erklären«, begann ich das Gespräch, doch Moutiers wehrte energisch ab.

»Bitte! Ihre Beweggründe gehen misch wirklisch nischts an. Sie sind hier, weil Sie Hilfe brauchen, und ich helfe. So einfach ist das.«

»Aber ...«

Moutiers entschiedener Gesichtsausdruck ließ jeden Widerspruch in mir verstummen. »Bitte«, sagte er nur. »Es ist alles gut.«

»Wir werden Sie natürlich dafür bezahlen.«

»Über Geld reden wir morgen«, sagte er. »Aber jetzt sind Sie und Daisy meine Gäste für heute Nacht. Fühlen Sie sisch wie zu Hause. Wenn Sie möschten, zeige ich Ihnen nun alles.«

Ich griff nach seiner Hand und schüttelte sie. »Danke, Monsieur Moutiers. Danke für alles.«

»De rien. Keine Ursache«, erwiderte er rasch. »Kommen Sie.« Er breitete die Arme zu einer einladenden Geste aus und nickte in Richtung Eva und Hagen. »Isch zeige Ihnen, wo Sie heute Nacht schlafen können.«

Ich folgte dem Dreiergespann nicht, das sich umdrehte, um ins Innere des Hauses vorzudringen, sondern schulterte meinen Rucksack und den Schlafsack. Nur meinen Ficus ließ ich auf dem Wohnzimmertisch stehen. Er konnte ein wenig Kaminwärme sicherlich gut vertragen.

Hagen sah mich irritiert an. »Wo willst du denn hin?«

»Na, wohin wohl? Zu Daisy. Doch glaubst doch nicht, dass ich sie allein lasse.«

Bereits von draußen konnte ich sie schnarchen hören. Als

ich den Stall betrat, gab sie ein schmatzendes Grunzen von sich und drehte den Kopf zur Seite. Dann schnarchte sie weiter.

Ich richtete mir mein Bett im Stroh der Nachbarbox ein und schlüpfte in meinen Schlafsack, den Kopf gebettet auf einem Kissen aus einer unendlichen Anzahl von Euro-Scheinen, die in meinem Rucksack steckten.

In Daisys Schnarchpausen konnte ich das Zirpen der Grillen hören. Hin und wieder sogar das Quaken von Fröschen, die vermutlich irgendeinen nahe gelegenen Teich besiedelt hatten. Es waren lustige Geräusche, die die nächtliche Natur an mich herantrug. Und es war ein außerordentlich beruhigendes Gefühl, Daisy neben mir zu hören. Gleichermaßen wurde ich mir der zunehmenden Hoffnungslosigkeit unserer Lage bewusst. In Daisys Zustand war jede Verzögerung der Reise die reinste Tortur. Wir mussten sie so schnell wie möglich nach Afrika bringen.

Ich hoffte, dass sie nach der ruhigen Nacht und den Aufbaupräparaten wieder fit genug war, um am Morgen rasch aufbrechen zu können. Ich beschloss, am kommenden Tag die Autobahn zu benutzen, Risiko hin oder her. Ich redete mir ein, dass niemand wissen konnte, welche Route wir eingeschlagen hatten – geschweige denn, wie sehr sich unser Transportmittel optisch verändert hatte. Wenn alles glatt lief, wären wir morgen Abend in Spanien und damit unserem Ziel eine entscheidende Etappe näher.

Ein Strohhalm pikste mir in den Nacken, doch ich war zu müde, um ihn zu entfernen. Mit geschlossenen Augen lag ich da und lauschte dem ungewöhnlichen Konzert, das Daisy, die Grillen und die Frösche für mich gaben. Gerade in diesem Augenblick fühlte sich das Leben ausgesprochen gut an. So einfach und unbeschwert, reduziert auf das Wesentliche. Sinnvoll und lebendig. Ich atmete ein und nahm den Geruch des

Strohs und der Natur um mich herum tief in mir auf. Auch wenn ich keine Ahnung hatte, wie dieser Trip für mich ausgehen würde, so spürte ich doch, dass es die bislang beste Entscheidung meines Lebens gewesen war, mich auf diese Reise zu begeben. Nicht nur durch Daisys unverhoffte Schwangerschaft war ich mir sicher, dass mein Entschluss richtig gewesen war.

Allmählich ließen sich meine Gedanken von der Müdigkeit hinforttragen. Der Klangteppich vermischte sich mit dem wirren Strudel loser Gedankenfäden. Als mich die schlaftrunkene Leichtigkeit erreichte, die mir das Gefühl gab zu schweben, vernahm ich ein Geräusch. Raschelndes Heu, sanfter Atem. Ganz in meiner Nähe.

»Bist du das, der so schnarcht?«, fragte mich eine Stimme an meinem Ohr.

»Daisy«, nuschelte ich mühsam.

Dann sank ich in einen traumlosen Schlaf.

40

Am nächsten Morgen war es nicht das Sonnenlicht des anbrechenden Tages, das mich weckte. Es war auch kein Auerhahn, der den neuen Tag mit einem fröhlichen Balzruf begrüßte. Es war eine laute Stimme, die aus einem Wust aus Haaren zu kommen schien und mich gnadenlos an die Oberfläche des Bewusstseins zerrte.

»Simon. Simon!«

Ich schreckte hoch. »Hagen! Mein Gott.«

»Pscht«, kam es aus dem Bart, der seinen Mund mittlerweile beinahe komplett verdeckte. Er legte sich den Zeigefinger auf die Lippen.

»Du musst dich wirklich mal rasieren«, raunte ich ihm zu und erschrak angesichts meines eigenen schlechten Atems. Himmel. Ich stank zum Gotterbarmen. »Wie spät ist es?«

»Höchste Zeit, um abzuhauen.«

Ich drehte den Kopf. Da lag noch jemand neben mir. Eva. Sie steckte in einem Schlafsack, der jedoch bis zur Hälfte aufgezogen war, und trug ein weißes Unterhemd, das ihre sommersprossenbesprenkelten Arme entblößte. Die Haare hingen ihr wirr und strähnig ins Gesicht. Und zum ersten Mal nahm ich ihren Busen war, der sich deutlich unter dem engen Shirt abzeichnete.

»Was machst *du* denn hier?«, fragte ich sie und stupste sie an.

Sie sah mich aus kleinen Augen schläfrig an. »Konnte nicht schlafen, weil Hagen und Moutiers um die Wette geschnarcht haben. Außerdem war das Bett zu weich und die Couch stank erbärmlich nach irgendwas Undefinierbarem.«

»Wo ist der Tierarzt?«, fragte ich Hagen.

»Schläft noch. Ich bin direkt zu euch, als ich *das* hier entdeckt habe.« Er hielt mir ein Stück Papier so dicht vor die Nase, dass ich alles nur verschwommen wahrnahm.

»Was ist das?«

»Lies!«, befahl er.

Genervt riss ich ihm den Zettel aus der Hand und begann, den Ausdruck zu überfliegen. Die wichtigsten Informationen erreichten mein Kleinhirn binnen Sekunden. Die Überschrift und das schlechte Schwarz-Weiß-Foto – mehr brauchte ich nicht, um zu verstehen. Mein Mund wurde staubtrocken.

»Verdammt, wir stecken in der Scheiße.«

Nun verstand ich auch, warum Moutiers keine Fragen gestellt hatte. Er hatte es nicht der Diskretion wegen getan, sondern weil er schon alles über uns wusste.

»Ein Steckbrief«, stellte Eva entsetzt fest. »Die fahnden nach uns mit einem Steckbrief! Als wären wir Terroristen.«

»Nicht die, sondern er«, stellte Hagen richtig. »Es ist Dr. Adrian Bertrand, der Jagd auf uns macht.«

»Himmel«, stöhnte Eva. »Das ist ja wie im Wilden Westen. Guckt euch mal die Belohnung an!«

»Stimmt.« Hagen nickte. »Der einzige Unterschied ist, dass uns Dr. Bertrand nicht tot oder lebendig sucht. Er kann sich vermutlich denken, dass wir in Richtung Süden unterwegs sind, und er kalkuliert ein, dass wir irgendwann wohl oder übel einen Tierarzt aufsuchen müssen. Was liegt also näher, als alle Veterinärämter in einem großzügigen Radius mit diesen Schreiben zu kontaktieren und die Ärzte mit einer fetten Belohnung zu ködern?«

»Und du meinst, der Tierarzt hat …«, setzte Eva an.

Hagen riss mir den Ausdruck aus der Hand. »Hier!« Sein Zeigefinger durchbohrte den Wisch förmlich, als er auf eine bestimmte Stelle zeigte. »Er hat die Telefonnummer eingekringelt!« Er fuhr die Kugelschreiberlinie entlang. »Ich könnte ihn würgen. Von wegen Gastfreundschaft. Hingehalten hat er uns! Das war alles Taktik.«

»Wie hast du das Fax überhaupt gefunden?«, wollte Eva wissen.

»Musste aufs Klo, hab aber die Tür mit dem Eingang zur Praxis verwechselt. Und dann dachte ich mir, wenn ich schon mal da bin, kann ich auch gleich mal den Rechner benutzen, um Kontakt mit meinem Freund Felipe in Spanien aufzunehmen. Neben dem Telefon lag dann der Wisch.«

»Vielleicht hat er ja bloß mit dem Gedanken gespielt, dort anzurufen, es aber nicht getan.« Ein hoffnungsvoller Glanz schimmerte in Evas Augen.

»Hab ich mir auch gedacht. Aber er *hat* dort angerufen. Ich habe die Wahlwiederholung des Telefons gedrückt.« Hagen legte eine theatralische Kunstpause ein. »Und was glaubt ihr, wen ich dran hatte?«

»Bertrand«, sagte ich.

»›Monsieur Moutiers‹, hat er gesagt. ›Wir sind bereits auf dem Weg. Was kann ich für Sie tun?‹«

»Und dann?«, wollte Eva wissen.

Hagen schnalzte mit der Zunge. »Dann hab ich ihm gesagt, er soll sich den Finger in den Po stecken, und hab aufgelegt.«

»Das ist ein schlechter Scherz.« Ich richtete mich auf.

»Mir ist nichts Besseres auf Anhieb eingefallen.«

Eva stieß einen wimmernden Laut aus.

»›Wir sind auf dem Weg‹«, wiederholte ich Bertrands Worte. »Fuck!«

Hagen nickte. »Aber so was von.«

»Wir sollten wirklich so schnell wie möglich verschwinden.« Unbeholfen schälte ich mich aus dem Schlafsack und trauerte der Chance auf eine frische Dusche hinterher.

»Auf jeden Fall«, stimmte Hagen zu. »Ich mach den Transporter startklar. Ihr packt inzwischen alles zusammen und kümmert euch um Daisy.« Er ließ seinen Blick durch den Stall schweifen. »Ladet noch etwas Heu ein. Wer weiß, wann wir wieder Gelegenheit dazu haben.«

Als ich mich endlich aus dem Schlafsack befreit hatte, begab ich mich schnurstracks zu Daisys Box und wurde mit dem Wackeln ihrer Ohren begrüßt. »Guten Morgen, du werdende Mami. Gut geschlafen?«

Daisy hoppelte auf mich zu und drückte ihre Schnauze gegen meine Hand. Ich war erleichtert, sie so zu sehen. Ihre Hautfarbe wirkte wieder völlig normal, und auch ihre Augen waren nicht mehr so feucht – dafür aber ihre Schnauze. Genau, wie es sein sollte.

»Die Aufbaupräparate scheinen geholfen zu haben«, rief ich über die Schulter. »Wir brauchen mehr davon. In der Praxis gibt es sicher noch ein paar Packungen.«

Evas warme Hand legt sich um mein Handgelenk. »Nein«, sagte sie. »Das ist viel zu riskant. Wir verschwinden von hier. Sofort!«

Sie sah mich unverwandt an. Mir wurde unwohl bei dem Gedanken, dass ich weder gekämmt war, noch meine Zähne geputzt hatte. Trotzdem machte ich mich sanft von ihr los. »Daisy braucht die Medikamente. Außerdem steht der Ficus noch im Wohnzimmer. Und den lasse ich ganz sicher nicht zurück. Er ist das einzig Lebendige, was von Sandra übrig geblieben ist.«

»Außer Daisy«, sagte Eva leise und ließ meine Hand los.

Auf Zehenspitzen schlich ich mich durchs dunkle Steinhaus, wo ich zuerst der Praxis einen Besuch abstattete und die Wand nach dem Lichtschalter absuchte. Geblendet von den aufblitzenden Leuchtstoffröhren bahnte ich mir kurz darauf den Weg zum Medikamentenschrank. Als sich meine Augen endlich an die Helligkeit gewöhnt hatten, sah ich mich suchend um.

In der Mitte des großzügig geschnittenen Raumes stand ein Behandlungstisch aus gebürstetem Edelstahl. Der Medikamentenschrank selbst sah aus, als wäre er aus dem letzten Jahrhundert. Er war mit unzähligen kleinen Schubfächern übersät, die in einem krakeligen Französisch beschriftet waren. Der Schrank nahm nahezu die gesamte Wand ein. Daneben stand eine moderne Vitrine aus hellem Holz und Glas, hinter deren Türen sich Dinge wie Petrischalen, Tücher, Mullbinden und eine Armada an Plastikflaschen mit buntem Inhalt befanden.

Zu meinem Glück gehörte Moutiers nicht zu den penibelsten Menschen. Die Schachtel mit dem Aufbaupräparat lag noch aufgerissen auf dem Behandlungstisch. So war es ein Leichtes, weitere Packungen mit dem gleichen Aufdruck im Medikamentenschrank zu finden. Ich stopfte mir alles in die Hosentaschen, knipste das Licht wieder aus und schloss die Tür leise hinter mir.

Mein Herzschlag hatte sich in etwa verdreifacht, als ich das Wohnzimmer betrat. Der Kamin war erloschen. Der von mir so geliebte Ficus stand genau dort auf dem Wohnzimmertisch, wo ich ihn gestern abgestellt hatte. Mein Puls verlangsamte sich um einige Takte, als ich die Topfpflanze hochhob und sie fest an mich drückte. Ja, ich mochte Pflanzen. Aber diese hier war fast wie ein Kind für mich. Nun ja. Eigentlich hatte ich keine Vorstellung, wie es sich anfühlte, ein Kind zu haben.

Doch sicher war es nicht viel anders als die tiefe Zuneigung, die ich für den Ficus hegte.

Als ich mich vom Anblick des dicken, knubbeligen Stammes und der kleinen, grünen Blätter losgerissen hatte, die mir so viel bedeuteten, fiel mir ein, dass ich gestern Abend auch mein Prepaid-Handy auf dem Tisch hatte liegen lassen.

Aber da war es nicht mehr.

Ich beugte mich nach unten, in der Annahme, dass es vielleicht heruntergefallen sein könnte. Doch außer Wollmäusen war da nichts.

»Suchen Sie das?«, hörte ich eine stark akzentuierte Stimme hinter mir.

Ich erschrak so sehr, dass ich mir das Schienbein am Wohnzimmertisch anstieß. Den Schmerz auf der Lippe zerbeißend, richtete ich mich auf. Im Spalt der offen stehenden Wohnzimmertür hatte sich ein dunkler Schatten aufgebaut. Ein großer Schatten. Adam Moutiers. Seine linke Hand hielt mir das Prepaid-Handy entgegen. Die rechte umfasste etwas anderes. Ich kannte mich nicht sonderlich gut mit Schusswaffen aus, ging aber aufgrund des dicken Laufs davon aus, dass es eine Schrotflinte war, die er auf mich richtete.

»Sie können das Handy behalten«, schlug ich vor. »Ich wollte sowieso gerade …«

»Niemand wird den Hof verlassen«, stellte Moutiers klar.

»Und wenn ich es doch tue?«, fragte ich vorsichtig.

»Dann werde isch Sie erschießen.« Um seinen Worten den nötigen Nachdruck zu verleihen, zielte er nun auf meine Brust.

Ich schluckte trocken und hielt schützend den mickrigen Ficus vor mich – auch wenn mir das fast das Herz zerbrach. Immerhin gehörte er ja quasi zur Familie. »Sie müssen das nicht tun.« Leider schaffte ich es nicht, die Angst aus meiner Stimme zu verbannen.

»Tue isch auch nicht, wenn Sie gehorschen und gemeinsam mit mir hier warten.«

»Auf Adrian Bertrand, den Zoodirektor.«

Moutiers nickte.

»Glauben Sie mir, er steht nicht auf der richtigen Seite.«

»Es ist mir egal, auf welscher Seite er steht.«

Ich schüttelte den Kopf. »Er wird seinen Plan ohnehin nicht durchführen können, Daisy öffentlich zu verfüttern. Jetzt, da sie schwanger ist.«

In einer beschämenden Gleichgültigkeit hob Moutiers die Schultern. »Er weiß, dass sie es ist. Isch habe es ihm gesagt.«

»Dann ist ja alles in bester Ordnung. Dann können wir das hier doch einfach …«

»Er hat mir eine höhere Belohnung versprochen, wenn das Nilpferd nischt mehr schwanger ist, wenn er eintrifft.«

Es dauerte einen Sekundenbruchteil, bis mich seine Worte erreichten. Zeitgleich tippte er sich auf die Brusttasche des gestreiften Hemdes. Und erst da fiel mir der Gegenstand auf, der daraus hervorlugte. Es war die Verschlusskappe einer Spritze.

Ich riss die Augen auf. »Sie wollen das Baby abtreiben?«

Er nickte kaltschnäuzig. »Hier geht es ums Prinzip«, erklärte er. »Das Hippo gehört Ihnen nischt. Sie haben es gestohlen. Ehrensache, dass isch dafür sorge, es dem reschtmäßigen Besitzer zurückzugeben.«

»Aber er wird es töten!«

»Das liegt nischt in meiner Hand.«

»Das werde ich nicht zulassen!«

Moutiers bedachte mich mit einem verhaltenen Grinsen und wedelte mit dem Lauf seiner Flinte. »Sie haben keine andere Wahl.«

Ich war nie ein mutiger Mensch gewesen. Eigentlich war ich

sogar stets davongerannt, wenn es ernst wurde. Aber wie war das noch gleich mit ausweglosen Situationen, in denen es nur die Flucht nach vorn gab?

Moutiers hatte mich in die Ecke gedrängt. Auf einmal war es mucksmäuschenstill im Wohnzimmer. Nur noch die schwere Wanduhr gab ihr monotones Ticken von sich. *Tick-Tack.* Mit jedem Ticken kam Moutiers Bertrand näher an mich und den Ficus heran. Die Zeit spielte gegen mich. Tat ich nichts, besiegelte ich das Schicksal von Daisy und ihrem ungeborenen Baby.

Ich richtete meinen Blick nach vorn und sah direkt in den schwarzen, kreisrunden Lauf der Schrotflinte. Kein schöner Anblick. Mit geschlossenen Augen atmete ich tief ein und schmeckte den bitteren Geschmack der Zwangslage, in der ich mich befand und die mir keine andere Wahl ließ.

Es tut mir leid, Sandra. Das Herz knüllte sich in meiner Brust zusammen.

Dann öffnete sich mein Mund weit, und ich warf dem Tierarzt einen wütenden, ja geradezu infernalen Schrei entgegen, in dem einfach alles lag. Angst, Verzweiflung, Wut, aber vor allem: Entschlossenheit. Diesem Schrei schleuderte ich den Ficus – das letzte lebende Ding, das mich mit Sandra verband – mit all meiner Kraft hinterher.

Moutiers war so perplex, dass er tatsächlich versuchte, den zum Wurfgeschoss umfunktionierten Bonsai-Baum ungelenk aufzufangen. Er ließ dabei mein Telefon fallen und den Flintenlauf sinken.

Dieses Überraschungsmoment nutzte ich, um mich mit vollem Körpereinsatz auf ihn zu stürzen. In meiner blinden Wut riss ich den Wohnzimmertisch um. Moutiers ließ den Ficus fallen, woraufhin der Tontopf mit einem hässlichen Geräusch auf dem Steinboden zersprang.

Doch der Arzt war nicht schnell genug. Bevor er mit der

Waffe wieder auf mich zielen konnte, hatte ich ihn erreicht und ihm das Gewehr aus den Händen geschlagen. Ein Schuss löste sich. Der Knall drohte, mir das Trommelfell zu zerplatzen.

Es war kein richtiger Faustkampf, den wir uns lieferten. Dennoch traf ein Teil meiner Hand sein Kinn, woraufhin Moutiers in sich zusammensank – sprichwörtlich wie ein nasser Sack. Mit erhobenen Fäusten verharrte ich über ihm und wartete darauf, dass er aufstand, bevor der Ringrichter bis zehn zählen konnte. Das Kratzen im Hals verriet mir, dass ich immer noch brüllte.

Aus den Augenwinkeln sah ich zwei Gestalten auf mich zu rennen.

»Himmel!«, rief Eva entsetzt, als sie den Tierarzt auf dem Boden liegen sah.

Hagen kam zu mir und drückte sanft, aber bestimmt meine Fäuste nach unten. Dann sah er mich mit großen Augen an.

Eva kniete neben Moutiers. Ihre Hand tastete nach seiner Halsschlagader. Mit steigender Unruhe beobachtete ich jede ihrer Gesichtsregungen. Ich hatte noch nie jemanden geschlagen. Geschweige denn bewusstlos. Oder, schlimmer noch …

»Ist er tot?«

Sie gab mir keine Antwort, tastete weiter. Dann endlich sah ich, dass sich ihr Gesicht erhellte. Sie schüttelte den Kopf.

Und nun schaffte ich es doch, mich ein wenig zu freuen. »Ich hab einen Mann k.o. geschlagen!«

Hagen bedachte mich mit einem missachtenden Blick. »Du hast einen *alten* Mann k.o. geschlagen.«

»Ich hab meine Hand zur Faust geballt, schwungvoll ausgeholt und genau auf seine Nase gezielt.«

»Getroffen hast du aber sein Kinn.« Er zeigte auf den rötlichen Fleck, der sich unterhalb des bärtigen Mundes deutlich von der blassen Haut abzeichnete. »Glückstreffer«, entschied er lapidar.

»Trotzdem«, schmollte ich. »K.o. ist k.o.«

Es war nicht so, dass ich unbedingt stolz darauf war, körperliche Gewalt angewandt zu haben. Vielmehr war es das Gefühl, meinen Mann gestanden zu haben.

»Ich sag es nicht gern, Simon.« Eva sah mit mitleidigem Blick zu mir auf und dann zur Seite. »Aber ich glaube, deinen Ficus hat es dahingerafft.«

Als ich ihrem Blick folgte, sah ich, was sie meinte. Der Tontopf war in Dutzende Scherben zersprungen. Das Bäumchen selbst war in der Mitte entzweigebrochen. Viele der Blätter lagen abgerissen auf dem Boden, vermischt mit Brocken brauner und eingetrockneter Erde.

»Tut mir leid«, sagte Eva.

»Ja«, erwiderte ich traurig. »Mir auch.«

Moutiers stöhnte leise auf. Sein Kopf drehte sich langsam zur Seite.

»Wir sollten uns beeilen, bevor er wieder zu Bewusstsein kommt.« Eva stand hastig auf.

Mit souveräner Entschlossenheit trat Hagen einen Schritt nach vorn und griff zielsicher in eine seiner großen Hosentaschen, aus denen er eine Hand voll Kabelbinder zum Vorschein brachte. »Es sind meine letzten«, sagte er in einem beinahe wehmütigen Ton. »Los, dreht ihn auf den Bauch.«

41

Hagen hatte das Fenster geöffnet, sodass mit der Morgenkühle auch der süßliche, betörende Duft irgendwelcher Blüten zu uns hineinströmte. Evas Haare wirbelten vor ihrem Gesicht umher. Doch sie wischte sie nicht weg. Trotz der vergangenen unruhigen Tage zeichnete sich ein sanftes Lächeln auf ihren Lippen ab. Ich konnte sie gut verstehen. Diese Gegend, dieses Licht und dieser Duft – all dem haftete etwas Magisches an.

Und dennoch: Obwohl wir seit ein paar Stunden unterwegs waren, rechnete ich jeden Augenblick damit, von irgendwo Sirenengeheul aufjaulen zu hören.

Bevor wir unsere Flucht vom Mühlenhof angetreten hatten, war Hagen auf die glorreiche Idee gekommen, die Nummernschilder des Kamaz mit den französischen Schildern des alten Range Rovers vom Tierarzt zu tauschen, der in der Hofeinfahrt stand. So waren wir zumindest fürs Erste aus dem Suchraster der französischen Polizei raus. Eine eingehende Kontrolle würden wir damit jedoch nicht überstehen, dafür war unser russischer Laster einfach zu auffällig. Es musste ein neues Fortbewegungsmittel her. Das war jedem von uns klar. Weniger klar hingegen war, wie wir an ein anderes Gefährt kommen sollten.

Immer wieder warf ich nervöse Blicke in den Außenspiegel und erwartete, jeden Moment einen Polizeiwagen hinter uns zu entdecken. Oder Schlimmeres. Weder wussten wir, wann Moutiers Kontakt zum Zoodirektor aufgenommen hatte, noch, wie nah er an uns dran war.

»Wir dürfen ihn auf keinen Fall unterschätzen.« Hagen schien meine Gedanken gelesen zu haben. Sein Gesicht war wieder in der Landkarte versunken, die er vor sich ausgebreitet hatte. »Bertrand hat europaweite Kontakte. Vermutlich hat er Himmel und Hölle in Bewegung gesetzt, als er unseren letzten Aufenthaltsort erfahren hat.«

Ich fasste mir an den Hals, fühlte beinahe, wie sich die Schlinge um uns zuzog. Wäre dies hier nicht die Wirklichkeit, sondern tatsächlich ein *Scotland-Yard*-Spiel, wäre jetzt der ideale Zeitpunkt, ein Doppel-Ticket einzulösen.

Eva blickte ihn an. »Du meinst ...«

»Ich meine nicht, ich weiß! Bertrand war jahrelang in der Fremdenlegion. Und die kommt aus Frankreich. Wir *sind* in Frankreich. Ergo ...«

Er klatschte derart laut in die Hände, dass Eva und ich zusammenzuckten.

»Hab's verstanden«, brummte ich. »Wir sollten das Land schnellstmöglich verlassen.«

»Exakt«, bekräftigte Hagen. »Aber mit dem Kamaz kommen wir niemals über die Grenze.«

Ich schüttelte den Kopf. »Hab nur ich das Gefühl, dass einfach alles schiefläuft, was nur schieflaufen kann? Falls es euch noch nicht aufgefallen ist: Wir reiten uns mit jedem weiteren Kilometer tiefer in die Scheiße rein.« Meine Gedanken wanderten zum Geldrucksack unter meinem Sitz. Mir wurde klar, dass es an der Zeit war, eine Entscheidung zu treffen. »Ihr beide solltet aussteigen, solange ihr noch die Chance dazu habt.«

Evas und Hagens Köpfe schossen förmlich in meine Richtung. Ihre Münder klappten auf.

»Auf keinen Fall«, sagte Hagen sofort.

Doch diesmal machte mich seine Loyalität wütend. »Wir

sind nicht die drei Musketiere«, schimpfte ich. »Hier stehen Existenzen auf dem Spiel. Eure Existenzen!«

»So?«, fragte Eva scharf. »Du meinst den Verlust meines Unternehmens? Die drohende Privatinsolvenz?«

In ihre Augen trat ein beunruhigender Glanz, der mich verstummen ließ.

»Ich bin mir auch nicht mehr so sicher, ob ich nach all dem so ohne Weiteres zurück in einen Zoo kann«, vermutete Hagen. Die Ironie stand in sein Gesicht geschrieben.

»Jetzt ist es ohnehin zu spät. Wir sitzen alle im selben Boot«, sagt Eva entschieden.

»So sieht's aus«, fand auch Hagen. »Lasst uns aus Frankreich rauskommen, dann überdenken wir unsere Möglichkeiten.«

Ich stieß einen tiefen Seufzer der Resignation aus. Er hatte recht. In allen Punkten hatte Hagen recht.

Wenigstens war Daisy auf dem Weg der Besserung. Sie hatte sogar wieder Appetit, und es war ein Leichtes gewesen, ihr die Aufbaupräparate in Tablettenform mit den Pink Ladys unterzujubeln.

»Auf jeden Fall sollten wir irgendwie an ein neues Transportmittel kommen.« Eva hatte die Beine hochgezogen und es sich im Schneidersitz bequem gemacht. Sie klemmte sich nun doch eine Strähne hinters Ohr. »Wir brauchen einen Plan.«

42

Ich war noch nie ein Freund von unausgegorenen Plänen, die derart immense Logiklöcher hatten, dass ohne Weiteres ein Nilpferd hätte durchschlüpfen können. Mein Plan war so dürftig und brüchig, dass ich mir gar nicht erst die Mühe machte, ihn mit Hagen und Eva zu besprechen. Sie hätten ihn in der Luft zerrissen, und dann hätten wir wieder am Anfang gestanden. Also hielt ich die Klappe und tat, was ich schon längst hätte tun sollen: Ich übernahm die Kontrolle.

Schlimmer konnte es wohl schlecht werden.

Etwa fünfzig Kilometer hinter Lyon verließen wir die Nationalstraße und fuhren über die Landstraße, vorbei an kleinen Ortschaften, die nicht mehr waren als eine Ansammlung heruntergekommener Häuser und restaurierungsbedürftiger Kirchen. Menschen sahen wir kaum, dafür war es noch zu früh am Morgen.

»Vielleicht finden wir ja irgendwas mit einer Dusche«, hoffte Eva, während wir die winzigen Örtchen an uns vorbeiziehen ließen.

Hagen winkte ab. »Wichtiger ist, dass wir etwas finden, wo wir den Wagen verstecken können.«

Wie die beiden auch hielt ich Ausschau nach einem passenden Versteck – wenngleich ich alle Hände voll zu tun hatte, den Kamaz durch die engen Straßen zu manövrieren. Ich war heilfroh, dass uns kaum ein Wagen entgegenkam.

Dann sah ich in der Ferne ein Gut, das meine Aufmerksamkeit auf sich lenkte. »Das ist perfekt.«

»Das?!«, fragte Hagen entsetzt, als ich den Lastwagen abbremste und auf den mehr schlecht als recht bepflasterten Weg einbog, an dessen Ende ein altes Fabrikgelände vermutlich seit Jahrzehnten vergeblich darauf wartete, abgerissen zu werden. Es handelte sich um ein langweiliges rechteckiges Gebäude aus schmutzig-rotem Backstein mit enormen Lücken im Dach. Ich steuerte auf das Haus neben der großen Fabrikhalle zu, das vor Jahrzehnten mit großer Wahrscheinlichkeit ein Verwaltungsgebäude gewesen war.

»Und was genau ist daran perfekt?«, wollte Hagen wissen. »Die fehlenden Fenster? Die aus den Angeln gerissene Eingangstür?«

Seine Einwände ignorierend, fuhr ich in Schrittgeschwindigkeit um das Gebäude herum. Der Schotter knirschte unter den dicken Reifen. Mit jedem Meter, den wir fuhren, wirbelten wir eine dickere rote Wolke auf.

Das leerstehende Haus glich einer Ruine. Tatsächlich fehlte sogar eine komplette Wand, wie der Blick von der Seite offenbarte. Aber darum ging es mir gar nicht. Das, was meine Aufmerksamkeit erregt hatte, war nicht die marode Bruchbude, sondern das Gebäude dahinter.

Die angrenzende Halle war perfekt, um unseren Wagen dort unterstellen zu können. Vor allem aber war die rückwärtige Seite nicht von der Hauptstraße aus einsehbar.

Ich parkte den Wagen halb in der Lagerhalle. Ganz passte er leider nicht hinein, weil bereits Teile des Daches eingestürzt waren und den Weg versperrten.

»Wunderschön ist es hier, wirklich.« Hagen gab sich gar nicht erst die Mühe, den Spott zu unterdrücken.

»Sag ich doch.« Ich blickte mich um und war zufrieden.

Beherzt riss ich die Tür auf und landete mit den Füßen auf dem rotbraunen Schotterboden, mit dem das ganze Areal bedeckt war. Als sich auch Eva und Hagen zum Aussteigen erbarmten, inspizierten wir unseren vorübergehenden Unterschlupf.

Das Fabrikgebäude war dermaßen verwittert, dass sich unmöglich bestimmen ließ, was hier einst produziert worden war. Es war nur noch das blanke, vor sich hin rostende Stahlgerüst der Halle zu erkennen, das mit billigem Wellblech verkleidet war. Aber es bot genügend Sichtschutz und war weit genug von der Hauptstraße weg. Und das Beste: Hinter der maroden Halle breitete sich ein riesiges Gänseblümchenfeld aus. Bellis perennis – Daisys Leib- und Magenspeise. Dass das Gewächs im Volksmund auch »Ausdauerndes Gänseblümchen« genannt wurde, deutete ich als gutes Zeichen. Wir waren definitiv auf dem richtigen Weg. Nur noch ein kleines bisschen Geduld …

»Kümmert ihr euch um Daisy? Ich bin gleich wieder da.«

Bevor mir einer von den beiden eine schnippische Antwort um die Ohren hauen konnte, stapfte ich zum angrenzenden Feld und atmete den Duft der Abertausenden wild wachsenden Gänseblümchen ein, die die angrenzende Weide geradezu überwucherten. Während sich der Morgentau um meine Schuhe und Hosenbeine sammelte, pflückte ich einen riesigen Strauß der weißen Blumen, dabei ließ ich mir den grob gefassten Plan in Ruhe durch den Kopf gehen und versuchte, die ganz großen Logiklöcher irgendwie zu stopfen. Fakt war: Wir konnten mit dem Kamaz nicht mehr auf die Straße. Und wir hatten die Verfolger im Nacken. Zwei Szenarien waren denkbar.

Szenario 1: Adam Moutiers hatte sich aus den Kabelbindern befreit und es aus der fensterlosen Toilette geschafft. Dann hatte er umgehend die Polizei informiert, die sich sofort auf die Suche nach uns gemacht hatte. Die gesamte Fahndung konzentrierte sich nun auf einen Umkreis von etwa dreihundert Kilometern rund um Dijon – eben so weit, wie man innerhalb von einigen Stunden bei Tempo 80 kam. Es war also nur noch eine Frage der Zeit, bis sie unseren nicht gerade unauffälligen Transporter fanden.

Szenario 2: Adrian Bertrand war kurz nach uns eingetroffen und hatte den gefesselten Tierarzt auf der Toilette gefunden. Das würde bedeuten, dass er uns dicht auf den Fersen war. Unklar war mir jedoch, ob er die Polizei eingeschaltet hatte. Irgendetwas ließ mich nicht so recht daran glauben. Dieser Mann trug eine Fehde aus. Da konnte er keine Nebenbuhler brauchen.

Beide Szenarien stimmten mich nicht unbedingt zuversichtlicher. Doch die frische Luft half mir dabei, den Kopf frei zu bekommen. So oder so: Wir standen ganz kurz davor, diese *Scotland-Yard*-Runde zu verlieren, wenn wir nicht clever handelten.

Ich pflückte weiter und zermarterte mir das Gehirn. Mein Plan war noch immer unausgereift, aber er nahm zumindest Gestalt an. Zunächst musste ich mich um die grundlegenden Dinge kümmern. Wir benötigten Lebensmittel, und ich musste dringend telefonieren. Außerdem würde ich den letzten noch verbliebenen Trumpf ausspielen müssen: die Beute aus meinem Raubzug.

Halbwegs zufrieden begab ich mich zurück zum Kamaz. Mein Gänseblümchenstrauß war so groß, dass ich ihn mit beiden Händen umfassen musste. Unter meinen Fingerkuppen spürte ich den klebrig-gelben Blütenstaub.

Als ich zurück zum Fabrikgebäude kam, lehnten Eva und Hagen an der heruntergelassenen Verladerampe und warteten missmutig auf mich.

Hagen war wieder in seine Landkarte vertieft, schaute aber

auf, als ich unmittelbar vor ihnen stehen blieb. »Du hast mir Blumen mitgebracht? Aber das wäre doch nicht nötig gewesen, Liebling«, foppte er mich bei meinem Anblick. Er wurde augenblicklich ernst, als er die Blumen erkannte. »Sind das …?«

Ich nickte. »Gänseblümchen. Ihr Lieblingsessen.« Ich stellte mich vor Eva und hielt ihr den Strauß hin. »Würdest du?«

Sie nahm ihn wortlos entgegen und schwang sich auf die Rampe, um ihn Daisy zu überreichen.

Ich nickte Hagen zu. »Kannst du mir sagen, wie weit wir vom nächsten Autohof entfernt sind?«

Er musterte mich, sagte aber nichts. Einen Wimpernschlag später hielt er die Karte so hin, dass auch ich hineinsehen konnte. »Wir sind hier.« Er deutete mit dem Finger auf einen kleinen Fleck, der gänzlich vom Ortsnamen überdeckt wurde. Dieser bestand aus so vielen Akzenten, dass ich noch nicht einmal wagte, ihn laut auszusprechen. »Hier verläuft die N532, die hier in die A7 mündet.« Er fuhr die rote Linie entlang. Unschöne Trauerkränze hatten sich unter seinen Nägeln versammelt. »Luftlinie sind das ungefähr zwei Kilometer, schätze ich. Und an dieser Stelle ist ein Autohof verzeichnet.« Er zeigte auf eine Stelle, die mit einem Tanksymbol gekennzeichnet war.

Am Rand der Karte suchte ich die Legende ab. »Etwa fünf Kilometer von hier?«

»In etwa.« Hagen drehte abschätzend die Hand.

Zufrieden klappte ich die Karte zu. »Alles klar, dann los.«

Ich klopfte ihm auf die Schulter und ging zum Führerhaus, um meinen Rucksack zu schultern.

»Gehen wir wandern?« Hagen beäugte mich skeptisch.

Belustigt zwinkerte ich ihm zu. »Nein, wir gehen einkaufen.«

»Etwa die ganzen fünf Kilometer zu Fuß?«

Ich schüttelte den Kopf, während ich in die Hocke ging und einen Blick unter den Kamaz warf. Tatsächlich fand ich dort genau das, wonach ich suchte. Breit grinsend richtete ich mich auf und hielt Hagen den Benzinkanister entgegen. »Mit etwas Glück vielleicht nicht.«

43

Wir saßen in einem blassroten Peugeot 305 Cabrio und ließen uns den Fahrtwind um die Nase wehen. Mit meinem Rucksack im Klammergriff quetschte ich mich auf die enge Rücksitzbank, während sich Hagen auf dem Beifahrersitz mit der Kommunikation des jungen Franzosen schwertat, der nicht im Traum daran dachte, dass MP3-Radio leiser zu stellen, aus dem ein unsäglicher Lärm mit Grunzgesang und verzerrten Kettensägen-Gitarren drang.

Dennoch war ich stolz auf meine Tramper-Idee. Anstelle des Daumens hatte ich einfach den leeren Benzinkanister in die Höhe gehalten und parallel dazu mit einem 100-Euro-Schein gewinkt. Wir hatten keine dreihundert Meter weit auf der Landstraße gehen müssen, als der kleine Franzose in der Rost-Edition mit quietschenden Bremsen unmittelbar hinter uns stehen geblieben war. »Gazole, statione de service«, hatte ich meine letzten Reste aus dem gerade mal ein halbes Jahr dauernden Französisch-Unterricht zusammengekramt und damit ein wohlwollendes Nicken des langhaarigen Peugeot-Fahrers geerntet.

Im Rausch des Fahrtwindes betrachtete ich die Landschaft und ließ meine Gedanken schweifen. Die letzten Tage waren nur so an mir vorbeigeflogen. Gleichzeitig kam es mir vor, als hätte sich die Zeit verlangsamt. Als wären es nicht erst ein paar Tage, sondern ein ganzes Leben, in dem ich mich nun schon auf der Reise befand. Gemeinsam mit Hagen, Eva und Daisy. Wie bedeutungslos die Zeit doch wurde, wenn man keiner geregelten Bürotätigkeit nachgehen musste oder sich nach keinem vordiktierten Zeitplan zu richten hatte.

Die Fahrt ging so schnell vorbei, wie sie begonnen hatte. Um hundert Euro erleichtert, standen wir mit dem leeren Benzinkanister auf einem lauten und überfüllten Autohof. Nahezu alle Parkplätze waren belegt, an den Zapfsäulen hatten sich lange Autoschlangen gebildet.

»Scheint eine Art Knotenpunkt für diese Gegend zu sein«, mutmaßte Hagen.

Während er die Benzin-Preistafel studierte, kramte ich möglichst unauffällig ein paar weitere Scheine aus dem Rucksack.

»Ganz schön teures Pflaster hier«, meinte er dann. Hagens großer Schatten fiel auf mich. »Und was machen wir jetzt?« Er kratzte sich am Kopf.

Ich drückte ihm das Geld in die Hand und zeigte auf den unmittelbar an die Tankstelle angrenzenden Supermarkt. »Du besorgst das Nötigste für uns, und ich gehe telefonieren. Wir treffen uns wieder genau hier.«

Mit den Geldscheinen in der Hand ließ ich ihn ziehen und betrat den Tankstellen-Shop, um mir zwei neue Prepaid-Handys zu besorgen. Mit den Errungenschaften in der Hand begab ich mich auf einen der Rastplätze rund um die Tankstelle und setzte mich auf die steinerne Bank mit Blick zum gut gefüllten Lkw-Parkplatz. Dann befreite ich eines der Handys aus der Verpackung und schaltete es ein.

Ich war ein großer Fan von Klolektüren. Auf meiner Toilette gab es immer eine Zeitschrift, einen Ratgeber oder ein Kreuzworträtselheft. Am liebsten waren mir diese witzig-informativen Anekdoten-Sammlungen, die dabei auch noch unnützes Wissen zum Besten gaben. Zum Beispiel, dass die dicksten Männer Deutschlands in Schleswig-Holstein lebten. Und die dicksten Frauen im Saarland. Dass sich ein Viertel aller Knochen des menschlichen Körpers in den Füßen befand. Oder dass der 11. Februar der Tag des europaweiten Notrufes war, da das Datum sich wie die 112 las. Ich hätte nicht gedacht, dass mir dieses unnütze Wissen tatsächlich einmal zugutekommen würde. Hier und nun tat es das.

Es war zwar nicht direkt ein Notruf, den ich abzusetzen gedachte, aber dennoch war ich zuversichtlich, dass ich zumindest bei der richtigen Adresse landen würde. Also tippte ich die drei Ziffern in das Handy.

Nachdem ich zunächst eine nur französisch sprechende Dame in der Leitung gehabt hatte und danach mein Anliegen einer halbwegs der englischen Sprache mächtigen Person näherbringen durfte, wartete ich nun darauf, jemanden an die Strippe zu bekommen, der mich tatsächlich verstand. Ich schlug geschlagene drei Minuten tot, wie mir das Handy-Display verriet. Als dann eine markant rauchige Stimme aus dem Blechgehäuse drang, zuckte ich unwillkürlich zusammen. Sein Name ging in meinem nervösen Räuspern unter. Ich hörte nur noch ein stark akzentgetränktes: »Was kann isch für Sie tun?«

Ich schloss die Augen und raffte all meinen Mut zusammen. »Guten Tag, Monsieur.« Die ersten Wörter musste ich förmlich aus mir herauspressen. Aber dann ging es quasi ganz von allein. »Mein Name ist Simon Berger, und ich habe ein Nilpferd entführt.«

Es wurde still am anderen Ende der Leitung.

»Hallo?«, fragte ich unsicher. »Sind Sie noch dran?«

»Excusez-moi. Isch bin noch dran. Sie sagten, Simon Berger sei Ihr Name?« Es klang eher nach einer Frage als nach einer Bestätigung.

»Oui, äh, ja, genau, das sagte ich, und so ist es auch.« Ich räusperte mich, um klar und deutlich verstanden zu werden. »Simon Berger. Der mit dem Nilpferd. Ich gehe davon aus, dass Sie über den ... ähm, Sachverhalt im Bilde sind?«

»Oui, bien sûr.«

»Gut. Dann hören Sie mir jetzt genau zu: Ich fordere Sie hiermit auf, die Suche nach mir einzustellen. Ich habe zwei Geiseln genommen. Eva Hamberg und Hagen Wolf. Ich bin bewaffnet und extrem gefährlich. Sollte ich einen Polizeiwagen auch nur in meiner Nähe sehen, werde ich die Geiseln eiskalt erschießen. Haben Sie mich verstanden?«

Wieder erhielt ich keine Antwort. Aber ich hörte meinen Gesprächspartner schwer atmen. *Eiskalt erschießen,* wummerte es in meinem Kopf. Sprachen Verbrecher wirklich so? Wäre *räudig* womöglich das passendere Wort gewesen?

»Hallo?«, rief ich in die Stille unserer Unterhaltung. »Haben Sie verstanden? Ich lege die Geiseln räudig um!«

Umlegen, triumphierte ich. Das klang wahrlich verbrecherhaft. Radu wäre stolz auf mich gewesen.

»Oui! Ja, isch habe verstanden. Was sind Ihre konkreten Forder ...«

»Rettet Daisy!«, fiel ich ihm ins Wort und drückte mit noch zittrigeren Fingern das Symbol mit dem roten Telefonhörer. Das Handy wanderte umgehend in den Mülleimer. Ich atmete stoßweise aus. Auf einmal war mir ziemlich schummrig zumute. Ich konnte nicht glauben, dass ich das gerade wirklich getan hatte.

Einen Tisch weiter ließ sich eine Familie mit zwei kleinen Kindern nieder und packte ihr mitgebrachtes Frühstück aus. Das vielleicht dreijährige Mädchen grinste mich frech an, streckte mir die Zunge raus und versteckte sich anschließend hinter dem Rockzipfel seiner Mutter.

Ich sah sie mit gespielter Entrüstung an und zielte mit der

Fingerpistole auf sie. Mit dem Bewusstsein, mich soeben in die erste Liga der international gesuchten Verbrecher katapultiert zu haben, zwinkerte ich ihr zu und erhob mich dann. Ohne mich noch einmal umzublicken, ging ich Hagen entgegen, der einen Einkaufswagen vor sich herschob, in dem drei prall gefüllte Tüten standen.

»Es war die Hölle los«, schimpfte er. »Das nächste Mal gehst du einkaufen.«

»Klar doch.« Ich zog eine der Tüten auseinander und überprüfte den Inhalt. Hagen hatte an alles gedacht. Wasser, Instant-Suppen, Brot, Obst und sogar Toilettenpapier.

»Guck mal, was ich gefunden habe.« Breit grinsend hielt er mir drei Spraydosen mit langhaarigen Frauenköpfen darauf in die Höhe. »Da wird sich Eva bestimmt drüber freuen, nicht wahr?«

Ich zuckte mit den Schultern. »Klar, welche Frau würde sich nicht über Trockenshampoo freuen?«

Zufrieden steckte er die Spraydosen zurück in die Tüten. »Und was machen wir jetzt?«

»Ehrlich gesagt, habe ich keine Ahnung«, gestand ich.

»Wie bitte? Ich dachte, du hättest einen Plan.«

»Äh ... ja. Lass uns erst mal zur Seite gehen.«

Ich half ihm, den schweren Einkaufswagen in eine der noch wenigen freien Lkw-Parkbuchten zu schieben, damit wir nicht versehentlich von einem heranrasenden Auto umgemäht wurden. Resigniert ließ ich mich dann auf dem Bordsteinrand nieder und klemmte mein Kinn zwischen die Knie. Den grünen Rucksack drückte ich fest an mich.

»Ich hatte gehofft, dass ich die Eingebung unterwegs bekomme.«

»Wie jetzt?«

Ich sah zu Hagen auf, der mich verwirrt von oben herab

anstarrte. Sein Bart verdeckte mittlerweile große Teile seines Gesichts.

»Hast du auch einen Rasierer gekauft?«

Er ignorierte meine Frage. »Und wie stellst du dir vor, wie wir die Tüten zurück zu Eva und Daisy bekommen?«

»Ein Taxi?«, fragte ich.

»Aha. Ein Taxi.« Er schob das Kinn kurz vor. »Und dann? Mit dem Taxi weiter nach Spanien?« Seine Wangen waren gerötet. Vermutlich vor Wut. »Dann lass uns aber bitte ein Großraumtaxi bestellen, DAMIT DAISY AUCH MITKOMMEN KANN!«

»Tief durchatmen, Hagen. Von deinem Geschrei wird unsere Situation nicht besser. Wir müssen eben irgendwie improvisieren.«

Doch er dachte überhaupt nicht daran, sich zu beruhigen. »Und wie stellst du dir das vor? Willst du hier sitzen bleiben und warten, dass was passiert? Auf ein Zeichen? Eine göttliche Eingebung oder so was?«

Gerade, als ich etwas ebenso Ungehaltenes darauf erwidern wollte, ließen uns die Trompeten von Jericho zusammenzucken und mich Sterne sehen. Zumindest einen. Dafür einen großen. Hagen schrie panisch auf und sprang zur Seite. Ich konnte nur noch die Beine anziehen, als ich das kobaltblaue Stahlmonstrum vor mir erblickte, das viel zu schnell in die Parkbucht einscherte und mit einem heftigen Ruck einen halben Meter vor mir und dem Einkaufswagen stoppte.

Bevor Hagen und ich den Schrecken verdaut hatten, schob sich ein breites Gesicht aus dem Seitenfenster eines aus meiner Perspektive riesig wirkenden Trucks. Ich verstand nicht, was er auf Französisch zu uns runterbrüllte, aber es klang nicht nett. Hagen schob den Einkaufswagen zur Seite, woraufhin sich das monströse Gefährt bis ganz dicht an meine Knie zwängte. Ich wurde beinahe taub, als mir das Zischen der Luftdruckbremse das Trommelfell zerstach.

Die Fahrertür öffnete sich, und ein recht klein gewachsener, dickbäuchiger Mann mit Achselshirt und dichtem Unterarmhaar sprang auf den Asphalt. Wütend stierte er uns an und ließ weitere Tiraden auf uns niederregnen. Der Griff in den Schritt konnte zwei Dinge bedeuten: dass wir ihn mal sonst was konnten oder dass er wirklich dringend auf Toilette musste. Auf jeden Fall zog er unter Flüchen schnell von dannen – so schnell, dass er seinen Sattelzug nicht einmal abschloss.

Das Blut jagte mir noch immer durch die Venen, als ich die massive Front des Lastwagens betrachtete. Dann blickte ich zu Hagen auf, dem sämtliche Farbe aus dem Gesicht gewichen war.

Er wollte gerade zum Reden ansetzen, doch ich hielt ihn mit einer Geste auf. »Hörst du das auch?«, fragte ich ihn. »Das Gegrunze?«

Hagen legte seinen Kopf schief und gab nach einer Weile ein vorsichtig-erstauntes »Ja?« von sich. Im selben Moment spürte ich, wie sich ein Grinsen auf meinem Gesicht ausbreitete.

»Wie war das noch gleich mit dem Zeichen Gottes?«

44

Erleichtert stellte ich fest, dass sich im Grunde alle Lastwagen gleich fahren ließen. Auch dieses Mercedes-Modell machte da keinen Unterschied. Zwar war es moderner, ungefähr doppelt so groß und hoch wie der Kamaz und mit mehr Schnickschnack ausgestattet – Gas, Kupplung und Bremse funktionierten aber völlig gleich. Die Innenausstattung der Fahrerkabine war im Gegensatz zu unserem altersschwachen Russen indes geradezu luxuriös ausgestattet.

Erhebliche Probleme hatte ich allerdings mit dem Rangieren. Doch mit dem Mut der Verzweiflung und angehaltenem Atem schaffte ich es schließlich aus der Parklücke, und wir nahmen Kurs in Richtung Autobahnausfahrt, um zurück zu Eva und Daisy zu gelangen.

»Wie leichtsinnig von dem sympathischen jungen Herrn, einfach so den Schlüssel stecken zu lassen.« Hagen hatte die Füße auf das Armaturenbrett gelegt und biss genüsslich in ein lecker duftendes Croissant.

Ich griff um das riesige Lenkrad herum und setzte den Blinker. »Fragt sich nur, was wir mit den Schweinen anstellen sollen.«

»Was wohl! Sie befreien und gutes Karma einheimsen. Hab so ein Gefühl, dass wir das gerade ganz gut gebrauchen könnten. Sonst wird das nix mit dem Erreichen der nächsten Reinkarnationsstufe.«

Ich wollte gar nicht darüber nachdenken, wie der Besitzer dieses Trucks darauf reagieren würde, wenn er von seinem großen oder kleinen Geschäft zurückkam und anstelle seines Trucks den leeren Einkaufswagen erblickte. Genauso wenig wollte ich mir darüber Gedanken machen, dass es sich bei dieser Kurzschlussaktion um einen mit heißer Nadel gestrickten Lösungsversuch handelte. Nach diesem Truck würde die Polizei ebenfalls bald schon fahnden. Aber momentan zählte jede Minute. Außerdem hatten wir noch die Nummernschilder des Tierarztes, was uns wiederum etwas Zeit verschaffen dürfte. Zumindest einen minimalen Vorsprung.

Wichtig war, dass wir endlich auf die Autobahn und schnellstmöglich nach Spanien kamen und diesen Felipe Hernández erreichten. Unterwegs hätten wir dann genügend Zeit für langfristigere Lösungsvorschläge.

Keine Viertelstunde später hatten wir das kleine Örtchen mit dem unaussprechlichen Namen erreicht, in dem Eva und Daisy auf unsere Rückkehr warteten. Ich drosselte die Geschwindigkeit, um nicht die Einfahrt zum Fabrikgelände zu verpassen.

»Vorsicht!«, hörte ich Hagen plötzlich.

Und dann sah ich auch, was er meinte. Eine schwere Limousine stand mitten auf der Straße und versperrte uns den Weg. Ich fuhr langsam auf den Wagen zu, wunderte mich über die deutsche Zulassung und sah, wie sich zwei überaus schwergewichtige Gestalten umständlich aus dem Auto schälten. Die Limousine hob sich einige Zentimeter nach oben, als die Insassen – eindeutig zwei Männer – ausstiegen. Sie trugen dunkle Anzüge und hatten schwarz glänzende Haare, die sie zu dicken Zöpfen geflochten hatten. Einer von ihnen gab uns ein Zeichen stehen zu bleiben. Der Großteil seines dunkelbraunen Gesichts wurde von einer gespiegelten Sonnenbrille verdeckt.

»Was sind denn das für Typen?«, fragte ich belustigt.

»Fahr bloß weiter!«, forderte Hagen eindringlich.

»Geht nicht, an denen komme ich unmöglich vorbei.«

Als die beiden näher an uns herantraten, erkannte ich, dass ihre Gesichter tätowiert waren. Keine Knastträne, wie ich es bei einem der Rumänen gesehen hatte. Ihre Tätowierungen waren flächendeckend und zeigten tiefschwarze komplexe Muster. In ihrer gesamten Erscheinung erinnerten mich die beiden an Mitglieder eines alten polynesischen Eingeborenenvolks irgendeiner Südseeinsel.

Der Mann mit der Sonnenbrille hatte nun beide Hände erhoben und signalisierte mir, dass ich endlich stehen bleiben sollte. Ein Gefühl sagte mir, dass es klug wäre, dieser doch eher eindringlichen Bitte Folge zu leisten.

»Mach mal das Fenster runter«, forderte Hagen mich auf.

Ich drückte auf einen Knopf, woraufhin sich die Fahrerscheibe nach unten senkte. Sofort hielt die schwül-warme Luft Einzug in das Fahrerhaus.

Die beiden Männer blieben unmittelbar vor dem Fenster stehen und sahen nach oben. In der Sonnenbrille spiegelte sich mein Gesicht. Die Augen des anderen tätowierten Mannes waren so dunkel, also trüge er getönte Kontaktlinsen.

»Guten Tag«, sagte er auf Deutsch und mit der tiefen Stimme groß gewachsener Männer. In einer fließenden Bewegung legte er sich die zwei Zöpfe nach hinten und blickte mich aus schwarz-dunklen Augen an. »Wir suchen jemanden.«

Hagen und ich blieben stumm. Ich fand, dass das eine wirklich merkwürdige Gesprächseröffnung war.

»Sprechen Sie Deutsch?«, fragte der andere Mann, der dicht neben ihm stand. Seine hochgekrempelten Jackettärmel entblößten ebenfalls tätowierte Unterarme, die so massig wie meine Unterschenkel wirkten. Ich fragte mich, was die beiden wohl von Beruf waren. Sumoringer hätte ihnen gut zu Gesicht gestanden.

Unter ihren dunklen Anzügen trugen sie nichts weiter als makellos weiße Feinripp-Shirts. Auch ihre Brust, zumindest das, was man erkennen konnte, war über und über mit Malereien verziert, wieder in diesen ineinander übergehenden symmetrischen Mustern. Bei dem mit der Sonnenbrille erkannte ich zudem die Ausläufer von großen Lettern, konnte aber unmöglich entziffern, was sie bedeuten sollten.

»Non«, sagte ich im Affekt und schüttelte energisch den Kopf. »Non. Non Allemagne.«

Auf mein gedämpftes Zischen hin schüttelte Hagen ebenfalls energisch den Kopf.

Die beiden Sumoringer tauschten einen ausdruckslosen Blick. Dann fragte der ohne Sonnenbrille: »We are searching for a truck with an animal und three persons. Two men and a woman.«

»It's a Russian truck«, fügte der andere hinzu.

Hagen und ich starrten aus dem Fenster. Zumindest starrte ich. Hagen beugte sich halb über mich, um ebenfalls etwas zu sehen. Ich konnte nur hoffen, dass seine Mimik ebenso debil ausfiel wie meine.

»Non anglais«, sagte ich langsam.

Wenn er es als Nächstes auf Französisch versuchte, hatten wir ein Problem.

»Verdammte Franzosen«, fluchte der Große auf Deutsch. »Können nichts als ihre eigene Sprache!« Er kickte einen Schotterstein weg und wirbelte damit eine rötliche Staubwolke auf. Dann wandte er sich wieder mir zu. »Deux hommes.« Er hielt zwei wulstige Finger der einen Hand und den Daumen der anderen Hand in die Höhe. »Une femme.« Selbst seine Finger waren tätowiert. »Animal«, sagte er eindringlich. »Camion.« Er zeigte auf unseren Truck.

Ich spürte eine grenzenlose Erleichterung, als mir bewusst

wurde, dass sein Französisch in der Tat noch mieser war als meins. Eines aber war mir augenblicklich klar: Was auch immer diese beiden Sumoringer darstellten, sie suchten *uns*.

Sobald es mein rasant klopfendes Herz zuließ, gab ich mich einem befreiten Lachen hin. »Ah bon!«, scherzte ich. »Nous sommes des porcs du transport … Animals de boucherie.« Während ich versuchte, Evas wundervollen Singsang nachzuahmen, wenn sie Französisch sprach, ließ ich meinen Finger über den Hals fahren und meine Zunge heraushängen.

»Ein Schweinetransporter?«, fragte die Sonnenbrille.

»Schlachten?«, vermutete der Große aufgrund meines Gestenspiels.

»Oui«, erwiderte ich schnell und fuhr mir noch ein paar Mal über den Hals. »Boucherie.«

Ich war mir ziemlich sicher, dass »Boucherie« Metzgerei bedeutete und nicht Schlachthof. Aber die beiden schienen es anstandslos zu schlucken.

»Oink, oink«, fügte Hagen euphorisch hinzu.

Der Mann mit der Sonnenbrille und den hochgekrempelten Ärmeln entfernte sich aus unserem Sichtbereich und widmete sich unserer Fracht. Im Außenspiegel konnte ich sehen, wie er einen der Lüftungsschieber nach oben zog, um einen Blick durch die Schlitze zu erhaschen. Er zuckte prompt zusammen, als sich ihm eine schnüffelnde Steckdosennase entgegenstreckte.

»Alles voller Schweine«, hörte ich ihn rufen.

»Was heißt, ›Wir müssen weiter‹?«, fragte Hagen mit gesenkter Stimme.

Ich dachte kurz nach und flüsterte ihm die Antwort zu. Hagen nickte schnell. Dann reckte er seinen Oberkörper noch weiter in Richtung meines Fensters und tippte sich auf das Handgelenk. »On dwa see dépöschee.«

Ich rollte mit den Augen aufgrund seiner üblen Aussprache.

»Oink-oink, arrgl«, sagte er und strich sich nun selbst eifrig mit dem Finger über die Kehle.

Im Außenspiegel sah ich, wie sich die beiden Indianer unschlüssige Blicke zuwarfen. Dann, ohne ein weiteres Wort zu sagen, schlenderten sie auf ihre Limousine zu, deren schwarzer Lack und das viele Chrom mit einer dicken Staubschicht eingehüllt waren. Gemächlich sank der Wagen ein Stück nach unten, als sie sich wieder ins Auto setzten, und fuhr anschließend seitlich auf den Bordstein. *Trottoir,* schoss es mir durch den Kopf. Ich freute mich, dass sich mein Gedächtnis an immer mehr Wörter aus dem Französisch-Unterricht erinnerte. Und plötzlich fiel mir auch wieder ein: *Jacques est dans la salle de séjours.* Leider wusste ich nicht so genau, was es bedeutete. Erst recht nicht, wer Jacques war.

Auch wenn alle Zeichen auf Flucht standen, legte ich ruhig den Gang ein und berührte behutsam das Gaspedal.

»Au revoir!«, brüllte Hagen durch das offene Fenster.

Ich konnte nur hoffen, dass er es nicht ernst meinte. Ich für meinen Teil wollte diese Typen nicht wiedersehen.

»Was waren denn das für schräge Gestalten?«, wollte er wissen, als wir etwa hundert Meter weit gefahren waren.

»Keine Ahnung.« Ich schüttelte langsam den Kopf. »Aber sie haben uns gesucht, so viel ist klar.«

»Warum?«

»Was weiß denn ich? Vielleicht waren es Kopfgeldjäger?«

»Die sahen nicht aus wie Kopfgeldjäger.«

»Nein, die sahen aus wie Mitglieder einer hawaiianischen Folkloregruppe.«

»Die haben mir echt Angst gemacht.«

Ich nickte zustimmend. »Und mir erst.«

45

Durch die von Straßendreck verschmutzte Windschutzscheibe konnte ich Evas fassungsloses Gesicht erkennen, als sie uns in dem Laster erkannte. Mit der Landkarte in der Hand kam sie auf uns zu.

Kaum hatten wir vor ihr geparkt, sprang Hagen aus dem Führerhaus. »Schnell, pack alles zusammen. Wir müssen hier weg!«

Doch Eva rührte sich nicht. Stattdessen stand sie vor Hagen, schirmte die Augen gegen die grelle Sonne mit der Hand ab und fragte seelenruhig: »Warum?«

Hagen ruderte wild mit den Armen und schnappte nach Luft. »Weil sie hinter uns her sind. Ganz dicht auf den Fersen sind sie uns!«

»Wer? Die Bullen?« Trotz Hagens Flügelschlägen blieb Eva gelassen.

»Vermutlich ein Stoßtrupp vom Zoodirektor«, erklärte ich, während ich an den beiden vorbeimarschierte, um Daisys Reisetauglichkeit zu überprüfen. »Wie geht es unserem Mädchen?«

Eva blickte mich an, und obwohl die Sonne ungünstig stand, erkannte ich ein Lächeln in ihrem Gesicht. »Viel besser. Sie hat die Medizin anstandslos geschluckt und auch schon wieder Appetit. Ich musste noch zwei weitere Sträuße für sie pflücken.« Sie hob die Arme, schüttelte unwirsch den Kopf. »Aber der Reihe nach. Wer genau ist hinter euch her?«

Uns gegenseitig ins Wort fallend, schilderten Hagen und ich

ihr von unserer Begegnung mit den dunklen Männern in der schwarzen Limousine. Unsere Erzählung ließ Evas Mimik erstarren. Nicht nur das, ich konnte förmlich dabei zusehen, wie ihre Gesichtsfarbe wechselte. Zunächst glühten ihre Wangen, als hätte sie gerade erst einen Saunabesuch hinter sich gebracht. Mit Aufguss. Doch mit jedem weiteren Detail verschwand zunehmend die Farbe aus ihrem Gesicht, bis sie schließlich kalkweiß war und die Sommersprossen deutlich auf Stirn und Wangen zu sehen waren.

»Die sahen aus wie hawaiianische Sumoringer.«

»Tikis«, sagte sie gedämpft.

»Bitte was?«

Sie winkte ab. »Und was habt ihr ihnen erzählt?«

»Gar nichts«, erwiderte Hagen sofort. »Wir haben uns als französische Trucker ausgegeben, die kein Englisch und Deutsch sprechen, und die sind prompt darauf hereingefallen.«

Eva betrachtete uns sorgenvoll. »Wir müssen wirklich schnell von hier verschwinden«, sagte sie schließlich.

Hagen plusterte sich vor ihr auf. »Sag ich doch!«

Derweil wanderte Evas Blick unruhig an uns vorbei und musterte die Umgebung. »Möchte ich wissen, wie ihr an dieses Gefährt gekommen seid?«

Wir schüttelten entschieden den Kopf. Ein kleines Grinsen konnte ich mir jedoch nicht verkneifen.

Sie schritt durch unsere Mitte, näherte sich dem Lastwagen und inspizierte den Inhalt. »Schweine?«

Hagen und ich nickten.

Dann drehte sich Eva zu uns um, wischte sich eine aus ihrem Pferdeschwanz gelöste Haarsträhne aus dem Gesicht und stemmte die Hände in die Hüften. »Also schön«, sagte sie entschieden. »Schenken wir ihnen die Freiheit.«

Mit vereinten Kräften öffneten wir die Laderampe, die vom Prinzip her genauso funktionierte wie die an unserem Kamaz. Danach aber wurde es kompliziert. Denn die heruntergelassene Rampe offenbarte mehrere Klappen, die sich in allen erdenklichen Kombinationen öffnen ließen. Es dauerte eine Weile, bis wir die erste Klappe geöffnet bekamen. Augenblicklich wurden wir geradezu überrannt von Schweinen, die sich quiekend den Weg nach draußen bahnten. Der Gestank im Verladeraum war gotterbärmlich. Ich weigerte mich, Daisy da rein zu verfrachten.

»Was sollen wir machen?«, fragte Hagen lakonisch. »Durchwischen? Raumspray habe ich leider keines eingekauft.«

»Wenn es sein muss, wischen wir, ja! Ich will nicht, dass sie sich mit irgendeiner Infektion ansteckt.«

»Kann ich mir nicht vorstellen, so, wie die Schweine heutzutage mit Antibiotika vollgepumpt werden«, meinte er.

»Trotzdem.«

Hagen stöhnte entnervt auf und marschierte los.

»Wo gehst du hin?«, wollte ich wissen.

»Hinten im Lager habe ich einen Schlauch gesehen. Vielleicht funktioniert der Wasseranschluss ja noch.«

Während er nach Wasser suchte, inspizierte ich die Möglichkeiten, wie wir Daisy am sichersten in dem Gefährt unterbekommen konnten. Zum Glück hatte dieser moderne Transporter Absperrvorrichtungen im Inneren, die sich so aufteilen ließen, dass sich Daisy in einem halbwegs geschützten Bereich aufhalten konnte, ohne bei der Fahrt von links nach rechts geschleudert zu werden. Tatsache war, dass der Transporter viel zu groß für ein einziges Tier war – auch für eines mit den Ausmaßen eines Nilpferdes. Aber als Provisorium, um unsere Reise fortsetzen zu können, musste es genügen.

»Und, der Herr? Jetzt zufrieden?« Kleine Schweißperlen hatten sich auf Hagens Stirn gebildet. Er hatte tatsächlich Wasser aufgetrieben und den Transporter von oben bis unten abgespritzt.

Ich nickte. »Jetzt ist es gut. Bringen wir Daisy in ihr neues Zuhause.«

Während ich Daisy ihr neues Reich zeigte, machte sich Hagen dran, die Nummernschilder des Tierarztes vom Kamaz abzuschrauben und dem neuen Laster zu verpassen. Außerdem machte er sich an den Klebern und Logos zu schaffen, die die Führerkabine schmückten.

Die Schweine, die wir vor dem sicheren Tod bewahrt hatten, dachten unterdessen nicht im Traum daran, das Weite zu suchen. Eines war sogar so dreist und machte sich an meinem Apfelvorrat zu schaffen. Erst das wütende Gebrüll von Daisy konnte es in die Flucht schlagen.

Zu dritt standen wir schließlich vor unserem neuen Gefährt und betrachteten es.

»Das Blau ist schon sehr auffällig«, meinte Eva nüchtern.

»Hätte ich es vielleicht noch umlackieren sollen?«, erwiderte Hagen scharf.

Ich für meinen Teil war beeindruckt. Sämtliche Aufkleber, die den Lkw eben noch verziert hatten, waren verschwunden.

Hagen pfriemelte an seinen Fingern herum. »Das war's dann endgültig mit meinen Nägeln«, brummte er missmutig.

Nachdenklich betrachtete ich das Werk. Eva hatte natürlich recht. Die Farbe war enorm auffällig, doch ohne die verräterischen Firmenaufkleber und mit den neuen Nummernschildern könnte unsere Weiterreise eine Weile klappen.

Ich klopfte Hagen anerkennend auf die Schultern. »Ganz tolle Arbeit, Großer. Ich bin stolz auf dich.«

Er schaute zweiflerisch zu mir herab, doch dann glätteten sich die Furchen auf seiner Stirn.

Auch Eva grinste vorsichtig und klatschte in die Hände. Zwei um uns herumschnuppernde Schweine sprangen erschrocken zurück. »Dann mal los.«

Eine leichte Wehmütigkeit überfiel mich, als ich noch einmal im Außenspiegel zurückblickte und das Heck des Kamaz in der Scheune sah. Ich hätte nicht gedacht, dass es mir einmal schwerfallen würde, den Wagen zurückzulassen. Nach all dem, was wir gemeinsam erlebt hatten, empfand ich beinahe so etwas wie eine emotionale Bindung zu diesem Gefährt. Aber ich war auch der Meinung, dass die Seele meiner verstorbenen Verlobten in einem Nilpferd weiterlebte …

46

»Und Sie haben keine Idee, in welche Richtung sie aufgebrochen sein könnten?«, fragte Dr. Adrian Bertrand.

Der Tierarzt rieb sich die wunden Handgelenke und schüttelte den Kopf. Bertrand reichte ihm ein Glas Wasser.

»Sie sind zu dritt auf misch losgegangen«, nuschelte Moutiers. »Isch hatte keine Chance.«

Bertrand konnte ein verächtliches Kopfschütteln nicht unterdrücken. Er bückte sich und hob eine umgestoßene Topfpflanze vom Boden auf. Es war ein Bonsai. Interessiert betrachtete Bertrand den geflochtenen Stamm, während er seine Gedanken zu ordnen versuchte. Auch wenn seine Mimik Gelassenheit widerspiegelte, fluchte er innerlich auf. Sie waren Berger und seinen Kumpanen ganz dicht auf den Fersen, hatten sie nur um Haaresbreite verpasst. Das Ziel der Verbrecher stand für Bertrand fest. Aus Bergers Aufzeichnungen, die sie in dessen Wohnung gefunden hatten, wusste Bertrand von dem wahnwitzigen Plan, den sich der Mann in seinem kranken Kopf zusammengesponnen hatte: Afrika.

Bertrand ging nach draußen und sah aus dem Augenwinkel, wie sich der Tierarzt aus dem Ohrensessel erhob und ihm folgte. Dreezen hatte die Landkarte auf der breiten Motorhaube seines Hummer ausgebreitet und ging die möglichen Routen in Richtung Süden durch. Dabei malte er mit einem Zirkel kleine Kreise auf die Karte. Bertrand gesellte sich zu ihm. Er mischte sich nicht in die Überlegungen seines Kameraden ein, sondern vertraute voll und ganz auf dessen Erfahrungen im Aufspüren.

Sie waren noch immer ganz dicht dran, das konnte er spüren. Die Schlinge zog sich zu. Nicht mehr lange, und er würde dem Nilpferd Auge in Auge gegenüberstehen.

Dreezen sah ihn an. »Ich weiß, welchen Weg sie vermutlich eingeschlagen haben«, sagte er schließlich. »Es kommt nur die Route über Spanien infrage. Spätestens beim Grenzübertritt in den Pyrenäen kriegen wir sie. Dank der bergigen Region gibt es dort nicht allzu viele Möglichkeiten, das Land zu verlassen. Und wir haben noch etwas gefunden.« Er zeigte auf den betagten Geländewagen des Tierarztes.

Bertrand sah es sofort. Die Nummernschilder.

»Raffinierte Burschen«, sagte er zu sich selbst. Er winkte Moutiers zu sich heran, der im gebührenden Abstand am Hauseingang stehen geblieben war. Der Tierarzt gehorchte und näherte sich ihm, stetig das Kinn reibend. »Ihre Nummernschilder. Wie lauten die?«

Umgehend wanderte Moutiers Blick zu seinem Wagen. Er verstand ebenso schnell wie Bertrand und spuckte hastig Zahlen und Buchstaben aus, die sich Dreezen notierte.

»Und die Belohnung?«, fragte Moutiers anschließend schüchtern.

»Kein Nilpferd, keine Belohnung.«

Der Tierarzt blinzelte Bertrand zornig an. Seine Hände ballten sich zu Fäusten. Aber beim Anblick von Dreezen lösten sie sich automatisch wieder. Wie ein übermächtiger Schatten hatte sich der Mann mit der Augenklappe neben Bertrand aufgebaut und ließ seinen dunklen, einäugigen Blick auf dem Tierarzt ruhen. Moutiers senkte den Kopf.

»Dennoch«, sagte Bertrand. »Sie haben das Richtige getan.«

Moutiers gab ein undeutliches Grummeln von sich. Er bewegte den Unterkiefer zur Seite und verzog dabei das Gesicht.

»Herr Direktor, würden Sie mir einen Gefallen tun, wenn Sie sie erwischen?«

Bertrand hielt in der Bewegung inne, drehte sich zu Moutiers und sah ihm tief in die Augen.

»Verpassen Sie dem Schweinehund eine von mir.«

Bertrand lächelte nur. Er hatte die Arme hinter dem Rücken verschränkt und wandte sich vom Tierarzt ab, um sich von Dreezen die Route erklären zu lassen, die die Verbrecherbande mit der größten Wahrscheinlichkeit genommen hatte.

Kurz darauf öffnete sich die Beifahrertür des Hummer, und Verthongen stieg aus. »Wir haben eine Spur«, sagte er emotionslos und zog sich das Head-Set vom Kopf. »Die Polizei hat ein weiteres Prepaid-Handy geortet, von dem aus Berger beim französischen Notruf angerufen hat. Es führt zu einem Autohof. Südlich von hier.«

»Dann los.«

Mit schnellen Bewegungen faltete Dreezen die Karte zusammen. Bertrand wandte sich noch einmal dem Tierarzt zu und reichte ihm die Hand. Dieser ergriff sie zögerlich. Etwas auf der Rücksitzbank des mattschwarzen Geländewagens hatte offenbar seine Aufmerksamkeit erregt. Konzentriert starrte er über Bertrands Schulter zum Wagen.

»Wer ist die Frau?«, fragte er.

Bertrand folgte seinem Blick und konnte sich ein anzügliches Grinsen nicht verkneifen. »Das, mein Lieber, ist die Mutter des Schweinehundes.«

47

Es sah nicht gut aus für uns. Es sah sogar richtig mies aus. Wir befanden uns etwa sechzig Kilometer vor Spanien und standen im Stau. Seit einer halben Stunde bewegten wir uns im Schneckentempo durch den zäh fließenden Verkehr auf der vierspurigen Nationalstraße.

»Wir hätten auf der A9 bleiben sollen«, stellte Hagen zum siebten Mal in Folge fest. »Dann wären wir viel schneller bei Felipe.«

»Nein!« Evas Stimme überschlug sich beinahe vor Anspannung. »Es ist sicherer, der Parallelstraße zu folgen. Auf der Autobahn vermuten die uns doch am ehesten.«

Ich räusperte mich. *Die*, das waren vermutlich alle. Die Polizei. Der Zoodirektor. Unsere neuen hawaiianischen Freunde mit den Stiernacken – was auch immer die von uns wollten. Ich hielt noch immer an der Theorie fest, dass der Zoodirektor Kopfgeldjäger auf uns angesetzt hatte.

So oder so: Es wurde immer enger. Aus irgendeinem Grund hatte die Polizei nun doch herausgefunden, welche Richtung wir aller Voraussicht nach eingeschlagen hatten. Laut den Nachrichten im Radio ahnten sie zwar immer noch nicht, wo genau unsere Reise hinführen sollte, aber sie erahnten unser Zwischenziel: Spanien. Das wiederum bedeutete, dass mit großer Wahrscheinlichkeit nach allen Tiertransportern Ausschau gehalten wurde, die über die Grenze wollten.

Eva hatte recht. Die Nebenstraße und der kleine Grenzübergang zwischen dem südfranzösischen Cerbère und dem nordspanischen Portbou waren unsere einzige Chance, unentdeckt das Land zu verlassen. Wenn wir das geschafft hatten, benötigten wir nur noch eine Telefonzelle, um Hagens spanischen Kollegen anzurufen, der uns helfen würde.

Auch wenn auf der Straße vor uns kaum mehr etwas voranging, so hatten wir doch zumindest eine wunderschöne Aussicht auf die Gegend, die zunehmend rauer wurde. Vom Fahrerhaus aus konnten wir einen hübschen Flusslauf erkennen, der sich durch ein leicht abfallendes grünes Tal schlängelte. Und links von uns, weit hinten, konnte ich das Meer als dünne blaue Linie sehen.

Unser Plan sah vor, dass wir uns in Béziers nach einem neuen Transportmittel umschauten, um irgendwie über die Grenze zu kommen. Der schlumpfblaue Laster war uns nun doch zu auffällig – zumal wir auf diesem Streckenabschnitt so ziemlich der einzige Lastwagen waren. Dafür wimmelte es von Wohnmobilen und Autos mit angehängten Wohnwagen.

In Schrittgeschwindigkeit schoben wir uns weiter durch die abendliche Hitze. Ich machte mir Sorgen um Daisy. Auch wenn sie von Natur aus heißeres Klima gewohnt war, konnte ich mir nicht vorstellen, dass es dort hinten für sie ein Zuckerschlecken war – schon gar nicht in ihrem schwangeren Zustand.

»Wäre gut, wenn es bald weitergehen würde«, murmelte ich, übers Lenkrad gebeugt. »Ich wüsste ja nur zu gern, warum wir hier stehen müssen.«

Eva drückte den Rücken durch. »Warten wir doch einfach die nächsten Nachrichten um sechs ab, vielleicht wissen wir dann mehr.«

Aus Mangel an Alternativen schlug ich eine Runde *Ich sehe was, was du nicht siehst* vor. Die Reaktion darauf war eher verhalten. Also spielte ich eben für mich allein und flüsterte leise vor mich hin. »Ich sehe was, was du nicht siehst, und das ist rot.« Die Antwort gab ich mir selbst: »Hagens Bart.«

Mein Kollege warf mir einen genervten Blick zu, rollte mit den Augen und drehte den Kopf demonstrativ zur Seite.

»Ich sehe was, was du nicht siehst, und das ist blau«, startete ich die nächste Runde.

»Der Fluss.« Eva zeigte, ohne aufzublicken, nach rechts.

»Na, der ist ja wohl eher grün«, stellte Hagen sachlich fest.

»Eva hat gewonnen, ich meinte den Fluss.«

»Der ist aber nicht blau!«

»Dann eben blau grün«, lenkte ich ein.

Eva stieß einen langen Seufzer aus, in dem so ziemlich alles lag: Müdigkeit. Grenzenlose Gereiztheit. Wehmut. »Gegen eine Abkühlung hätte ich jetzt auch nichts einzuwenden.«

»Ich kann die Klimaanlage höher schalten«, schlug ich vor.

»Sind dir meine Nebenhöhlen wirklich so scheißegal?«, fragte Hagen bissig.

Also tat ich nichts dergleichen. Als es mir wieder zu ruhig zwischen uns dreien wurde, legte ich die nächste Runde ein: »Ich sehe was, was du nicht siehst, und das ist gelb.«

»Das Nummernschild des holländischen Wohnmobils«, murmelte Hagen.

»Stimmt!« Freudig legte ich nach. Allmählich nahm das Spiel Fahrt auf. »Ich sehe was, was du nicht siehst, und das ist ...« Auf der Suche nach einem geeigneten Ding blickte ich mich um. Den Fluss hatten wir bereits, die Nummernschilder auch, die Farbe der vor uns kriechenden Autos wäre zu einfach ... In diesem Augenblick blendete mich plötzlich etwas im Außenspiegel. Ich kniff die Augen kurz zusammen. »Chrom«, stellte ich fest.

»Ich sehe was, was du nicht siehst, und das ist Chrom?«, fragte Eva verwundert.

»Chrom ist aber keine Farbe«, klärte Hagen mich auf.

Ich überhörte die beiden Kommentare. »Jede Menge Chrom.« Ich musste angestrengt blinzeln, um es im Außenspiegel erkennen zu können. Aber ich hatte mich nicht geirrt. Das, was mich gerade so immens geblendet hatte, war eine monströse glatt polierte Stoßstange. Ich spürte, wie sich mir die Kehle zuschnürte, als ich die dazugehörige Wagenfront erkannte.

»Was ist es denn jetzt?«, fragte Hagen.

»Pscht!« Eva presste sich den Zeigefinger auf den Mund und drehte das Radio lauter. »Die Nachrichten.«

All dies nahm ich wie in Trance wahr. Meine Gedanken umkreisten nur noch eine Sache. Trotz der Klimaanlage begann mein Hemd am Rücken festzukleben. Ganz kurz wägte ich die Chancen ab, wie viele von diesen Autos es wohl in dieser Gegend gab und wie groß die Wahrscheinlichkeit sein mochte, dass es nicht die Limousine war, die ich erst vor Kurzem gesehen hatte. Ich war ganz gut in Mathe, also kam ich schnell zu einer Antwort: Prozentual gesehen war die Chance vernichtend gering.

Rücksichtslos nutzte der Fahrer der Limousine jede Möglichkeit im Stau, um sich in winzige Lücken reinzudrängen. Dabei wechselte er ständig die Spur – und kam uns Meter für Meter näher.

»Alles okay mit dir?« Eva warf mir einen besorgten Blick zu.

Ich schüttelte langsam den Kopf. »Die Sumoringer sind hinter uns.«

»Was?« Durch ihren Körper ging ein Ruck.

Ich zeigte in den Außenspiegel.

Eva kletterte ohne Vorwarnung über mich und schaute aus dem Fenster. Sie brauchte eine Weile, bis sie den Wagen erblickte, der ungefähr fünf Autos hinter uns klebte. »Scheiße«, fluchte sie.

»Echt jetzt?«, fragte Hagen erregt.

»Wir müssen hier weg!« Eva schrie hysterisch auf und griff mir ins Lenkrad.

»Wohin denn?«, hielt ich entgegen und drängelte sie wieder auf ihren Platz in der Mitte. »Hier geht's weder vor noch zurück. Und wenden können wir auch nicht.«

»Vielleicht haben sie uns ja auch noch gar nicht gesehen«, schlug Hagen vor.

Ich pflichtete ihm mit einem Kopfnicken bei. Wenngleich ich das für totalen Quatsch hielt. Zum einen, weil wir der einzige blaue Tiertransporter weit und breit waren. Zum anderen, weil es unmöglich ein Zufall sein konnte, dass die Sumoringer so dicht an uns dranklebten.

»Aber wir müssen hier weg!«, schrie Eva mich an. Und zum ersten Mal erkannte ich etwas in ihrem Gesicht, dass ich noch nie an ihr gesehen hatte: pure, ungefilterte Angst. Spätestens in diesem Moment kapierte ich, dass Eva weitaus mehr über diese beiden Gestalten wusste, als sie uns bislang mitgeteilt hatte. Und dann fiel mir ein, dass ich diese Limousine schon einmal gesehen hatte: im Hof der Spedition. Damals, als ich Eva einen Besuch abgestattet hatte.

»Eva!« Ich fasste nach ihrer Hand, in dem Versuch, sie zu beruhigen. Doch mit dieser Geste erreichte ich nur, dass sich die Schleusen bei ihr öffneten. Ihre Unterlippe begann zu zittern, und Tränen schossen ihr in die Augen. Sie gab eine Reihe herzergreifender Schluchzer von sich. Vergeblich rang sie um Fassung.

»Wer sind die Kerle?«, fragte ich sie. »Was hast du mit denen am Hut?«

Hagen betrachtete uns beide ratlos. Er schien überhaupt nichts mehr zu verstehen.

Sie schaute mich lange an, wischte sich dann die Tränen aus dem Gesicht und nickte. »Also gut«, drang es unter einer Reihe von Schluchzern aus ihrem Mund. »Da gibt es etwas, das ich euch sagen sollte.«

Während sie sprach, musterte sie den Außenspiegel und dachte nicht im Traum daran, die Limousine aus den Augen zu lassen. Ich folgte ihrem Blick und spürte eine plötzliche Herzrhythmusstörung, als ich die Limousine bereits vier Autos hinter uns ausmachte. Sie hatten Boden gutgemacht.

»Das sind keine Kopfgeldjäger. Es sind Mitglieder der polynesischen Mafia. Sie nennen sich Tiki.«

»Der *bitte was?*«, fragte Hagen perplex. »Tiki-Mafia?«

Eva wandte sich ihm zu. »Der Clan selbst nennt sich natürlich nicht Mafia.«

»Clan?«, fragte ich.

Ihr Kopf drehte sich in meine Richtung. »Das ist alles noch sehr neu und im Aufbau. Sie sind erst dabei, in Europa Fuß zu fassen.«

»Von was redest du da überhaupt?«, fragte ich fassungslos.

Ich sah sie tief Luft nehmen und den Atem langsam ausstoßen. »Ich rede davon, dass ich mir bei denen Geld geborgt habe, nachdem mich die Banken im Stich gelassen haben.«

Unter ihrem vorwurfsvollen Blick fühlte ich mich auf einmal ganz klein.

»Du hast Schulden bei dieser Mafia gemacht?«, rief Hagen aufgebracht.

»Wie viel?«, wollte ich wissen.

Eva zögerte mit ihrer Antwort, aber ich ließ sie nicht aus

den Augen. Schließlich öffneten sich ihre Lippen, und ich hörte sie kleinlaut sagen: »Hunderttausend.«

Auf einmal wurde es still im Führerhaus. Nur der französische Nachrichtensprecher gab seinen Text in unbeirrter Monotonie von sich. In diesem Moment wurde mir die Tragweite ihrer Aussage bewusst.

»Und du hast das Geld noch nicht zurückbezahlt?«, fragte Hagen.

Eva schüttelte matt den Kopf. Dann sah sie mich an. »Als du bei der Spedition aufgetaucht bist, war ich bereits in Verzug mit der Rückzahlung.« Wieder sah ich dicke Tränen aus ihren Augen kullern. »Ich habe wirklich gedacht, dass ich alles in den Griff bekomme, wenn ich die dringendsten Forderungen begleiche. Das war ein Fehler. Und dann kommst du um die Ecke und machst mir dieses Angebot, mit dem ich mich aus der beschissenen Lage hätte befreien können.«

Ich verstand. »Zu diesem Zeitpunkt ging es dir gar nicht mehr darum, die Firma zu retten.«

Erneut zitterte ihre Unterlippe. »Nein«, schluchzte sie. »Es ging nur noch darum, *mich* zu retten.«

Meine Kehle schnürte sich zu. Ihre ganze Hoffnung hatte in dem Kredit gelegen, mit dem ich vor ihrer Nase herumgewedelt hatte. Wie eine Möhre vor dem Esel, damit er sich in Bewegung setzte.

»Natürlich habe ich deinen Plan für eine totale Schnapsidee gehalten.« Sie lächelte ernst. »Aber damit bot sich für mich die Gelegenheit unterzutauchen, bis das Geld ...« Sie sprach nicht weiter, senkte den Blick.

»Dir ging es dabei nie um die Sache«, sagte ich mehr zu mir selbst als zu ihr und fühlte mich auf einmal gekränkt. »Oder darum, dass du mir deinen Laster nicht anvertrauen wolltest.«

Sie stieß ein bitteres Lachen aus. »Der Plan war, dass ich fürs Erste von der Bildfläche verschwinde – so lange, bis das Geld auf meinem Konto eingegangen wäre. Dann hätte ich meine Schulden bei den Tikis beglichen und hätte mich auf den Weg in die Privatinsolvenz begeben. Ein sauberer Schnitt.« Sie schaute mich trotzig, mit funkelnden Augen an. »So, wie du mir es damals in deinem Büro vorgeschlagen hast.«

Noch einmal warf ich einen unheilvollen Blick in den Außenspiegel. Der Fahrer der Limousine leistete ganze Arbeit und war nur noch drei Wagen hinter uns. Allmählich sollten wir uns etwas einfallen lassen.

»Oh, Eva«, war alles, was ich dazu sagen konnte. Bislang war ich der Meinung gewesen, dass *meine* Zukunftsaussichten eher düster waren. Dabei war es die ganze Zeit über Eva gewesen, die wirkliche Probleme hatte. »Und jetzt?«, fragte ich in den Spiegel, der mir offenbarte, dass die Limousine ein neuerliches rücksichtsloses Überholmanöver startete und sich einfach so zwischen zwei Minivans quetschte.

Konnte es noch schlimmer werden?

Ein tosendes Scheppern erschallte hinter uns. Zeitgleich ergriff ein Ruckeln den Lastwagen. Wir erschraken zu Tode. Doch so infernalisch laut es gerade gewesen war, umso schriller wirkte die Stille, die sich nun wie ein Vakuum über uns stülpte.

»Was war das?« Evas Augen waren weit aufgerissen.

»Keine Ahnung. Vielleicht irgendwas mit der Achsaufhängung?«, vermutete ich und hoffte inständig, dass ich unrecht hatte. Eine Panne wäre nun wirklich das Letzte, was wir gebrauchen konnten.

»Ich sehe was, was du nicht siehst, und das ist braun«, hörte ich Hagen mit einer merkwürdig emotionslosen Stimme sagen.

Ich folgte Hagens ausgestrecktem Finger, der rechts aus dem Beifahrerfenster zeigte, und korrigierte meinen zuvor gedachten Gedanken. Das wirklich Allerletzte, was wir in unserer misslichen Lage gebrauchen konnten, war ein entlaufenes Nilpferd.

48

Ohne auch nur eine weitere Sekunde zu zögern, riss Hagen die Tür auf und sprang aus dem Fahrerhaus. Eva schloss sich ihm an, und ich hätte es auch getan, wenn ich mit meiner Hose nicht am Schaltknüppel hängen geblieben wäre. Beim Versuch, mich zu befreien, warf ich einen flüchtigen Blick in den Außenspiegel. Die Limousine war nur noch ein Wohnwagengespann von uns entfernt. Bevor ich mich ebenfalls aus der Kabine stürzen konnte, verfing sich mein Blick in dem grünen Ding unter dem Sitz.

Die Erinnerung kehrte zurück. Mit einem energischen Griff war der Rucksack in meiner Hand, und ich zog ihn beim Ausstieg hektisch über die Schultern.

Auf dem Asphaltboden angekommen, glaubte ich, gegen eine Wand aus Hitze gelaufen zu sein. Die Luft war entsetzlich heiß, ich schwitzte sofort. Obwohl bereits der Abend angebrochen war, durften es noch immer über dreißig Grad sein. Neben dem Tuckern der mehr stehenden als fahrenden Autos lag ein lautstarkes Zikadengezirpe über der Landschaft, das nur von Hagens und Evas verzweifelten »Daisy«-Schreien übertönt wurde.

Ich sah, wie sie eine Böschung hinuntereilten, aber sie hatten keine Chance, das Nilpferd einzuholen.

Als auch ich den Rand der Böschung erreichte, konnte ich nur noch sehen, wie Daisys massiger Körper das Wasser zu allen Seiten spritzen ließ und sie in einem Rutsch komplett untertauchte.

»Wo will sie denn hin?«, hörte ich Eva rufen.

Nach einigen Sekunden tauchte Daisys Kopf wieder auf, und sie stieß eine spritzende Fontäne aus den Nasenlöchern.

Nun hatten auch Hagen und Eva das Ufer erreicht, doch Daisy dachte überhaupt nicht daran, sich einfangen zu lassen. Immer wieder stieß sie sich vom seichten Flussboden ab und hüpfte durchs Wasser. Hagen und Eva jagten ihr am Ufer hinterher, und ich musste mich wirklich anstrengen, um die beiden einzuholen. Gott sei Dank war ich mittlerweile wieder etwas besser in Form als noch vor ein paar Tagen. Zumindest bekam ich erst nach etwa drei Minuten Seitenstechen und Schnappatmung.

Wir waren bereits einige hundert Meter am Flussufer entlanggelaufen, als Daisy endlich innehielt und anfing, sich im seichten Wasser zu suhlen.

»Daisy!«, rief ich. »Komm raus da. Wir müssen weiter!«

Sie spuckte eine Wasserfontäne in unsere Richtung und tauchte mit dem Kopf ab. An der Stelle, wo sie eben noch gewesen war, bildeten sich kleine Kreise, die in immer größer werdendem Radius auf das Ufer zukamen. Eins, zwei, drei – dann war alles still.

Wir standen schwer keuchend nebeneinander und starrten auf das nunmehr völlig reglos vor uns liegende Wasser. Lediglich eine sanfte Strömung war zu erkennen.

»Was machen wir denn jetzt?« Ich sprach mehr zu mir selbst.

Hagen beugte sich nach vorn, die Hände auf den Knien, und rang nach Luft. Ebenso außer Atem und aus allen Poren transpirierend ließ ich die Landschaft auf mich wirken. Es war kein großer Fluss, an dem wir standen, vielmehr ein Kanal. Etwas weiter vorn konnte ich durch die Blätter des über dem Wasser hängenden Geästs riesiger Bäume zwei Boote erkennen, die mit der Strömung fuhren. An der Stelle, an der wir uns befanden, war das Ufer wild und naturbelassen. Doch einige Hundert Meter weiter flussaufwärts war das Bett mit Steinen und Beton eingefasst und zwang den Fluss in einen geraden Verlauf. Noch ein Stück weiter vorn erkannte ich einen Bootssteg, an dem ein schmaler Lastkahn angelegt hatte. Ich rief mir in Erinnerung, dass unser nunmehr führerloser Lkw vermutlich bereits zum Verkehrshindernis geworden war, und riss mich von dem idyllischen Anblick los.

»Okay«, sagte ich voller Tatendrang. »Lasst uns Daisy da rausholen.«

Ich war gerade dabei, meine Hosenbeine hochzukrempeln, um wie Daisy ins Wasser zu springen, als ich Eva einen spitzen Schrei ausstoßen hörte. Reflexartig drehte ich mich um, und für einen halben Schlag setzte mein Herz aus.

»Nicht gut«, sagte Hagen bloß.

Evas Stimme war zu einem hilflosen Wimmern verkommen. »Was machen wir jetzt?«

Regungslos sahen wir dabei zu, wie die schwere schwarze Limousine die Böschung heruntergeschossen kam, dabei eine Menge Staub aufwirbelte und bei jeder Bodenwelle ein unheilvolles Knirschen von sich gab. Der Wagen raste mit einem Höllentempo auf uns zu.

Evas Fingernägel bohrten sich tief in meinen Unterarm, doch der daraus resultierende Schmerz wollte einfach nicht zu mir durchdringen.

Schonungslos prügelte der Fahrer sein Gefährt über die Uferböschung und bremste unmittelbar vor uns derart stark ab, dass das Heck kurz ausbrach und wir von einer Kies- und Staubfontäne eingedeckt wurden. Als sich der Nebel gelegt hatte und wir wieder sehen konnten, standen zwei überaus große Gestalten in dunklen Anzügen vor uns. Anscheinend hatten sie mit der Klimaanlage in der Limousine Probleme, denn beide verzichteten auf ihre Jacketts. So löste sich für mich das Rätsel des Tattoos, das der eine der beiden Sumoringer auf der Brust trug und dessen Buchstaben ich nun problemlos identifizieren konnte. Die Tätowierung bestand aus drei Wörtern: *Kill. Hate. Destroy.*

»Hi!« Ich hob grüßend den Arm. Da Evas Fingernägel noch in meinem Fleisch steckten, ging ihr Arm mit nach oben. »Was für ein Zufall, Sie hier …«

»Du hast ein großes Problem!«, sagte der Mann mit der ausdrucksstarken Tätowierung. Sein feindseliger Blick war stur auf Eva gerichtet.

Sie schob sich an mir vorbei und stellte sich den beiden riesenhaften Männern. In meinem Hals bildete sich ein riesiger Kloß, der sich nicht herunterschlucken ließ. Doch gleichermaßen bewunderte ich diese Frau für ihre Courage. Während ich noch darüber nachdachte, in den Fluss zu springen und die Flucht nach vorn anzutreten, sah sie der Gefahr voller Mut ins Auge.

»Ich kann das erklären«, begann sie mit fester Stimme und hob abwehrend die Hände. »In wenigen Tagen werde ich …«

Weiter kam sie nicht. Mr. Kill-Hate-Destroy brüllte etwas in einer Sprache, die ich noch nie gehört hatte, und schoss auf Eva zu. Obwohl alles in mir dagegen aufbegehrte, drückte ich mich mit zitternden Knien an Eva vorbei und schirmte sie mit meinem Körper vor dem Sumoringer ab. Ich war wie ein lebendiges, etwas aus der Form geratenes Schutzschild. Meine Stimme bröckelte vor Angst, als ich den Mund öffnete. »Wir sind doch alles zivilisierte Menschen, die …«

Zwei unglaublich muskulöse Arme packten mich und zerrten mich so heftig zur Seite, dass ich das Gleichgewicht verlor, im Sand landete und eine Ladung Kies zu schmecken bekam.

Eva schrie schrill auf, als der Muskelprotz sie ergriff und zur Limousine zerrte. Blitzschnell kam ich wieder auf die Beine und lief den beiden hinterher. Hagen stand noch immer wie versteinert am Uferrand.

Tatsächlich bekam ich einen der Zöpfe des Mannes zu fassen und versuchte, ihn so aufzuhalten. Als sich der Kerl um sich schlagend nach hinten drehte, war ich vorbereitet und tauchte unter seiner Rechten ab. Doch viel Zeit für das Auskosten meines Triumphs blieb mir nicht. Denn gerade, als ich wieder hochkam und Evas Oberarm ergreifen wollte, traf mich die andere Faust des Typen und ließ meinen Magen implodieren. Eine brutale Übelkeit zwang mich auf die Knie. Ich verschluckte mich und hustete den Dreck aus der Luftröhre.

»Simon!«, rief Hagen erschüttert.

Ich hob den Kopf. Eva zappelte wild, um sich aus dem Griff des Grobians zu lösen. Sie schaffte es tatsächlich und fiel ungelenk zu Boden. Aber es half nichts. Im nächsten Augenblick stand der Mann schon wieder über ihr, krallte seine Hand in ihren Haarschopf und kümmerte sich nicht um ihre Schmerzensschreie. »Dann eben auf die harte Tour!«, kam es zischend aus seinem Mund.

Voller Entsetzen sah ich, wie er in seine Hose griff und etwas Silberglänzendes zum Vorschein brachte.

Eine Waffe.

»Nein!«, schrie ich entschlossen. Den explosionsartigen Schmerz in meiner Magengrube ignorierend, legte ich das Kinn auf die Brust und benutzte meinen Schädel als Rammbock, während ich mich ruckartig auf seinen Unterleib zubewegte. Ich erwischte ihn voll und erntete einen jaulenden Aufschrei.

Sofort stürzte ich mich auf Eva und warf mich auf sie. »Nur über meine Leiche werdet ihr sie erschießen.«

»Das kannst du haben.«

Nun griff auch der andere Sumoringer ins Geschehen ein und zückte ebenfalls eine Waffe. Er hielt sich aber mit dem Gebrauch selbiger zurück, da sein Kumpel gerade drauf und dran war, sich auf mich zu stürzen.

Ich war einerseits überrascht, wie schnell er sich nach meiner Rammbock-Attacke in seine Kronjuwelen gefasst hatte, andererseits, welche Kraft ein Mann aufbringen konnte, wenn er nur entsprechend wütend war. Und das war er.

Als wäre ich eine Stoffpuppe, zog er mich nach oben und versetzte mir einen weiteren Hieb in den Bauch. Der eben erst verebbte Schmerz kam mit dreifacher Wucht zurück. Magensäure schoss in meine Speiseröhre. Eine weitere Faust bohrte sich in meine linke Niere.

Noch nie in meinem Leben hatte ich solche Schmerzen empfunden wie in diesem Augenblick. Aber ich war auch noch nie so richtig verprügelt worden. Einmal eine Kopfnuss in der vierten Klasse, außerdem eine harmlose Rangelei auf dem Schulhof des Bertha-von-Suttner-Gymnasiums. Doch dies hier sprengte alles an Schmerzerfahrungen. Am Kanalufer zwischen Montpellier und Béziers wurde mir buchstäblich die Scheiße aus dem Leib geprügelt.

Der Mann deckte mich mit gezielten, erbarmungslosen Schlägen ein. Er wusste genau, wo sie landen mussten, um den größtmöglichen schmerzlichen Schaden anzurichten. Während er immer weitere Feuer in meinem Körper entfachte, vernahm mein Unterbewusstsein Evas hysterische Schreie und das wütende Schnauben meines Peinigers, der gar nicht genug davon bekommen konnte, mich als lebendigen Punching-Ball zu missbrauchen. Gerade, als ich kurz davor war, mich aus dem Bewusstsein zu verabschieden, wurde das Gekreische um mich herum lauter.

Ich versuchte, den Schlägen auszuweichen und auf die Knie zu kommen. Die beiden Sumoringer schrien nun ebenfalls, was mich vollends irritierte. Dann hörte ich Wasser aufspritzen und Getrampel und noch mehr Schreie um mich herum.

»Simon!«, rief jemand.

Hagen?

Diesmal traf es mich von der Seite, und ich wurde mehrere Meter mitgerissen. Kurz kam es mir vor, als hätte mich ein übergroßer Adler am Schlafittchen gepackt und wäre gemeinsam mit mir in die Lüfte emporgestiegen. Aber da war kein Adler. Nur Hagen, der gleichzeitig mit mir den Uferboden küsste, als wir unsanft landeten.

Mit der geschwollenen Wange im heißen Sand sah ich die Welt aus der Horizontalen. Wie ein Bulldozer schoss Daisy in diesem Moment aus dem Wasser und hielt auf unsere Angreifer zu. Diese schafften es in letzter Sekunde, zur Seite zu springen, sodass sich Daisys wuchtige Stirn in die Limousine presste. Sie hinterließ einen tiefen Abdruck im Blech, dem kein Beulendoktor mehr würde beikommen können.

Doch Daisy hatte noch nicht genug. Sie war außer sich. So wütend hatte ich sie noch nie erlebt. Sie setzte den beiden Mafiosi nach, die offenbar noch nicht auf die Idee gekommen waren, gegensätzliche Richtungen einzuschlagen. Den mit der Tätowierung erwischte sie als Erstes. Daisy hebelte ihn mit der Schnauze hoch und warf ihn über sich, woraufhin er in einem äußerst unglücklich aussehenden Winkel mit dem Ellbogen voran auf den Boden stürzte. Ein entsetzliches Knacken war zu hören, gefolgt von einem gellenden Aufschrei. Doch viel Zeit, sich seinen Qualen hinzugeben, blieb ihm nicht, da Daisy kehrtmachte und erneut auf ihn zuhielt. Sie rammte ihn beim zweiten Mal von der Seite und schob ihn mehrere Meter durch den Sand.

»Daisy«, schrie Hagen. »Aus!«

Sie blickte kurz in unsere Richtung.

Diesen Moment nutzte der andere Sumoringer, um seinem Kameraden aufzuhelfen. Dann taten beide in ihrer Panik etwas, das mich völlig überraschte. Sie schlugen sich nicht die Böschung hinauf oder suchten Schutz hinter ihrer dicken Limousine. Nein, sie rannten ins Wasser. Kurz war ich versucht zu rufen: »Hallo, das ist ein Flusspferd! Das trägt seinen Namen nicht ohne Grund.« Aber dafür schmerzte mir der Kiefer noch zu sehr, und außerdem war ich viel zu fassungslos. Wann sah man denn schon mal ein Nilpferd in freier Wildbahn bei einer erstklassigen Attacke?

Die beiden Männer stürzten sich in die Fluten und begannen zu schwimmen. Keine zwei Wimpernschläge später folgte ihnen Daisy in die Fluten. Die Männer kraulten um ihr Leben, doch gegen einen zweieinhalb Tonnen schweren Torpedo hatten sie keine Chance.

Eva schrie laut auf, als Daisy untertauchte und nur wenig später einer der beiden Mafiatypen nach unten gezogen wurde. Dann riss es ohne Vorwarnung auch den anderen in die Tiefe.

Es wurde schlagartig still. Keine Schreie mehr, kein Plätschern. Es war, als hätte der Fluss die beiden Männer verschlungen – was im Grunde auch irgendwie stimmte.

»Ähm.« Hagen räusperte sich unbehaglich. Er stand auf und ging langsam auf das Ufer zu. »Daisy?«, startete er einen zaghaften Ruf.

Ich rappelte mich auf und spürte einen scharfen Stich in etwa dort, wo ich meine unteren Rippen vermutete. Der Schmerz sog mir die Luft aus den Lungen.

»Alles okay?« Eva stürzte sich auf mich und legte ihren Arm um mich.

»Alles gut.« Ich verzog den Mund zu einem angestrengten

Lächeln. Dabei war ich mir ziemlich sicher, dass ich gleich sterben würde. Einfach alles tat weh.

»Daisy?«, rief Hagen wieder.

Eva und ich humpelten auf ihn zu, beobachteten die sanfte Strömung und warteten gebannt darauf, dass irgendetwas wieder auftauchte. Ein langhaariger Menschenkopf. Ein Nilpferd. Wir warteten vergebens.

Hagen warf einen Blick auf seine Uhr. Ich konnte ihm förmlich ansehen, was er dachte. Und ich war mir sicher, dass Eva dasselbe dachte: dass kein Mensch derart lange die Luft anhalten konnte.

Hagen trat noch zwei Schritte näher ans Ufer heran, schob die Hände tief in seine Hosentaschen und blickte zum Himmel auf, dann zur Fläche, wo eben noch die Schlägerei mit den Tikis stattgefunden hatte. In einer quälend langsamen Bewegung drehte er seinen Kopf in unsere Richtung. »Ich weiß ja nicht, wie ihr das seht, aber ich glaube, der Moment, in dem uns endgültig alles aus dem Ruder gelaufen ist, wäre jetzt erreicht.«

49

Wir standen vor einem Berg von Problemen. Über uns schrie ein aggressiv klingendes und stetig lauter werdendes Sirenenrudel. Ich konnte nur vermuten, dass der führerlose Lastkraftwagen der Grund dafür war. Sie würden sicherlich nicht lange brauchen, um zu kapieren, dass es der Laster war, nach dem mittlerweile europaweit gefahndet wurde.

Viel dringlicher aber war die Tatsache, dass uns Daisy ausgebüxt war. Seit Minuten suchten wir die Wasseroberfläche nach verdächtigen Öhrchen und übergroßen Nasenlöchern ab. Doch da war nichts. Das Nilpferd war einfach weg.

»Wir müssen sie finden!«, brüllte ich Eva und Hagen wütend an. Ich stand bis zum Bauchnabel im Kanal und tastete wie ein Idiot das vor mir liegende trübe Wasser ab. Als würde ich mit einem Nilpferd Topfschlagen spielen.

»Da!«, rief Eva plötzlich.

Ich drehte den Kopf in ihre Richtung, was dafür sorgte, dass eine weitere Schmerzbombe in meinem Inneren zündete.

Ihr Arm zeigte hinter mich. »Da ist sie!«

»Wo?«, fragte Hagen.

Ich blinzelte gegen die tief stehende Abendsonne an. Und dann konnte ich sie sehen. Etwa zweihundert Meter vor uns war ein massiger, brauner Körper zu erkennen, dessen nasser Hintern von der rötlichen Sonne reflektiert wurde. In gleitenden Bewegungen hopste sie uns davon.

»Schnell, hinterher!«

Mühsam watete ich aus dem Wasser und bewegte mich

mehr humpelnd als laufend in Daisys Richtung. Natürlich hatte ich nicht den Hauch einer Chance, sie einzuholen. Aber es tat gut, überhaupt irgendetwas zu tun. Das Sirenengeheul war nun noch deutlicher zu vernehmen. Vermutlich hatten sie den Lkw erreicht. Daisys Spuren und die Berichte von Dutzenden von Augenzeugen dürften die Polizei schon sehr bald runter zum Fluss führen.

Die von allen Seiten auf mich einwirkenden Schmerzen ignorierend, sprintete ich das Ufer entlang, wobei mir der Rucksack unsanft in den Rücken schlug. Ich rief nach Daisy, und tatsächlich drehte sie sich beim zweiten energischen Ausruf nach mir um. Ihre Bewegungen verlangsamten sich ein wenig. Davon angestachelt, legte ich noch einen Zahn zu und sprintete an Hagen vorbei. Im Laufen zog ich einen meiner verbliebenen Äpfel aus der Hosentasche und hielt ihn hoch. »Guck mal, Daisy. Happa-happa.«

Schnaubend drehte sie wieder ihren Kopf nach vorn und hopste weiter durch das hüfthohe Wasser.

Vor Wut schmiss ich den Apfel nach ihr, der einen halben Meter neben Daisy im Wasser einschlug und auf der Oberfläche weiterdümpelte. Sie würdigte ihn keines Blickes. Nein, sie hatte etwas ganz anderes im Visier.

»Verdammt«, hörte ich Hagen ausrufen.

»Daisy!«, rief ich energisch.

Doch diesmal drehte sich nicht das Nilpferd um, sondern die Gestalt, die gerade dabei war, eine Schubkarre über eine Rampe auf einen Lastkahn zu schieben. Der Mann bedachte mich mit einem intensiven Blick.

Ich war zwar noch ungefähr hundert Meter von ihm entfernt, doch ich konnte die Verwirrung in seinem Gesicht erkennen. Er sah mich winkend auf ihn zulaufen, und er erkannte, dass sich zwischen uns etwas befand. Etwas verdammt Großes, das sich außerordentlich schnell und ziemlich zielstrebig auf ihn zubewegte.

Ich rannte, bis mir die Lungen brannten. »Daisy!«

Zu spät. Sie watete aus dem Fluss und lief in ihrer ganzen imposanten Erscheinung die letzten Meter am Ufer entlang. Der Mann auf der Rampe stieß ein inbrünstiges »Merde!« aus und sprang mit Anlauf von der Rampe in den Fluss.

Nun verstand ich auch, warum Daisy meine Pink Lady verschmäht hatte. Wer wollte sich schon mit einem Apfel zufriedengeben, wenn er ein Dutzend Melonen haben konnte? Denn genau das befand sich in der nunmehr verwaisten Schubkarre. Hellgrüne Melonen, so groß wie Rugbybälle, die nur darauf warteten, von einem Nilpferd verspeist zu werden. Daisy bewegte sich flink über den Uferweg und bestieg mit vorsichtigen Schritten die Laderampe, auf der sich die Schubkarre befand. Aus dem Wasser hörte ich den Mann wüst schimpfen.

Endlich war auch ich auf Höhe des Schiffes. Es war zu vergleichen mit einem Lastkahn, wie man ihn auch an Häfen der Nordsee sah. Nur war dieses schmaler und mit viel weniger Tiefgang. Vielleicht fünf Meter breit und zwanzig Meter lang – wenn überhaupt.

Daisy machte kurzen Prozess mit dem Schubkarreninhalt. Saftiges, orangerotes Fruchtfleisch spritzte in alle Richtungen, als sie die Zähne in die Melonen stieß und die Früchte unter ihren Bissen schmatzend zerplatzten. Es war die reinste Melonen-Vernichtungs-Orgie.

Aber selbst, als alles Obst aufgefressen war, hatte Daisy noch lange nicht genug. Unter den zeternden Rufen des Mannes im Wasser marschierte Daisy unbeirrt an Bord und holte sich Nachschub.

Meine Lungen gierten nach Sauerstoff, und meine Eingeweide fühlten sich an, als wollten sie sich nach außen stülpen. Und auf einmal, als das Adrenalin wieder auf ein Normalmaß zurückgefallen war, spürte ich auch die schmerzenden Schwellungen in meinem Gesicht und die sich bildenden Blutergüsse auf meinem Körper. Ich beugte mich nach vorn und wartete, bis die vielen Sterne um mich herum wieder von allein zurück in den Himmel fanden.

Der Mann im Wasser schwamm an Land. Mit meiner letzten Kraftreserve reichte ich ihm die Hand und half ihm über die flache Kaimauer. Tropfnass sah er mich an, dann blickte er zurück auf sein Boot, an dem sich soeben ein XXL-Mundräuber an seiner Fracht zu schaffen machte.

Er war ein älterer Mann mit strähnigem, grauem Haar und einem wettergegerbten Gesicht, übersät mit tiefen Falten von der jahrzehntelangen Arbeit unter der südfranzösischen Sonne. Ich sah ihm in die Augen und verspürte einen nicht greifbaren Neid auf die unerzählten Geschichten, die darin standen.

Der Mann blickte mich an. Es war mir unmöglich, sein Alter zu schätzen. Siebzig? Hundertsiebzig? Alles war denkbar. Er trug einen Bart, der Hagens Auswüchsen alle Ehre machte. Grau und dicht bedeckte er das Kinn und die Wangen und reichte ihm bis auf die Brust.

Wir sahen uns lange an, musterten uns skeptisch. Dann blickte er noch einmal auf das Deck, von dem ihm ein riesiges tropfnasses Tier den Hintern entgegenstreckte. »Daisy?«, fragte er nur.

Ich nickte und reichte ihm noch einmal meine Hand. »Simon Berger.«

Er ergriff sie zögerlich, dann aber ließ er mich seinen energischen Händedruck spüren. »Arnaud Giroudaux.« Der Stolz triefte förmlich aus seiner Stimme.

Damit schien zunächst alles gesagt zu sein. Schwermütig ließen wir uns auf den Boden fallen, auf das zu lange Gras der Böschung. Ein warmes Rinnsal lief mir aus der Nase. Ich wischte mit dem Handrücken drüber und sah Blut auf meiner Haut.

Giroudaux wühlte in der Brusttasche seines Overalls herum und zog ein Softpack Zigaretten hervor. Es war pitschnass. Dennoch warf er einen Blick in den Inhalt, knüllte dann aber die Packung in der Hand zusammen und warf sie fluchend ins Wasser. Ich konnte mir ein Schmunzeln nicht verkneifen. Allmählich fing ich an, der Sprache etwas abzugewinnen. Sogar das Fluchen klang auf Französisch irgendwie charmant.

Giroudaux pflückte sich einen Grashalm und steckte ihn sich in den Mund. Ich tat es ihm gleich und genoss den bitteren Geschmack des Grases. Alles fühlte sich so unfassbar echt an.

Ich betrachtete sein Schiff, das vertäut vor uns lag und von den sanften Wellen angehoben und wieder abgesetzt wurde. Vorn auf dem schwarzen Rumpf prangte das Wort *Liberté* im dicken weißen Farbanstrich. Der Name gefiel mir.

Ich nahm den Rucksack ab und platzierte ihn neben mir. Ein plötzlich aufkommender Wind zerrte an meinem verschwitzten Hemd und bedeckte meinen Rücken mit einer Gänsehaut. Die Kühle war eine Wohltat. Vielleicht sollte ich auch einfach ins Wasser steigen und mich erfrischen. Vielleicht …

Ich wusste nicht, wie lange Arnaud Giroudaux und ich im hohen Gras saßen und Daisy beim Fressen zusahen. Sie schmatzte und grunzte vergnügt. Es war ein kurioser Moment. Zwei gestandene Männer versuchten, eine Situation zu verarbeiten, in der die Laune des Schicksals sie an diesem Ort zusammengeführt hatte.

Irgendwann in einem anderen Jahrhundert, vielleicht sogar in einem anderen Leben, erreichten uns Hagen und Eva. Sie wirkten ebenso abgehetzt wie ich vorhin, betrachteten uns, sahen sich ratlos an. Eva hob den Arm und zeigte auf das melonenverschlingende Ding auf dem Boot. Dann ließ sie den Arm kraftlos sinken und schüttelte schicksalsergeben den Kopf.

»Und nun?«, fragte sie.

Ich sah zu ihr auf. »Sag ihm, dass er ein schönes Schiff hat. Mir gefällt der Name.«

Eva betrachtete mich kritisch.

»Ich glaube, Simon, sie meinte etwas anderes mit ihrer Frage«, klärte Hagen mich auf.

Ich winkte ab. »Gib mir die Karte.«

Hagen verstand den Zusammenhang zunächst nicht, gehorchte jedoch und zog die zusammengefaltete Karte aus der Seitentasche seiner Cargo-Hose. »Bitte schön, der Herr.«

Ich breitete sie vor mir aus und merkte, dass es schon lange her war, dass ich zuletzt eine Landkarte studiert hatte.

Hagen kam mir zu Hilfe. »Wir sind ungefähr hier.« Er tippte mit dem Finger auf die Karte.

»Da?«

»Genau.«

Ich fuhr die feine blaue Linie mit dem Finger ab. Am Ende des Kanals angekommen, konnte ich mir ein überhebliches Grinsen nicht verkneifen, als ich feststellte, dass das Schicksal es endlich einmal gut mit uns gemeint hatte. Nicht halb so sorgfältig, wie Hagen es immer tat, klappte ich die Karte zusammen und gab sie ihm zurück.

»Okay, das ist der Plan: Eva, frag ihn, ob sein Kahn seetauglich ist. Wenn ja, dann erzähl ihm, dass wir sein Schiff mieten wollen. Er soll uns den Kanal hinunter bis ans Mittelmeer bringen und irgendwo am spanischen Festland absetzen.«

»Ernsthaft?«, fragte Hagen. »*Das* nennst du einen Plan?«

Bevor ich etwas erwidern konnte, legte Eva auch schon mit

der Übersetzung los. Erwartungsvoll lehnte ich mich nach hinten, verschränkte die Arme hinter dem Kopf und genoss die milden Strahlen der Abendsonne. Der Himmel war glutrot eingefärbt. Mir fiel auf, dass ich auf dem rechten Auge etwas verschwommen sah, vermutlich wegen der Prellung. Egal. Wie der Sonnenuntergang wohl vom Fluss aus aussah?

»Er sagt, dass er das schon machen könnte«, sagte Eva schließlich. »Aber er hat eine Ladung voll Charentais-Melonen, die er bis morgen zum Markt gebracht haben muss, sofern ihm Daisy nicht alles wegfuttert.«

Mit geschlossenen Augen tastete ich seitlich neben mir im Gras herum und bekam schließlich den Rucksack zu fassen. »Wir kaufen ihm die Ladung ab. Er soll uns seinen Preis nennen.«

50

Da hatte ich meinen Sonnenuntergang. Wir saßen auf zusammengewürfelten Stühlen um einen schiefen Plastiktisch vor dem Holzaufbau, der Arnaud sowohl als Kommandozentrale wie als Kajüte diente. Über dem Steuerhaus war eine bunte Lampiongirlande gespannt, deren warmes Licht in der einsetzenden Dunkelheit immer heller leuchtete. Aus dem Radio drangen zarte französische Chansons zu uns durch und lieferten den passenden Soundtrack zu den Geschichten des alten Mannes, die simultan von Eva übersetzt wurden. Die beiden redeten sich förmlich in einen Rausch. Immer wieder warf ich ihr verstohlene Blicke zu. Es war schön, sie so zu sehen. So voller Leben.

Irgendetwas war mit dem Loslegen der Leinen von uns abgefallen. Dieser Fluss hatte eine nahezu magische Wirkung auf uns und vermittelte uns ein ungeahntes Gefühl der Geborgenheit. Die träge Gleichmäßigkeit, mit der sich das Schiff tuckernd den Kanal entlangschob, ließ uns beinahe vergessen, dass wir auf der Flucht waren. Nicht ganz unschuldig an unserem Seelenfrieden war vermutlich auch Arnauds Veilchen-Likör, den er uns in viel zu großen Schnapsgläsern ausschenkte. Zum ersten Mal seit einer endlosen Zeit fühlten wir uns gut, und vor allem: auf dem richtigen Weg.

Arnaud hatte uns in seiner tiefenentspannten Art darüber aufgeklärt, dass die Überfahrt zum Mittelmeer die ganze Nacht dauern und wir am frühen Morgen die spanische Küste erreichen würden. Der letzte Rest an Anspannung war von uns abgefallen, als Hagen mit Arnauds Telefon seinen Freund Felipe Hernández erreicht und dieser versichert hatte, morgen früh am Hafen von Portbou mit einem neuen Transporter und allen Papieren auf uns zu warten. Es war längst nicht alles verloren. Daisy war noch im Rennen.

Der alte Mann freute sich sichtlich über unsere Gesellschaft. Er hatte uns zum Abendessen einen Melonensalat mit süßem Curry, Granatäpfeln und einem Räucherschinken zubereitet, der schlichtweg traumhaft geschmeckt hatte. Während des Essens hatte er uns erzählt, dass er die Binnenschifffahrt einst mit seinem Sohn betrieben habe, dieser aber mittlerweile in Paris lebe und dort etwas mit Immobilien mache. So genau interessiere ihn das nicht, da das Leben in der Großstadt für ihn einem Albtraum gleichkomme. Ein wenig konnte ich ihn verstehen – auch wenn ich zeit meines Lebens in einer verbracht hatte. Köln. Meine Heimatstadt. Nichts schien in diesem Moment weiter weg.

Ich ließ das langsam an uns vorbeiziehende Flussufer auf mich wirken. Mein Blick verfing sich in den Ästen der hohen Zypressen am Ufer, durch die das immer schwächer werdende Sonnenlicht nur noch mühsam den Weg zu uns fand. Ich konnte sie förmlich riechen, die Natur. *Ja,* stimmte ich Arnaud insgeheim zu, *mit solch einer Erhabenheit kann keine Großstadt dieser Welt mithalten.*

Er erzählte weiter, dass die *Liberté* eine über achtzig Jahre alte Péniche sei und er sie als ausrangierten Kohlekahn günstig erworben habe. Ein halbes Leben sei das nun schon her. Wir erfuhren von ihm, dass die Binnenschifffahrt früher ein sehr lukratives Geschäft gewesen sei und dass die Familie Giroudaux einst Landwirtschaft im großen Stil betrieben habe – hauptsächlich Äpfel, Melonen und Veilchen. Ihre Waren hatten sie über den »Kanal des Südens«, wie er das Gewässer liebevoll nannte, bis nach Toulouse verschifft. Lachend fügte er hinzu, dass sie das meiste Geld aber mit der »Crème de Violette«, dem selbst gemachten Veilchen-Likör, am Fiskus vorbeiverdient haben.

Wenn man Arnauds Worten Glauben schenken durfte, war auch heute noch mit der Schifffahrt ausreichend Geld zu verdienen – zumindest, um sich über Wasser zu halten, wortwörtlich. Sofern man denn ein genügsamer Mensch war und mit den Annehmlichkeiten, die einem das Leben auf dem Fluss bot, im Einklang war. Als er das sagte, lehnte er sich weit nach hinten und betrachtete den klaren Abendhimmel. Ich verstand sofort, was er meinte, und leerte mein Glas in einem Zug.

Drei Flaschen der »Crème« standen auf dem Tisch. Zwei waren bereits leer. Zunächst hatte ich ihn mehr als gewöhnungsbedürftig gefunden, diesen penetranten Veilchen-Geschmack, der mich an meine Oma erinnerte. Aber wie Arnaud uns prophezeit hatte, störte einen das nach dem fünften Glas überhaupt nicht mehr.

Mir kreisten allerlei merkwürdige Gedanken durch den Kopf. Vom Veilchen – oder den Violaceae – gab es etwa fünfhundert Arten, verteilt über den gesamten Globus. Ein echter Kosmopolit, dieses kleine Gewächs, wenn man so wollte. Außerdem die Blume der Liebe. Zumindest bei den alten Griechen war das so gewesen … und die hatten ja was vom Leben verstanden, immerhin hatten sie den Satz des Pythagoras und die Demokratie erfunden, zwei weltweite Verkaufsschlager, bis heute.

Mein Blick fiel auf Eva. Sie sah so schön aus. Ihr dunkles Haar glänzte im Mondlicht, und ihre blauen Augen funkelten, während sie und Arnaud sprachen, sich ins Wort fielen, lachten. Ich hätte dem alten Seebären und ihr stundenlang zuhören können, ihm und seinem Französisch, dessen Wörter ich nur spärlich verstand. Dazu Evas flüssige Übersetzungen, die sich kaum noch Mühe geben musste, um vom Deutschen ins Französische zu wechseln. Schon bald kam es mir so vor, als würde sie uns eine Geschichte erzählen. Eine lebendige, deren Ursprung uns direkt gegenübersaß und immer wieder genussvoll am Likörglas nippte. Eine Geschichte mit allen Facetten. Mit lustigen Seiten und traurigen. Mit jedem weiteren Glas wurde Arnaud nachdenklicher, sprach über seine Zukunft, dass all dies hier womöglich ende, wenn er sich zur Ruhe setzen würde. Ich meinte, einen traurigen Glanz in seinen Augen schimmern zu sehen.

Natürlich wollte er auch alles über uns wissen. Mit einem breiten Grinsen im Gesicht meinte er, dass er zwar die verrücktesten Dinge bei seinen Flussfahrten erlebe, aber ein Trio mit Nilpferd sei ihm in all den Jahren noch nicht untergekommen. Und dafür bedankte er sich überschwänglich bei uns.

Vielleicht war es ein Fehler, sich einem völlig fremden Menschen anzuvertrauen. Doch der alte Binnenschifffahrer strahlte etwas Grundehrliches aus, und ich fand, dass er die Wahrheit verdient hatte. Also erzählten wir ihm vom Ziel unserer Reise und machten ihm klar, wie immens wichtig es war, so schnell wie möglich Spanien zu erreichen, um dort auf Felipe zu treffen. Worauf wir erst einmal alle gemeinsam anstießen und die Gläser direkt im Anschluss erneut aufgefüllt wurden. Wieder und wieder. Doch bevor mich der Veilchen-Likör endgültig in die Knie zwang, beschloss ich, freiwillig auszusteigen. Außerdem hatte ich das dringende Bedürfnis, meine Mutter anzurufen. Sie war bestimmt krank vor Sorge um ihren einzigen Sohn.

Der hochprozentige Likör hatte bereits seine volle Wirkung entfaltet. Mit wankenden Schritten stellte ich mich an den Bug, ließ mir den milden Fahrtwind um die Nase wehen und drückte mir das Telefon gegen das ungewohnte linke Ohr, da meine rechte Gesichtshälfte immer noch geschwollen war.

Mein Blick verfing sich im schwärzer werdenden Himmel, und ich fand, dass wir eigentlich zufrieden mit uns sein konnten. Morgen in der Frühe würden wir Spanien erreicht haben. Dort würden wir mit einem neuen Transportmittel auf dem Landweg die Küste entlang bis nach Almeria reisen, von wo aus wir mit einer Fähre auf den afrikanischen Kontinent übersetzen würden. Die Vorstellung, welch strapaziöse Reise noch vor uns lag, verursachte bei mir einen heftigen Schwindel. Aber ich war noch immer fest entschlossen, es bis zum Schluss durchzuziehen.

Durch das eine, nicht zugeschwollene Auge betrachtete ich Daisy, die es sich inmitten des Melonenberges bequem gemacht hatte und vor sich hin döste. Ein angenehm süßer Fruchtfleischduft ging von ihr aus. Sie so friedlich schlafen zu sehen, bestätigte mich darin, bislang alles richtig gemacht zu haben. Ich war mir fast sicher, dass alles gut werden würde, wenn wir Spanien erreicht hätten und sich damit auch unsere Spur mehr und mehr verlor. Ich konnte mir beim besten Willen nicht vorstellen, dass die Polizei uns so schnell auf die Schliche kommen würde. Wenn sie unserer Fährte bis zur Uferböschung gefolgt waren, mussten sie unweigerlich auf die Limousine des Tiki-Clans gestoßen sein. Damit stellten sich ihnen mehr Rätsel als Antworten.

Ich inhalierte die kühle Luft, um wieder klare Gedanken fassen zu können, und begann zu wählen. Dann wartete ich. Und wartete. Aber niemand ging ran, was äußerst merkwürdig war. Es war mitten in der Nacht. Wieso war meine Mutter nicht zu Hause?

Mit steigendem Unbehagen wählte ich Muttis Mobilfunknummer. Diesmal dauerte es nicht lange, bis jemand abhob.

»Hallo Mutter.«

»Sohn.«

»Wo bist du denn bloß?«

»Unterwegs«, sagte sie nur. Und das in einem Tonfall, der keine weiteren Fragen erlaubte.

»Ich wollte dir nur sagen, dass es mir gut geht und du dir keine Sorgen um mich zu machen brauchst.«

Ich hörte meine Mutter schwer seufzen. »Sie sagen, dass du eine Bank ausgeraubt hast. Stimmt das, Simon?«

»Wer, ich?« Ich stieß ein schrilles Lachen aus. »Das glaubst du doch nicht, oder?«

Sie ließ sich Zeit mit ihrer Antwort. »Ehrlich gesagt, weiß ich nicht mehr, was ich noch glauben soll.« Merkwürdigerweise war die Verbindung außerordentlich gut, als stünde sie neben mir. »Ich erkenne dich gar nicht wieder. Was denkst du dir nur dabei? Einfach deinen Job hinzuschmeißen und als Tierpfleger anzuheuern und dann ein Nilpferd zu entführen und wehrlose Leute zu fesseln, eine Bank auszurauben ...«

»Ich habe nicht gesagt, dass ich eine Bank ausgeraubt habe.«

»Aber die aus dem Fernsehen! Die sagen auch, du hast Menschen entführt. Stimmt das, Simon? Schaust du denn gar keine Nachrichten mehr?«

»Ehrlich gesagt, in letzter Zeit nicht mehr ganz so regelmäßig«, hörte ich mich gedämpft murmeln.

»Solltest du aber«, fand sie. »Die Nachrichten sind voll von dir und diesem Nilpferd.«

»Daisy.«

»Dein Beschützerinstinkt in allen Ehren. Ich finde es ja auch nicht richtig, dass gesunde Tiere vor Publikum in kleine Happen zerlegt werden sollen. Aber das geht uns nichts an, hörst du? Das ist Sache des Zoos.«

»Ja, Mutter.«

»Du wirfst dein ganzes Leben mit dieser Aktion weg. Das wird dich die Festanstellung bei der Bank kosten. Mindestens.«

»Mutter!«

»Nein, es hat sich ausgemuttert! Du hörst mir jetzt zu, Simon! Ich kann nicht zulassen, dass du für ein Tier dein Leben wegwirfst.«

»Aber es ist nicht irgendein Tier.«

»Ich weiß, du glaubst, es birgt die Seele von Sandra in sich.«

»Genau.«

»Das muss doch selbst in deinen Ohren skurril klingen! Stell dir nur vor, die von der Presse bekommen davon Wind. Dann wirst du innerhalb eines Wimpernschlags vom tierschützenden Helden zum Psychopathen, dem alles zuzutrauen wäre.«

Ich keuchte überrascht auf. »Sie sehen in mir einen Helden?«

»Gib endlich auf, Simon. Komm nach Hause.«

Nach Hause, echote es in meinem Kopf. Irgendwie klang dieser Begriff merkwürdig hohl und tonlos.

Ein Geräusch bei ihr im Hintergrund brachte mich aus dem Konzept. »Mutter, ist jemand bei dir?«

Sie stieß einen verächtlichen Laut aus. »Wer soll denn um diese Uhrzeit bei mir sein?« Sie sog scharf die Luft ein.

»Rauchst du wieder, Mutter?«

»Ich mache mir eben Sorgen um dich.«

»Brauchst du nicht«, log ich. »Alles wird gut.«

»Das hat dein Vater auch immer gesagt. Und dann war er plötzlich tot.«

»Mutter ...«

»Komm nach Hause.«

»Das werde ich«, versprach ich ihr. »Aber erst, wenn Daisy in Sicherheit ist.«

»Verrätst du mir wenigstens, wo du bist?« Die Besorgnis in ihrer Stimme kroch förmlich durch den Hörer. »Damit ich die Engel zu dir schicken kann.«

Ich konnte nicht anders, als zu lächeln. Ich betrachtete den Himmel, dessen Mond hinter einer fluffigen Wolke zum Vorschein kam. Über den monotonen Klang des Dieselmotors der *Liberté* legte sich das laute Zirpen der Zikaden.

»Glaub mir, Mutter, dort, wo ich gerade bin, würde es dir sehr gut gefallen …«

51

Ich stand noch eine ganze Weile an der Reling und beobachtete die Schaumkronen, die von der Bugspitze geteilt wurden. Ich lauschte dem Geräusch der Wellen, gab mich dem mich umgebenden Dunkel hin und befand mich irgendwann so tief in mir drinnen, dass ich aufschreckte, als Eva mich ansprach.

»Hi du«, sagte sie. Ihr Atem roch nach frischen Veilchen. »Hagen ist eingeschlafen.«

»Kann ich ihm nicht verübeln.«

Sie stellte sich neben mich und betrachtete mit mir die so völlig fremde Aussicht. Am Himmel waren bereits die ersten Sterne sichtbar, die sich um den hellen, vollen Mond ringten. Ich dachte zurück an meine letzte Vollmond-Nacht, als ich schlaflos aus dem Fenster gestarrt hatte. Unglaublich, was sich in diesem Monat für mich verändert hatte. Einfach alles.

»Ist es nicht schön hier?« Eva stand ganz dicht neben mir, und ich hörte mich »Das ist es« sagen, während ich sie verstohlen von der Seite betrachtete. Als sich ihr Kopf in meine Richtung drehte, blickte ich rasch nach vorn.

»Ich kann Arnaud gut verstehen«, sagte ich. »Er hat sein Paradies gefunden. Würde heute jemand zu mir sagen, dass ich von nun an für den Rest meines Lebens mit diesem Schiff von Béziers bis nach Toulouse schippern müsste – tagein, tagaus –, ich würde sofort Ja sagen.«

Evas intensiver Blick ruhte auf mir. »Niemand hindert dich daran.«

»Doch.« Meine Antwort kam prompt. »Einfach alles hindert mich daran.«

Eva war klug genug, mir nicht zu widersprechen. »Aber fragst du dich nicht auch, wie es weitergehen wird, wenn das hier vorbei ist?«

Nein, dachte ich, *da mich sonst die nackte Panik übermannt.*

»Tatsache ist, dass uns diese Reise nachhaltig verändern wird«, gab ich zu. »Womöglich nicht zum Besten.«

Ihr Mund öffnete sich zum Protest, doch sie blieb erneut stumm.

Also setzte ich nach: »Unser altes Leben gibt es nicht mehr. Ich werde zur *Magna Pecunia* nicht zurückkehren. Und Hagen?« Ich nickte mit dem Kopf nach hinten. »Er wird nicht wieder in den Zoo gehen können. Vermutlich wird er nicht mal mehr eine Anstellung in irgendeinem anderen Zoo bekommen, nachdem er sich an der Nilpferd-Entführung beteiligt hat.« Ich merkte, dass meine Stimme lauter geworden war, härter. Aber ich konnte es nicht verhindern. »Und *dein* altes Leben war bereits vorbei, bevor du diese Reise angetreten hast. Du hast lediglich auf Zeit gespielt, mit geliehenem Geld. Ich habe keine Ahnung, was mit den beiden armen Tikis passiert ist, aber ganz sicher wird sich dein Problem damit nicht in Luft aufgelöst haben. Sie werden auf dich warten, wenn du zurück nach Deutschland kommst.«

Aus dem Augenwinkel sah ich, wie eine einzelne Träne ihre Wange entlangkullerte. Ich hob die Hand und fing sie auf.

»Für Daisy können wir noch etwas tun.« Ich drehte mich zum Nilpferd um, das im Melonenberg gemütlich vor sich hin schnarchte. »Und für ihr Baby. Solange wir uns nicht einfangen lassen, bedeutet das, dass sie am Leben bleiben. Ich denke, das sind zwei verdammt gute Gründe, um weiterzumachen. Findest du nicht auch?«

Eva gab mir keine Antwort. Aber sie sah mich fest an. Unausweichlich geradezu.

»Ich kann nicht über dich und Hagen bestimmen«, sagte ich leise. »Aber für mich gibt es keine Alternative, kein Zurück mehr in mein altes Leben. Und ehrlich gesagt möchte ich dort auch nie wieder hin. Seitdem wir unterwegs sind, fühle ich mich so lebendig wie noch nie zuvor. Keine Sekunde möchte ich davon missen. Keinen Augenblick mit Hagen ... und mit dir.«

»Was du unten am Ufer für mich getan hast ...«, sagte sie schließlich. »Das war unglaublich mutig von dir.«

Ich spürte, wie mir das Blut in die Wangen schoss, was mir die Schwellung wieder schmerzhaft ins Gedächtnis rief.

»Idiotisch und selbstzerstörerisch«, fügte Eva rasch hinzu. »Aber auch wirklich ... ehrenhaft.«

Ich lächelte umständlich. »Kann doch nicht zulassen, dass derart ungehobelte Burschen meiner Lady etwas antun.«

»*Deiner* Lady?« Eva trat noch ein Stück näher an mich heran.

»Ähm.«

Sie lehnte ihr Gesicht weit vor, sodass sie meinem ganz nah war. Ihr Atem war unglaublich süß und roch nach Veilchen. Dann küsste sie mich. Nicht auf den Mund, sondern ganz behutsam auf mein zugeschwollenes Auge. Es tat gar nicht weh. Ich spürte, wie sich meine Hände automatisch um ihren schlanken Körper legten und dann etwas taten, was sie seit mehr als fünf Jahren nicht mehr getan hatten: Sie umarmten. In einer festen und gleichzeitig sanften Liebkosung zog ich Eva an mich und genoss ihre Nähe, die mich so unendlich tief berührte. Eva erwiderte meine Zuneigung, schmiegte sich mit derselben Leidenschaft an mich, mit der ich sie berührte. Ich vergrub meine Nase in ihren Haaren und nahm einen tiefen Zug. Sie roch unglaublich.

Schließlich löste sie sich von mir. Viel zu schnell, wie ich fand. Sie sah mich an, ging auf die Zehenspitzen und gab mir einen Kuss auf die Stirn.

»Gute Nacht, Simon. Morgen erwartet uns ein weiteres großes Abenteuer.«

Sie schlenderte an mir vorbei. Als sie sich einige Meter von mir entfernt hatte, beugte sie sich zu Daisy und streichelte ihr liebevoll die Stirn. Dann drehte sie noch einmal den Kopf in meine Richtung und sagte mit einem Augenzwinkern: »Gute Nacht, mein Beschützer.«

Ich fühlte ihre weichen Lippen noch immer auf meiner Haut, als sie bereits wieder bei Arnaud war, sich von ihm Decken und Kissen überreichen ließ und schließlich in der Kajüte verschwand.

»Gute Nacht, Eva.«

Es war Ehrensache, dass wir Männer der Dame die einzige Schlafkoje an Bord überließen. Für uns stand damit eine Nacht unter freiem Himmel an. Und in diesem Augenblick konnte ich mir wahrlich nichts Schöneres vorstellen.

Teil 3

Das Ende

52

Als ich am nächsten Morgen die Augen aufschlug, war es neben den nicht zu verachtenden Rückenschmerzen der Ruf der Möwen, der mich aus einem tiefen, traumlosen Schlaf gerissen hatte. Die Luft war noch angenehm kühl, und die sanfte Vibration, die meinen Körper ergriffen hatte, rief mir sofort in Erinnerung, dass ich mich an Bord der *Liberté* befand. Auf meiner Wolldecke hatte sich ein hauchdünner Film aus Morgentau abgesetzt. Ich fuhr mit der Hand über den feinen Nebel und legte dann die Finger an meinen Mund. Es schmeckte ... salzig.

Das wiederum konnte nur eines bedeuten.

Hastig sprang ich auf und wurde augenblicklich an die erste richtige Tracht Prügel meines Lebens erinnert. Einfach alles tat höllisch weh. Ich hatte das Gefühl, dass meine eine Gesichtshälfte noch weiter angeschwollen war. Das rechte Auge bekam ich überhaupt nicht mehr auf. Und irgendetwas stimmte definitiv mit einer Rippe nicht. Bei jedem tieferen Atemzug durchzuckte mich ein Schmerz, der mich heftig zusammenfahren ließ.

Ich warf mir die Wolldecke über, bewegte mich humpelnd auf die Reling zu und gab mich einem ausgelassenen Gähnen hin. Vielmehr versuchte ich es, stellte dabei aber fest, dass mein Unterkiefer nur so mittelprächtig mitspielen wollte und bereits nach wenigen Zentimetern den Dienst unter abscheulichen Schmerzen quittierte. Ich wurde das Gefühl nicht los, dass ich mir feste Nahrung in nächster Zeit abschminken konnte.

Dafür stimmte jedoch der Ausblick.

Die Morgensonne durchbrach langsam die diesige Luft. Wir befanden uns nicht mehr in dem engen Kanal, der umgeben war von grünen Wiesen und hohen Bäumen. Wir waren tatsächlich auf dem offenen Meer. Zu unserer Rechten sah ich in einigen Hundert Metern Entfernung die Küste. Schroffe, spärlich bewachsene Felsen ragten aus dem azurblauen Wasser. Das Panorama erinnerte mich an eine der vielen Verfilmungen des Grafen von Monte Christo.

Mittlerweile wurde die Fahrt der *Liberté* begleitet von unzähligen Möwen, die Daisys Aufmerksamkeit erregten. Interessiert betrachtete sie die weißen Vögel, die immer wieder dicht an ihrem Kopf vorbeiflogen. Ein besonders dreister Kandidat landete sogar auf ihrem Rücken und putzte sich unbekümmert das Gefieder. Daisy ließ ihn gewähren.

»Na, meine Dicke?« Ich streichelte über ihren Kopf. Meine Berührung wurde von ihr so heftig erwidert, dass sie mich kurz nach hinten stieß und die Möwe meckernd aufschreckte und davonflog.

Ich warf Daisy ein paar Melonenreste zum Frühstück hin und blickte mich um. Durch die dunklen Scheiben des Führerhauses konnte ich Arnaud hinter dem Steuerrad erkennen. Er winkte mir zu und zeigte mit der Hand nach vorn. Ich folgte seiner Geste und verstand sofort, was er meinte. Die *Liberté* hielt auf eine Bucht zu, an deren Küste sich eine Stadt ausbreitete.

Er drückte gegen eine Fensterscheibe an der Seite, die daraufhin nach außen aufklappte, wie bei diesen alten VW Bullis. »Espagne«, rief er mir gut gelaunt zu. »Et voilà!«

Steuerbord war ein künstlich angelegter Hafen zu erkennen, in dem die leuchtturmhohen Masten von Dutzenden von Segelschiffen sanft auf und ab wogen. Ihre weißen Segel hingen wie überdimensionale Kokons an den Masten.

Ich sah Hagen aus seinem Schlafsack kriechen. Er schien mit dem Gähnen keine Probleme zu haben und zeigte mir seine Backenzähne.

»Mein Schädel brummt«, beschwerte er sich. »Erinnere mich bitte daran, nie wieder dieses widerliche Veilchenzeugs anzurühren.« Als er es endlich aus dem Schlafsack geschafft hatte und nur noch in Unterhose vor mir stand, musterte er mich abschätzend. »Ich will ja nicht beleidigend sein, aber du siehst echt scheiße aus. Als hättest du ... Mumps.«

Er deutete auf mein geschwollenes Gesicht, doch ich drehte mich von ihm weg und schaute weiter auf den Hafen, der so ruhig vor uns lag. Freiheit. Ich konnte sie förmlich auf der Zunge schmecken.

Eva kam aus der Kajüte. Auch sie war noch in ein Bettlaken eingewickelt. Es war ein dünnes Stück Stoff, unter dem sich die Konturen ihres Körpers abzeichneten. »Guten Morgen, ihr beiden«, sagte sie mit einem Lächeln im Gesicht. Als sie zu uns trat, zuckte sie fröstelnd zusammen und drückte sich wie selbstverständlich an mich. Und ebenso selbstverständlich legte ich meinen Arm um sie, um sie zu wärmen.

Hagen war diese Intimität nicht entgangen. Sein Blick richtete sich auf mich. In seinem Gesicht zeichnete sich ein bedeutungsschwangeres Mienenspiel ab. Zunächst war es Unglaube, dann Entrüstung, die sich in Wut verwandelte. Ich konnte ihm förmlich die Kränkung ansehen, die er erlitt, von jemanden wie mir ausgebootet zu werden. Schließlich aber nickte er mir zu. Kurz und für Eva unmerklich. In stillem Einverständnis.

»Ich geh mal Felipe anrufen«, murmelte er und verschwand.

»Ist das nicht wunderschön?«, hauchte Eva.

Ich war mir nicht sicher, ob sie die Aussicht auf die Hafenbucht meinte, die sich vor uns ausbreitete, oder die zärtliche Vertrautheit zwischen uns – oder dass Hagen verschwunden war.

Seit gestern Abend hatte sich etwas verändert. Die Bindung zwischen Eva und mir war fester geworden. Ich war mir noch nicht im Klaren darüber, was genau ich für sie empfand, aber ich wusste, dass ich niemals zulassen würde, dass man ihr etwas antat. Seit gestern wusste das auch Eva.

Wir standen noch eine ganze Weile am Bug des Schiffes und sahen dabei zu, wie wir uns langsam, aber stetig dem Hafen näherten. Die kleinen weißen Flecken an der Küste wurden immer größer und waren bald schon als einzelne Gebäude zu erkennen. Es war ein schönes Hafenstädtchen, dem wir uns da näherten. Den vielen Hotels zufolge, die die Strandpromenade besiedelten, schien es ein beliebter Touristenort zu sein. Vermutlich würde in wenigen Stunden der gesamte Strandbereich bevölkert sein von sonnenbadenden Menschen. Aber in diesen frühen Morgenstunden, in denen der Tag gerade erst erwachte, breitete sich der Strand still und einsam vor uns aus – als wäre es ein äußerst realistisch getroffenes Gemälde. Dieses Bild versuchte ich mir einzuprägen. Schließlich konnte ich nicht wissen, wann und ob ich diesen Anblick noch einmal zu Gesicht bekommen würde.

Arnaud hatte die perfekte Zeit zum Eintreffen im Hafen gewählt, denn keine Menschenseele war zu sehen. Die Segelschiffe lagen vertäut am Kai und schwankten im Fahrwasser der *Liberté* leicht hin und her. Es war nur der tuckernde Dieselmotor der Péniche zu hören, der sich rumpelnd über die Hafenidylle legte.

Hagens Kopf lugte aus der Kajüte. »Felipe sagt, er ist in einer halben Stunde da. Spätestens.«

Behutsam steuerte unser Kapitän den Frachter auf den entlegensten Platz des Hafens zu. Dieser Bereich schien nur dem Be- und Entladen von Warenschiffen zu dienen. Überall standen Paletten und kleinere Container herum, die auf ihre Verschiffung warteten. Am hinteren Ende befand sich eine mit Paneelen verkleidete Lagerhalle, vor der zwei verwitterte Stapler wie stumme Wächter standen.

Arnaud manövrierte das Boot ganz dicht an die Hafenmauer, bis sich die als Puffer dienenden Autoreifen, die an den Seiten des Schiffskörpers festgemacht waren, knirschend gegen die Steinmauer drückten. Barfuß wirbelte der alte Mann auf dem Deck herum, schmiss dicke Seile über Bord, um diese nach einem leichtfüßigen Sprung über die Reling an den Pollern am Kai festzuzurren. Als er mit dem Vertäuen fertig war, hüpfte er zurück an Deck und ließ den Anker ins Wasser. Das Schrammen der Kettenglieder zerriss die Stille. Mit einem lauten Platschen tauchte der Anker in das Hafenbecken ein, dann wurde es augenblicklich wieder ruhig.

Nur wenig später waren wir von Bord und standen uns am Kai gegenüber. Mit ausufernder Gestik machte uns Arnaud klar, dass er darauf bestand, dass jeder von uns noch eine Flasche seines Veilchen-Likörs einpackte. Er verstaute sie in einem Jutebeutel und drückte sie Hagen in die Hand. Dessen Gesichtsausdruck konnte ich entnehmen, dass bereits der Anblick der lilafarbenen Flüssigkeit Übelkeit in ihm auslöste.

Arnaud wünschte uns Gesundheit und Glück und meinte, dass wir gerade vom Letzten am allermeisten gebrauchen könnten. Zum Schluss schob er Daisy eine kleine Melone ins Maul und traute sich sogar, ihre dicke Oberlippe zu tätscheln.

»Merci beaucoup.« Ich überreichte ihm das vereinbarte Geld und ergriff die sehnige Hand des alten Mannes. Dabei wurde ich das Gefühl nicht los, einen Freund fürs Leben gefunden zu haben.

Er sah mir tief in die Augen und nickte. Das freudige Funkeln, das ich darin erkannte, imponierte mir. Schließlich ließ er meine Hand los, umarmte Hagen und schließlich auch Eva. »Bon voyage«, sagte er.

»Ich hoffe, dass wir uns irgendwann einmal wiedersehen«, erwiderte ich, und Eva übersetzte meine Worte.

Der alte Mann nickte und sagte etwas auf Französisch.

»Wenn es das Schicksal so will, werden wir das«, dolmetschte Eva seine Antwort.

Dann drehte er sich wortlos um und löste die Taue der *Liberté*.

»Wir sollten auch los«, drängte Hagen. »Felipe müsste bald aufkreuzen. Und ich stehe wirklich ungern mit einem Nilpferd im Hafen herum.«

Ich schaute mir die Gegend an. Hagen hatte recht. Hier an der Hafenpromenade waren wir mit Daisy wie auf dem Präsentierteller. Mittlerweile folgte sie mir blind und ohne vom Weg abzuweichen. Keine Ahnung, ob es an mir lag oder den einen süßlichen Duft ausdünstenden Äpfeln in meiner Tasche. Wir benötigten dringend einen Unterschlupf, bis dieser Felipe eintraf.

»Gehen wir zu der Lagerhalle da drüben«, beschloss ich. Alles war besser, als hier dumm herumzustehen.

Es tat gut, wieder festen Boden unter den Füßen zu haben. Zwar hatte ich bei den ersten hundert Metern noch das Gefühl, die Erde würde unter mir schwanken, aber mit jedem Schritt verblasste dieser Eindruck.

Auf dem Weg zur Lagerhalle schwiegen wir. Die Anspannung zwischen uns war förmlich greifbar. Zu sehr waren wir uns dessen bewusst, dass nur eine einzige Person in diesem Moment aus einem der Bullaugenfenster der anderen Schiffe schauen musste, um uns und Daisy zu erblicken. Was das für

Konsequenzen haben konnte, wollte ich mir gar nicht ausmalen.

»Wir haben den Parkplatz vor der Hafeneinfahrt als Treffpunkt vereinbart.« Hagen sprach mit fester Stimme, vermutlich, um sich selbst Mut zu machen. »Direkt hinter der Ecke. Vielleicht ist er ja schon da.«

Ich seufzte ergeben. Zumindest auf mich hatten Hagens Worte eine beruhigende Wirkung.

Zielstrebig liefen wir an der großen Halle vorbei. Als wir um die Ecke bogen und den Parkplatz erkennen konnten, stieß Hagen einen jubelnden Schrei aus und zeigte wild winkend auf das Ende der Zubringerstraße, wo ein roter Lastwagen zu sehen war, der genau auf das Hafengelände zuhielt.

»Ist er das?«, fragte Eva erregt.

»Klar ist er das«, erwiderte Hagen selbstsicher. »Hast du etwa daran gezweifelt, dass er kommt?«

Eva antwortete mit einem befreiten Lachen, und auch ich konnte mir eine angedeutete Becker-Faust nicht verkneifen.

Der Lastwagen rollte die Straße entlang und war vielleicht noch einen halben Kilometer von uns entfernt. Er hupte zweimal kurz, und nun erkannte ich, dass es sich um einen Tiertransporter handelte. Ich nahm Hagen in den Arm und drückte ihn ganz fest. »Danke, Mann, auf dich ist Verlass!«, sprach ich dumpf gegen seine Brust.

Doch irgendetwas stimmte nicht. Hagen erwiderte meine Umarmung nicht. Im Gegenteil: Seine Arme hingen leblos an ihm herab. »Was zum ...«, hörte ich seinen brummigen Bass, der jedoch sogleich von einem schrill aufheulenden Motor übertönt wurde.

Mit einem merkwürdigen Gefühl in der Magengrube drehte ich den Kopf, um Hagens Blick zu folgen. Ich bereute es sofort. Denn was ich sah, ließ mir das Blut in den Adern gefrieren.

53

Es waren viele Fragen, die mir in dieser unwirklich erscheinenden Situation durch den Kopf gingen: *Befindet sich in der Waffe scharfe Munition, oder handelt es sich um ein Betäubungsgewehr? Hat es Bertrand für das Nilpferd dabei? Oder für uns? Trägt er wirklich jeden Tag diese lächerliche Safari-Uniform mit den viel zu hohen Lederstiefeln? Und wer sind die beiden Männer im Schlepptau? Seine Bodyguards?* Aber die dringlichste Frage von allen war: *Wie hat er uns gefunden?*

Es dauerte eine geschlagene Sekunde, bis meine Neuronen verarbeiten konnten, was sich vor meinen Augen abspielte. Ungefähr fünfzig Meter von uns entfernt kam aus einer Seitenstraße ein schwerer Geländewagen mit einem langen Anhänger auf uns zu und hielt mitten auf der Straße an. Es war ein Tiertransporter, wie ich ihn aus Fernsehdokumentationen kannte. Er war wie geschaffen für Daisy, und er versperrte unserem Lkw, hinter dessen Steuer Felipe saß, den Weg.

Die Türen des Geländewagens öffneten sich, und eine Hand voll Männer stieg aus. Einen von ihnen erkannte ich sofort. Vor der riesigen Front des Angeberschlittens stellte sich Adrian Bertrand breitbeinig auf, den Gewehrkolben auf seinem Oberschenkel abgestützt, flankiert von zwei grobschlächtig wirkenden Kerlen, die lange Stäbe mit Stahlschlingen an der Spitze in den Händen hielten – die Mammutversion zweier Hundefänger.

Eva reagierte als Erste. Mit einem erstickten Schrei.

»Guten Morgen, die Herren. Die Dame.« Trotz der Entfernung sah ich das überhebliche Grinsen in Bertrands Gesicht.

Meine Füße bewegten sich keinen Schritt weiter. Um mich herum nahm ich nichts mehr wahr. Meine Ohren gingen zu, als hätte mir eine unsichtbare Hand Stöpsel hineingestopft. Da war nichts mehr, nur noch ein heller Piepton aus einer unbestimmten Richtung, der stetig anschwoll. Er erinnerte mich an meine Kindheit, als das Fernsehen noch aus drei Programmen bestanden hatte.

Sendeschluss.

Stress-Tinnitus.

Ich starrte den Zoodirektor und die beiden Männer an. Nahm meinen Blick nicht von dem Gewehr, das Bertrand zwar nicht auf uns gerichtet hatte, aber es so in der Hand hielt, dass er es in einer fließenden Bewegung anlegen konnte. Auf der Waffe selbst erkannte ich ein aufgestecktes Zielfernrohr. Wäre die Situation nicht so verdammt real, es wäre eine perfekte Parodie einer Indiana-Jones-Verfilmung gewesen.

»Hier endet dann wohl die Reise«, sagte er.

Ich öffnete den trockenen Mund, wollte etwas Schlagfertiges erwidern. Doch da kam nichts. Es war mir schlicht zuwider, mit diesem Mann auch nur ein einziges Wort zu wechseln, was Bertrand nicht davon abhielt, das Gespräch mit mir zu suchen.

»Ihre Mutter ist krank vor Sorge um Sie«, sagte er schließlich. »Ich habe ihr gesagt, dass ich nur das Beste für Sie will.« Er musterte uns scharf und setzte dann nach: »Für uns alle.«

»Ich glaube Ihnen kein Wort«, fauchte ihn Eva an.

»Seien Sie unbekümmert, ich will nur das Nilpferd.« Schneller, als ich gucken konnte, legte er das Gewehr an und zielte auf Daisy. »Es gehört mir, und ich kann es nicht leiden, wenn man mir mein Eigentum wegnimmt.«

Entschlossen trat ich einen Schritt vor und stellte mich zwischen den Gewehrlauf und das Nilpferd. Sie stupste mir in den Hintern. Vermutlich schnüffelte sie die letzten Pink Ladys in meinen Hosentaschen.

»Sie ist schwanger«, sagte ich. »Sie können sie nicht töten.«

Bertrand senkte bedauernswert die Stimme. »Welch ein Drama! Aber das ändert nichts. Der Plan wird eingehalten.«

»Haben Sie nicht verstanden?«, schrie ich ihn wütend an. »Daisy bekommt ein Baby!«

Nun schrie auch der Zoodirektor. »Sie möchten doch nicht das Publikum enttäuschen! Nächste Woche ist der große Tag. Das lasse ich mir nicht von einer verdammten Schwangerschaft versauen!«

»Was sind Sie nur für ein Monster?« Eva trat dicht neben mich. Sie war so wütend, dass sie die Tränen nicht länger unterdrücken konnte.

»Davon verstehen Sie nichts«, winkte er ab. »So sind nun mal die Regeln. Das ist der Kreislauf des Lebens. Und jetzt treten Sie zur Seite und lassen Sie uns unseren Job erledigen.«

Die beiden Männer mit den Schlingen setzten sich in Bewegung. Mir fiel auf, dass einer von ihnen eine Augenklappe trug.

»Oh-oh«, bemerkte Hagen.

Ich suchte verzweifelt die Gegend ab, nach irgendetwas, das uns aus dieser Misere befreien könnte. Bislang hatte es doch immer einen Ausweg gegeben.

Rechts von uns war nur das offene Meer. Geradeaus, wo es in Richtung Stadt ging, wurde der Weg von Bertrand und seinen Schergen versperrt – auch wenn der rote Tiertransporter mit Felipe darin in einigen Hundert Metern Entfernung stand und abzuwarten schien, was als Nächstes geschah. Zu unserer Linken führte eine Straße in eine Art Gewerbepark. Von hier aus konnte ich das Logo einer Supermarktkette erkennen.

»War's das jetzt?«, flüsterte mir Eva zu. »Ist es jetzt vorbei?«

Ich konnte nicht antworten.

»Nein«, sagte Hagen entschieden. »Es hat gerade erst angefangen.« Er trat einen Schritt nach vorn und zog etwas unter seinem Pullover hervor, das mir den zweiten Schock des Morgens bescherte.

»Hagen.« Ich starrte ihn an. Überrascht, bewegt und entsetzt zugleich. Ich konnte nicht glauben, was ich da sah. In seinen Händen hielt Hagen einen Revolver und zielte damit auf den Zoodirektor. »Wo hast du den denn her?«, fragte ich entgeistert.

»Ist der echt?«, wollte Eva nicht weniger fassungslos wissen.

»Das will ich doch hoffen!« Er hatte die Zähne so fest aufeinandergepresst, dass seine Kieferknochen knackten. Ihm war anzumerken, wie unwohl er sich in dieser Situation fühlte. Seine Hände zitterten derart, dass der Lauf der Waffe ungenau nach oben und unten ging.

»Machen Sie keinen Quatsch, Wolf.« Bertrand hatte den Blick fest auf Hagen gerichtet. Doch die plötzliche Unsicherheit in seiner Stimme konnte er nicht verbergen. Auch seine beiden Hundefänger hielten in ihren Bewegungen inne und machten erst mal gar nichts.

Eine Welle der Genugtuung stieg in mir auf. Vermutlich war es das erste Mal, dass sich eines von Bertrands Opfern zur Wehr setzte.

»Wo hast du die Waffe her?«, fragte ich Hagen noch einmal.

»Na, aus der Limousine! Von diesen Tikis. Dachte, die könnte uns noch nützlich sein.«

»Nimm sie runter!«, flehte Eva. »Das ist doch Wahnsinn. Soll das alles noch mehr außer Kontrolle geraten?«

»Er wird Daisy töten! Und damit auch das Baby. Dann war all das hier umsonst.«

»Aber das ist es nicht wert«, bedrängte ich ihn.

Er warf mir einen kurzen Blick zu, in dem ich unendliche Tapferkeit erkannte. »Wenn es das hier nicht wert ist«, sagte er langsam, »was ist dann noch etwas wert?«

Hagen und der Zoodirektor standen sich gegenüber wie in einem Westernduell. Auf einmal wurde mir klar, dass dies hier Hagens offene Rechnung war, die endlich beglichen werden musste. Zu lange hatte er sich von seinem despotischen Vorgesetzten unterdrücken und vor dessen Karren spannen lassen. Er hatte Dinge machen müssen, die in keiner Weise mit seinen Idealen im Einklang standen. Jetzt wurde abgerechnet.

»Lauft!«, brüllte Hagen da. Es glich eher einem bebenden Grollen als einem Ausruf. »Haut endlich ab!«

Doch wir rührten uns nicht von der Stelle.

»Das ist Wahnsinn«, sagte Eva erneut. »Bitte, Hagen!«

Sein Oberkörper fuhr zu mir herum. Der Ausdruck in seinen weit aufgerissenen Augen duldete keine Widerrede. »Für Daisy«, flüsterte er bloß und fügte etwas lauter hinzu: »Für Cujo!«

»Letzte Warnung, Wolf!«, drang Bertrands Stimme zu uns rüber.

Plötzlich ertönte ein dumpfer Knall, und kleine Splitter des Straßenteers spritzten neben uns auf, womit sich die Frage nach der Art der Munition im Gewehr geklärt hatte. Es war ein alles durchdringendes Geräusch. Und definitiv zu laut für ein Fluchttier – egal, ob Pferd oder Hippo.

Bertrands Warnschuss hatte Daisy aufgeschreckt. Sie schoss hinter uns hervor und rannte geradewegs an uns vorbei, die nach links gehende Straße ins Gewerbegebiet hinauf.

»Daisy!«, schrien Eva und ich aus einem Mund.

»Lauft!«, brüllte Hagen voller Inbrunst. »Macht endlich, dass ihr abhaut!«

In heller Panik konnte ich sehen, wie sich Bertrands Gewehrlauf direkt auf Daisy richtete. Seine Schergen wollten losrennen, wurden aber augenblicklich von Hagens gezücktem Revolver in Schach gehalten.

»Keinen Schritt weiter«, drohte er ihnen. »Ich werde keinen Warnschuss abgeben.«

Noch nie hatte ich Hagen derart entschlossen erlebt. In diesem Moment hätte ich ihm alles zugetraut – auch einen kaltblütigen Mord an drei Großwildjägern. Anscheinend war ich nicht der Einzige, den er mit seiner Entschlossenheit überraschte. Auch Bertrand ließ unschlüssig das Gewehr sinken.

Hagen bedachte mich mit einem kurzen Seitenblick. »LAUFT ENDLICH!«

Ohne länger darüber nachzudenken, ergriff ich Evas Hand und zog sie hinter mir her, während ich Daisy nachgaloppierte. Sie hatte bereits einen erheblichen Vorsprung aufgebaut.

Jeden Augenblick rechnete ich damit, dass ein weiterer Schuss fiel und dass uns Bertrand aufhalten würde – egal, wie. Doch hinter uns blieb es ruhig. Wir spurteten die steil ansteigende Straße hinauf, hatten jedoch keine Chance, Daisy einzuholen.

Unter höchster Anstrengung hatten wir vielleicht zweihundert Meter zurückgelegt, als ich einen weiteren Knall hörte. Ich fuhr blitzartig herum und sah Hagen in sich zusammensinken. Die beiden Männer mit den Schlingen stürmten auf ihn zu.

»Nein!« Ich blieb stehen, starr vor Schreck.

Der vor mir liegende Asphaltboden verschwamm vor meinen Augen. Nun war es Eva, die an mir zerrte, mich zum Weiterlaufen drängte.

»Hagen«, schluchzte ich.

Eva zog mich unbeirrt weiter und ließ erst von mir ab, als wir Daisy wieder im Blick hatten. Sie stand auf dem Parkplatz des Supermarktes und stierte uns mit großen, angstgeweiteten Augen an.

»Er hat Hagen erschossen«, stieß ich atemlos aus.

Eva schüttelte den Kopf. »Los, wir müssen weiter!«

Aber ich wollte nicht mehr weiter. Ich wollte mich hinlegen und die Augen schließen. Am liebsten für immer.

Dann richtete sich mein Blick auf die sich aufschiebende Eingangstür des Supermarktes, über dem das riesige Firmenlogo in kräftigen bunten Farben prangte. Ein junger Mann in einer orange-weiß gestreiften Kittelschürze schob ein rollbares Warenregal mit grünen Salatgurken heraus. Er staunte nicht schlecht, als er das Nilpferd auf dem Parkplatz stehen sah. Noch viel mehr überraschte es ihn, als Daisy die Gurken erblickte und sofort darauf zustürmte.

»Daisy!«, versuchte ich, sie aufzuhalten.

Es blieb bei einem vergeblichen Versuch. Als der Supermarkt-Angestellte das hungrige Ungetüm mit aufgerissenem Maul auf sich zustürmen sah, ließ er das Regal sofort los, nahm die Beine in die Hand und suchte das Weite.

Die Straße hinunter konnte ich erkennen, wie sich der monströse Geländewagen mit dem Tieranhänger in Bewegung setzte und Kurs auf uns nahm. Die beiden Handlanger Bertrands hatten mittlerweile Hagen erreicht, der noch immer zusammengekrümmt auf dem Boden lag. Er bewegte sich. Ich stieß einen tiefen Seufzer der Erleichterung aus. Er war also nicht tot. Noch nicht …

»Scheiße, er kommt!«

Ich riss mich von dem Anblick des auf uns zurasenden Geländewagens los und stürmte zu Daisy. Die erste Gurke hatte sie bereits mit einem Happs der Länge nach verschlungen. Ich packte mir eine Hand voll Gurken und warf sie durch die sich wieder träge öffnende Eingangstür in den Supermarkt. »Guck mal, Daisy. Happa-happa!«

Wie erhofft, trampelte sie den vor sich über den Boden kullernden Gurken schnurstracks hinterher. In diesem Augenblick erinnerte sie mich an ein kleines Hauskätzchen, das einem Wollknäuel hinterherjagte.

»Da rein?«, brüllte mich Eva geradezu entgeistert an.

In einer hilflosen Geste hob ich die Arme. »Hast du eine bessere Idee?«

Hatte sie nicht. Also stürmten wir Daisy hinterher in den Supermarkt.

Es dauerte einen Moment, bis ich den Schließmechanismus der Schiebetür verstanden hatte. Doch dann schoben sich die beiden gläsernen Seitenteile zusammen, ohne vom darüber angebrachten Bewegungssensor wieder ausgelöst zu werden. Atemlos keuchend lehnte ich mich gegen das kühle Glas und drehte die auf alt getrimmte Holztafel mit der Seite *Cerrado* um.

Heute geschlossen.

54

Eva und ich saßen auf dem Boden in der Süßwarenabteilung und betrachteten den Parkplatz des Supermarkts durch die große Fensterfront. Über uns spielte das Radio eine chillige Bossa-Nova-Version von *Macarena*. Hatte sich eben noch ein verlassener Seat Toledo auf dem Parkplatz befunden, war die große Fläche vor dem Supermarkt nun bis auf den letzten Platz mit Autos besetzt. Die meisten davon mit Blaulichtern auf dem Dach. Krankenwagen, Feuerwehr, Polizei – eben alles, was das kleine, touristische Strandstädtchen Portbou und seine Umgebung an Blaulichtfahrzeugen aufzuwarten hatten.

Immer wieder hörten wir eine Stimme etwas durch das Megafon sagen, da aber weder ich noch Eva des Spanischen mächtig waren, hatten wir keine Ahnung, was sie von uns wollte. Ich tippte auf hohle Phrasen wie: »Kommen Sie raus!« Oder: »Der Supermarkt ist umstellt.«

Neben dem Blaulicht konnten wir zudem ein paar Übertragungswagen von uns nicht bekannten TV-Sendern erkennen. Eine extrem aufgestylte Frau mit perfekt sitzender Fönfrisur und pastellfarbenem Kostüm im Chanel-Schnitt hatte sich vor dem Eingang aufgebaut und sprach in ein übergroßes Mikrofon, das farblich auf ihr Outfit abgestimmt zu sein schien. Vor ihr stand ein Kameramann, der neben dem Filmen alle Hände voll damit zu tun hatte, sich zwei Polizisten vom Hals zu halten, die den Dreh abbrechen wollten.

Vollständig ad absurdum geführt wurde das Bild von einem

Mann mit dicken Rastalocken und einem selbst gemalten Schild mit dem Peace-Logo darauf in der Hand, der immer wieder die Schusslinie der Polizisten durchkreuzte sowie die Aufzeichnung des TV-Teams störte. Er wurde von einer Hand voll Leute begleitet, die weitere Schilder und Fäuste in die Luft reckten. Auf einem Plakat stand: *Free Daisy!* Es war ein Anblick, der mich unglaublich rührte.

»Ihr zwei seid berühmt.« Eva strahlte mich an.

Die Vorstellung, dass unsere abenteuerliche Flucht von Köln bis nach Spanien medial verfolgt worden war, wollte einfach nicht in mein Gehirn.

Wir hatten uns in diesem kleinen Supermarkt, so gut es ging, verbarrikadiert. Neben dem Haupteingang verfügte das Gebäude über einen Hinterausgang, der aber mit einer robust wirkenden Stahltür versehen war, deren Schlüssel von innen steckte. Wir hatten den Schlüssel einfach umgedreht und ihn stecken lassen – für den Fall, dass das Räumkommando einen Ersatzschlüssel würde auftreiben können.

Dennoch wäre es ein technisch leichtes Unterfangen gewesen, den Markt innerhalb kürzester Zeit zu stürmen. Doch die da draußen wussten weder, dass wir unbewaffnet waren, noch, dass das Wildtier seinen Seelenfrieden in der Obst- und Gemüseabteilung gefunden hatte.

Aus der Kühltheke im Kassenbereich hatte ich Eva und mir eine eiskalte Cola besorgt. Da ich nicht auch noch des Diebstahls beschuldigt werden wollte, hatte ich den Betrag für die Getränke auf den Cent genau in die Kassenschale gelegt.

»Der Plan, unbehelligt nach Spanien zu kommen, hat nicht so ganz funktioniert«, sagte Eva nach einem gierigen Schluck des kalten Gesöffs mit ironischem Unterton.

Dafür schenkte ich ihr mein aufrichtigstes Lächeln. Mir

gefiel es, dass sie trotz unserer ausweglosen Lage nicht den Humor verloren hatte.

»Wie es Hagen wohl geht?«

Ich zuckte mit den Schultern. »Der ist hart im Nehmen.«

Natürlich machte ich mir Sorgen um ihn. Es hatte wirklich übel ausgesehen, wie er da so auf dem Boden gelegen und sich vor Schmerzen gekrümmt hatte.

»Wir sollten uns mit dem Gedanken anfreunden, dass wir Afrika niemals erreichen werden«, sagte Eva zwischen zwei weiteren Schlucken.

Ich unterdrückte ein Aufstoßen und wischte mir über den Mund. »Mit diesem Gedanken habe ich mich spätestens bei unserem Tierarztbesuch angefreundet.«

Sie nickte unbestimmt. »Und wie soll es nun weitergehen?«

Erschöpft lehnte ich mich gegen das Süßwarenregal und spürte, dass mir eine Packung Turrón, weißer Nougat mit ganzen Mandeln darin, unangenehm in den Rücken stach. »Ich werde aufgeben.«

Wieder hörte ich das Kreischen des Megafons. Doch diesmal war es eine andere Stimme, die an uns appellierte. Und sie sprach Deutsch. »Ergeben Sie sich!«, forderte sie hart und unabdinglich. »Das Gebäude ist umstellt.«

Ich lachte leise auf.

»Wie einfallsreich.« Eva schob missbilligend die Unterlippe vor und trank den letzten Schluck ihrer Cola.

»Noch eine?« Ich wühlte mich durch den Rucksack auf der Suche nach Kleingeld. »Äh, besser nicht. Ich hab's nicht mehr passend.«

Nach der Ansage geschah eine Weile gar nichts. Vermutlich wollte man uns Zeit lassen, um über die Drohung nachzudenken und uns schließlich doch zu ergeben.

Doch dann klingelte das Telefon an Kasse 1.

Eva und ich tauschten einen überraschten Blick aus.

Es klingelte wieder.

»Willst du nicht rangehen?«, fragte sie.

Also krabbelte ich auf allen vieren zur Kasse und bekam umständlich das Schnurlostelefon von der Ladestation zu fassen. Mit dem noch klingelnden Telefon in der Hand robbte ich mich (wegen möglicher Scharfschützen) zurück in die Süßwarenabteilung.

»Hallo?«, fragte ich und schob sicherheitshalber noch ein »¿Hola?« hinterher.

»Hier spricht die Polizei«, hörte ich nun dieselbe Stimme aus dem Telefon dringen, die eben noch das Megafon malträtiert hatte. »Ergeben Sie sich, das ...«

»... Gebäude ist umstellt. Ja, ja, ich weiß.« Ich schenkte Eva mein schönstes Augenrollen.

»Mach den Lautsprecher an!«, forderte sie mich flüsternd auf.

Ich drückte die entsprechende Taste und hielt das Telefon in ihre Richtung.

»Wie lauten Ihre Bedingungen?«

Unwillkürlich schossen meine Brauen hoch. »Meine *was?*«

Eva rutschte näher an mich heran. Ich fragte mich, wie sie es bloß schaffte, nach diesem aufreibenden Morgen noch immer so gut zu riechen. Es war eine hauchzarte Mischung aus Vanille und Jasmin.

»Was verlangen Sie für die Freilassung der Geisel?«

»Geisel?« Evas heißer Atem berührte mein Ohr, und ich erzitterte. Aber nicht wegen der zärtlichen Berührung, sondern weil mir in diesem Moment einfiel, dass die Polizei ja immer noch dachte, ich hätte Eva und Hagen als Geiseln genommen. »Was denn für eine Geisel?«, hakte sie nach.

»Lange Geschichte«, zischte ich ihr leise zu und gab ihr zu

verstehen, still zu sein. In den Hörer sagte ich: »Freies Geleit für mich und Daisy!«

»Das ist unmöglich«, erwiderte die Stimme. »Wir können Sie nicht mit dem Nilpferd gehen lassen.«

»Aha«, machte ich. »Und nur das Nilpferd?«

Darauf erhielt ich keine Antwort. Dafür konnte ich hören, wie am anderen Ende der Leitung hektisch Spanisch gesprochen wurde. »El hipopótamo« verstand ich.

»Wie kommen die darauf, dass ich deine Geisel wäre?«

Mist. Eva hatte eins und eins zusammengezählt.

»Keine Ahnung«, sagte ich schnell, knickte unter ihrem stechenden Blick aber sofort ein. »Vermutlich, weil ich ihnen das genau so erzählt habe?« Ich verlagerte mein Gewicht, da mir die rechte Pobacke einzuschlafen drohte.

»Du hast was?« Sie sah mich fassungslos an.

»Bleiben Sie bitte in der Nähe des Telefons«, kam es in diesem Moment aus dem Telefon. »Wir melden uns gleich wieder.« Die Verbindung wurde unterbrochen.

»Du hast denen erzählt, ich wäre deine Geisel?«

»Du und Hagen, ja. Ich dachte, es wäre das Beste, um euch beide heil aus der Sache rauszubekommen.«

Eva schüttelte den Kopf. »Du bist so ein Idiot.«

Das hörte ich nicht zum ersten Mal. Zumindest sagte Eva es halbwegs liebevoll.

Ich ließ meinen Blick über die Regalwand gegenüber wandern. »Verhungern und verdursten werden wir zumindest nicht so schnell.«

Aus der Obstabteilung hörte ich Daisy rülpsen. Dann wieder lautstark mampfen. Vermutlich knackte sie gerade ein paar Melonen.

»Ich bereue nichts«, sagte Eva schließlich aus dem Nichts heraus. Sie drückte meine Hand und schaffte es, trotz unserer ausweglosen Situation tapfer zu lächeln. Wir sahen uns nur an, und auf einmal begriff ich mit einer geradezu schmerzhaften Klarheit, dass es in diesem Augenblick keinen anderen Ort auf der Welt gab, an dem ich lieber gewesen wäre.

»Ich bereue auch nichts.«

Ich meinte es exakt so, wie ich es sagte. Auch wenn gerade der Himmel über uns zusammenbrach, ein jahrelanger Gefängnisaufenthalt und Schadensersatzforderungen in einer Höhe auf mich warteten, die gut und gern für zwei Leben ausgereicht hätte, so empfand ich doch etwas, das dem Gefühl von purem Glück beängstigend nahekam. Ich hatte alles auf eine Karte gesetzt und war drauf und dran, alles zu verlieren. Aber ich hatte etwas auf dieser Reise wiedergefunden: mich selbst.

Das Telefon klingelte wieder. Doch ich wollte mir diesen kostbaren Moment von niemandem zerstören lassen.

Es klingelte weiter.

Und weiter.

Eva hob das Kinn, sah mich ungeduldig an. »Vielleicht ist es wichtig.«

»Ganz bestimmt ist es das sogar.«

»Sollten wir dann nicht rangehen?«

Da war er dahin, der Moment der vollkommenen Selbstvergessenheit.

Ich drückte eine Taste und hielt mir den Hörer mit einem gereizten »Was?!« ans Ohr. Ein kleines bisschen war ich enttäuscht. Aus Filmen wie *Stirb langsam* wusste ich, dass man stets versuchen sollte, eine emotionale Bindung zum Geiselnehmer aufzubauen. Einen auf »gut Freund« machen. In dieser Hinsicht war mein Gesprächspartner eine absolute Niete. Er war mindestens genauso emotionslos wie meine Mutter am Tag meiner Kommunion.

»Wir haben gute Nachrichten für Sie«, kam es aus dem Telefon.

»Sie lassen uns laufen.«

Er lachte künstlich. »Nun, vielleicht nicht ganz so gut.«

»Sondern?«

»Hier ist jemand, der mit Ihnen sprechen möchte.«

»So?«

»Aber nicht am Telefon, sondern persönlich.«

55

»Wir haben ein Fenster von fünfzehn Minuten. In dieser Zeit müssen wir drinnen und wieder draußen sein.«

Paul Verthongen reichte Bertrand das Seil mit dem Karabinerhaken und half ihm beim Anlegen der Kletterausrüstung.

»Das wird reichen.« Jede Pore Bertrands dünstete Zuversicht aus. Konzentriert betrachtete er die Umgebung. In der Nähe sah er Dreezen, wie er sich angeregt mit dem dunkelblau gekleideten Mann unterhielt, der das Sondereinsatzkommando führte.

Bertrand nahm einen tiefen Zug von seiner Zigarette. Nicht zum ersten Mal kamen ihm die Legionskontakte zugute. Doch an diesem herrlichen Vormittag war es vielleicht so wichtig wie nie zuvor, über internationale Kontakte zu seinen Kameraden zu verfügen. Auch wenn er den aktiven Dienst in der Legion nicht vermisste, so war er doch froh, Bestandteil dieser Institution gewesen zu sein.

Zusammen im Kampf. Zusammen im Leben.

Verthongen trat nah an ihn heran und blickte besorgt in Richtung des Hummer. »Der Rotschopf versaut mir noch den ganzen Wagen mit seiner Scheißwunde.« Auf seiner Stirn hatten sich feine Schweißperlen gebildet. Durch die festgezurrten Leinen des Klettergurts schob sich ein Bauchansatz. Es hatte Zeiten gegeben, in denen der Commissaire Lieutenant a. D. weitaus besser in Form gewesen war. Aber waren sie das nicht alle?

»Dort sind die beiden momentan am besten aufgehoben«,

befand Bertrand. Er dachte an die Frau im Wagen und daran, dass die Vernunft gesiegt hatte. Das Nilpferd gegen ihren Jungen. Es gab wahrlich schlechtere Deals.

Verthongen nickte knapp und streckte seine breiten Schultern. Bertrand kam es einen kurzen Moment so vor, als wollte der andere vor ihm salutieren. Doch im letzten Augenblick schien er es sich anders zu überlegen.

»Wir sind bereit, Sergeant-Chef«, sagte er schlicht und warf einen Blick auf seine Armbanduhr, eine chromglänzende Swiss Military.

Bertrand schnipste den glühenden schmalen Stängel seiner Slim-Zigarette zielsicher in den Schlitz eines Gullydeckels, schulterte das Jagdgewehr und streifte sich die Klettersteighandschuhe über.

Auf sein Nicken hin betätigte Verthongen den Zeitstopper seines Chronografen. »T minus fünfzehn Minuten.«

56

Wie es sich für einen echten Geiselnehmer gehörte, hielt ich mich im Hintergrund und ließ Eva die Arbeit machen. Ich versteckte mich hinter dem Regal mit den Mundhygiene-Artikeln und umklammerte das Kassentelefon mit der schweißnassen Hand.

»Machen Sie keine Dummheiten«, fauchte ich in den Hörer. »Meine Waffe ist auf die Geisel gerichtet. Wenn mir auch nur eine Sache komisch vorkommt, drücke ich ab!«

Eva blickte in meine Richtung. Ich hielt den Daumen nach oben, woraufhin sie den Mechanismus der Schiebetür auslöste.

Hätte ich meine Drohung wahrmachen wollen, wäre dies der Zeitpunkt gewesen abzudrücken. Denn an der Gestalt, die sich durch die Tür schob, kam mir einfach alles komisch vor. Was vermutlich daran lag, dass sie ein Clownskostüm trug.

Der Mann, der langsam durch die Schiebetüren trat, trug ein limettengrünes Jackett mit aufgenähten Flicken und großen blauen Puscheln anstelle von Knöpfen. Darunter eine wild karierte, viel zu weite Stoffhose, unter deren Säumen die Ausläufer überdimensionaler Schuhe hervorlugten. Hinter ihm schoben sich die Türen des Eingangs surrend zusammen. Eva betätigte wieder den Schließmechanismus der Tür, die Augen stur auf den Mann gerichtet.

Das überschminkte Gesicht mit der kugelroten Schaumstoffnase im Zentrum lächelte, als es mich erblickte. »Entschuldigen Sie die Aufmachung.« Der Mann zog sein Jackett nach vorn und senkte den Kopf, um sich selbst näher zu betrachten.

Ich war überrascht. Nicht nur von dem Aussehen des Typen, sondern auch von seinem zwar stark akzentuierten, aber klar verständlichen Deutsch.

»Mein Erscheinungsbild soll nicht über die Ernsthaftigkeit meines Anliegens hinwegtäuschen.«

Ich erhob mich und ging langsam auf ihn zu. Dann begrüßten wir uns mit einem verhaltenen Handschlag. Aufgrund der weißen Handschuhe, die er trug, fühlte sich die Berührung distanziert an.

Auf einmal wirkt er gehetzt, drehte sich um, blickte nach draußen. »Sollten wir uns nicht besser von der Fensterfront entfernen?«, fragte er. »Wegen der Scharfschützen?«

Unsere Blicke gingen automatisch nach draußen.

»Natürlich, gehen wir in die Süßwarenabteilung.«

Er folgte meiner Einladung und ging voraus. Bei jedem Schritt gaben seine riesigen Gummischuhe ein lustiges *Flap-Flap* von sich. Aus dem Augenwinkel konnte ich sehen, wie Eva angestrengt versuchte, sich ein Lachen zu verkneifen. Ihr Sinn für Humor wurde mir immer sympathischer.

Schließlich blieb der Clown vor den Schaumküssen stehen und drehte sich zu uns um. »Javier Jorge Garcia Luengo«, stellte er sich bedeutungsschwanger vor. »Heute ist Ihr Glückstag.«

Eva und ich sahen uns irritiert an.

»Glauben Sie an das Schicksal, Herr Berger?«

Ich antwortete mit dem wohl dümmsten Gesichtsausdruck, zu dem ich in der Lage war. Zumindest zauberte ich dem Clown damit ein Schmunzeln ins Gesicht.

»Aber genau so muss es sein«, stellte er für uns beide klar. »Wissen Sie«, begann er, »ich bin hier mit meiner Familie in

Urlaub. Ich komme eigentlich aus Santander, das liegt im Norden der iberischen Halbinsel. Waren Sie schon mal dort?«

Ich schüttelte langsam den Kopf.

»Ist auch egal. Wichtig ist nur, dass ich jetzt *hier* bin. Und das ausgerechnet zu diesem Zeitpunkt, in dem auch Sie hier sind.«

»Zufälle gibt es«, sagte Eva vorsichtig, doch der Mann sprach unbeirrt weiter.

»Ich bin Direktor des Parque de la Naturaleza de Cabárceno.«

»Ein Zirkusdirektor?«, fragte Eva.

Der Mann lachte aus vollem Herzen. »Nein. Es ist eine Art Zoo«, erklärte er weiter. »Nur viel größer und artgerechter. Es ist ein Wildpark mit einer Fläche von siebenhundertfünfzig Hektar. Wir haben uns auf vom Aussterben bedrohte Tierarten spezialisiert und bereits viele Auszeichnungen für unser Konzept gewonnen. Schauen Sie mal ...«

In einer fließenden Bewegung griff er hinter sich, woraufhin ich unwillkürlich zurückzuckte. Ich warf ihm ein energisches »Keine falsche Bewegung, sonst ...« entgegen. Weiter kam ich nicht, da ich nicht wusste, was nach dem »sonst« kommen sollte.

Dennoch hielt der Mann mit dem wohlklingenden Namen Garcia Luengo inne und bewegte seine Hände in Zeitlupe. »Keine Sorge«, beruhigte er mich. »Ich bin auf Ihrer Seite.« Hinter seinem Rücken kam eine Broschüre zum Vorschein. »Sehen Sie einfach selbst. Ich finde, Bilder sagen mehr als Worte.«

Eva stellte sich neben mich und riss ihm das Prospekt aus der Hand.

»Und Sie sind seine Geisel, ja?« Garcia Luengo zog die Brauen zusammen.

»Es ist kompliziert«, entgegnete Eva scharf, woraufhin die Hände des Mannes nach oben gingen.

»Geht mich auch gar nichts an.«

Während sich Eva in die Lektüre vertiefte, musterte ich den Clown. »Ich versteh das alles nicht«, sagte ich schließlich. »Was wollen Sie nun von uns?«

Seine geschminkten Lippen breiteten sich zu einem wohlwollenden Lächeln aus. »Ist das nicht eindeutig? Ich möchte Ihre Daisy in meinem Park aufnehmen.«

Mein Blick überschüttete ihn förmlich mit Skepsis.

»Sie glauben nicht, dass ich es ernst meine«, sagte er geradeheraus.

In einer Geste der Machtlosigkeit breitete ich die Arme aus und nickte.

»Ich bitte Sie! Ich laufe nicht aus Spaß so herum. Sie haben mich von der Geburtstagsparty meiner vierjährigen Tochter geholt. Wie viel glaubhafter kann ich Ihnen meine Absicht noch machen?«

»Ihre Tochter?«, wiederholte ich matt.

»Im Grunde war es ihre Idee. Sie sagte, es wäre ihr größtes Geschenk, wenn ich das Nilpferd retten würde.« Er sah mich lange an. »Sie hat die ›Geiselnahme‹«, er malte Anführungszeichen in die Luft, »im Frühstücksfernsehen verfolgt. Das Thema scheint momentan sämtliche Medien in Spanien zu beherrschen.« Dann fragte er: »Haben Sie Kinder?«

»Nein«, sagte ich leise.

Er wandte sich Eva zu. »Und Sie?«

»Noch nicht.« Sie blickte von der Broschüre auf und sah mich an.

Wieder spürte ich, wie sich mir die Kehle zuschnürte.

»Wenn Sie einmal Kinder haben sollten, werden Sie mich verstehen. Dann würden Sie einfach alles tun, um sie glücklich zu machen.« Er klopfte sich auf seine karierte Hose. »Deshalb bin ich hier.« Er streifte einen weißen Handschuh ab und reichte mir noch einmal die Hand. »Sie haben mein Wort. Von Mann zu Mann. Als Familienvater.«

Konnte ich dem Clown vertrauen? Ich wusste es nicht. Aber in diesem spanischen Supermarkt mangelte es eindeutig an Alternativen. Also griff ich entschlossen nach der Hand, schüttelte sie und sagte: »Kommen Sie mit. Ich zeige Ihnen Daisy.«

War ich bis eben noch skeptisch, dass Garcia Luengo nicht der sein könnte, für den er sich ausgab, so fegte er mit seiner souveränen Art, mit Tieren umzugehen, alle Zweifel beiseite. Er bewegte sich auf Daisy zu, wie es nur ein Fachmann tun konnte. Vorsichtig und respektvoll und dennoch mit jedem Schritt und jeder Gestik eine absolute Professionalität ausstrahlend. Ein Mann, der wusste, was er tat. Das spürte auch Daisy.

»Wie alt ist sie?«, fragt er. »Fünf?«

»Ziemlich genau.«

Nachdem er sie an sich hatte schnuppern lassen, fuhr er ihr über den Rücken und hinunter bis zum Bauch. Daisy bedachte ihn mit einem schrägen Blick, während sie die letzten im Korb befindlichen Süßkartoffeln zu Püree verarbeitete.

»Sie ist schwanger«, stellte Garcia Luengo verblüfft fest.

»Das stimmt.«

»Ist das ein Problem?«, fragte Eva besorgt.

Der Mann mit dem Clownsgesicht lachte. »Kinder sind immer etwas Wunderbares.«

Daisy hatte derweil Interesse an seinen Schuhen gefunden und stülpte ihren Mund über die künstlich aufgeblähte Gummikappe.

»Wie lautet Ihr Plan?«, fragte ich Garcia Luengo auf den Kopf zu.

»Ganz einfach. Sie stellen sich der Polizei und lassen die ›Geisel‹ frei.« Erneut gingen je zwei Finger nach oben. »Ich kümmere mich darum, dass der Besitzer dieses prachtvollen Tieres sie unserem Park überlässt.«

Eva stöhnte laut auf. »Wenn das Ihr Plan ist, ist er zum Scheitern verurteilt. Bertrand wird niemals einwilligen.«

Die weiß geschminkte Stirn des Mannes zog sich zusammen. »Wer?«

Dann explodierte der Himmel.

57

Die gläserne Decke zersprang in tausend Stücke und fiel auf unsere Köpfe. Millionen von kleinen Splittern, die, begleitet von dem Geräusch einer zerberstenden Glasscheibe, auf uns hinabrieselten.

Unwillkürlich zogen wir die Köpfe ein und hielten die Arme schützend über uns. Dann, als der erste Ansturm vorüber war, richteten sich unsere Blicke nach oben. Das Einzige, was ich in meiner ohnmächtigen Lähmung denken konnte, war: *Krass, so etwas habe ich auch noch nie in echt gesehen!*

Drei Gestalten seilten sich durch das zerbrochene Oberlicht in bester James-Bond-Manier zu uns ab. Kaum hatten sie den Boden berührt, nahmen sie eine Kampfformation ein. Sie ließen uns nicht die Zeit, in einer der umliegenden Regalreihen Schutz zu suchen.

»Keine Bewegung!«, brüllte einer.

»Hände hoch!«, ein anderer.

Eva, Garcia Luengo und ich gehorchten ohne Widerworte.

Die spanische Polizei ist ja krass unterwegs, dachte ich noch. Doch im nächsten klaren Moment nahm ich die eigentümliche Dienstwaffe der in der Mitte stehenden Gestalt wahr: ein Jagdgewehr.

»Bertrand!«, rief ich atemlos.

»Es ist aus, Berger.«

Ich konnte hören, wie er das Gewehr entsicherte und auf Daisy anlegte. Auch sie schien die drohende Gefahr zu wittern.

Sie stellte zwar nicht das Kauen ein, verlangsamte aber die mahlenden Bewegungen ihres Kiefers.

In einer hilflosen Geste wollte ich mich erneut zwischen das Nilpferd und den Gewehrlauf stellen, doch die beiden Männer an Bertrands Seite hatten sich bereits in Bewegung gesetzt und kamen auf uns zu. Der Kerl mit der Augenklappe stellte sich hinter mich und drehte mir reichlich unsanft die Arme auf den Rücken.

»Das müssen Sie nicht tun«, sagte Garcia Luengo. »Ich bin Direktor des Parque de Cabárceno. Wir werden Daisy aufnehmen und ...«

»Einen SCHEISSDRECK werden Sie! Dieses Tier gehört mir, und ich will es tot sehen!« Bertrand lud durch, setzte zum Schuss an ... und bewegte sich in einer ruckartigen Bewegung nach rechts.

Es musste ein schwarzer Tag im Leben des Einsatzleiters der spanischen Polizei sein, der die Geiselnahme übernommen hatte. Nicht nur, dass ein illegitimer Stoßtrupp vom Dach aus in den Supermarkt eingedrungen war – vorbei an den vor dem Gebäude wartenden Polizeiautos und Kamerateams. Nein, nur Sekunden später verschaffte sich ein weiteres Höllenkommando Zugang zum Gebäude. Nicht übers Dach, sondern direkt durch den Eingangsbereich – wenngleich auf etwas unkonventionelle Art und Weise.

Das zerspringende Oberlicht war nichts gegen die ohrenbetäubende Explosion der Schiebeglastür, als sich der schwarze Geländewagen mit durchdrehenden Reifen buchstäblich in das Gebäude fraß. Für Daisy war dies das unmissverständliche Zeichen, die Gemüseabteilung zu verlassen und ihr Glück zwischen den Müsliregalen zu suchen. Bertrand schaffte es gerade noch, zur Seite zu hechten, als die eins Komma fünf Tonnen Lebendgewicht sprichwörtlich an ihm vorbeischossen.

Aber sein Jagdinstinkt war geweckt. Blitzschnell drehte er sich um hundertachtzig Grad und machte sich daran, dem Nilpferd hinterherzujagen.

Ich wollte auf die beiden zustürmen, doch genau daran hinderte mich der einäugige Pirat, der noch eine Spur fester meine Arme nach hinten drehte.

In der nächsten Sekunde wurde die Fahrertür des Geländewagens aufgerissen, und jemand kam auf uns zugehumpelt.

»Hagen!« Ich schrie vor Glück, und Eva schloss sich meinem Ruf an.

Mein Kollege sah ziemlich fertig aus, wirkte aber zu allem entschlossen. Sein rechter Fuß war mit dicken Mullbinden umwickelt. Er wurde sofort ins Visier der beiden Handlanger Bertrands genommen, doch das hinderte ihn nicht daran, weiter hinkend auf uns zuzuwanken. Nur wenige Meter vor uns blieb er stehen und stützte sich an einer Dosenpyramide ab. Goldmais, Mexico-Mix.

»Hab mir unten am Hafen versehentlich selbst in den Fuß geschossen«, erklärte er unaufgefordert und grinste dabei schief mit schmerzverzerrtem Gesicht.

In diesem Moment sah ich etwas in seinem Windschatten, was mich voll und ganz aus dem Konzept brachte. »Mutter?«

Sie tauchte hinter Hagens breitem Körper auf und legte alle Kraft in ihre Stimme, als sie rief: »Adrian Bertrand! Bleib gefälligst stehen!«

Erstaunlicherweise gehorchte er. Zwischen der Fisch- und Käsetheke hielt er inne und drehte sich um. Vermutlich war er nicht weniger erstaunt als ich, meine Mutter hier zu sehen. »Du solltest doch im Wagen bleiben!«

Sie warf einen Blick nach hinten, auf den Geländewagen, um dessen monströsen Kühlergrill sich das Warenband von Kasse

1 gerollt hatte. »Bin ich doch.« Sie schmunzelte. »Mehr oder weniger.«

Wortlos und mit erhobenem Kinn stolzierte sie an mir vorbei und lief auf Bertrand zu, bis sie ihm gegenüberstand. Sie war so klein, dass sie den Kopf in den Nacken legen musste, um ihm ins Gesicht zu blicken. Irritierenderweise trug sie heute keinen Hut.

»Adrian«, sagte sie mit einer auf einmal sehr jugendlich klingenden Stimme. »Es ist vorbei. Gib dich nicht länger deiner Rachsucht hin. Du bist lange genug fehlgeleitet durchs Leben gestreift. Gott hat dir endlich einen Schutzengel gesandt.« Sie machte eine künstliche Pause, die ihre Wirkung nicht verfehlte. »Mich«, vollendete sie ihren Satz andächtig. »Lass die Liebe siegen. Nicht den Zorn.«

Dann endlich schien meiner Mutter auch ich wieder einzufallen.

»Es hat einen Grund, dass Simon ausgerechnet dieses Nilpferd retten möchte – nein: *muss!* Es erinnert ihn an seine große Liebe, die er einst verloren hat. In Daisy hat er sie wiedergefunden.« Sie wandte den Blick von mir ab und musterte wieder Bertrand. »So, wie ich sie in *dir* wiedergefunden habe.«

Innerlich schrie ich auf: *Was hat meine Mutter mit diesem Mann zu schaffen? Hallo?*

Plötzlich wurde der Druck auf meine Arme lockerer. Der Mann hinter mir zog die Nase hoch. Einmal. Zweimal. Ich verstand überhaupt nichts mehr, doch dann spürte ich Evas Finger nach meiner Hand suchen. Sie waren angenehm kühl.

Bertrand musterte meine Mutter auf eine Weise, die mir ganz und gar nicht gefiel. Aber irgendetwas regte sich in seinem Gesicht. Er hing förmlich an ihren Lippen, die unbeirrt weitersprachen.

»Auf deinem Rachefeldzug hat dir das Schicksal einen Weg aufgezeigt. Vielleicht sogar eine Zukunft, die du nicht allein verbringen musst.« Sie trat einen Schritt auf ihn zu und streckte ihre Hand aus. Ich musste trocken schlucken, als er danach griff. »Adrian Bertrand. Ich habe mich in dich verliebt.«

Der Zoodirektor begann, heftig zu blinzeln. Er ließ sein Gewehr achtlos auf den Boden fallen, um nun auch die andere ausgestreckte Hand meiner Mutter ergreifen zu können. Dann beugte er sich hinunter, um sie zu ... küssen? Ich wandte mich ab und glotzte betreten und ein bisschen angeekelt den mit Gemüseresten bespickten Supermarktboden an.

»Ist das nicht romantisch?«, raunte mir Eva zu.

»Sag mir einfach, wenn's vorbei ist«, knurrte ich und versuchte, die Schmatzgeräusche zu ignorieren, die diesmal eindeutig nicht von Daisy kamen, die gerade ein paar Äpfel vertilgte.

Anscheinend war es ein langer und äußerst intensiver Kuss, denn es dauerte eine ganze Weile, bis mich eine breit grinsende Eva mit den Worten erlöste: »Du kannst wieder hinschauen.«

»Also gut.« Adrian Bertrand räusperte sich. »Der Clown kann das Nilpferd haben.« Er blickte über den Kopf meiner Mutter hinweg und nickte Garcia Luengo zu. »Es gehört Ihnen.«

Dessen rote Mundwinkel zogen sich freudig auseinander. »Damit haben Sie meiner Tochter das größte Geschenk gemacht, im wahrsten Sinne.«

»Und mir auch«, fügte meine Mutter hinzu, um sich sogleich in Bertrands Arme zu stürzen.

Eva drückte sich fest an mich. »Wir haben's geschafft«, freute sie sich. »Wir haben Daisy gerettet!«

Mir blieb derweil nichts anderes übrig, als Bertrand fassungslos anzustarren. Es wollte mir einfach nicht ins Hirn, dass er mir das Nilpferd überließ, aber im Gegenzug meine Mutter nahm. Meine Gefühle fuhren Achterbahn im doppelten Looping. »Mutter«, war das Einzige, was ich sagen konnte.

Und alles, was sie sagte, war: »Wir besorgen dir einen guten Anwalt.«

»Kameraden!« Bertrands befehlsgewohnte Stille erhob sich. Sein Blick richtete sich auf das zersplitterte Oberlicht, während er den Sitz der Kletterausrüstung überprüfte. »Verschwinden wir, bevor die Bullen den Laden stürmen.«

Meine Mutter nahmen sie mit.

58

»This is the end of the world as we know it. And I feel fine …« Es musste ein Wink des Schicksals sein, dass ausgerechnet in diesem Moment das Supermarktradio meinen Lieblingssong von R.E.M. einspielte. Er traf meine Stimmung perfekt.

Okay, wir hatten Daisy gerettet, standen aber nichtsdestotrotz vor einem Berg voller Probleme. Doch jetzt, wo Mutti und dieser Widerling Bertrand weg waren, fühlte ich mich einfach nur euphorisch. Beinahe so, als hätte ich das Lösungswort eines Kreuzworträtsels bereits erraten, obwohl mir noch die meisten Buchstaben fehlten.

Es stand nach wie vor in meiner Macht, Hagen und Daisy aus den Ketten zu befreien, die sie an mich fesselten.

Bevor die Polizei den Laden stürmte, rannte ich in die Süßwarenabteilung und schnappte mir den Rucksack, der unter einem Berg aus dem Regal gefallener Schokoriegel verschüttet war. Wieder zurück beim Gemüse, brüllte ich Hagen und Eva zu: »Schnell! Wir haben nicht mehr viel Zeit.«

Draußen wurde es bereits unruhig. Laute Stimmen riefen etwas. Zwei Megafone lieferten sich ein Duell um die allgemeine Aufmerksamkeit. Es war nur noch eine Frage von Sekunden, bis die Polizei eintreffen würde.

»Es … es ist vorbei.« Ich versuchte, meinen Puls unter Kontrolle zu bekommen. »Ich werde alle Schuld auf mich nehmen und euch da rausboxen.«

»Simon …« Eva setzte zum Protest an, doch ich hob die Hand, um sie zum Schweigen zu bringen.

»Hier.« Entschlossen hielt ich ihr den Rucksack hin.

Irritiert nahm sie ihn entgegen. »Was soll ich damit?«

»Mach ihn auf!«

Sie gehorchte, wenn auch widerwillig. Ungeduldig schaute ich dabei zu, wie sie den Reißverschluss aufzog und in den Rucksack blickte. Dem Ausdruck auf ihrem Gesicht konnte ich entnehmen, dass sie es nun sah.

»Was ist das?«, fragte sie dennoch.

»Wonach sieht es denn aus?«, gab ich unwirsch zurück. »Geld natürlich. Jede Menge sogar.«

Sie sah mich an. »Du hast *wirklich* die Bank ausgeraubt«, stellte sie fest. Der eben noch ungläubige Ausdruck wirkte nunmehr wütend.

Ich hob abwehrend die Hände. »Ganz so war das nicht.«

»Also hast du *keine* Bank ausgeraubt?« Ihr Blick wurde schärfer.

»Irgendwie schon, doch.«

»Simon!« Tränen stiegen in ihre Augen. »Wie konntest du nur?«

Hilflos ruderte ich mit den Armen. »Sie hatten mein Konto eingefroren. Was hätte ich denn tun sollen? Ohne das Geld wäre unsere Reise schon vor der französischen Grenze vorbei gewesen.« Ich rang nach Worten. Meine Ausrede war so jämmerlich. »Du hättest dabei sein sollen. Da war dieser wirklich komische Filialleiter. Der hat mich geradezu genötigt, seine Bank auszurauben, und dann war da noch der Anruf meiner Mutter und …«

Ich hörte auf zu reden. Es hatte ohnehin keinen Sinn. Was geschehen war, war geschehen. Aber es musste ja nicht vollends vergebens gewesen sein.

»Begleiche damit deine Schulden bei der Tiki-Mafia. Bring das mit deiner Firma in Ordnung und …«

»Aber weißt du denn nicht, was das heißt?«, fiel mir Eva ins Wort. Ihre Stimme war nicht mehr als ein heiseres, tränenersticktes Flüstern.

»Doch.« Wieder blickte ich betreten zu Boden. »Natürlich weiß ich, was das heißt. Wer sollte es besser wissen, wenn nicht ein Filialleiter der *Magna Pecunia*. Fünf Jahre. Bei guter Führung vielleicht dreieinhalb.« Ich setzte ein Mut machendes Lächeln auf, das sagen sollte: *Wird schon wieder.*

Diesmal blieb es unerwidert. Nach einer endlos langen Zeit schaffte ich es, Evas Blick zu begegnen. Ich sah, wie sich ihre Augen mit weiteren Tränen füllten. Es zerriss mir das Herz.

»Wartest du?«, fragte ich zaghaft und fügte gedämpft hinzu: »Auf mich?«

Eva sah mich aus großen, feuchten Augen an. Sie blinzelte nicht, wischte die Tränen nicht weg. Sie stand einfach nur da, den grünen Rucksack in den Händen haltend, und blickte mich auf eine Art an, die ich niemals vergessen würde. Schließlich nickte sie. »Wenn es sein muss, ein Leben lang.«

Sie beugte sich vor und kam ganz nah an mein Gesicht. Bevor ich etwas sagen konnte, drückte sie ihre Lippen auf meinen Mund. Sie fühlten sich weich und samtig an. Meine Hände schlossen sich automatisch um Evas Körper. Ich drückte sie fest an mich, während wir uns küssten. Ich wollte sie nie wieder loslassen. Es war ein langer und intensiver Kuss, der dem von Bertrand und meiner Mutter sicherlich in nichts nachstand. Vor allem aber war es mein erster richtiger Kuss nach fünf Jahren. Und er fühlte sich an wie das erste Mal überhaupt.

Epilog

Eva und ich standen vor den verwitterten Brettern eines Weidezauns und beobachteten das Treiben am Flusslauf. Nicht weit von uns hämmerte ein Specht in einen morschen Baum. Der warme Wind trug die unterschiedlichsten Tiergeräusche an uns heran.

Der Ruf der Wildnis.

Obwohl wir zusammen waren, war Evas Gegenwart noch immer nicht selbstverständlich für mich. Immer wieder beobachtete ich sie versonnen von der Seite, um mich davon zu überzeugen, dass sie wirklich da war.

Die letzten Monate hatten Spuren hinterlassen. Eva hatte sich verändert. Wie vereinbart, hatte sie ihre Schulden beim Tiki-Clan beglichen und wurde seitdem in Ruhe gelassen. Allem Anschein nach waren auch die beiden Sumo-Ringer wieder aufgetaucht. Zumindest hörte Eva Gerüchte über zwei Clan-Mitglieder, die Wochen nach ihrem plötzlichen Verschwinden auf der Bildfläche erschienen waren und Stein und Bein geschworen hatten, Kanaloa, der ehrfürchtige Gott des Meeres, sei aus den Fluten emporgestiegen, um sie für ihr fehlgeleitetes Leben zu bestrafen. Um ihm Tribut zu zollen, hatten sie beschlossen, ihr Leben fortan asketisch in den Dschungelwäldern von Molokai zu verbringen. Weder Eva noch ich wussten, wer oder was Kanaloa oder Molokai waren. Wir ahnten aber, dass uns diese Fügung des Schicksals nur recht sein konnte.

Aber noch mehr hatte sich verändert. Eva trug die Haare kürzer und strahlte eine Selbstsicherheit aus, die ihr unglaublich gut zu Gesicht stand. Sie hatte Wort gehalten und auf mich gewartet. Mehr noch: In der Zeit, in der ich mich in Untersuchungshaft befunden hatte, hatte sie unsere gemeinsame Zukunft vorbereitet.

Glücklicherweise hatte sie keine fünf Jahre auf mich warten müssen.

Es war mir zugutegekommen, dass ich keine Vorstrafen aufzuweisen, Bertrand auf eine Anklage verzichtet und ein tierfreundlicher Richter den Prozess geleitet hatte. So war es hauptsächlich um Schadensersatzansprüche eines Hunsrücker Bauern gegangen, die Versicherungsklage eines spanischen Supermarktes und den Diebstahl eines französischen Lastwagens. Alles in allem kam ich mit einer saftigen Geld- und einer kleinen Freiheitsstrafe davon, bei der meine Zeit in der Untersuchungshaft bereits angerechnet wurde.

Die Sache mit dem Bankdiebstahl hatte man mir letztendlich nicht nachweisen können, was vermutlich der Hauptgrund war, dass meine Strafe so gering ausgefallen war. Aber die Aussage von Johannes Pohlmann, der steif und fest behauptete, es mit einem Osteuropäer zu tun gehabt zu haben, half ungemein. Und da während meiner Zeit in der Untersuchungshaft weitere Banküberfälle stattfanden, die von einem Mann vorgenommen wurden, der mir – oder meinem bankräubernden Ich – zum Verwechseln ähnlich sah, musste sich der Rechtsstaat wohl oder übel eingestehen, dass ich unmöglich der gesuchte Täter sein konnte. Zumal man bei mir nicht das Geld gefunden hatte.

Meinen Job bei der Bank war ich trotzdem los. Aber dem trauerte ich keine Träne hinterher. Letztlich kündigte man mir nicht wegen des möglichen Bankraubs, sondern wegen eines Kredits, den ich einem maroden Speditionsunternehmen bewilligt hatte.

Eva und ich brachen Brücken hinter uns ab. Es gab nichts mehr, was uns in unserer alten Heimat hielt. Der Erlös aus dem Verkauf meines Reihenhauses und das vorzeitig ausgezahlte Erbe meiner Mutter bildeten die Grundlage für unser neues Leben. Eben das, was nach Abzug der Gerichtskosten und Schadensersatzansprüche übrig blieb. Viel war es nicht. Aber wir würden auch nicht viel brauchen.

Zunächst hatte ich Skrupel gehabt, Mutter allein zurückzulassen. Dabei war sie eben das nicht mehr: allein. Außerdem war es keine Trennung auf ewig. Bereits in drei Monaten würde ich sie wiedersehen, um sie zum Traualtar zu führen. Ich konnte nur hoffen, dass mein zukünftiger Stiefvater wenigstens an diesem Tag auf den Safaridress verzichtete.

Eva und ich betrachteten stumm die groß gewachsene Gestalt, die kaum noch humpelte und sich uns, eine Schubkarre vor sich herschiebend, fröhlich pfeifend näherte. Es kam mir beinahe vor, als hätten wir uns seit Jahren nicht mehr gesehen. Oder zuletzt in einem anderen Leben, was am ehesten auf unsere Situation zutraf. So viel hatte sich verändert.

»Ist sie das?«, fragte ich. Dabei wusste ich es ganz genau. Unter Tausenden von Nilpferden hätte ich Daisy wiedererkannt. Da war es unter den Dutzenden, die sich im Flusslauf suhlten, eine Leichtigkeit. Ein kleineres Nilpferd stand ganz dicht neben ihr und machte sich einen Spaß daraus, Daisy zu stupsen und zu ärgern. Dafür wurde es mit liebevollen Knuffen gemaßregelt.

Der Mann ließ die Schubkarre auf den Boden sinken und nahm mich wortlos in den Arm. So fest, dass mir die Luft wegblieb. Dann wandte er sich an Eva und umarmte sie ebenso innig. »Ist das nicht eine hübsche kleine Nilpferd-Dame?«, fragte Hagen mit Stolz in der Stimme.

Ich nickte versonnen. Und ob sie das war. Daisy hatte ein

Mädchen zur Welt gebracht, und der Park hatte es Philine getauft. Ich hatte den Namen auf Anhieb gemocht. Es war der Name von Garcia Luengos kleiner Tochter.

Schweigend standen wir drei am Zaun und beobachteten das verspielte Treiben der Nilpferde. Von Daisys anfänglicher Aggressivität war nichts mehr zu spüren. Sie stand inmitten der anderen Tiere und wirkte endlos zufrieden mit sich und der Welt. Sie hatte endlich ihren Platz in einer Herde gefunden.

Ich wusste noch immer nicht, ob oder wie viel von Sandras Seele tatsächlich in Daisy steckte. Vielleicht hatte ich all das nur in sie hineininterpretiert, um Sandra zumindest wieder ein kleines Stück nah zu sein? Eventuell war ich einem Irrglauben aufgesessen? Oder hatte Gespenster gesehen? War es wirklich möglich, dass mich etwas in Daisy an Sandra erinnerte? Wenn ja, was sollte das sein? Und wieso, verflucht noch mal, hatte sie den Reinkarnationstest so eindeutig bestanden? Doch nicht nur, weil ich einen anderen Weichspüler als Hagen benutzte. Oder?

Vielleicht war es tatsächlich so, wie ich anfangs gedacht hatte. Sandras Seele lebte weiter – in einem Nilpferd. Wer wusste das schon? Ich ganz bestimmt nicht. Aber es spielte auch keine Rolle mehr. Wichtig war nur, dass Daisy lebte und ihr Glück gefunden hatte. Genau wie ich.

Hagen stand dicht neben mir, die Arme vor der Brust verschränkt. »In Sachen Karma dürften wir drei einige Stufen nach oben geklettert sein. Wer weiß, was uns im nächsten Leben erwartet.«

Eva lachte, und auch ich fiel mit ein. Dabei kümmerte mich das nächste Leben überhaupt nicht. Was zählte, war das Hier und Jetzt, das noch vollkommen unberührt vor uns lag und nur darauf wartete, endlich, endlich gelebt zu werden.

Ich hob meine Stimme und rief nach Daisy. Ihr Kopf drehte sich tatsächlich in unsere Richtung. Ich winkte ihr zu. Sie gab ein prustendes Geräusch von sich, warf sich dann aber Philine in den Weg, als diese unter ihr abtauchen wollte. Meine Daisy hatte ihren Seelenfrieden gefunden. Und nicht nur sie.

Auch Hagen schien sich in seiner Rolle als Tierpfleger des Parque de Cabárceno wohlzufühlen. Er hatte Farbe bekommen und seinen Bart auf eine verträgliche Länge gestutzt. Außerdem stand ihm das dunkle Grün viel besser als das Khaki aus dem Kölner Zoo.

»Du kommst klar?«, fragte ich ihn.

Er sah mich an, blickte dann nach oben, und sein Mund verzog sich zu einem breiten Grinsen. »Schaut euch um!« Er breitete die Arme aus. »Das hier ist das Paradies.«

Da konnte ich ihm nur recht geben. Wenn wir Daisy schon nicht die Freiheit hatten schenken können, dann doch mindestens das Paradies. Denn der Nationalpark stellte die Heimat für über hundert verschiedene Tierarten dar, die unter Naturschutz ein unbeschwertes und artgerechtes Leben führen konnten, das dem in der freien Wildbahn in kaum etwas nachstand. Außerdem hatten Daisy und Philine ihren ganz persönlichen Schutzengel in der Nähe – auch wenn dieser anstelle von Flügeln einen olivgrünen Overall trug.

Es fiel mir schwer, mich von dem Anblick der Nilpferd-Herde loszureißen, aber wir hatten eine Verabredung, die unmöglich länger aufgeschoben werden konnte. Schließlich war es äußerst unhöflich, eine alte Dame warten zu lassen.

»Wir sollten jetzt los«, drängte Eva, die mir ansah, wie schwer mir der Abschied fiel. Von Daisy und ihrem Baby. Vielleicht auch ein bisschen von Sandra. Vor allem aber von Hagen – meinem ersten richtigen besten Freund. »Die Charentais-Melonen ernten sich schließlich nicht von allein.« Mit einem Lächeln auf den Lippen gab sie mir einen Kuss, und unsere Finger verhakten sich ineinander.

»Ich pass gut auf die beiden auf«, versprach Hagen, und ich glaubte ihm.

Mit Wehmut und klopfendem Herzen, Euphorie und einem Gefühl von purer Glückseligkeit stiegen wir in den Wagen und brachen auf in unser neues Leben mit einer betagten, aber noch immer rüstigen Dame, die ein kluger Mann vor Jahrzehnten *Liberté* getauft hatte.

ENDE

Eine wunderbar turbulente Komödie um einen Heiligen wider Willen

Björn Berenz
HEILIG ÜBER NACHT
Roman
336 Seiten
ISBN 978-3-7857-2516-0

Jonas reicht s, und er will sich in den Tod stürzen. Doch statt *sein* Leben zu beenden, rettet er aus Versehen das des Landstreichers Jupp. In der folgenden Nacht entdeckt Jonas Unglaubliches: Über seinem Kopf prangt ein Heiligenschein! Plötzlich wird Jonas überall als Held gefeiert, die Mädels laufen ihm nach, das Fernsehen will ihn. Doch so reizvoll das zunächst ist irgendwann sehnt er sich wieder nach seinem ganz normalen Leben. Nur: Wie zur Hölle wird man eigentlich einen Heiligenschein los?